A

スワロウテイル序章／人工処女受胎

藤真千歳

早川書房

7072

挿絵／竹岡美穂

目次

蝶と果実とアフターノエルのポインセチア　7
蝶と金貨とビフォアレントの雪割草　75
蝶と夕桜とラウダーテのセミラミス　165
蝶と鉄の華と聖体拝受のハイドレインジア　331
あとがき　495

スワロウテイル序章／人工処女受胎

Non necesse habent sani medicum, sed qui male habent;
non veni vocare iustos sed peccatores.

健やかなるものは医者を要せず、ただ病あるものこれを要す。
我は正しきものを招かんとにあらで、罪人を招かんとて来れり。

（マルコによる福音書 第2章第17節より）

蝶と果実とアフターノエルのポインセチア

——秋霜烈日《しゅうそうれつじつ》の聖夜草《ノーチエブエナ》。

世界で唯一人の一等級である「椛《もみじ》」東京自治区総督閣下に初めて謁見《えっけん》した中米の公使は、身も震えるほどの感嘆の後にそうたとえて閣下の美貌と可憐さを賞賛したという。

ベッド脇のキャビネットの上に置かれた花瓶のポインセチアを眺めながら、揚羽《あげは》は極東の紅い珠玉とも讃えられる椛子《もみじこ》閣下のそんなエピソードを思い出していた。

クランク式のベッドにもたれたままでも、すっかり葉を落とし冬支度を整えた銀杏《いちょう》の並木が病室の窓から見える。昨夜の淡い初雪はもう跡形もなく、乾いた木枯らしに晒《さら》されて枝先が微《かす》かに揺れていた。

傍《かたわ》らのポインセチアも旬を過ぎ、深みある赤色が滲《にじ》み始めていたが、それがまだ個室に残されていたことからも、この自治区指定の救命工房《びょういん》が師走も末になお多忙を極めていることが察せられた。ましてて看護師は、たった一人の入院患者と小一時間も談笑に興じるほど暇ではなかったはずだが、それでも揚羽の個室に留まってくれたのは、彼女が同じ水気質《アクアマリン》の人工妖精《フィ》《ギュア》で、揚羽の先輩に当たる『五稜郭《ごりようかく》』の卒業生《O G》であったことと、短い間に大怪我を重ねてしまった不幸な人工妖精の心的ケアも仕事のうちと考えていたからかもしれない。

彼女の学生時代のお嬢様学校に相応《ふさわ》しからぬ蛮勇や、現場の厳しさ、たまに笑いと少しの愚痴も交えた看護師としての日頃の職務の話は、未だ看護師の卵である揚羽をいつまでも飽きさせなかった。

それに、来年の夏が終わり、寮の屋上庭園で金木犀《キンモクセイ》が頭上の夕焼けから滴《したた》ったような橙《だいだい》の花弁を開いて独特の強い香りを漂わせる頃には、自分も彼女が被る誇り高い青十字が染められた帽子を授かるのかと思うと胸が躍るのだ。

だから不意にノックの音がして、看護師がベッド脇の丸椅子からついに腰を上げたときには無念の溜め息をついてしまった。

戸口に立って来訪者を迎えた彼女の項《うなじ》が少しだけ伸びて、くいっと小さく顎を引いたのが見えたので、視線を下げるほど小柄な相手だとわかった。それだけで揚羽にはその無粋者の正体が誰よりも思慕する親近者だとわかったので、吐いてしまった嘆息を吸い戻したくなる気持ちになった。

「弟さんがお見舞いにいらしたわよ」

振り向いた看護師の脇から見えたのは、パーカーに野球帽姿の小柄な姿だ。身長は看護師や揚羽より頭一つ半ほど低い。ジーンズの裾は随分と余して幾重にも折り返しているし、パーカーのフードは大きすぎて二の腕にまで届き、肩のラインを覆い隠してしまっている。野球帽《ベースボールキャップ》も顔の小ささを際立たせるばかりで、鍔《つば》が鼻の上まで隠してしまっていた。

いきなり見下ろさざるを得なかった看護師からは、初めは帽子の頭とフードの生地しか見えなかったかもしれない。

「まぁ！　『鏡介《きようすけ》』が来てくれたの？　ありがとう、お姉ちゃん嬉しいな！」

揚羽が自由な方の手を伸ばしてことさら感激を表してみせると、野球帽の鍔が顔に落とす影を一段と深くした。

「じゃあ」と言い残して看護師は引き戸の向こうに姿を消す。

「誰が鏡《きよう》『介《すけ》』だ馬鹿野郎。羽をもいで死なすぞ低能娘」

看護師の足音が遠くなった途端、人見知りをする男の子という羊の皮を脱ぎ捨て、小柄な来訪者は本性であられもない悪態を晒す。

「だって、そういう設定なのかなって思いましたから。昨今はご家族に年下の人間の子がいる人工妖精《フィギュア》も珍しくありませんしね。とはいえ、鏡子《きようこ》さんが男の子の格好でいらっしゃるとは」

ふん、と可愛げなく鼻を鳴らし、ポケットから細い手を出して野球帽を無造作に取ると、豊かに艶めく繻子《しゆす》のような髪が広がって、腰まで届かんばかりに流れ落ちた。

前髪の間からは大きな瞳が強い眼光を放つ。鏡子がこの目のひと睨《にら》みで、クレームに来た客を縮こまらせるのを何度も目《ま》の当たりにしてきた。

「そうでもせんとここの窓口や駅の改札がうるさい」

他国から『男性専用日本』などとも揶揄《やゆ》されるこの東京自治区の人工島東側では、鏡子のような高級技師等の例外を除いて人間の女性はいない。女性の代わりに女性型の人工妖精《フィギュア》の普及が進んでいるのだから、人間の鏡子が素で出歩けば至る所で怪しまれて面倒なことになる。

鏡子は繁華街で自警団《イエロー》に補導されかけたこともあるほどの童顔で、ぱっと見には幼い姿の人工妖精《フィギュア》と区別がつかないだろうが、持っている区民証は人間のものであるから、素の姿で区民証を見せると一悶着になる。それが面倒でわざわざ少年に扮装してきたようだ。

そんな事情もあり、遠出、とはいわないまでも、筋金入りのヒキコモリの彼女には極めて珍しい外出でよほどストレスを溜めたらしく、鏡子は丸椅子に腰を下ろすなり早速ポケットから煙草《マルボロ》を抜き出してジッポで火をつける。

「一応、ここは工房《びょういん》なんですけど……しかも自治区指定の」

「夜遊び・無断外泊・前後不覚の三拍子馬鹿が節度だのマナーだのを語るな、大馬鹿野郎」

揚羽のクローゼットから引っ張り出してきたらしいパーカーとジーンズに、紫煙《しえん》の匂いが纏《まと》わり付いていく。しかし今はそんなことより、記憶にある限り五指または三指に入りそうなほど斜めへ傾いている、この傲慢《ごうまん》で不遜《ふそん》な保護者のご機嫌をなんとかしなければならない。

「ごめんなさい」

とりあえず、ベッドの上からではあるが深く頭を下げて、素直に謝ってみた。

今までも大きな怪我を何度か負ったことがあるが、治療は必ず鏡子にしてもらっていた。人工妖精《フィギュア》の価値を決める等級審査で甲種、乙種《にとう》はおろか、丙種《さんとう》すら落第寸前の今の揚羽は、法的な権利が著《いちじる》しく制限されている。他のまともな工房の世話になれば保護者の鏡子に酷く迷惑を掛けることになる。

それが今回に限ってあまりに負傷が大きかったので、辛うじて現場を立ち去ったところで不覚にも意識を失ってしまい、そのまま緊急搬送されてしまったというわけだ。世が世なら切腹ものの大失態である。

「ここの院長に貸しがあったから揉み消せたが、もし六区の方の工房に搬送されたらお手上げだった。そうなっていたら今お前の前にいるのは私ではなく、自警団《イエロー》の捜査官だぞ」

「はい……すいません」

視線の先で鏡子の脚が貧乏揺すりを繰り返すのを、胸を締めつけられる思いでしばらく見守った。

「……フィガロの結婚、か」

溜め息とまごうほど長く紫煙を吐いた後、ぽつりと鏡子は何事か言った。

それがベッドに備え付けの有線放送から流れる古い音楽の名前らしいと揚羽が気づくまで、少し時間がかかった。

「今回は、派手にやられたな」

頭を上げると、鏡子の視線は揚羽の脚から腰を浚《さら》っていた。

その目は怒りに燃えるというより、嘆息の果てに諦念に浸ったような静かさを湛《たた》えていた。揚羽にしてみれば殴り飛ばされるぐらいの大叱責を覚悟していたので、拍子抜けしてしまう。

「脚は包帯が大げさですけど、大したことは……。鏡子さんに縫ってもらった脹脛《ふくらはぎ》の裂傷に、大腿《ふともも》の傷が加わったくらいで、普通に歩けます」

「腕は？」

「二の腕と手首に少しだけだったのですが、肘《ひじ》は捻《ひね》ったときの炎症がひどいらしくて。左のお腹の所は五針。前の傷と合わせて十二針になりますが、よほど無茶をしなければふた月ほどで消えるだろうと、こちらの原型師《せんせい》が」

揚羽の左腕は三角巾で吊られている。

「どれも、部位交換をするほどではないが、唾をつけておけば治るようなものでもない、か」

それまで揚羽の負傷部位を少しずつ下から上へなぞっていた鏡子の視線が、揚羽の顔で止まる。

「左目は、えっと、その……完全に駄目だったらしくて。爪で抉《えぐ》られたんですけど、網膜まで滅茶苦茶で、脳に達しなかっただけでも幸運だったと」

今の揚羽の身体で、一際《ひときわ》痛々しく見えるのは顔の左側だろう。分厚いガーゼの上から包帯を幾重にも巻かれ、片目は完全にふさがれている。

「眼球は右と同じものの在庫《ストック》がなくて、取りあえず近い規格のものを入れられました。術後二十四時間、明日の零時までは絶対に瞼《まぶた》を開けないようにってぐるぐる巻きにされて。もしそれまでに目を開けたら、まだ定着しきっていない視神経が焼け付くかもしれないから、今度こそ脳にまで手を入れるって脅《おど》されました」

「さしものお前でも、頭の中までいじられたくはないか」

鏡子の吹いた煙は長かった。

「らしくもないな。また風気質《マカライト》か」

「――はい」

男女の分離が徹底されたこの自治区では、似姿である人工妖精《フィギュア》が異性の代わりに人間に寄り添う。人工妖精《フィギュア》の容姿や性格は制作者の設計によって千差万別だが、気質と呼ばれる脳の基本構造はたった四つしかない。

温和で人間に従順な水気質《アクアマリン》。

几帳面で最も人造人間らしい土気質《トパーズ》。

利那的で奔放な風気質《マカライト》。

情緒が豊かで感情的な火気質《ヘリオドール》。

揚羽は看護師の卵であると同時に、これらの人工妖精《フィギュア》が狂うなどして人間に害をなしたとき、密かに殺処分する役割を担う青色機関《BRUE》の一人でもある。

ここ数週間で立て続けに傷害事件を起こし、揚羽によって処分された三人の人工妖精《フィギュア》は、三人とも風気質《マカライト》だった。

一概には言えないものの、陽気な風気質は一般に四つの気質の中では精神的な故障が一番少ないとされているし、実際、揚羽が以前に処分した人工妖精《フィギュア》はほとんどが水気質《アクアマリン》で、残りは火と土だった。それなのに短期間に風気質ばかり三人も続いたのだから、何らかの関連性があると考えるのが自然だ。

「風気質は、四つの気質の中では極めて特異だ。人間の性格の類型論はいくつもあるが、例えば『知性型《マカライト》』『感情型』『感覚型』の三つを人工妖精《フィギュア》に適用するなら、母数が小さくとも火気質は『感情型』、土気質は『知性型』、水気質は『感覚型』の傾向を強く見せる。しかし、風気質は統計上、いずれにも有意性が出てこない。他の分類法でも同じだ。風気質はたいていの場合、半時も言葉を交わせば誰でも気づくほどわかりやすく共通した人格特性を持つのに、人間の性格類型を当てはめようとすると必ず散逸してしまう」

摑み所がない、というお決まりの慣用句は、この東京自治区では風気質のためにあると言っても過言ではない。

「そもそも発見からして風気質は予定外だった。土、水、火は、それぞれの脳構造が発見されるはるか以前から、研究者の間では〝アタリ〟が付けられていた。つまり『この辺にあるはずだ』とヤマを張っていたわけだな。だが、風気質だけはまったく想定外の構造から唐突《とうとつ》に見つかった」

「発見者は確か、鏡子さんと同じ峨東《がとう》流派の――」

「不言志津江《ふげんしずえ》だ。あれも峨東の枠に含めるべきかは悩ましい女だったがな」

面識があったのか、鏡子は故人に思いを馳せるように少しだけ遠い目をしていた。……眉根に寄った皺の深さを見るに、少なくともいい思い出ではないようである。

「風気質の特徴から公約数を見つけようとする試みは大抵徒労に終わってきた。そちらの線で追うのは無駄だろう。それよりも問題は肉体面だ」

煙草の灰をポインセチアの花瓶の中へ無造作に落としながら、鏡子の視線が揚羽に最大の懸案の答えを促《うなが》す。

「間違いありません」

揚羽が確信を持って頷《うなず》くと、鏡子は短くなった煙草を挟んだままの指で眉根を擦《こす》っていた。

「この目で見るまでは信じられん、が、お前がその様《ザマ》になるほどであれば、な」

「使ったメスは計二十六本、うち三本は間違いなく首、つまり頸椎《けいつい》を貫きました。三本目は深く抉《えぐ》りもしたんです。頸椎は完全に切断されていたはず。それでも――」

「動いた、か。左目はそのときにやられたのか？」

揚羽は無意識に左目の辺りを撫《な》でながら、もう一度頷いた。

「左肩胛骨《けんこうこつ》粉砕、左上腕骨折、右手第二指、第三指切断、たぶん腸骨も割りました。大腿《だいたい》四頭筋を四本のメスで貫通、左大腿の大動脈も破断。左肘《ひじ》、右膝《ひざ》の両関節、右手主根骨と中手骨も砕き、左腎臓《じんぞう》、膵臓《すいぞう》、右肺を貫通。それでようやく、です」

一人目のときから違和感はあった。二人目で異常に気づいた。そして昨夜の三人目は、確かめるためにわざわざ三度も首を狙ったのだ。

首を貫き、切り、刺し抉った。なのに、三本ものメスが刺さって半ば千切れかけた首を揺らしながら彼女はなおも抵抗し、右手の残った爪で揚羽の左目を抉り、一矢報いてから果てた。

「お前たち人工妖精《フィギュア》の肉体は、全身の六〇兆の細胞を微細機械《マイクロマシン》で代替《リプレイス》している以外、基本的に人間と同じ構造に造られている。首から下の随意筋に繋がる神経はすべて脊椎《せきつい》を通っているのだから、それが切断されても能動的に動けるなど、原型師が口にしようものなら資格剝奪も相応だ」

「まるでゾンビか、吸血鬼ですね」

「どっちも首を切られたり、胸に杭を打たれれば死ぬのが、ムービーの定番だがな」

三回とも全身の動脈や神経をさんざん串刺しにしてようやく殺せたのだが、次があるなら本当に首と胴体を切り離してみるしかないのかもしれない。

「彼女の所持品をいくつか、気になったので持って帰りました……ええっと」

ベッド脇の棚からハンドバッグを引き寄せ、中からハンカチで包んだ遺品を取り出す。

雑多な中から、鏡子はパックされた錠剤と、糸の付いた白い棒状の何かを最初に摘み上げた。

「それ、なんの薬だかわからなかったので、鏡子さんに聞いてみようと思っていたのですが――」

「わからんだろうな。人工妖精《おまえたち》には縁のないものばかりだ。これは『排卵誘発剤』だ、それもかなりキツイやつだな。こっちは生理用品だ。

　こんなものを人工妖精《フィギュア》が持っていても無意味だ」

「人間の女性が使うものですか？　私たちと身体の仕組みがほぼ同じなら——」

「人工妖精《フィギュア》には膣も子宮もあるし、どうしてもと望むなら体外受精した卵子を埋めて、人工子宮同様の分娩《ぶんべん》も出来るが、卵巣はない。お前も酔狂な夫婦の分娩に一度立ち会ったことがあったな。

　もし卵巣があっても、意味はない。全身の細胞が微細機械で出来たお前たちには人間のような複雑なゲノムがないから卵子は作れない。仮に不妊治療技術で無理にそれらしきものを作っても、人間の男の精子とは、たとえ受精しても正常に分裂するわけがない。だから排卵と月経《せいり》はお前たちには絶対にない」

　鏡子は錠剤と生理用品を揚羽の手元に放って返し、次に包みがひと連なりになった散薬のようなものを摘み上げた。

「これはわからんな」

　白い粉薬の包みは透き通る紙で出来ていて、どう見ても薬局などで市販されるような包装ではなく、名称や番号のような記述も見当たらなかった。

「ドラッグでしょうか？」

「さあな。他のものと同じように女性《にし》側で出回っているものかもしれん。これについては私の方で調べておく。流通ルートはそう多くない、出所もわかるだろう」

鏡子は散剤の包みを片手で器用にひとつ切り取り、パーカーのポケットに詰めた。

「これはなんでしょう？　電卓にしては大きいような……」

十数個ほどのボタンが付いた小さな機械を摘み上げたが、鏡子は一瞥《いちべつ》しただけで関心を失ったようだった。

「いずれにせよ――」

すっかり一服を終えた鏡子は、揚羽の膝辺りに放り捨てていた野球帽を手にして軽く払い、下ろしたままの髪の上から目深《まぶか》に被る。

「しばらくはおとなしくしていることだ。今回の件で『人倫』も変異審問官《インクイジショナー》を在京の精神原型師《アーキタイプ・エンジニア》から四人指名した。お前の出番はないだろう」

「――人工生命倫理委員会が？」

人倫は人工妖精関連企業による自主規制機構《セルフレーティング》だ。倫理三原則に反するような危険な人工妖精《フィギュア》の製造を業界自ら強く戒めるための組織である。揚羽の青色機関《BRUE》もかつては人倫の指示と支援の元で活動していたが、今は切り離されている。

青色機関という牙を抜き捨てた人倫も、見過ごせないほどの異常事態、ということなのか。

「お前とて、審問官次第では変異審問に引っ張り出されかねん出自だ。真白《ましろ》を衆人の晒し者にしたくなければベッドに根でも張ってろ」

鏡子は最愛の妹の名前を持ち出して揚羽の反論を封じ、着替えを丸々と詰め込んだスポーツバッグを放って寄こす。

手を伸ばして吸い殻を花瓶に落としてから、鏡子は丸椅子から腰を上げた。

「そうでなくともその身体だ。今のお前では瀕死の水気質《アクアマリン》が相手でも怪しい」

「目ならもう片方ありますよ」

「目は無駄に二つあるわけじゃない」

鏡子は振り向いて、帽子の鍔《つば》を少しだけ横にずらして片目で揚羽を見下ろした。

「視差による奥行きを得られないことが、命のやり取りでどれほど危険なことか、気づいたときには手遅れだ」

「隻眼の剣豪って、昔いましたよね？」

減らず口にいい加減うんざりした様子で、鏡子が溜め息をつく。

「天才を持ち出して自分の可能性を論ずるのは猿の自慰より滑稽だ」

鏡子が病室の引き戸を開けると、紫煙に誘われた色とりどりの蝶《ちょう》型の微細機械群体《マイクロマシン・セル》が一斉に飛び込んできて、華やかに舞いながら匂いを分解していく。あとは揚羽が花瓶を片付ければ、鏡子の喫煙の証拠は消滅するわけだ。

「忠告はしたぞ」

ぶっきらぼうに、しかし今度こそ口答えは許さないという言外の厳かさを匂わせて、鏡子の背中は引き戸の向こうへ消えた。

花瓶の底で燃え尽きていた吸い殻を揚羽がそっと取り出し、ちり紙にくるんで処分したのがおおよそ五分後。懸念の通り、クローゼットから手当たり次第に引っ張り出して詰め込んだらしく、スポーツバッグの中で皺《しわ》だらけになっていた着替えの中から学園の制服を見つけたのが十分後。

そして、少し皺の寄ってしまったワンピースの制服の上からソフトレザーのコルセットを締めて、何食わぬ顔で区営工房の入院棟《びょういん》を抜け出したのは、鏡子が去ってからちょうど一時間後のことだった。

＊

『ごきげんよう』
『ごきげんよう』

そんな爽やかな朝の挨拶が、瑠璃《るり》色に差す第二層の日の光に包まれながら木霊《こだま》していたのも、ほんの一週間ほど前、クリスマス・イヴの前々日までのことだ。

かつて関東平野と呼ばれていた大地が急激に沈降して出来た関東湾の中心に、性交渉で広まる病に罹患《りかん》した患者を男女別に隔離するために造られたのが、浮人工島《メガ・フロート》『東京自治区』だ。水の底に沈んだ東京の特別区をいくつか合わせたくらいの広さしかないその小さな街も、今は聖夜の装いを脱ぎ捨て、年末の忙《せわ》しない喧噪《けんそう》に包まれている。

その中にあって、全三層からなる人工島の第二層に建つ全寮制の扶桑《ふそう》看護学園は、まるでそこだけ街から切り離されたかのように、師走の冷たい空気を纏って静かに佇《たたず》んでいた。

比較的新しいひとつ上の第三層の建築物と異なり、第二層には人工島が自治権を獲得する前からの古い建造物がまだ多く残っている。まるで空を目指し競い合う豆の木のように、上へ上へと伸びる高層建築が建ち並ぶ第三層に比べ、第二層は浮島の限られた土地面積を贅沢に使った、水平に広い建物が多いのも特徴だ。

人工島建設初期に創立されたこの学園もその例に漏れず、第二校舎と二つの寮舎の中心に広大な本校舎がそびえ、各々《おのおの》の棟の間を無数の渡り廊下が繋いでいる。校舎の形も機能的な長方形ではなく、様々な特別教室を有機的に内包して複雑に入り乱れ、敷地全体を俯瞰すれば五角形に見える。その形から、この学園を『五稜郭《ごりょうかく》』と呼ぶ区民も多い。

巨大技術流派の峨東《がとう》一族によって創立された、短い人工島の歴史の中においては格式高く伝統ある学園である。二年制ではあるが、生まれて間もない人工妖精《フィギュア》たちは、ここで外界から切り離されて清く誇り高く躾《しつけ》られ、二年後にはすっかり純粋培養された温室育ちのお嬢様が社会に戻ってくる仕組みだ。

実際、技師や保護者も看護師にするためではなく、最初から嫁入り修行代わりに愛娘の人工妖精《フィギュア》を送り込むことが多い。卒業後、看護師職につくのは、全体の四割といったところだ。二年間預ければ立派な『五稜郭のお嬢様』にされて帰ってくるというわけである。そうなれば嫁としては引く手数多《あまた》だ。実父実母たる技師とて鼻が高い。

そんな格式ある学園に、人工妖精《フィギュア》としては風上にも置けないような半端者の揚羽が入学できたのは、ひとえに峨東一族に縁《ゆかり》ある鏡子の根回しのおかげだ。仮親の愛情として慎ましく拝するべきだが、ヒキコモリで人嫌いの鏡子は疎《うと》ましいとは言わないまでも、口うるさい義理の娘をどこかへしばらく追いやる口実が欲しかったのではないか、と揚羽はこっそり勘ぐっている。

　だが結局のところ、揚羽は生来の体質のために頻繁に技師の診断と治療が必要なこともあり、ほとんど毎週のように鏡子の工房兼自宅に帰省している。野放図で怠惰な一人暮らしに戻るという鏡子の企《くわだ》ては、学園側の格別の配慮によって無惨に阻《はば》まれたことになる。

　そんなこんなにより、わずか一週間で混沌の極みと化す鏡子の自宅で一日家政婦代わりを務め、すっかり疲れ果てて週明けに戻ってくるわけだが、当然ながらこの特別扱いゆえに、半ば虜囚《りよしゆう》待遇の寮生活を送る学友たちの視線はなかなか温かくはならず、周囲からは浮いてしまいがちだ。

　だから冬期休学中で閉ざされた正門を避け、寮舎の側にある裏門から学生証の電子認証改札を通ったとき、最初に自分を見つけたのが数少ない親友のルームメイトであったことに、揚羽は強く安堵していた。

　三等級の認定予定であることを示す翠玉《エメラルド》色の生地に白いラインが染め抜かれたタイを締めた彼女は、左半身がミイラと紛《まご》うばかりの包帯だらけになった揚羽の姿を見つけ、周囲の視線に気を遣いながらタイをひるがえさないように上品に小走りで駆け寄ってきた。

　霜月《せんげつ》の末には左腕と左臑《すね》だけだった怪我が、終業式の頃には左腕はギブスで包まれ、松葉杖もついていたので、「このまま怪我が増えたら身体がなくなっちゃうよ」と冗談とも忠告ともつかない言葉を、真顔と揶揄《やゆ》の間のような顔で述べていた彼女は、ギブスと松葉杖が取れた代わりに左目を厚く覆われた今の揚羽を見て、血相を変えていた。

「なにをしてたらそんなになるの！」

学園に入ると、最初に「誰といつ会っても必ず『ごきげんよう』と言いなさい」と上級生に仕込まれ、二年生になる頃には箸の持ち方と同じくらい骨の髄まで染みつくものだが、今はよほど動揺しているようだ。

微細機械《マイクロマシン》によって人工臓器製造のハードルは極めて低くなり、内臓だろうと手足だろうと、あるいは脳であろうとも保険の範囲で交換ができる時代だ。人造人間である人工妖精《フィギュア》は部位交換などなおさら容易であるが、それでも臓器や手足を交換しなければいけないような大きな怪我はそうそうするものではないし、交換など爪先すらしたこともないという人工妖精《フィギュア》もこの若い箱入り娘ばかりの学園内では珍しくない。

彼女、『遠藤之連理《れんり》』も多分に漏れず、寮の同室になってしばらくの頃、揚羽の血が滲んだ絆創膏を見ただけで失神しかけたことがある。そんな彼女でも看護師の卵であるし、外泊のたびに大小の怪我を増やして戻ってくる揚羽と暮らしていれば自然と慣れはする。

それでも今の揚羽の有様、特に顔左半分の痛々しさは、容易には受け入れがたい程であったのか、渡り廊下を行く生徒たちも水気質らしからぬ彼女の剣幕に、時折振り向いて奇異の視線を向けていた。

彼女の周章狼狽ぶりは愛想笑いで誤魔化すぐらいでは放してはくれなさそうな程であったので、取りあえず本校舎手前の木陰に据えられたベンチに並んで腰掛ける。

結局、それから鏡子の煙草なら優に三本分ほどの時間を掛けて適当に取り繕《つくろ》い、ようやく彼女に矛を収めさせることが出来た。彼女は学園内に置いて数少ない揚羽の理解者ではあるが、それだけに他の生徒のように揚羽に無関心ではいない。青色機関《BRUE》という副業を隠して過ごすのに苦労はするが、煩《わずら》わしいとは揚羽は決して思わない。

「最近おかしなこと？」

あまり深く詮索されないうちに隙を見て話題を切り換えると、彼女は制服の長いスカートの脚を斜めに揃え、こっそり掛けた校則違反のパーマで微かに波打つ栗色のボブを揺らしながら小さく首を傾げた。

頭上の銀杏《いちょう》はすっかり葉が落ち、瑠璃色の木漏れ日がまだらに二人を照らしている。上の第三層の建造物は、第二層以下の日照権を確保するため、壁面はすべて反射素材で、また陽光を満遍なく誘導できるように計算した街作りが義務づけられている。おかげで下の第二層にある五稜郭の隅でも、温かい日の光の恵みを受け取ることが出来る。気温は他の層に比べ落ちついていて過ごしやすいし、構造色が多分に混じった反射光は、少し顔を揺らしてみるだけで豊かな色合いの変化を楽しめるので、揚羽にしてみれば整然とした都市の第三層より美しく、よほど居心地よく感じられる。

「そういえば、今月は二人も〝脱走者〟が出たらしいわよ」

何分、箸の上げ下ろしにまで叱責が飛ぶ厳しい寮生活である。唐突に寮を飛び出してなかなか見つからない娘も出てくる。

だが、その二人はおそらくもう戻ってこない。そして、あと一人いなくなっていたことも、数日すれば皆に知れ渡るだろう。

それ以外には、と問うと、連理は上品に唇の下に指を寄せる仕草をしながら視線を斜めに流した。

「そうね――」

あなたのその怪我ほど驚いたことはなかったけれど、と前置いてから、彼女は揚羽不在の間に湧いた寮内の噂をひとつ、ふたつと語り出す。

曰く。誰もいない体育館で、ボールが撥ねるのを見た。

曰く。第一寮舎一階の隅の部屋から、夜な夜な不気味な音がする。

曰く。本校舎のA8通路ですれ違った生徒に挨拶を返すと呪われて、三日以内に青くなって死んでしまう。

いずれも学舎と名の付く場所ならどこにでもある、ありふれた怪談の域を出ない。

とくに三つ目は、事実上の一方通行で誰かとすれ違うことが少ない通路であるがゆえに生まれた根も葉もない話であるのは自明であるし、そんな変死体が出ていたら学園存続の危機である。まだ学園の習慣に慣れていない一年生たちが膨らませた迷信だろう。

揚羽の注意を引いたのは四つ目、連理が「あとは――」と言って語り出した、寮の食堂の話だ。

「ハンバーグからおかしな臭いがしたのよ。みんなが気づいて、もう三回くらいかな、確かになんというか、腐った果実のような臭いがして、口に入れると金属っぽい感じがすごくするの。私は最後まで食べられなくて。軟らかいのにね、まるで金属タワシ《スチール・ウール》を嚙んでるみたいな――」

揚羽が大怪我を押して工房《びょういん》を抜け出してまで学園に戻ってきたのは、問題の「首を切っても死なない」人工妖精《フィギュア》が、三人とも学園の生徒だったからだ。

一人目は偶然だと思い、二人目は珍しいこともあるものだと首を傾げた。しかし三人が三人、ここの生徒であったなら、学園の中に原因があると考えるべきだろう。

倫理三原則を破り、人工妖精を狂わせてしまう何か。揚羽は何らかの違法な薬物《ドラッグ》が学園内で出回っているのではないかと考えていた。現に、鏡子ですら判断の付かなかった奇妙な散剤を、揚羽が処分した人工妖精は所持していたわけだ。まだ断定するには早いが、食品に紛れて、ということは十分にあり得る。

「ホント？　連理までなに言ってるのよ。ウブな一年生じゃあるまいし」

焚《た》きつけると案の定、連理は「なら見に行きましょうよ」とベンチから腰を上げる。

水気質にはおとなしく清楚なタイプが多いが、連理はどうも火気質《ヘリオドール》のように、袖が振れると嚙みつくような気の強い一面が目立つ。それはきっと揚羽が同じ水気質だから、という理由もあるのだろう。揚羽にしてみれば彼女のそんな性格は頼りになる反面、少し扱いやすいなぁと図々しく思ってしまう。

深い色の制服とコートの裾《すそ》をひるがえさないように、伝統と格式ある五稜郭の乙女らしく、慎ましく小股で二人並んで歩き、正門の側にある本校舎から屋内へ入った。

五稜郭の中には至る所に自動改札があり、その度に非接触型の認証機械に学生証を通さなくてはいけない。これは生徒に規律ある生活を涵養《かんよう》し、また多くの生徒の行き来を効率的に管理するためのシステムなのだが、さすがに角を曲がるたび、階段を昇降するたびに改札があるとうんざりさせられる。

一年生も九月の入学式から一学期の間は浮かれてこれを楽しむのだが、二学期には大抵飽きてくるのだ。揚羽や連理のような二年生なら尚更である。

また、この改札が一方通行なので、元来複雑な五稜郭屋内の構造と相まって、生徒の往来を非常に煩雑にしてしまっている。教室間を往復するだけでも、往路と復路で通る道が違うわけだ。加えて、同じ階《フロア》にあるからといってまっすぐ平坦に歩いて行けるとは限らない。

たとえば、本校舎一階隅《すみ》の調理準備室から同じ一階の第二保健室へ行こうとすると、一度逆向きに歩いて階段を上り、二階で窓沿いに歩いた後、今度は三階へ上がり、そこから渡り廊下を歩いて第二校舎へ行ってから屋外の螺旋《らせん》階段で二階まで降り、そこから第一寮舎のテラスに出て、再び渡り廊下を通って本校舎に戻り、もう一度階段を下りてからようやく辿り着く。

言葉にすると、このように非常に不条理で、実際に歩いてみても何故これほど不便なのかと頭痛のする思いだが、これでも学園創立後の間もない頃より、長らく先輩から後輩へ口伝されてきた最短ルートのひとつだ。改札がある限り、目と鼻の先であっても逆走は出来ないので、遙か先輩方の知恵と工夫と苦労の結晶が、脈々と今の揚羽たちまで受け継がれているわけである。

実は講師だけは改札を逆侵入できる特殊なパス・カードを配布されているという噂が学園内を騒がせたこともあったのだが、これはデマであったことが判明している。

廊下という廊下がほとんど一方通行なので、うっかり忘れ物をしたなどという粗相者でもいなければ、まずすれ違うことはない。揚羽と連理も途中で他の生徒と顔を合わせることはなかった。

ただ、窓越しには向かいの学舎の窓や、渡り廊下が見える。そちらには時折生徒の姿を見かけたので、冬期休校中とはいえそれなりの数の生徒が学園内に残っているようである。

そのことを口にすると、連理からは「まあ、工場出身の子とか、親の技師が忙しい子とかもいるしね」という答えが返ってきた。連理も工場出身だ。

工場生まれは複数の技師による調整がされるので、有名技師のワンオフよりむしろ評価が高いこともあるのだが、寄るべき親が誰なのかわからないという寂寥《せきりょう》には、揚羽も共感を覚える。あのヒキコモリで生活力ゼロで、まるで介護のように世話の焼ける名ばかりの保護者でも、いるだけで随分幸運だと思えるのだ。

「連理。この廊下って、こんな感じだったっけ?」

我が家で道を尋ねるようなものだ。不意に浴びせられた頓狂《とんきょう》な問いに、連理が目を瞬《しばたた》かせる。

「こんなって……何が？」

「んと、なんていうか、ちょっとおかしいの。だって――」

その先は言葉にならなかった。どう言えばいいのかわからなかったのだ。

ただ、歩き慣れた通路、渡り廊下、改札、階段。どこかでなにか騙されたような、おかしな違和感を覚えた。たとえば上がった分だけ降りていないとか、進んだ分と戻った分に微妙に差異があるように思えたのだ。

「ごめん、やっぱり気のせいだった」

片目になったせいだろうか。どうも距離感をうまく摑めないようだ。

どう見積もっても直線距離の三倍はあった道のりを経て、二人はようやく食堂に辿り着いた。

寮生数百人が一斉に規律正しく食事を摂るための広大な食堂も、休校中で昼下がりの今は閑散としていた。バロック風に装飾された柱が規則正しく立ち並び、アーチ形の天井を支えている。奥の壁にはダ・ヴィンチの『受胎告知』他、いくつかの絵画が掛けられていて、どちらかと言えばアール・デコ風の本校舎や、アール・ヌーヴォーを意識したらしい第二校舎とは趣《おもむき》がだいぶ異なる。

かつてはマリア像が設置されていて、一学期もクリスマス・イヴまであり、終業式の後は生徒総出で女子型人工妖精《フィギュア》ばかりのクリスマス・パーティを盛大に開いていた、というのは伝え聞く限りどうやら実話であるらしい。その風習は自治権獲得後、議会が発足して重要な教育機関が強い宗教色に染められているのはいかがなものかと野党から槍玉に挙げられ、なんやかんやで廃止されてしまったようだ。本当に残念なことだと、年中休日で記念日祝日誕生日などどこ吹く風の鏡子に付き合わされている揚羽は思う。鏡子は年号すらよく間違えるのだ。

「たぶん、冷蔵室の中に作り置きがあったと思うんだけれど」

就学期間中は一年生が持ち回りで調理と配膳を行うのだが、休校中は寮に残る寮生たちが自分たちで当番を決めている。連理も当番の日があったらしく、勝手知ったる様子で配膳台を通り過ぎてまっすぐ冷蔵・冷凍室へ向かう。

分厚い断熱扉を開くと、外のそれよりもひんやりとした風が溢れ出す。怪我のためにストッキングを履いていない脚が酷く寒かった。

食する人数が人数であるので、冷蔵室はいつか遭難者が出るのではないかと思うほどに広く、その奥には冷凍室に繋がる扉がある。立ち並んだ棚には培養食材がどっさりと積み上げられ、無数のタグが付いていた。

「あった、これよ」

連理がひとつひとつラップを掛けられた加熱前のハンバーグの種を指さす。

冷蔵室の青みがかった照明でははっきりしないが、ぱっと見にはごく普通の挽肉の塊に見える。

とりあえず焼いてみる、ということになり、揚羽が手にした種をそのまま持ち出して調理場に戻った。

　ラップを破ると、揚羽の鼻はすぐに異臭を捉えた。

　揚羽の顔色が変わるのを見て、「おかしいでしょ」と連理が念を押す。

　生肉の臭いはある。だがそれに混じって、ありえない臭いが漂っている。

　ひとまずフライパンに油を差し、軽くあぶってからハンバーグの種を落とす。じゅっと湯気を噴き、ゆっくり焦がしていくと、異臭はどんどん強くなっていった。

　鼻をつまむほどではないが、微細機械が空気中の異物を素早く分解してしまう自治区の住人は、臭いの強い物にあまり慣れていない。連理《れんり》も然りで、半面がほどよく焼き上がる頃にはハンカチで鼻と口を塞ぎ、五歩ほど離れてしまっていた。

「連理。食堂の食材って、みんな〝視肉《しにく》〟だったよね？」

「え？　ええ、そうだったはずだけど……」

　視肉は食材専門の微細機械《マイクロマシン》の培養炉で、電力と十分な元素さえ揃えば、動物性、植物性を問わず、あらゆる食材を作ることが出来る、万能の食糧生産システムだ。人工妖精《フィギュア》、蝶型微細機械と並ぶ三大発明の一つで、人類が直面しつつあった世界的な食糧不足の危機は、視肉によって永久に回避されたと言われる。

　土地が狭く資源のない東京自治区が、飛び抜けて高い食糧自給率を誇るのも、自治区人工島に世界最大の視肉の培養炉があるからだ。

　自治区では本物の牛や豚の肉を手に入れることの方が難しい。自治区の食糧はほぼすべて、畑や牧場から作られてはいないのである。当然、学生寮の食材は、野菜や卵に至るまですべて視肉から作られている。

だが、それならこの臭いはありえない。この臭いだけは、視肉製の食材から出るはずがないのだ。揚羽にとっては日頃からかぎ慣れた臭いだが、調理場でかいだことは一度もない。

「連理はこのお肉、もう食べちゃった？」

振り向かないまま問うと、ハンカチ越しのくぐもった声で「少し」と返事が返ってきた。

「じゃあ、これからは食べないで。何か理由を付けて、ハンバーグの日はよした方がいいよ」

言いながらフライパンをひっくり返し、焼き上がったばかりのハンバーグを油ごとゴミ箱へ捨てた。

「この肉はね――」

牛や豚から肉を取ったのなら、そういうこともあるだろう。あるいは視肉製でも、それを用いる調理に需要がないわけではないのかもしれない。だが、学園の寮舎にはありえない。視肉でわざわざ、そんな無意味なリアリティまで再現する必要はないはずだ。

「血抜きがされていないのよ」

揚羽たちが感じた異臭の正体は、血液と、血液が焦げる臭いだった。

＊

視肉で培養された肉は、血抜きをされた状態で生産される。わざわざ血まで再現するのは無駄が大きい。せっかく微細機械で滅菌されているのに、血があれば肉の傷みも足が早くなる。やはり意味がない。

なにか視肉産ではない肉が混入されているのだとしたら、今度はその意図がわからない。視肉で生産される肉のグラム単位の単価は、北米や豪州で牧畜から生産される本物の肉より遙かに安い。だからこそ世界の食糧危機回避の決め手たり得たのだ。つまり、水増しのために業者が本物の肉を混ぜたというのも考えがたい。

揚羽の思考はそこで堂々巡りをしている。傷害犯の狂った風気質《マカライト》が三人、この学園の生徒だった。そして生徒に食される食品に何かが混入されていることは確かめた。それがドラッグの類であれば、話はわかりやすかったのだ。

だが、現実には血抜きをされていない肉である。点と点が、まるでつながらないのだ。

「揚羽は、これから詩藤《しとう》先生のところへ帰るの？」

閑談中に物思いに耽っていた揚羽は、連理の言葉でふと我にかえった。いつのまにか日は暮れ、揚羽と連理のいる第二校舎のテラスも、すっかり紅に染まっている。

すっかり冷めてしまった自販機のミルクティーを一口、静かにすすってから「どうしようかな」と呟いた。

鏡子の所へ戻るどころか、本当は入院中で、救命工房《びょういん》をこっそり抜け出してきたことは連理に話していない。このまま揚羽が戻らなければ工房の方は騒ぎになり、鏡子にも迷惑がかかるだろう。

「今日はやっぱり帰るね」

傷害犯発生の原因を突き止めたのならまだしも、せいぜい食堂の異物混入を見つけたぐらいの成果では、少年探偵団ではあるまいし、とても鏡子に言い訳は出来ない。

揚羽は寮に泊まっていくものだとすっかり思い込んでいたらしく、連理は目をぱちくりと瞬《しばたた》かせていた。

「連理、あのハンバーグの種の仕込みをしたのって、星組の子たちだっけ？」

「ええ、そうよ。終業式前の割り当てが彼女たちだったから、冬期休校の間の分をまとめて作ってくれたはず。その前は月組で、もっと前は雪組の子たちだけど、さすがにその頃の余り物は処分されているもの。イタズラだとしたらちょっと悪質よね」

もし悪質なイタズラで済むのなら、青色機関《BRUE》としての揚羽の出番はない。

やがてどちらからともなく席を立ち、影の濃くなった廊下を並んで歩いた。

五稜郭の裏門は、上の第三層と下の第二層、それぞれにある。特に規則はないのだが、二年生が上、一年生が下の門を使うことが慣例になっていた。これは第三層に企業や公社が集中していて、二年生は就職活動で第三層への往来が増えるためであると揚羽は聞いている。

だから、連理に手を引いてまでされて一年生用の裏門へ連れていかれたとき、揚羽にはその理由が見当も付かなかった。

昇降口まで来ると、帰省する寮生の見送りをしながら談笑しているらしい一年生の一群が見えた。その中によく見知った顔を見つけて、「しまった」と呟《つぶや》いたときにはもう後の祭りである。

「お姉様《エルダー・フローレンス》！」

一人の一年生が揚羽に目を止め、嬌声《きょうせい》を上げる。

逃げも隠れも間に合いはしない。亜麻色《あまいろ》の髪を二つに結った可憐な容姿の一年生の人工妖《フィギュ》精《ア》は、清楚なスカートの裾と誉れ高い二等級認定予定を示す白ライン入りの朱色のタイを、まるで鯉のぼりのように大きくひるがえし、ミサイルのごとく揚羽に向けて両手を広げて突進してきたのだ。

「ああ！　お姉様《エルダー》！　お姉様《エルダー》！」

五稜郭には、一年生に一人ずつ、生活指導を担当する二年生がつく習わしがある。一年生は担当の二年生を『お姉様《エルダー・フローレンス》』と呼んで敬うのだが、揚羽に任された「雪柳《ゆきやなぎ》」という一年生は、他の生徒が驚くほどに揚羽に懐《なつ》いていた。

「休校中にお会いできるなんてなんてお嬉《うれ》しいことでしょう！　お思いがけませんでしたわ、お姉様《エルダー》！」

コルセットの上から腰にすっかりしがみつかれ、もはや身動きも取れない。縫《ぬ》ったばかりの脇腹の傷も痛む。せめても連理に振り返り、恨めしい視線を送るのが精一杯である。

「謀《はか》ったわね、連理」

連理はいやに恭《うやうや》しくスカートの裾《すそ》を摘み、「なんのことでございましょう」と宣《のたま》うのだから、揚羽はもう溜め息しか出てこない。

「今日はも・ち・ろ・ん、寮にお泊まりになるのですよね！　お姉様《エルダー》！」

実は最初から共謀していたのではないかと勘ぐりたくもなる。しかし、工房《びょういん》を抜け出してきた身であることを最後まで明かさなかった揚羽にも、非はあるわけだ。

「わかりました。あなたの『もちろん』では仕方ないですしね」

後で鏡子に土下座して靴《くつ》を嘗《な》める程度の覚悟を決め、揚羽は二人に降参を宣言した。

＊

結局、住み慣れた連理との相部屋に戻り、雪柳が寮則無視で大量に持ち込んだスナック菓子の類を囲んで、三人でお泊まりパジャマ・パーティと相成った。

最も下の四等級認定予定の揚羽に、扱いの難しい風気質《マカライト》とはいえ、二等級認定予定の雪柳が任されたことだけでも周囲は驚愕したのだが、このような彼女の〝したたかさ〟を見るにつけ、むしろ二等級として本当に相応《ふさわ》しいのか否かの方が、揚羽には疑問に思えてならない。

それも風気質としての長所なのだと、人間たちがもしも言うのであれば、しがない丙種《よんとう》すれすれの揚羽には「そうですか」と受け止めるしかないのであるが。

宴もたけなわとなり、雪柳がティーポットに五回目のお湯を注ぎに退出している間、揚羽は切除《ころ》した人工妖精《フィギュア》の所持していた、小さな電卓のようなものを指で弄《もてあそ》びながら、後輩のいない間にとばかり、ひとつ大きな欠伸《あくび》をした。

「揚羽、眠いの？」

窓辺で自慢の鉢植えの様子を見ていた連理が、ポインセチアの赤い葉を撫でながら振り向く。

「うん、少しね。一昨日からあまり寝てなくて。でも大丈夫」

「そう……それはなに？」

訝《いぶか》しそうに後ろから覗き込んできた連理に、手を開いて電卓のような何かを見せた。

「何だと思う？　私も知りたいんだけれど」

「ボタンに数字が書いてあるわよね。『1』から、『9』まで。『0』もあるか。あとの絵記号みたいのは……ちょっとわからないわね。上半分は画面？」

ひっくり返してみても、裏側にはボタンが一つもない。

「数字があるから電卓かなって思ったんだけど、それにしては大きいよね」

「そうね。『＋』とか『－』もないし……」

二人が揃って首を傾げた頃、勢いよく入り口の戸が蹴り開けられた。

「ただいまお戻りました！　お姉様方！」

両手でお盆を持っているので仕方がないのだが、それでももうすこしマシな開け方はないのかと、妹分の指導について常日頃からの悩みを蓄積させる揚羽である。

　揚羽は初め、この風気質の下級生に引き合わされてからしばらくは、その突き抜けた闊達《かったつ》さと二等級認定予定という人間からの高い評価との落差を何とか埋めようと、それなりに努力をしてみた。

　ところが、言葉の前に「お」を付けなさいとか、語尾は「ます」になさいと教えたら、雪柳はなんでもかんでも「お」と「ます」を付けるようになり、生来の闊達さと半端な上品さを実に微妙なブレンドで併せ持つという、余計に奇っ怪な現在の口調に成りはててしまった。所詮《しょせん》はたった一年、長く生きているだけの人生経験希薄な劣等生である。教えてやれることなどろくにありはしない、というのが今の揚羽の自分への言い訳だ。

「それは『ピッチ』ですわ、お姉様《エルダー》」

　二人の声は廊下にまで聞こえていたらしい。

　それぞれのカップへ淹《い》れ立ての香り立つ紅茶を注いでから、雪柳は電卓状の何かに手を伸ばし、ボタンの一つをぐっと強く押し込んだ。

「ほら、これでお電源が入りました」

　バックライトが点いていくつかの文字が表示された画面を眺め、おお、と連理と揚羽は声を揃えて驚嘆する。眠気も吹き飛んだ。

「――で、これは何に使うものなんです？」

「『ピッチ』はお電話ですわ、お姉様《エルダー》」

「電話？　これが？　だって、電話になんで数字のボタンが必要なんです？」

「それはそのようなものなのですわ、お姉様《エルダー》」

風気質は一般には能天気と思われがちだが、その実、頭の回転の速い、勘のいいタイプが多い。つまり物事の本質を鋭く見抜いて理解するのが早いのだが、それを他人に説明したり教えたりすることには全く向いていない。

そういうものだからそういうものなんです、彼女はそう言っている。

「たしかに、電話をするのに数字のボタンなんていらないわよね。なんでついているのかしら。電話をしたければ相手の名前を入力すればすむもの」

連理も揚羽と同様の疑問を持ったようである。

そして雪柳はやはり答えられない。こういうとき、風気質の乙女たちにどう接すればいいのか、揚羽も揚羽なりに心得ているところはある。

彼女たち風気質は答えられないことがあっても、それが知らないことだとは限らない。つまり、質問の仕方の方が悪いのだ。

「じゃあ雪柳。これで誰かと電話をするには、どうすればいいのですか？」

「このお電話帳のボタンを押せば、お話しになりたいお相手の方を見つけられますわ」

彼女が意味不明な記号が刻印されたボタンを押すと、人工妖精《フィギュア》の名前によく選ばれる、草花の名前がずらりと小さな画面に並んだ。

年長者の二人が再び、おおっと感嘆する。

「つまり、『電話帳』というのは『名簿』のようなものなのね。名前の下にある番号は、き

っと区民番号とか製造番号のような、特定の誰かを識別するために割り振られた番号だわ」

合点のいった様子で、連理が相づちを打つ。

「ああ、なるほど。それで数字を入力するボタンが必要だったわけですか」

学園の中では自粛しているが、携帯端末なら揚羽も持っている。他の寮生も寮則や校則は脇に置いて、なんらかの形で利用したことはあるだろう。

ただ、誰かを識別する番号など一人に一個あれば十分であり、まさか電話のためだけに十桁以上もの番号を別に割り振っていたなど、想像も及ばなかったのだ。揚羽の持っている携帯端末は名前をリストから選ぶだけで通話が出来て、区民番号などは同姓同名の人物でもいないかぎり表示されない。

だから、電話専用の番号など、なんと無駄の多いシステムだろうかと考えてしまうのだ。

「でも、これって電波式ですよね？　自治区では使えないのでは？」

樹脂を多用した外装からして、自治区で普及する高速赤外線通信には明らかに向いていない。金属ではなく樹脂を用いたのはおそらく電波のためのアンテナを内蔵しているからだろう。

しかし、今もこの部屋に数匹舞っているが、自治区では蝶型の微細機械群体《マイクロマシン・セル》が高度に普及し、至る所で自治区民の生活を支えている。この蝶の形をした小さな簡易ロボットは揚羽たち人工妖精《フィギュア》の身体も形作っているが、その無視できない特性のひとつとして、赤外線より長波長の電磁波、つまり旧来から無線通信に多用されてきた電波を非常に強く吸収してしまうことがある。

　つまり、この東京自治区は、蝶型の微細機械群体《マイクロマシン・セル》の活用によって世界で最も暮らしよい先進都市になったが、一方で従来の無線通信は著《いちじる》しく制限され、代わりに赤外線通信の高速化、広帯域化、高度な指向性制御など、自治区の外ではまったく無意味な赤外線通信に特化した技術の進化を起こし、孤立生態系《ガラパゴス》的な独立した通信文化を作り上げてしまっているのである。

　この『ピッチ』なるモノも、外の世界では十分機能したのかもしれないが——。

「そんなことはありませんわ、お姉様《エルダー》。基地局のアンテナのすぐおそばなら、十分電波が届きますわ」

「アンテナっていったって……」

　自治区の空には、常に無数の蝶が舞っている。揚羽も自治区内のいろいろな場所へ行くが、あるのは一部の建造物に備えられた可視光レーザー通信設備ぐらいで、電波用の物は見たことがない。

「使える場所があるのですわ」

　すっくと立ち上がった雪柳は、ネグリジェ・ポケットからよく似た端末を取り出す。

「だって、私も使ってますもの、ピッチは」

＊

　風気質《マカライト》の人工妖精《フィギュア》は、とかく熱しやすく冷めやすい。

興味の目移りが激しく、好みは陽炎《かげろう》のようにうつろう。また、他人が無関心なものに強く関心を持ち、どんなに傾倒していたものでも一般に流行しだすと途端に無関心になることもある。

『ピッチ』なる電話端末も、好奇心が旺盛《おうせい》な風気質の生徒たちの間で、密かに受け継がれてきた息の長いブームであるらしい。

赤外線を使わないので講師たちが所持している感知機《センサー》に引っかからず、持ち込んでもなかなかバレないのだそうだ。なるほど、人工島で電波の端末を使うという発想からして年季のいった講師の方々には理解できないであろう。

雪柳に連れられて寮の中を歩くと、確かにいくつかの場所では通信が可能で、試してみると実際に雪柳の『ピッチ』と通話もできた。

蝶たちのせいで基地局アンテナの本来のカバー範囲が極めて狭くなってしまっているようだが、電波の届く場所を憶えていればそれなりに使い出はある。

実際、雪柳たち風気質の乙女たちも、通話よりはネット上交友のソーシャル・ネットワーキングの端末として主に利用しているようだ。基地局アンテナがすぐ側にある部屋は競争率が高く、またその部屋の主になったら他の『ピッチ』利用者に部屋を概《おお》む開放することを求められるらしい。

「ここが一番人気、皆の憧れのお部屋ですわ」

ふた房の髪とネグリジェの裾を揺らしながら雪柳が指し示したのは、一階隅の階段脇の部屋だった。

「階段のお裏にアンテナが設置されているようで、このお部屋なら『ピッチ』が使い放題ですの。でも今のお部屋主がちょっと困ったさんで、なかなかお邪魔できませんの」

「困ったさん？」

「『美鈴之千寿《みすずちじゅ》』さんよね」

揚羽の問いに答えたのは、思いがけず連理だった。

「揚羽はそういうの疎《うと》いから、知らないか。寮ではちょっとした有名人よ、悪い方のね」

千寿という人工妖精《フィギュア》は、入学して間もない十月、つまり二ヶ月ほど前に、窃盗《せっとう》事件を起こした。

実は五稜郭《ごりょうかく》に限らず、こういった寮の中では意外に窃盗被害が多い。他人というには近く、共同生活をする中である種の馴れ合いが生じ、盗られる側は脇《わき》が甘くなるし、盗る側も外での万引きなどと違って家族から物を借りるような感覚になり、倫理的なハードルが低くなりがちなのだ。

窃盗が疑われる紛失事件が起きるたびに寮内は騒然となるが、犯人が見つかることは滅多にない。お互い痛くもない腹を探られたくはないから、家捜《やさが》しに協力的にならないし、盗られた側も悪いということでうやむやになってしまうことが多い。

だが千寿《ちじゅ》の場合は、ルームメイトの告発によって窃盗した物品が室内から見つかってしまった。寮生による自主委員会はこれを学園には報告せず、ひとまず執行猶予のような形で千寿に謝罪と返却をさせ、手打ちにした。

が、しかし、限定された共同生活空間の中でひとたび信頼を失ったら、とても暮らしづらくなる。案の定、千寿は他の寮生から避けられるようになり、ルームメイトになるのも皆が拒《こば》み、この二人部屋に一人で住まうようになった。

そして、やがては授業も欠席しがちになり、寮の自室に引きこもることが多くなったのだそうだ。

「私も居合わせたわけじゃないから、又聞きなんだけれどね。元からルームメイトとは、空調の温度を巡って仲がよくなかったらしいし、委員会としてもそこを加味して灰色のお沙汰にしたんだろうけれど……」

白黒善悪はさておくなら、千寿というまだ一歳にも満たないであろう幼い人工妖精《フィギュア》の心中は、察して余りある。

揚羽がやりきれぬ溜め息をついたとき、聞き慣れない着信音が耳に届いた。

それがサン＝サーンスの『動物の謝肉祭』からの『白鳥』というピアノ曲であることに揚羽が気づいたのは、鏡子のクラシック音楽偏愛のおかげだが、問題は鳴っている場所だ。

雪柳は自分の『ピッチ』を手にして首を傾げているし、連理は眉をひそめて首を横に振っている。皆、寮の廊下で着信音を鳴らすほど迂闊ではないし、そもそも学舎である五稜郭には、赤外線通信の設備が備えられていないから普通の携帯電話は使えない。だからこそ風気質《マカライト》の生徒たちは『ピッチ』を持っているのだ。

「部屋の中から？」

　揚羽が戸に寄って聞き耳を立てると、『動物の謝肉祭』の調べは一分ほど響き続けてプッリと切れた。

「連理……お昼に話をしたとき、確か『第一寮舎の一階の隅の部屋から変な音がする』って噂を教えてくれたよね。それって、ここのことじゃないかな」

　尋ねられても、連理には答えようがない。

　確かに第一寮舎で、一階で、隅の部屋ではある。あの風聞の原因が、『ピッチ』の着信音やバイブレーターであったなら。

「もしかして――」

　揚羽はポケットから『ピッチ』を取り出し、雪柳に教えてもらったとおり、発信履歴や着信履歴から出鱈目《でたらめ》に選んで電話をかけてみた。

　十数件かけてみて、うち二件は誰にかかったのか履歴でしかわからない。しかし残りはすべて、部屋の中から違う着信音で響いた。

『ピッチ』の契約形態は知らない。だが、一つの番号に一つの電話が対応しているのなら、この部屋の中には最低でも十数個の『ピッチ』があることになる。

「破る」

　突然そんなことを言い出した揚羽に、連理はおろか雪柳までもが困惑する。

　蝶番と鍵の位置を確かめ、慎重に狙いを澄まして、左肩からドアに突進した。

瞬間、左腕から走った痛みに目の中で火花が散って、意識を失いそうになった。

駆け寄ってくる二人の声が、少し遠く聞こえる。

やはり自分は馬鹿だと思う。なにも三角巾で吊っている、左腕の方で突っ込むことはなかった。傷も少し開いてしまったかもしれない。

「大丈夫……」

頭を振り、肩を摑もうとした連理の手を払って、今度は右肩からドアに突撃した。

一度、二度、三度。

四度目で鍵がひしゃげる音がして、七度目でドアは開いた。

室内は暗く、人の気配はない。

三人のうち、誰も照明を点けようとはしなかった。暗闇の中に浮かび上がるその光景に、圧倒されたからだ。

部屋の中には、床といわずベッドといわず、至る所に全部でおそらく百台近い『ピッチ』が充電台に置かれて並べられ、仄《ほの》かなバックライトを夜空の星々のように瞬かせていた。

＊

『ああ、あれはまだ機能していたのか』

揚羽から『ピッチ』について尋ねられたとき、鏡子が最初に述べたのはそんな感慨もこもらない、乾いた感想だった。

揚羽が救命工房の入院棟《びょういん》から了解も得ずにいなくなったことはとっくに鏡子の耳にまで届いており、「貸しをチャラにするばかりか借りまで作ることになった」と散々の叱責をもらった後のことである。

十二月も末の寒空。満天の星を切り取り、また反射して独特の光景を生み出す第三層の高層ビル群の底のさらに下、第二層の五稜郭、第一寮舎の屋上庭園の中で、辛うじて赤外線通信の繋がる場所を見つけ、鏡子に電話をかけたのは、寮がすっかり寝静まる夜の十一時を過ぎてからである。

寝間着の上からコートを羽織ってきたのだが、それでもしんと冷えた空気が肌を刺す。電話に向かって喋るたびに、息は白く濁《にご》ってから霞《かす》んでいった。

『かつては簡易型携帯電話とかPersonal Handy-phone System、略して「ＰＨＳ」、もっと簡易に「ピッチ」などと呼ばれていた。第三世代以降の携帯電話の台頭ですっかり事業価値を失ってしまったが、急激な市場縮小が起きたせいで、日本全国には長らくＰＨＳのアンテナ基地局が無数に残っていた。ゆえにＰＨＳが使っていた１・８から１・９GHzの電波帯を他の用途に割り振るわけにもいかず、その帯域は長いこと空白のままだった。

この人工島の開発が始まって間もない頃はまだ微細機械群体《マイクロマシン・セル》の数も少なく、電波による通信が十分可能だったが、日本本土の電波法の絡みでな、勝手に通信事業を立ち上げるわけにはいかないし、さりとていずれは使えなくなるのがわかっていて横柄な本土の大手通信キャリアを導入したくもない。それで、名ばかりで完全に凍結されていた元電力企業系のＰＨＳ

事業法人を買収し、その登録の範囲で簡易端末を島内に配布、販売した、というわけだ。

私もお前に言われるまで忘れていた。放っておいてもさして電力を喰うわけではなし、行政が撤去の先送りを重ねた末に埋もれたまま、というところか。自治権獲得以前の古い建物には、まだ屋内設備が残っているのだろう』

つまり『ピッチ』は、人工島初期の遺物なのだ。

「五稜郭の構造の方は、どうでしたか？　私のメモ書きではかえって見にくかったかもしれませんが……」

『概要は理解した。確かにこの設計は異様だ』

揚羽は先だって、生徒手帳から複写した学園内案内図に、片目で眺めたときに初めて気づいた違和感を書き添えて、外のネットワークに唯一接続された寮内の共用端末から、鏡子へ画像で送っていた。

片目を負傷した今は、両目の時とは違い、一目で建物の奥行きがわからないので、無意識のうちに手や歩数で計るようになっていた。それで、普段なら気にも留めないような、学舎と寮内の些末な異状に気づくことができたのである。

『空間と時間はアプリオリだが、認識される長さと永さは必ずしもアプリオリではない。

昔、この関東湾がまだ陸地で、大地の上に東京という都市があった頃はな、地下鉄というトンネルで地下を走る鉄道が網の目のように張り巡らされていた。戦前に掘られた地下空洞の利用や土地権利と、それに纏《まつ》わる巨大な利権の関係で、路線網は無駄に複雑に入り乱れ、世界一わかりづらいと評されたほどだ。

　線路がそんなであるから、当然、地下の駅構内も極端に歪《いびつ》になる。列車から降りたのに一旦さらに深い地下へ降りないと、地上へ繋がる改札を通れないという冗談のような現実がそこかしこにあった。近接したプラットホーム間の行き来など、もはや嫌がらせの域だ。階段を下ると、ほんの少し先にまた上がる階段があったなんて駅も存在した。地下だから天井が低く、空は見えないし方向感覚は狂う。加えて無闇矢鱈《やたら》な上下移動があるせいで高低の感覚まで失ってしまう。地下鉄の駅では、実際、飛び込み自殺が多発した。

　私に言わせるなら、それは無理もない。人間はな、横と奥行き、すなわち水平の位置に関しては脳生理学でも非常に優れた感覚を持つことが知られている。しかし一方で、高低、すなわち上下の空間認識能力は、水平での二次元の位置認識の能力に比べて著しく劣っているという研究がある。つまり、水平での移動に比べて、上下の移動は酷く人間の精神にストレスを与えるんだ。人間はしょせん地べたを這う生き物だ。鳥や魚ほどには、空間を縦に移動することに人間の脳は適応し切れていない。

　かつての地下鉄の駅のように、複雑に入り乱れたうえに上下の移動、重なりとねじれまで加われば、人間の精神に自覚以上の強い影響を与える。毎日繰り返し利用すれば、現実感覚の喪失、神経衰弱、意識空白、ケースによっては精神を病むこともあっただろう。

　五稜郭の構造も、人間や人工妖精《フィギュア》の精神へ直接、極めて強力な負荷を与えるように出来ている。まるで最初からそのつもりで計算して作ったとしか思えないような、芸術的なまでの、見事な完成度でな』

「五稜郭の創立を主導したのは、確か――」

『不言《ふげん》の一族だ。風気質《マカライト》の発見者、不言志津江《しずえ》の氏族だな』

ここでまた、不言の名前が出てくるわけだ。

『それと、お前が処分した人工妖精《フィギュア》の所持していた粉末だが、あれは初期化剤《フォーマッター》だった』

「フォーマッター？」

『微細機械《マイクロマシン》には三つの種類がある。看護師志望ならわかるな？』

「蝶《ちょう》型、ミツバチ型、スズメバチ型、ですか？」

『馬鹿野郎。それは微細機械群体《マイクロマシン・セル》の種類だ。それより大元の分類だ。

お前たちの身体を構成しているように、自ら構造材となるタイプ。

建材のように、構造材を構築しつつ自らもその一部になるタイプ。

そして、ただただ人間に命じられるままに食品を量産する、原始的な〝視肉〟だ』

呆れた溜め息をつかれてしまうが、そんな微妙な区別を知っている方がきっと少数派だ。

『この散剤は、人間によって焼き付けられたそれら三種類の微細機械の役割を一旦真っ白に戻し、初期化する信号になる。蝶型の微細機械群体《マイクロマシン・セル》に振りかければ、数分のうちに目には見えない微細サイズまでバラバラになり、ただの視肉の塊になってしまう』

「つまり、もしそんな劇薬を、人工妖精《フィギュア》が服用したとしたら」

『身体のどこかで視肉が出来るだろうが、今のところは何とも言えん。臨床例がない』

それはそうだろう。

『ただ、もし繰り返し服用したなら、腫瘍化するかもしれん』

「たとえば——それは子宮の中でも？」

少しの間があった。同じ人工妖精《フィギュア》が所持していた排卵誘発剤と結びつけて、受胎への願望と妄執があったのではないかとする揚羽の推察に、鏡子は虚をつかれたのか、それとも言葉を選んで熟慮していたのだろうか。

『ない、とはいえん。が、まともな判断力を保持した人工妖精《フィギュア》なら、そのような愚考に陥《おち》るとは思えんな』

鏡子の返答は、不用意に踏み込まない慎重なものだった。

「あと、ひとつだけ。

では鏡子さんは、子供を産むという行為の意味について、どのようにお考えですか？」

何やら間があり、煙草に火をつけてからジッポのふたを閉じる音がするまで、しばらく待たされた。

『これから話すことは一種の厭世観《ペシミズム》であるから、そのつもりで聞け。一般的な人間の「子供を作る意味」とは、不細工に肥大化した自己実現欲求の果たされざるゆえの先送りに他ならない』

生命の神秘のシステムである人間の出産と育児という、多くの人間にとって人生から不可分な過程の意義を、鏡子は十代の未熟な若者に発症しがちなモラトリアムと程度が同じだと切り捨てたのだ。

『地球上をいくら見渡しても、人間ほど己の「血統」とその価値にこだわる生き物は他にない。姓を尊び、祖先を崇拝の対象とし、自分の子々孫々に自らの存在を半ば強制的に記憶にとどめさせようとする。

他の動物とは異なり、人間は言語を得て知識を劣化の少ないデジタルで継承する術《すべ》を得たという特性ゆえもあるが、自己の血族の存続と保存に強力に執着する。それは人間があらゆる生命の中で最も社会性の強い生き物であり、それゆえに食物連鎖の頂点にまで上り詰めるほどの強か《したた》さを得た反面、無闇に肥大した自我《エゴ》を発散する本能的な術を失ったからだ。

もっと簡単に言い換えるのなら、あらゆる人間は決して「一位」にはなれない。数十億の人口を俯瞰《ふかん》できるこの社会では、人間は己の存在意義の喪失に、常に深層心理で怯えながら生きている。

故に、真実の意味で「自己実現」なるものが果たせる、自分の生きる意味をはっきりと見いだせる人間など、この世界には存在し得ないんだ。

では人間は自己喪失の恐怖に、ただ無力に怯え続けるしかないのか？　これもまた否だ。お前はなぜだと思う？』

「人間は、子供を作れるから、ですか？」

『そうだ。過失による交通事故死が起きると、成人より子供の方が高額の請求が行われるケースが多い。これは子供の「可能性」というまだありもしない価値感覚を金銭に換算しようとするからだ。つまり「子供には無限の可能性がある」というのは、多くの人間にとって集合的無意識のごとく、まるで普遍的にすら見える真理のような重さを持っている。それがどんなに無能で反社会的で横暴で低俗な馬鹿どもの子供であろうとも、ノーベル賞を取る可能性はゼロではなかった、ゼロではないのならあったのだ、という理屈だ。

つまり、人間は自分が自分の人生で成しえなかった命題を、次の世代に先送りすることができる。それはもちろん「自分の生きた意味」という、無形の極みたる、たわいもなくかつ誰しも忘れ去り得ぬ、ありふれたパラドックスすらも、ということだ。

ゆえに人間は先祖を敬うように子々孫々に伝え仕込む。子やその後に続く末裔たちが自分の存在を憶えている限り、自分の生きた意味がゼロで無意味だったとされることはないからだ』

「人間は二度死ぬ、という言葉も聞きますが」

『戯言《たわごと》だな。同時に真実でもありうる』

人間が脈々と世代を重ねて運命を紡《つむ》いでいく様を、鏡子はあくまで私見としながらも、エゴの自転車操業に過ぎないと言っているのだ。ヒューマニストが聞いたら発狂するかもしれない。

「それでは、命を産むことと、命を糧《かて》として食べることとの矛盾は？」

『愚問だ、揚羽。今の話の流れをくんだ上で聞いているのなら、それは自明だ。子供を産むという行為と、何かを殺し食するという行為の間には、我々が肌で感じるほどの大きな隔たりはない。「食べる」ということは「生まれ変わる」ことと同一であり、「生まれ変わる」とはすなわち「産む」ということだ』

目の前が真っ白になるまで、寒空に向けて大きく息を吐いた。

「わかりました……」

鏡子はこの空よりもなお冷たい。冷酷で、残酷で、非道で、無慈悲だ。だが、そんな鏡子をこそ、揚羽は愛おしいと思うのだ。この人を、こんなにも賢《さか》しく、勇《いさ》ましく、それゆえに寂《さび》しい人を、この冷たく澄んだ空の下に一人で残したりは決してしたくはない。そんな祈りすらも、人間が我が子に託す願いとは違うと、鏡子は言うのだろうか。

「風気質の一連の発狂の件は、今夜中にケリを付けます」

返事はなく、電話はしばらくの間の後にそのまま向こうから切られた。

携帯を内ポケットにしまってから、揚羽は階下に降りた。

一旦部屋に戻って、連理と雪柳が熟睡しているのを確認し、またそっと戸を閉めて後にした。

初めは、「子宮」だと思っていた。まだ見ぬ「彼女」はおおよそそこに意味を見いだすだろうと考えていたのだ。だが鏡子の話を聞いていて、考えを改めた。

「彼女」は生まれ変わったのではない、生まれ変われないまま、足掻《あが》いて、藻掻《もが》いているのだ。だから「食べ」させた。

それが自ら招いた結果であったにせよ、何者かによる罠であったにせよ、今の「彼女」は古い自己の存在に執着はない。脱皮し、殻を脱ぎ、羽化するような変身を彼女は求めている。もう一度、生徒手帳を開き、寮舎も含めた五稜郭の構造を頭の中で確認する。

本校舎が子宮、第二校舎が産道であるのなら、卵巣に当たるのは。長く長く保存され、大事にしまっていたものを一つずつ繰り出していく、その場所に相応しいのはどこか。

やがて、揚羽は寮舎の食堂に辿り着き、調理場から冷蔵室へ入った。その奥にはまだ開けていない冷凍室がある。

人工的な冷気に包まれながら、コートのポケットの中でメスの数を確認する。

本数は十分。

最後にもう一度だけ深呼吸して決意を固め、思い切って冷凍室の扉を引いた。

＊

それは異様な光景だった。

誰も気づかなかったのも無理はない。扉は癒着して隙間までへばり付き、揚羽もメスでそれを切り落としながらようやく開けたのだ。

冷凍室の壁という壁は、ピンク色の脈打つ肉で埋め尽くされていた。

零下の低温に晒されたそれは表面から壊死《えし》し、黒く変色してその上からさらに新しい肉が増殖して覆い被さる。その繰り返しで壁も棚も不気味に膨らみ、原形を留めていない。

しゃり、という霜を踏む音と、粘膜が靴底を擦る奇妙な感覚を同時に味わいながら、揚羽は一歩、一歩と冷凍室の奥へ、「彼女」の姿を求めて進んだ。

やがて、マトリョーシカのように丸々着ぶくれした、少女型の人工妖精《フィギュア》の姿を見つけた。

「彼女」はセーターとコートを着込み、さらに上から毛布を幾重にも被って震えていた。顔は睫毛《まつげ》まで霜で凍り、唇は青ざめて所々裂けている。頬はごっそりと肉が落ち、憐れなほど痩せ衰えていた。

それは寒いだろう。上はこの通り重ね着をしているが、毛布の隙間からレースのスリップ一枚だけの素足が覗いていた。

あと十歩ほど、というところまできて、足下でチリリと火花のようなものが爆《は》ぜたのを見て、歩みを止めた。

「千寿《ちじゅ》さん」

いったい、ここにこもって何日を過ごしたのだろう。彼女が揚羽の声に顔を上げると、首の辺りから霜とも皮膚ともつかない何かが剝がれて落ちた。

「うまく生まれ変われそうですか？」

千寿は言葉を聞き取れなかったように初め眉を微かにひそめ、それから意味を悟って目を大きく見開いた。そして肌が裂けるのもかまわず、全力で首を横に振ったのである。

「でしょうね」

彼女の周りには、白い散剤の包装が、ちぎれて散乱している。

「人間の排卵誘発剤は効果がなかった。だから、初期化剤《フォーマッター》に手を出した。それで初めは生理のようなものが始まって嬉しくなった。だけど飲んでも飲んでも、出てくるのは醜い神経の固まりと、未成熟な胎盤ばかり」

胎盤は母体と胎児、双方から由来した構造が組み合わさって作られる。いくら彼女の子宮が人間のそれに劣らなくとも、母体だけでは胎盤すら完成し得ないのだ。

「あなたは不遇な人生だったのかもしれない。それについて私に同情しろと言うのならしてもかまわないですが、何かを産むことで自分の人生をリセットできるのなら、確かに蠱惑的で魅力的な選択肢ですね」

揚羽の言葉に反応したように、足下の火花がより一層強く弾ける。床に張った肉が、帯電しているのだろうか。

「み……みんな……」

震える歯を鳴らしながら、掠れ声で彼女は言う。

「みんなだって……本当は、う、生まれ変わりたいのよ……もう嫌だって、やり直したいって……だから、薬をあげたの……でも、血が出るようになると……すぐに恐くなって、で、電話にも出なくなったわ……」

やはり、他の三人に薬を与えた元締めは千寿だったようだ。

「それでもあなたは、他の人のように人間を傷つけたり、殺そうとしたりして、周りを巻き込んで自滅する道は選ばず、一人でこっそりこんな寒い場所にこもって、息も絶え絶えになりながら、自分だけで生まれ変わることを目指した。あなたは、自分から『生まれた』ものを捨てることも出来ず、みんなに『食べて』もらうことで新たな生に還流される、そう望んだだけだった」

千寿の顎は震えて見て取りづらかったが、小さく縦に揺れたように見えた。

そのような彼女の異常な行為と意味に気がついたのは、部屋にたくさんのＰＨＳが並べられていたのを見たときだ。彼女はそれぞれの電話ごとに、別人に成りきって無数の人間と語らっていた。

無数の電話は一台ごとに別な自分になるための手段で、違う電話で話すたびに、彼女は取りあえずの安易な生まれ変わりに興じられた。肉体は生まれ変われなくとも、顔の見えない電話越しの世界なら彼女はいくらでも別人になれたのだ。

しかし、心身の乖離《かいり》が続けば、やがては肉体も病む。

「そうしているうちにも、処理が追い付かなくなった。肉の中に混入する割合を増やしていけば、血の臭いで嫌がられる。そうすると挽肉の献立《こんだて》が減らされる。なおさらあなたの産む肉は余されていく。その果てがこの有様ですか」

彼女の股の間からは、いくつもの臍帯が伸びて、床や壁に繋がっている。彼女から生まれた肉は、冷凍室をすっかり覆い尽くし、産み出した母体の彼女自身すら逆に包み込んでしまった。

「そうよ……も、もう私を、こ、殺して……もういや……もう、私だって……こんなの、イヤなのよ！　だから……！」

千寿は嗄《か》れた喉で叫んだ後、毛布の中で痛ましいほどに咳き込んでいた。

そんな彼女を、揚羽は白い息を吐きながら睥睨《へいげい》した。

「明確な第三原則消失。第二原則履行困難。第一原則消失兆候」

ひとつ述べるたびに、胸にちくり、ちくりと痛みを覚える。

「最後に。あなたに薬を……初期化剤で『肉』を産む術を教えたのは誰です？」

千寿は躊躇《ためら》われるように、少しずつその名を口にする。

「ふ……不言……し……ず……」

不言志津江？　確か、彼女はとうの昔に故人となっているはずだが、その名を騙る別人だろうか。

「いいですよ、私はあなたを切除《ころ》しにきました。

あなたは死にたいとは思っていても、殺されるような罰を受けるほどのことはしていないと言うのかもしれない。でも、そんなことは関係ないんです。殺したいから殺していいなんてことはないし、その逆もまた然《しか》り。そんなことは私には関係がない。人々に尋ねるならば、多くの人があなたは『殺されるほどの罪はない』と口にするかもしれない。でもね、心の中ではこう思ってるんです、言葉にするのが躊躇われるだけで。それは、

『死ねばいいのに』です」

火花がより激しく爆ぜて、揚羽の視界を染める。それを踏みにじるように一歩踏み出し、コートのポケットから抜いた五本ワンパックのメスのパッケージを噛んで破り、持ちきれな

い一本を捨て、四本を右手の指の間に挟んだ。

「私は〝現象《フェノメノン》〟です。多くの人の言葉ではなく、心の中の願いを叶える、ただの現象。だから、あなたの罪の重さは私には関係がありません　美《み》鈴《すず》之千《ち》寿《じゅ》。生体型自律機械の民間自浄駆逐免疫機構《Bio-figures self-Rating of unlimited automatic civil-Expellers》――青色機関はあなたを悪性変異と断定し、人類、人工妖精《フィギュア》間の相互不和はこれを防ぐため、今より切除を開始します。執刀は末梢抗体《アクアノート》襲名、詩《し》藤《とう》之峨《が》東《とう》晒井《さらい》之ヶ揚羽《あげは》。お気構えは待てません。目下、お看取りを致しますゆえ、自《おの》ずから然《しか》らずば結びて果てられよ！」

一足、二足、三足で間合いを詰め、一気に首を狙った。

四本のメスのうち、二本が喉笛を裂き、二本で頸椎《けいつい》を貫く。

刺殺は一瞬にして完了だ。普通の人工妖精《フィギュア》ならこれで終わる。

しかし――

『――――――っ！』

脳と切り離された身体と、身体から連なる肉の塊たちは、むしろ解き放たれたように低く、一斉に鳴動した。

「やっぱり首じゃ駄目か！」

揚羽がメスを放して後ろに飛び退いた瞬間、前髪が焦げるほど目の前で、雷光が天井から床へ駆け下りた。

「神経伝導だけで空気中の放電が起きるほどの電位差を⁉」

棚の影に隠れたものの、その棚も千寿の肉で包まれている。

この部屋全体が巨大なコンデンサと化していて、どちらが正で負だかはわからないが、天井と床に莫大な電荷が蓄積している。

電力はコンプレッサーか、どこかのコンセントから得ているのだろうか。もしそうなら、この部屋と一体化した千寿は、天井と床のどこにでも電極を生みだし、放電を起こすことが出来るのだ。

「なんてこと……」

すっかり弱り切っているものと、なめてかかったことは反省せざるを得ない。これなら先の三人の方がまだしもである。人の形をしていたのだから、それを壊せばよかった。しかし、今の揚羽はすでに千寿の胎内に閉じ込められてしまったに等しい。

棚の影に隠れて千寿の視界から逃れたところで、いつ頭の上から稲妻が降ってきてもおかしくはないのだ。

「クラインの壺か」

表裏逆転、彼女の胎内の内側と外側は互いに侵食し、区別がつかなくなっている。

あとは一か八か、直感にしたがって突撃するか。

それともこの間合いから、数に頼ってありったけのメスを投擲《とうてき》し、針の山になるまで千寿を刺し尽くすか。

後者は駄目だ。さっき引くとき、返す手で二本のメスを投擲したが、滅菌のために帯電したメスは周囲の放電につられて大きく軌道を変え、的を外してしまった。

前者も今のままでは丸焼き《ロースト》にされに行くようなものだ。放電が起きる直前、天井と床に火花のようなプラズマが形成されて、電極になる瞬間があるのはわかった。しかし、今の揚羽は片目で、電極の形成が見えても距離をうまく摑めない。さっきかわせたのも運がよかっただけだ。

腕時計はあと十秒ほどで零時を指す。

イメージしろと、自分に言い聞かせる。

二の手、三の手はない。一撃の四本のメスで決める。彼女の着ぶくれた服の厚みと、その下のやせ細っているであろう下腹の厚みを手のひらの感触で想像し、強さと角度を決める。

時計が零時になるのを合図に、揚羽は上がった息を無理矢理押さえ込んだ。

「ジャスト、二十四時間です」

棚の影から歩み出て、目を覆う包帯とガーゼを、メスで一気に切り裂いた。

左の瞼の下から現れた瞳は、揚羽の本来の青みがかった色とは違う、黄金《こがね》色をしていた。

「うん、やっぱり目は二つあるとよく見える」

舌なめずりするような放電の方向と、それに先立つ電極の出現位置が、自分でも驚くぐらいよくわかる。

「お互い後がないでしょう。じゃ、いきますね」

一閃迅雷！

踏み込みと同時に目前で走った稲妻を、電極の出現から判断し、爪先を軸にしてかわす。コートの裾が焦げる臭いを嗅ぎながら、さらに踏み込み、次の稲妻を再び爪先を軸にして背中で外す。

満員電車の中を、縫って歩くのと同じだ。強く押しすぎては駄目、飛び込めないのも駄目。引かず、しかし押されず、柳の枝のように身体をひるがえし、稲妻の間隙に滑り込みながら、千寿との距離を少しずつ詰める。

そして一足の間合いから逆手で四本のメスを千寿の下腹へねじ込んだ。

奇声、それとも断末魔の悲鳴だったのだろうか。

冷凍室全体が震え、耳朶《じだ》を揺らすほどの轟音を響き渡らせ、やがて静まった。

座り込んだままの彼女の顔は、今は少しずつ蝶に戻って消えつつあるが、最初に首を切ったときから変わらない、諦念に満ちた安らかな表情のままだ。

それ以後、彼女の身体と身体以外を動かしていたのは、きっと彼女の子宮で視肉と混じって膨張した、神経の腫瘍、もうひとつの脳だ。

彼女は「生まれ変わる」ことも「産む」ことも出来なかったが、確かに身体を動かせるぐらい立派なもう一つの「心」を、胎内で育んでいたのだろう。

それを母子と呼んでいいのかどうかは、揚羽にはわからなかった。

＊

レベル2の生物災害《バイオハザード》指定がされて、寮の食堂が立ち入り禁止になったのは、翌朝午前七時のことだった。通報は千寿《ちじゅ》の絶命後すぐにしたというのに、ここ数日徹夜続きの揚羽は、冷蔵庫の戸のそばで結局夜明けまで待ちぼうけを食らうことになったのだ。

やってきた人倫任命の変異審問官《インクイジショナー》は、黒いサングラスで隠していたものの、目元がしょぼついているのを揚羽は見逃さなかった。

せめてもの嫌味にと、五稜郭の乙女らしからぬ大きな欠伸《あくび》と背伸びを見せつけると、審問官はぎょっとしてしばらく足を止めていた。

あの調子では、冷凍庫の中の惨状を見てもう一度驚愕し、その場で失神してしまうかもしれないなと思ったが、生憎《あいにく》と揚羽の方も見知らぬ技師の身の安全を心配するほどの余裕はない。

部屋に戻るまでの間に早起きの乙女たちを何人か見かけたが、まだ何が起きたのか理解しているのは半々といったところで、歯ブラシをくわえたまま挨拶もなしにすれ違った暢気《のんき》な娘もいた。

自室のドアを開けると、身支度を始めたばかりの連理と鉢合わせたが、揚羽は横を擦り抜け、自分のベッドに倒れ込んだ。

「ごきげんようぉ……」

この挨拶は「おはよう」でもあり、「おやすみ」でもある。五稜郭の先輩方は、まことに便利な言葉を残してくれたものだ。

「雪柳が、朝起きたらあなたがどこにもいないって大騒ぎしてたのよ。今頃、校舎の方まで探しに行ってるかも」

それは悪いことをしてしまったと、心から反省はする。

「我に余力なし……自力にて生還されたし……と、伝えて」

「せめてコートぐらい脱ぎなさいよ」

トドのようにされるがままの揚羽の身体からコートを剝ぎ取った連理が、揚羽の色違いの左目に気づいて一瞬手を止めたのがわかったが、揚羽にも説明するだけの気力はなく、そのまま瞼を落とす。

連理が毛布を掛けてくれるのを身体で感じ、そのまま心地よく眠りに落ちようと思ったのだが、ふっとわいた疑問がなかなか沈んでくれなかった。

寝返りを打つと、窓辺に置かれたポインセチアの赤い葉が目に入った。

「そのポインセチア、まだ赤いんだね」

揚羽が言うと、連理は歩み寄って自慢げにその葉の先を摘んだ。

「でしょ。赤みを長持ちさせるコツがあるのよ」

「ポインセチアの赤は、イエス・キリストの血の色、だっけ？」

「そうよ」

頷いた連理は、それから聞き慣れない言葉を唄うように朗々と口にした。

—— And as they were eating, Jesus took bread, blessed and broke it, and gave it to the

disciples and said, "Take, eat; this is My body."
——Then He took the cup, and gave thanks, and gave it to them, saying, "Drink from it, all of you. For this is My Blood of the new covenant, which is shed for many for the remission of sins."

「……なに、それ？」

「パンを手に取り主曰く『これは私の身体である』、また杯を取り主曰く『これは私の血である。この血は罪を赦すために流されるのだ』。新約聖書の最後の晩餐のシーンよ」

「連理って旧教徒《カソリック》だっけ？」

「ううん、カソリックは私たち人工妖精《フィギュア》を認めていないもの。単なる趣味。私の担当技師がそういうの好きだったから。
　イエスはこの後、十字架に磔《はりつけ》にされて一度死に、それから復活するのよ」

　血と肉を与えて食べさせるこの儀式を続けることを、イエスは弟子たちに伝えたという。そしてキリスト教が生まれ、ミサでワインとパンが配られるたびに人々はイエス・キリストの生涯に思いを馳せるのだ。鏡子の話と符合させれば、確かに彼は永遠の存在となったのだろう。

「『食べる』ことは『生まれ変わる』ことで、『生まれ変わる』ことは『産む』ということ、か……」

　千寿も同じことを思ったのかもしれない。

鏡子の言葉は、冷徹で重い、と思う。鏡子とて女性であるのに、そんなにも冷たく人の世を見切れてしまうのは、寂しくないのだろうか。そんな冷えた彼女の手を、頬を、少しでも自分の手で包んで温めてあげたいと揚羽が思うのも、それはエゴだと彼女は言うのだろうか。

「ねぇ……雪柳って、なんで私なんかがそんなに好きなのかなぁ」

「なんでって。本人に聞いてみれば？」

クローゼットに揚羽のコートをしまいながら、適当な返事を返している様が瞼の裏に浮かぶ。

「私なんて、あの子より二つも下の四等級の認定予定だし、頭悪いし、スポーツだってそんなにうまくないし、音痴だし、羽真っ黒だし……………ろしだし……」

「あの子はそうは思ってないってことでしょ」

連理の言葉は至極真っ当だ。

「そっか……重いね、好かれるのって……なんか、ずしんと……」

「人間なら家族ぐらいは、何があっても裏切らない、ってこともあるかもしれないけれどね」

ああ、と小さなピースがはまったような感嘆を覚えた。

千寿は生まれ変わりたかったのではなく、もしかすると盲目的に愛してくれる誰か、人間の家族のような何かが欲しかったのだろうか。

「鏡子さんも……今の私と、同じ気持ちなのかな……」

いくら慕っても振り向いてくれない保護者の顔を瞼の裏に浮かべながら、揚羽の意識は今度こそ深い眠りに落ちていく。

連理が何やら諭すような言葉をかけてくれたが、結局聞き取ることは出来なかった。

蝶と金貨とビフォアレントの雪割草

――黄鶯睍睆《こうおうけんかんす》。

昔の日本人は、旧暦の如月《にがつ》の頃を、優雅にそう呼んだという。

『黄鶯』とはウグイスのことで、春に独特のイントネーションで囀《さえず》る、雀《スズメ》の仲間の小さな鳥だ。茶葉のような深い緑色の羽をしていて、青豌豆《グリーンピース》から作られる緑色の餡《あん》が『ウグイス餡』と呼ばれることからもわかるように、この国では馴染みの深い鳥である。

――雪のうちに春は来にけり鶯《うぐひす》のこほれる涙いまやとくらむ

つい先日の古典の授業で、そのような古い和歌があることを習った。揚羽《あげは》は古典が苦手であまり詳しくは覚えていないが、確か雪の中にいるウグイスの涙もそろそろ溶けているだろうか、という春の訪れを詠んだ歌だったと思う。

関東湾に浮かぶ東京自治区には、一部の渡り鳥を除いて天然の野鳥はほとんどいないのだが、ウグイスならば揚羽も一年生だった去年の春に学園の梅の木の枝で見たことがある。もちろん遺伝子改良種だが、初めは辿々《たどたど》しかった鳴き方も、五月の頃にはすっかり一人前になって立派な囀りで生徒たちの耳を楽しませていた。

ただ、二月を『黄鶯睍睆』と呼ぶのは旧暦が使われていた頃の習わしで、今の暦とは季節にずれがあるのだそうだ。

実際、寮のロビーから見える窓の外は真っ白な雪化粧がされていて、校舎を繋ぐ渡り廊下からは小さな氷柱《つらら》がいくつも下がっていた。

昼の間は微《かす》かに陽光が漏れていた空も、夕刻の頃にはまた重い雲に覆われて、今はしんしんと雪が降り注いでいる。

隣の寮から渡り廊下を通ってきた一年生の二人組が、寒そうに自分の肩を抱いて、震えながら小走りでロビーを駆け抜けていく。肩の上にかかっていた粉雪の粒が落ちて、起毛のカーペットに消えた。

それは寒いだろう。この厳冬の中、彼女たちは三つ折りのソックスだけを履いて、スカートは膝よりずいぶん上まで短くしていたのだから。

一方で、揚羽は校則通りに黒のストッキングで、冬服のスカートは膝下丈《たけ》だ。手と首から上以外は素肌を覆ったその装いでいても、暖房の効いた寮のロビーに立っていて底冷えを覚えるのだから、脚を剝き出しにした彼女たちが表に出ればたまったものではないはずだ。

二年制の学校である五稜郭――この『扶桑看護学園』では、毎年この季節になると、一年生の間で何らかの流行が生まれる。冬期休校が明けてしばらくたった二月は、九月に入学してくる若い人工妖精《フィギュア》たちにとって、ふと気の抜ける時期なのだ。だから、制服の着崩し方や、厳しい寮の中で息抜きをする方法が同級生同士の間で一気に広まる。

　揚羽が一年生だった去年も、やはりブームがいくつかあった。色つきのタイの裏に爪楊枝を挟んで結びを綺麗に見せるとか、長めのスカートに自分で裁縫して膝のところを細くして大人っぽく見せるなど、今思えばなんということはない流行なのだが、なにせ一年生といえば生まれて間もない人工妖精《フィギュア》ばかりだ。右も左もわからないのに早く人間たちの社会に溶け込もうと必死なわけで、そんな彼女たちからすれば「こうした方が人間の覚えがいい」と誰かに教えられれば、翌週には半数が真似をしている。

　今年は去年とは打って変わって短いスカートが流行らしく、彼女たちのように身体を張った お洒落で寒風に立ち向かう若い乙女たちがこの寮には溢れている。

　二年生になるとひと通り落ち着いてきて、下級生のそうした振る舞いを生暖かい視線で見守るようになる。一年生には一人ずつ、〝義姉《エルダー・フローレンス》〟と呼ばれる二年生の指導係が付き、妹分たちの生活態度を指導するのだが、よほど下品だったり露骨な校則違反でなければ、多少の制服の着崩しは見て見ぬふりをする。なにせ、形は違えど自分たちも通ってきた道であるから、強くは言えない。

　そういえば雪柳《ゆきやなぎ》も最近はだいぶスカートの丈が短くなっていたな、と風気質《マカライト》の妹分の姿が脳裏をよぎった。だが、風気質はとかく熱しやすいが冷めやすい。流行なんてものは流されるものではなく、自分で作るものだと信じている節がある。きっと春までには同級生たちに先んじて飽きるだろう。

『──聞いているのか、揚羽』

「あ、はい、はい。よく聞いてます、だいたい概《おおむ》ね大まかに聞いてます」

電話の向こうの保護者の声は極めて不機嫌だ。

揚羽の仮親でもある保護者の鏡子《きょうこ》はいつも無愛想で、客や患者に対しても厚顔不遜だが、可能ならこういう声を出すときの鏡子の視界には一秒たりとも入りたくない。怒鳴り散らしているときの方が、鏡子もいずれ疲れるのでまだましである。

だが、今は電話越しなので、顔色が目には見えない分、余計に鏡子の嫌悪が肌で感じられるような気がして恐い。

ついでに、寮の窓口の向こうで揚羽の長電話に痺れを切らしてこちらを見つめている、五つ年上の寮長の顔もそろそろ笑みが恐い。

鏡子の癇《しゃく》に障ったのは、「魔法って実在するんでしょうか」という揚羽の不用意な一言だ。鏡子がその手のオカルト話を嫌っていることはもちろんよく知っていたが、揚羽は人工妖精《フィギュア》として生まれて《つくら》からまだ二年弱にしかならない。自分の理解が及ばない知識や現象が、この世にどれだけ存在するのか想像もつかない。

だから、「魔法」がないのなら「ない」と、現代文明の最先端を行く、人工妖精《フィギュア》の造り手である鏡子の口から言って欲しかったのだが、思った以上に鏡子の逆鱗に触れてしまい、ねちねちと嫌味を言われ続けてはや三十分。そろそろ、寮で唯一の電話を管理している寮長だけでなく、廊下やロビーを行き交う寮生たちの視線も痛い。

『魔法だの魔術だのに憧れるのは、自己愛《ナルシスト》が過剰な証拠だ。魔法で空を飛びたい、魔術で強くなりたい——そんなこと言う奴は、飛行機の操縦士にでもなればいいし、警察や軍隊に入れば銃や重火器を使う側になれる。だが、魔法に憧れる奴に限って、そういう努力は一切しない。何故だと思う？』

「えぇっと……それだと、誰でもできてしまうからではないですか？」

『そうだ。魔法や魔術に憧れる馬鹿が、無意識のうちに本当に望んでいるのは、空を飛ぶだの火をおこすだのという魔法の効力ではない。他人にはできない「魔法を使える自分」という特別な地位《ステータス》を欲しているんだ。

つまり、空を飛ぶとか、強くなるとか、具体的な目標はすべて自己欺瞞《ぎまん》の嘘っぱちだ。だからそうなるため努力する意味が、そいつの中には初めから存在しない。だから努力できない』

手厳しい限りである。

「でもそれは、魔法がないという理由にはならないですよね？」

『私はこの世に魔法なるものがあるか、ないか、などというつまらない話はしていない、馬鹿野郎。なぜなら、魔法や魔術なるものが仮に存在するのなら、そんな便利なものはとっくに体系化して学問の一部にし、誰でも使えるようにしているはずだからだ』

科学は、魔法をも取り込んでしまうということだろうか。

「科学は万能ですか？」

『万能だ、当たり前だろ』

鏡子の口癖である。

「でも、この広い世界のどこかには、科学的でない物事もあるのではないですか？」

『そんなものはない』

ぴしゃり、と言い切られてしまう。

『お前は大きな誤解をしている。「科学では説明できない現象」なんてのは、脳に白い虫が湧いている頭のイカれたオカルト信奉者の頭の悪い決まり文句だが、科学とはそもそも「説明する」ものではない。そんな誤解をすること自体、教科書に書いてあることしか想像できない、無能でクズで頭の悪い、文明を消耗品にして寄生する穀潰しである証拠だ。

科学とは、どんな不可解な現象であろうと、それをありのままで受け止め、ありのまま認め、ありのまま理解して、それを人間に有用な形で利用するための創意工夫をするという、ある種の文化性のことだ。

つまり、魔法なるものがあるのなら、科学者はそれを決して否定はしない。既存の理論で説明できないそれをありのまま認め、むしろ喜々として次にそれをどうやって社会で利用するかを考える。

科学と魔法が相容れないだの、対立するだのという考えは、ダニとシラミに脳の血管まで侵された馬鹿の妄言だ。科学とは「学問」のことではない。学問とは科学的試行錯誤の産物を馬鹿でも利用できるように論理的に示した一端のことであって、科学そのものとはまったく違う。

だから、科学の一部に過ぎない既存の「学問」で説明できない現象などいくら私たち科学者の前に指し示したところで、科学が否定されることはない。むしろ、我々科学者は喜んでその未知の現象を観察し、誰にでも使えるようにして世に広める』

鏡子は極端な現実主義者だと、揚羽は今日まで思い込んでいたが、本当は少し違うのかもしれない。

「もしかして、魔法や超能力を信じる人は、そうして誰にでも使えるようになるのが嫌なのでしょうか？」

『そうだ。近現代において、魔法だの超能力だのは度々ブームになるが、そんなものを欲している奴は全員、自分にだけそれができるようになりたいという、屈折したコンプレックスを患《わずら》っている。スプーン曲げをする自称超能力者を見て、自分でも試してみるような奴はみんな同じ穴の狢《むじな》だ。スプーン曲げが誰にでもできるなら、そいつはやってみようなどと思わないだろう。

そういう馬鹿は、自分だけは魔法を使える、自分だけは超能力の才能がある、自分だけは宇宙人と話ができるというステータス、選民的な自意識の充足を求めているだけだ。

オカルト傾倒者に高学歴が多いのは、既存の学会でつまはじきになった奴に限って、中途半端な知識を振りかざして、自分が反主流にされたというコンプレックスを患い、学会の定説を否定するために生涯を費やして執着するからだ。高学歴や地位がある奴が言ったからといって信じるのは無能だ。クズが馬鹿を集めて扇動し、金を巻き上げてしかも尊敬され、否定はできないという屁理屈を盾にして自分の出鱈目な学説も死ぬまで強弁できる。カルトやネズミ講、馬券の予想屋をやってるクズとそれに引っかかる馬鹿と同じ構図だ』

完全に虎の尾を踏んでしまったな、と揚羽が溜め息をついたとき、電話の置かれた受付の窓がコンコンと叩かれた。痺れを切らした寮長がやってきていて、電話の受話器受けを指で押す仕草をしている。

本来、寮の電話は緊急時の連絡以外は使用してはいけない規則になっている。揚羽は生来の体質のために体調を崩しやすく、普段から保護者の鏡子への電話を大目に見てもらっているが、これ以上は寮長も見過ごせないということだろう。

「ごめんなさい、鏡子さん。また電話します」

電話の向こうで、むすっとしている鏡子の顔が眼に浮かぶようである。

何度も繰り返し謝ってから、受話器を置いた。そして今度は目の前の寮長に頭を下げてから、傘を差して逃げるように寮の外に出た。

思った通り、外の空気はしんとして冷たく、襟から忍び込んできた冷気に思わず身体が震えた。

首に掛けていた襟巻き《スヌード》を二重に巻き直し、素肌の手に息を吹きかけると、だいぶ寒気は収まってくれる。指の間から漏れた白い息は、ゆっくりと舞い降りてくる粉雪に掠《さら》われてすぐに見えなくなった。

扶桑看護学園――五稜郭の中は、どこも雪に覆われて真っ白だ。人二人並んで歩けるくらいの広さの道だけは、朝のうちに一年生が雪かきをしてくれたが、それももう新たな雪に包まれて、周囲と区別が付かなくなっている。

歩むたびにブーツの底がきゅ、きゅっと蛙のように鳴き、三センチほどの深さの足跡が刻まれていく。雪を見るのは今年で二度目だが、寒いのはともかくとして、どことなく愉快な心地である。本土では数メートルも積もる地域もあるのだそうで、そこまでいくと天災だとは思うが、一度見てみたい気はする。

渡り廊下で繋がれた二つの寮舎の間を通り抜け、やがて北門の出入り口に辿り着く。

五稜郭は全寮制の学校で、学園の内と外の行き来は普段から厳しく戒《いまし》められている。生まれたばかりで送り込まれてきた人工妖精《フィギュア》たちを、外の世界とは隔絶されたこの学園の中で二年かけて立派な箱入りのお嬢様に育て上げ、また外の街に送り返す。そういう目的で創設され、今もそういう仕組みになっている。

だから、夜になれば外の街と繋がるすべての門は固く閉ざされ、急病でもない限りは誰も出入りできなくなる。揚羽の寮でのルームメイトである連理《れんり》は「お上品な監獄」と呼んでいたが、確かに囚われの姫君たちの城に相応《ふさわ》しい様ではあるかもしれない。

北門は五稜郭の乙女たちが身を寄せ合って暮らす学園寮から一番近い場所にあり、夜の八時を過ぎた今はもちろんもう通れないが、揚羽は門ではなく、煉瓦造りの塀に沿って門から少し離れたところに根を張っている松の木へ向かった。

五稜郭が学園になる前から植えられているというその松の木は、幹がうねって敷地の外にまで枝を伸ばしており、松を守るためにここだけ塀に穴が空いている。松の幹を通すためだけに造られた小さな穴で、もちろんここから人が出入りすることはできないのだが、煉瓦と幹の間はどうにか手が通るぐらいの隙間がある。

松の木の枝をくぐってその穴を覗き込むと、塀の向こう側に黒いコートの肘《ひじ》のところが見える。

「だいぶお待たせしてしまいましたね、すいません」

揚羽が言うと、やはりずいぶんと待ちくたびれていたのか、塀の向こう側に立っていた男《にん》性《げん》はコキリと首を鳴らしていた。

「……返答は？」

ごく短く、無骨な声で男は言う。

塀越しで顔は見えないが、きっと大柄な人間なのだろうと思った。

顔も知らないこの男がメールで唐突に揚羽に連絡をしてきたのは、つい先ほどのことだ。

彼は自分が人倫の代理人であることを明かした。そして、彼から人倫の依頼を受けるか否かと問われ、揚羽は返答を保留し、彼をここで待たせたまま、相談のために鏡子に電話をしに、寮へ一旦戻ったのだ。

しかし、揚羽の不用意な一言のために、結局は本題を切り出せないまま、電話を切らざるをえなかった。ここに至っては、自分で決めるしかない。

「あなたは、本当に〝人倫〟の変異審問官《インクイジショナー》なんですね？」

黒い手袋に包まれた手が、穴を通して人倫の委任状を見せる。

「……わかりました。お引き受けします」

揚羽が答えると、男は委任状を仕舞った。

通称人倫と呼ばれる「人工生命倫理委員会」は、人工妖精関連企業による自主規制機構《セルフレーティング》だ。人間と共生する人工妖精《フィギュア》にはすべて、人倫の定める『人工知性の倫理三原則』と『情緒二原則』、合わせて『五原則』の厳守が義務づけられている。

第一原則　人工知性は、人間に危害を与えてはならない。
第二原則　人工知性は、可能な限り人間の希望に応じなくてはいけない。
第三原則　人工知性は、可能な限り自分の存在を保持しなくてはならない。
第四原則　（制作者の任意）
第五原則　第四原則を他者に知られてはならない。

これらは、人工の生命体として人間と共存するため、人間と人工妖精《フィギュア》が取り交わした大事な約束だ。人間によって造られる人工妖精《フィギュア》は皆、生まれつき精神原型《S・M》と呼ばれる心の構造の中にこれらの原則を深く刻み込まれているので、自分の意思で原則から逸脱しようとする人工妖精《フィギュア》はほとんどいない。

しかし、希《まれ》に心を患うなどして原則から外れ、人間社会に害をなしてしまう個体も現れる。

人工妖精《フィギュア》と人間がこの小さな街で共に暮らすようになって数十年が過ぎ、人工妖精関連の法整備も進んでいる。既に、人工妖精《フィギュア》も人間同様に法律で守られ、裁かれるような時代なのだ。しかし、まだまだ既存の警察機構では対応できない事態《ケース》もある。

そうしたときは、人倫が「壊れた」人工妖精《フィギュア》を回収して治療、または廃棄することになるのだが、人倫はあくまで民間の機関であるから、検察や警察のように法的な後ろ盾は持っていない。

だから、人倫が社会に介入するには、行政や検察からの公《おおやけ》の要請か、さもなくば明確な五原則違反の証拠が必要になる。

「我々は、学園側から明確な要請があるまで敷地《そちらがわ》内へ踏み込むことはできない。当然、君の身に危険が及ぼうと、また君に何らかの嫌疑がかかっても、我々は一切関与しない」

「わかってます」

こんな一方的な条件を飲まされたことを知ったら、保護者の鏡子はきっとよい顔をしないだろうなと思った。

革手袋に包まれた手が穴の向こうから伸びてきて、折りたたまれた紙を揚羽に渡す。

「その電子ペーパーは、開封から九十秒で自動的にメモリが消失して無地になる」

たった一分半で目を通せ、ということだろう。随分と用心深いことである。

紙を開くと、想定年齢十八歳から二十二歳ぐらいの、揚羽より少し大人びた印象の人工妖精《フィギュア》の顔が映っていた。

「名前は『壱輪《いちりん》』。気質は風気質《マカライト》。等級は二等級認定予定だったが、現在は再審査待ちの段階にある。重度の精神疾患の治療のためにとある工房に保護され入院中だったが、先月末に入院棟を抜け出し、行方をくらました」

写真は在学中のもののようで、揚羽と同じ五稜郭の制服を纏《まと》っている。端正で美しい顔をしているが、どことなく風気質らしい快活な印象だ。

「彼女がこの学園内に？」

「この学園に入っていくところを見たという証言を得た。あくまで可能性としてだ」

もし学園内にいるなら人倫には調べようがないから、わざわざ学生の揚羽に話を持ち込んだのだろう。

「生徒の誰かが、彼女を匿《かくま》っているのかもしれないということですか？　あるいは、学園の講師や、運営側が？」

「その可能性も含めて、人倫《われわれ》が介入するに足る根拠を見つけるのが、君の仕事だ。彼女が学園内にいるという証拠さえ見つかれば、あとは我々が学園内を捜査する」

電子ペーパーには、彼女の身長、体重などの身体的特徴の他、性格面や人間性についても記されている。

「その個体は、定期的な投薬と治療がなければ重篤な症状に陥る。今は断続的な発作に苦しんでいるはずだ。明後日の朝までに保護できなければ、生存の可能性は限りなく少なくなる」

「期限は？」

タイムリミットは明日の夜、つまりバレンタイン・デーの前夜《イヴ》まで、ということのようだ。

「連絡と報告は、またここで？」

「その紙を屋外で燃やすと、紫外線通信の信号が発信される。それを合図に、人倫は学園側に立ち入り検査の許可を要求する」

つまり、彼女が見つかるまでは一切手助け《サポート》をするつもりはないらしい。

「たった一人の人工妖精《フィギュア》に、人倫はなぜそんなに拘《こだわ》るのです？」

「それは君の知るところではない」

紙の上の字は、すでに消えかかっている。揚羽は紙を折りたたんでコートのポケットにしまった。

「わかりました。この依頼を無事に完了したときには、真白《ましろ》と自由に会えるようにしてくれるという約束は、本当ですね？」

揚羽の姉妹機である真白は、生まれつき重度の疾患を抱えていて、二年前に揚羽とともに発見されてすぐ、人倫直轄の工房に入院している。そのため、姉の揚羽ですら、そうそう会いに行くことはできない。

「人倫の委員会から、君の姉妹機を区営工房へ移す承認は既に得ている」

　この条件を持ちかけられなければ、揚羽はすぐに彼を人倫から派遣された変異審問官《インクイジショナー》だとは信じなかったし、不審な依頼を受けるつもりにもなれなかっただろう。

「では――」

「その左目は」

　話が終わったと思ったとき、男は唐突に言う。

「この目が、なにか？　やっぱりこの色はまずいのですか？　さっさと交換しなさいと、人倫が？」

　揚羽は、昨年末に起きた事件で生来の黒い左目を失ったのだが、治療を受けた工房で同じ規格の眼球のストックがなかったため、今は左側だけ金色をした瞳の眼球をひとまず入れられている。

　等級審査で最低級の認定も危ぶまれる揚羽は、服飾にも厳しい制限が課せられているから、このような珍しい色の瞳は人倫に疎《うと》まれるのではないかと、かねてより懸念していた。この件が終わったら、目立たないよう黒いカラーコンタクトレンズを入れた方がよいかもしれない。

「いや。それは元々、君の目だ」

　思いがけない言葉に、揚羽は色違いの両目を瞬かせた。

「君の制作者から、君たち姉妹機のうち生後に正常に覚醒した方に、その目を与えるように人倫は言づてを預かっていた。ただ、肝心の眼球が所在不明であったのだが、如何なる経緯によるものか、今、君の眼窩に収まっているのであれば、それはそれでかまわないというのが人倫の現在の判断だ」

「あなたは、私たちの父の名前を――」

「それは守秘義務に反する。彼が君たちに素性を名乗らないままであるなら、私の口から告げることはできない。その紙の裏――」

揚羽が一度は仕舞った紙を取り出して裏返すと、プリントではなく鉛筆で薄く、いくつかの文字が描かれていた。

A8→F5→D3→……→C6→LB

「それらの符号が何を意味するのか、我々も把握していない。ただ、その瞳とともに君の制作者より預かった言づてを、そのまま君に届けただけだ。

他に、何かあるか？」

「いえ……」

造っておいてすぐに自分と妹を置き去りにした制作者《ちち》についてなら、知りたいことは山ほどあるのだが、今までがそうだったようにどうせ教えてくれはしない。

「ならば、以上だ」

塀の向こうで、雪を踏む男の足音が少しずつ遠ざかっていき、やがて聞こえなくなった。

揚羽も髪にかかった雪を軽く払ってから松の枝をくぐり、寮へ戻るために歩き出そうとしたとき、ほんの十歩ほど向こうに立っていた人影と目が合った。

真っ白な雪の中、白い傘を差して立ち尽くした彼女は、じっと揚羽を見つめている。

胸のタイは白いラインの入った橙色だが、身に纏う制服とコートは揚羽と違い、一部の優等生だけに許された白地だ。そして、彼女は髪も透き通るような銀髪で、まるで銀の冠《ティアラ》のような上品な編み込みの入った長い髪を背中に流していた。

雪景色に溶けて見えなくなりそうなほど純白のその彼女は、目だけが赤い。

まるで、雪の塊に南天《ナンテン》の実を付けて造られた雪兎のようだ、と揚羽は思った。

「桜組の、揚羽さんね？」

雪で造られた彫像のように見えた彼女に名を呼ばれ、見とれていた揚羽はふと我に返る。

「ああ、えっと、月組の……朔妃《さくひ》さんですね」

全寮制の学園内では、お互い見覚えが全くない顔はそうそうないし、目立つ容貌にくわえて優等生の彼女は白銀の秀才《シルバー・オデット》として学園内ではそれなりの有名人だ。

立ち聞きをされてしまっただろうかと、思わず愛想笑いをする揚羽を、彼女は周囲の雪よりも冷たい視線でじっと見つめている。

「あなたは、人倫の追っ手なの？」

作り笑いはあっさりと見透かされ、いきなり核心を突かれてしまった。

寮のロビーでの長電話が、きっと迂闊《うかつ》だった。

「そんな大層なものでは……少し、おつかいを頼まれただけですよ」

追っ手、という彼女の言葉に強い引っかかりを覚えたが、ひとまずこの場は誤魔化してやり過ごしたいところである。彼女は同級生で、ともに寮生活を過ごしているのだから、余計な不信の芽は生みたくない。

だが彼女の方は、有耶無耶《うやむや》にするつもりは微塵もなかったようだ。

「壱輪様は、人倫のところへは戻りません」

凍り付いた揚羽の笑みは、そのままゆっくり溶けて、無意識のうちに真顔に変わっていく。

「朔妃さん。壱輪という人工妖精《フィギュア》を学園内で匿っているのは、あなたですか？」

「ええ。あの方は私と一緒にいます。そして、人倫の手には決して渡さない」

雪の中、この時間に寮から出てくる生徒はほとんどいないので油断していた。依頼主との連絡の現場を関係者に目撃されるなど、考え得る最悪の事態だ。

しかし、裏を返せば事情を知る人物が自ら名乗り出てくれたということでもある。

「あなたは、人倫があの方に何をしてきたのか、ご存じなの？」

彼女は立像のように身じろぎもしないまま、揚羽に問う。

「いいえ。治療中としか聞かされていませんが――」

「去年、人倫の治療を受けるようになってから、あの方は身も心もぼろぼろにされていって、最後には入院してこの学園を去らなければならなくなった。あの方が変わり果てていくのを目にしたなら、人倫の人間たちに協力しようなどとはあなたも思わなかったはずです」

睨まれているわけではないが、赤い瞳は厳として揚羽を拒絶している。朔妃は壱輪の身柄を譲るつもりは毛頭ないようだ。

「でも、彼女は治療と投薬がなければ危険なんですよ。一刻も早く保護しなければ、壱輪さんの命が危ないんです」

「それは虚言です。去年、あの方が休学してから今日までの間、それほどの長期の投薬が必要な怪我や病気が、私たち人工妖精《フィギュア》にはおおよそありえないことは、あなたにもわかるでしょう」

確かに、今は人間の身体ですら、どこの部位でも交換のきく時代だ。人に造られる人工妖精《フィギュア》なら、内臓も手足も、不調ならすぐに交換で治せる。揚羽の金色の左目も、前の目を失ってからたった一日でまた見えるようになったのだから。

「まあ、それは確かに……」

「おわかりになったのなら、手をお引きなさい。さもなければ命の保証はできなくてよ」

「命？　あなたが、私を？」

五原則の遵守を精神の奥に刻まれた人工妖精《フィギュア》は、基本的に人間や他の人工妖精《フィギュア》を傷つけることはできない。喧嘩ならまだしも、殺意を明らかにするのは尋常なことではないし、本気なら心を病んでいることになる。

「ええ。昨今、寮内を騒がせている、吸血鬼の噂はご存じ？」

「生徒の失神が相次いでいて、身体に噛み跡のような傷があったというあれですか？　去年の今頃にも似たような噂話はありましたから、今年のもただの――」

今月に入ってから既に五名が倒れて、一人は一時、意識不明の重体に陥ったと聞いている。昨年はもう少し多くて、確か七人だっただろうか。噂通りの吸血鬼に襲われたという風説は眉唾ものだとしても、そちらはそちらであまり騒ぎになるようなら原因を探ろうと考えていたところである。

「私がその吸血鬼です」

雪像のように揚羽を見据えたまま、銀色の彼女は真顔で言う。

「去年と今年、襲った人たちが死ななかったのはただの偶然です。私がその気になれば、あなたをここで死なせることもできましてよ」

彼女の背中で、淡い桃色をした羽がゆっくりと広がる。

人工妖精《フィギュア》の背中の羽はただの飾りではなく、高度な精神作業に伴って発生する熱から脳を守るための放熱器官だ。羽に浮かぶ翅脈は脊髄と繋がっていて、そこを循環する髄液の熱を光に変えて放出する。

意識的か、無意識のうちに広げたのかはわからないが、いずれにせよ、朔妃の覚悟のほどを示している。

「まいったなぁ……」

頬を掻きながら溜め息をつく素振りで殺気立つ朔妃の視線を受け流したが、彼女に緊張を解く様子は見られない。

「私にも止むにやまれぬ事情がありまして、ここで『はいそうですか』と引き下がるわけにはいきません。それに、あなたが生徒たちを傷つけている犯人だとあくまで言い張るのなら、見逃すことはできないし――」

彼女の言葉を真に受けるわけではないが、重要な手がかりを持っているようではあるし、今後の事件を防止する意味でも、力量差を見せつけて多少は脅しておいた方がいいかもしれない。

「――少し、痛い目に遭ってみますか？　あまりお勧めはしませんが」

揚羽が小首を傾げながらそう訊ねると、彼女はやはり無表情のまま、右手でコートのポケットから三本の試験管を抜き出した。

試験管の中には透明な液体が詰まっていて、蠟《ろう》で封がされている。強酸性の薬剤か、爆発物だろうか。どちらにせよ、触れさえしなければどうということはないはずだ。

しんしんと雪の降る中、揚羽はゆっくりと傘を下ろし、先を彼女に向けて互いの視界を遮《さえぎ》った後、傘を手放すと同時に雪を蹴って駆け出す。

試験管は三本とも彼女の右手にあるから、左側から走り寄れば僅かに有利だ。傘で初動を隠したことと合わせて、ほんの数瞬だが揚羽が先手を取った。

朔妃までの距離は僅かに十歩ほど。踏ん張りのきかない雪の上でも、全力の揚羽の脚力なら五歩で消せる。

袖から抜いた手術刀《メス》の間合いにあと一歩という距離まで肉薄したとき、朔妃は揚羽に向けて左手で握っていた白い傘を向けた。

この対応は予想通りだ。傘で揚羽の視界を封じて突進を止めようとするのは、素人でも思いつくごく当然の反応である。そして、朔妃が本当にただの素人でなければ、この後、揚羽が傘の左右のどちらかから回り込んでくるのを待ち受けているはずだ。

だが、それこそ揚羽の思うつぼなのだ。揚羽は持ち前の思い切りの良さで常に相手の機先を制してきた。左右のどちらで相手が待っているにせよ、その想像よりも僅かに早く切り捨てる自信が、幾多の場数を踏んできた揚羽にはある。

このときも、すぐにブーツの踵《かかと》を軸にして身体を切り返し、傘の脇に踏み込みながら峰打ちの一撃を叩き込むつもりだった。

しかし——

「え……!?」

方向転換の軸足にしようとした左の踵に、雪とは違う、古くて腐った床を踏み抜いてしまったような感触を覚えて、次の瞬間には足を滑らせてしまった。

雪の上でバランスを失った揚羽を、朔妃は白い傘を突きだしてそのまま押し倒す。ステンレスの傘の先が揚羽の左の耳を掠めて雪に突き刺さった。

傘で覆われた揚羽の視界の隅には、まるで冷凍庫から取り出したばかりのように、みっしりと霜が張って凍り付いた左のブーツが見えている。

なんらかの方法で雪ごと足を氷漬けにされ、それで踵が滑ったのか。

突きつけられた傘を押しのけようとしたが、そのとき既に朔妃は傘の柄を握ってはおらず、

暖簾《のれん》を押したような頼りない手応えしかしなかった。

そうして尻餅をついたまま無防備に腕を広げた揚羽の目の前には、残る二本の試験管を両手に握る朔妃が立っている。

「凍りなさい」

右手の試験管から打ちかけられた水を、雪上で転がりながら辛うじてかわす。水がかかった途端に、白い雪はガラスのような薄氷に変わる。

揚羽は起き様に朔妃に向けて手術刀を突きだしたが、朔妃の方が一瞬早く、残った試験管の液体で揚羽の右腕をまるごと凍り付かせてしまう。

肌を刺す冷たさに堪えながら、揚羽は飛び退いて一旦間合いを取り直した。

上がった息が、白く煙って目の前を曇らせる。右腕はコートの袖が氷で固まっていて、素肌を晒《さら》していた手は握っていた手術刀が指に張り付いて取れない。

「おわかりね？　あなたは私に触れることもできない」

油断なく揚羽に視線を向けたまま、朔妃は落ちていた傘を拾い上げて差し直す。

「そうですね……もう少しで本当に殺してしまうところでしたから」

揚羽が、無事な左手で自分の腹部をさすってみせると、朔妃は微かに眉をひそめて自分の身体を見下ろした。

朔妃のコートの三つ目のボタンは綺麗に剝ぎ取られ、今は揚羽の使い捨てた手術刀と一緒に雪上に落ちている。

「ねえ、朔妃さん。結果的に先に手を出してしまった私のいうことではありませんが、少し落ち着いてお話をしませんか？　私は人倫の依頼を受けていますが、元々は人倫の一員でも下請けでもありません。朔妃《さくひ》さんに大事な事情があるなら、私も無理してまで人倫に通さなくてはいけない義理なんてないんですよ」

「……こんなにも喧嘩慣れしているあなたを、どうしてただの女学生だと信じることができるのかしら」

それを言われてしまうと、揚羽には返す言葉がない。相手を見くびって、鼻をへし折ってから話を聞こうなどと安易に考えてしまった自分の愚かさに、苦笑するばかりだ。

全身雪塗《まみ》れで困り顔をしている揚羽に、朔妃は背を向ける。

「壱輪様のことはお忘れなさい。次は右腕だけでは済まなくてよ」

雪を踏む微かな足音を残し、朔妃の背中は遠ざかっていく。

後を追うべきかと考えたが、その背中があまりに毅然としていたので、少しの躊躇《ちゅうちょ》の後、揚羽は諦めて溜め息をついた。

去年、せっかく鏡子に買ってもらったコートが、雪と氷塗れですっかり台無しになってしまっていることに気づいて、意気を失ってしまったからだ。

＊

「前から思っていたのですが、揚羽先輩ってやっぱり馬鹿でいらっしゃるんですか？」

自分の部屋に戻ってきてドアを開けるなりこれである。

「ええ、自分でもわりと馬鹿な方だと……というか、自分より馬鹿そうなヒトに私はたぶん出会ったことがないですが……それが、なにか？」

風呂上がりの髪をバスタオルで拭いながら揚羽が答えると、挨拶もなく揚羽に出会い頭の簡潔かつ正確無比な客観的評価を下した当人は、切れ長な目を吊り上げてなぜかますます不満げな顔つきになっていた。

なにか間違っただろうか。お前は馬鹿だろう《'Are you BA-KA?'》と言われて、はい馬鹿です《'Yes I am BA-KA!'》と正直に答えるのはもしかするとどこか失礼に当たるのかもしれない。

保護者の鏡子はいつも「馬鹿」と言い放ちっぱなしで揚羽の反応など気にしていないようだが、まだ二歳の揚羽から見ても、鏡子は普通の人間たちと比べて価値観も感性もだいぶ並外れて変わっているので、あまり参考にはならない。

部屋には相部屋《ルームメイト》である連理《れんり》の他に、彼女が指導を担当している妹分の一年生の片九里《かたくり》が来ていて、挨拶もなしに冒頭の言葉を揚羽に浴びせてくれたのは彼女だ。

「ちょっと、片九里《かたくり》！」

連理が自分の妹分を叱責しようとするが、揚羽は気にしないでと仕草で伝える。

朝・昼・晩のいつでも誰でも会ったら「ごきげんよう」の挨拶を欠かさないというのは、誇りある五稜郭の乙女として大切な嗜《たしな》みだが、ここは寮の自室であるし、ルームメイトの妹分なら身内も同然であるから、あまり堅苦しくする必要もないだろう。

「そうですね……どちらかと言えば馬鹿の方で、馬鹿の方の中のもっと馬鹿な方ぐらい……みたいな？」

確か、何かを口にするときは少しぼやかして言った方が上品になると、去年先輩から教わったような気がする。つまり、はっきり「私は馬鹿です」と言うのは、品がなくて相手に失礼なのかもしれない。

そう思って言い直したのだが感触は芳《かんば》しくなく、片九里はいっそう不機嫌げに眉根に皺を寄せ、ついにはそっぽを向いてしまった。

そんな妹分に処置なしと思ったのか、連理は大きな溜め息をついている。

「――ごめんね。今この子、少し機嫌が悪くて」

まだ制服姿の二人に失礼しつつ、連理の隣のクッションに膝を流して座ると、連理が揚羽の分の紅茶を注ぎながら揚羽に耳打ちした。

揚羽は機嫌が良さそうな片九里を見たことがないし想像もできないのだが、それはおそらく揚羽が彼女から嫌われているからだろう。

「――私、少しどこかへ行っていた方がいい？」

「――それは駄目！　お願いだからここにいて！」

小声で訊ねると、連理は首を横に振る。

なぜだろうと首を傾げながら紅茶を口にしようとしたとき、ふともう一つクッションが余分に用意されていることに気づいた。

「連理、他に誰か来て——」

言いかけたとき、軽快かつ雪崩《なだれ》のように慌ただしい足音が廊下の方から聞こえてきて、揚羽と連理の部屋の前で止まる。

「お姉様《エルダー》！」

いつものようにドアを蹴り開け、満面の笑みで部屋の中へ飛び込んできた自分の妹分から目を逸らし、顔を逸らし、身体の向きを逸らし、ついには座っていたクッションに顔を埋《うず》めてしまう揚羽である。

廊下は走るな、ドアは手で開けなさい、部屋に入るときはノックしてから、挨拶は「ごきげんよう」……ｅｔｃ．。

言いたいことは山ほどあって、揚羽にはその山のどこから手をつけたらいいのかわからない。ただ、今はとりあえず穴があるのなら入りたい。

「ああ、お姉様！　お姉様が今日はお早くお風呂に行かれたと連理様からお聞かされて、雪柳《ゆきやなぎ》は一秒千秋の思いで待ちわびておりました！」

そんな揚羽の心中を知ってか知ってでも知らぬふりか、揚羽が指導を担当している一年生の雪柳は、胸に抱えていた無数の雑誌を放り出し、無邪気に揚羽の腰に飛びついてくる。

「あなたたち、亀の親子か猿の親子みたいになってるわよ……」

クッションに顔を伏せる揚羽の上に雪柳が抱きついている格好を見て、連理が苦笑しながら言う。

留守中の自室で繰り広げられたやり取りに、この期に及んでようやく揚羽の理解が及ぶ。

揚羽と連理は一年生の頃から親友同士だが、姉代《エルダー・フローレンス》わりが親しいからといって、それぞれの妹分同士まで仲がいいかというと、なかなかそううまくはいかない。

快活な風気質《マカライト》で、天衣無縫を地でいくような雪柳に対し、生真面目な土気質《トパーズ》で、清廉実直が服を着ているような片九里。二人の相性は出会ったときからずっと最悪だ。

まず、

←（雪塗れになった）揚羽が風呂に入るため部屋を留守にする。

←連理が残った部屋に片九里が訪れる。

←そこへ揚羽に会いに雪柳が飛び込んでくる。

←二人の妹分の間の険悪な空気を察し、連理が雪柳に出直してくるように勧める。

←雪柳とすれ違いで揚羽が戻ってくる。

←文字通り出直した雪柳がやってくる。

十中八九、この時系列だと見て間違いないだろう。揚羽が出会い頭に片九里から厳しい言葉を投げられたのは、彼女からすれば「雪柳と入れ違いだなんて間が悪い」と不満でやるかたなく、一言ぶつけなければ気が済まなかったからなのかもしれない。

連理は機転が利く方だし面倒見もいいが、彼女をもってしても糸の切れた凧のような雪柳はなかなか御しきれない。まして、片九里と同時に相手をするのは彼女をもってしても無謀極まりない。

それで連理は揚羽にここにいろと言ったわけだ。

やたら毛嫌いされている片九里の相手をしろと揚羽に言われても困ってしまうし、自分の妹分をそれぞれの姉代わりが分担して相手をするのなら筋が通っている。

が、風紀委員で絵に描いたような優良生徒である片九里と、二等級とはいえ疾走《はし》る前後不覚《ハリケーン》とまで寮内であだ名される雪柳とでは、つきあうのに費やすエネルギーが雲泥の差である。

「どうせ亀の親子なら、三段重ねにしてやる〜！」

「あ、揚羽!? や、ちょっと……！」

雪柳に腰を抱きつかせたまま、揚羽は隣に座る連理に這い寄り、胸に顔を埋めて押し倒す。

「亀なら背中でしょう!? きゃ、やだ、くすぐらないで！ こら、揚羽ったら！」

「よいではないか、よいではないか、はっはっはっ、鶴のように鳴くのう」

「お姉様《エルダー》、お声がおいやらしくてお素敵です！」

「もう！　やったわね、揚羽！　パジャマを引っぱがすわよ！」

「あっ……あ、それはだめ！　や、ちょっ、ちょっと連理、見えてる、見えちゃう！」

「連理様、お手つきがおいやらしくてお素敵です！」


「お姉様方！」


輪から一人取り残されていた片九里の鶴の一声もかくやの一喝で、組んず解れつのふざけあいに興じていた三人の動きが止まる。

誰からともなく身体を放し、居住まいを直す。

肩まではだけていた制服の襟を元通りにしてから、ひとつ咳払いをしたときには、連理は立派な風紀委員の先輩の顔に戻っていた。

「――で、さっきの話だけれど」

さすがは火、水、風、土の気質を問わず、多くの後輩に慕われる連理である。切り換えはやや無節操に見えるほどに素早い。

いつも上品に整えられている髪が乱れてあちこち跳ねたままなのに目をつぶれば、あとは申し分あるまい。

「最近の一年生の服装の乱れには目に余るものがあると、私もかねてより考えていました」

嘘だ。

去年、揚羽にスカートの膝辺りを細く見せる、校則違反の制服改造のやり方を手ほどきしてくれたのは、他ならぬ連理である。

それに、まだ片九里にはばれていないようだが、連理は髪にこっそりパーマをかけていて、毛先を自然に波打たせている。それを知る揚羽からすれば「どの口が言うか……」という気もするのだが、きっと今は言わぬが花だ。

「それに、お呪《まじな》いや白魔術の流行も、度が過ぎれば人工妖精《フィギュア》の乙女としての節度を乱し、この伝統ある五稜郭の格式を貶《おとし》め、卒業生の皆様から呆れられることになるでしょう」

一年生の時、「学園内のとある樹の下で告白すると恋が成就するという伝説があるらしい」と先輩から教えられて、揚羽と一緒にその樹を探し回ったのはどこの風紀委員殿だったろうか。問題の樹を発見してから、「よく考えてみれば、この学園って外から来る臨時講師以外は人間の男性っていないのに、いったい誰に告白するのかしら」とお茶目に首を傾げたのは、揚羽が健忘症でなければ目の前の立派な現二年生だったはずだが、やはりこれも言わぬが花なのだろう。

「そうです、連理お姉様！　私たち学生の本分は、人間の皆様から委《ゆだ》ねられたこの学舎での二年間の学生生活を過ごし、看護師として一人前になるべく、勉学に励みながら他の人工妖《フィギュ》精《ア》の見本となるに相応《ふさわ》しい立ち居振る舞いと節度を学ぶことです！　なのに、下品にも無闇に素肌を晒し、ましてや非科学的なお呪《まじな》いや白魔術にうつつを抜かすなんて、言語道断です！」

「まったく同感よ、片九里」

——どの口が。

と、いちいち心の中でツッコミを入れるのも疲れてきたので、二人のことは放っておく。

片九里は風紀委員としての連理に相談に来たようであるから、成績低迷、途中下校、無断遅刻、無断欠席の常習者、あげくに特別扱いの週一外泊、という五タテ問題児の揚羽が口を挟んでも、ろくなことにはなるまい。

「雪柳は、私に何か用があったの？」

ぽかんとしていた雪柳は、揚羽に声をかけられて我に返った様子で、入室するなり放り出していた無数の雑誌をかき集めて揚羽の前にこれでもかと並べる。

「お姉様はどんなおチョコレートがお好きですか⁉」

どの電子ペーパー雑誌も表紙はバレンタイン特集で、眺めているだけでお腹いっぱいになりそうな、豪華でボリュームたっぷりのチョコレート菓子ばかりが写っている。

ああ、バレンタイン・デーのチョコを作るから、欲しいのを選べということか。

びっくりするぐらいストレートである。この学園ではありふれた季節行事のひとつであるし、去年、揚羽も姉代《エルダー》わりの先輩にチョコレート・ケーキを贈ったが、さすがに本人に「なにが欲しいか」とは聞けなかった。

このような行事は、「あげる側ももらう側もわかりきっていて、それでも受け渡す瞬間までお互い知らないふりをしている」ことがキモだと思っていたのだが。

同じことを揚羽がしたらきっと図々しいと思われてしまうのだろうが、雪柳にされるとなぜか微笑ましい気持ちにさせられるから不思議だ。きっと雪柳の天性なのだろう。人工妖精《フィギュア》を造るのは神様ではないが、天は人工妖精《フィギュア》に不公平だとつくづく思う揚羽である。

「あんまり難しいものじゃなくてもいいですよ。心がこもっているなら、どんなチョコレートでも私は嬉しいのですから」

「お姉様ならそうおっしゃると思ってました！　でもせっかくですからお姉様のお好きなものをお作りしてお差し上げたいです！　ですから、どんなお菓子でもお申し付けになってくださいお姉様！」

たぶん……チョコレートをあげることそのものよりも、難しいレシピに挑戦する名目が欲しいのだろう、そんな気がする。風気質《マカライト》は、目の前のハードルが高ければ高いほど熱中するのだ。逆に、他の誰かにもできることにはあまり熱意を持たない。

「じゃあ……このマーブル・チョコレートのブルターニュ風ガレットとか、どうです？」

「ご遠慮なさらないでくださいお姉様！」

簡単すぎて面白くないから、もっと難しいのを要求してくれ、ということか……。

連理と片九里の風紀委員二人は、今も学園内の風紀を正すために厳しい意見を応酬しているのだが、そのすぐ隣で学舎持ち込み禁止のお菓子作りの話をしていると、なにやら後ろめたいような、片九里からちらちらと送られてくる視線が痛いような気がしてくる。

「ですから！　各改札前での服装検査を厳格にし、違反者は即刻反省文処分、常習犯は名簿化して学園内に掲示し、停学処分も含め、学園運営側が厳罰に処すべきです！　もちろん持ち込み禁止の私物は没収！　特に飲食物、特に菓子類、特にチョコレート菓子など、言語道断です！　罰則を科した上で、寮の自室の立ち入り検査を強行すべきです！」

「それは少しやりすぎだと思うわ。寮には寮の委員会があるわけだから、風紀委員会が私物の食品にまで手を出すようなことになれば、生徒たちの自主性を失わせることになりかねない。風紀委員は警察ではないのよ」

さっきからずっと、自分と雪柳の話をされているような気がして、揚羽は耳が痛い。まるで弁護士なし被告弁論なしの一方的な裁判をされているような気分であるが、触らぬ神に祟《たた》りなしだ。

「あー、じゃあ、えっと、このココナッツミルク入り南国風ガトー・ショコラは？」

「それは友達がもう作ってました！」

人と同じのは嫌ですか、そうですか……。

「なら……このチョコレート・ミルフィーユは？」

「地味です！」

「そ、そう……？　でも、グラサージュしてラズベリーとアーモンドをのせれば、とても綺麗になると思うけれど……」

「グラサージュなんて、子供だましの飾りです！」

一歳児が子供だましときた。揚羽は去年、仕上げのグラサージュで悪戦苦闘したのに。

「じゃあ、いっそチョコレート・フォンデュはどうですか？　これならあなたと一緒に食べられるし、クッキーやドライフルーツをたくさん用意してパーティみたいにしたら楽しいかも――」

「だいたい寮の自室で当たり前のように加熱調理器具が使われている現状がおかしいんです！　連理お姉様！　寮の自治なんかに任せていたら、いつか取り返しの付かないことになります！」

「……で、でーすーよーねーぇ……」

お隣の「臨時」風紀委員会（マンツーマン）から聞こえてきた狙い澄ましたような声に、思わず肩を小さくしてしまう揚羽である。

「ジェラートとか、冷たいものの方がいいかな。ドライアイスを使えば部屋に持ってきても大丈夫でしょうし」

「昨日食べました！」

「あ……あ、そう……」

この雑誌の山は、なんのために持ってきたのだろう。

シンプルなものは作りがいがないが、かといって単調な作業が続くようなものも雪柳はやりたくないようだ。と、なると、一歳児の雪柳がまだ食べたことがないようなお菓子を頼むのが、本人は一番喜ぶのかもしれない。

「では……ええと、この……」

「ドボシュトルタですか、お姉様!?」

「そもそも連理お姉様は、寮内のモラルセンスの低下にご関心が薄すぎます！」

「ああ、いえ、ドボシュトルタではなくて、隣のザ……ザッハ？」

「モラルセンスというものは規則でがんじがらめにすることではなく、自主性とボランタリーの中で自然に生まれてくるものなのよ」

「ザッハトルテですね！　お姉様はキャラメル味がお好きなんですか!?」

「あ、これキャラメル入りなんですか？　じゃあドボシュトルタの方がいいかなぁ」

「連理お姉様のおっしゃるモラルセンスでは、アナーキズムアナーキズムと同じです！」

「わかりました！　キャラメル入りのモラルセンスは、ドボシュトルタですね！」

「え？　いえ、キャラメルの入ってないモラルセンスの方――あれ？」

「アナーキズムを引き合いに出すのは、あなたが自分の中の正誤基準に自信がない証拠よ」

「キャラメル抜きのドボシュトルタ・アナーキズムにモラルセンスをトッピングすればいいですか!?」

「いえトッピングはお任せしますが、アナーキズムのトッピングってなんですか？　ドライフルーツ？」

「連理お姉様は分からず屋です！」

「ですからアナーキズム風の・ドボシュトルタですよね!?　お姉様！」

「あなたは杓子定規に物事を受け取りすぎます。あなたの言うことはどれも正論だけれど、ハード・ランディングをよしとしようとする態度はよくないわ」

「アナーキズム風というのはよくわかりませんが、じゃあ、そのモラルセンス・ドボシュトルタというのでいいです……」

「わかりました！　腕によりをかけてお姉様にハードランディング・ドボシュトルタ・モラルセンス風アナーキズム・トッピング・キャラメル抜き・ボランタリー添えをお作りしますお姉様！」

「二年生のお姉様がそんなことを仰っているようだから、下級生たちはいつまでもやりたい放題なんです！　自主性やボランタリーを言い訳にして自分勝手なドッボッシュトルタから抜け出せないんです！」

「「「ドッボッシュトルタ!?」」」

目を丸くした三人に一斉に振り向いて見つめられ、片九里はだんだんと顔を赤くし、それでもなんとか目尻を吊り上げて虚勢を張っていたものの、やがてしなびる花のように顔を俯《うつむ》かせて黙り込んでしまう。

言い間違いぐらいでそんなに落ち込まれては、僅か二年の試行錯誤人生で恥を無数にかき捨ててきた揚羽はとっくに首を吊っていなければいけないだろうと思うのだが、片九里から毛嫌いされている揚羽がそんな慰め方をしたらますます傷つくだろう。侃々諤々《けんけんがくがく》の議論を交わしていた連理も、簡単に気にするなとは言えない。

二人の上級生がかける言葉に困っているときに、何を思ったか雪柳が唐突に我が意を得たりとばかりに柏手《かしわで》を打つ。そして無邪気に屈託なく、揚羽の予想だにしない余計な一言を口にした。

「ドッボッシュトルタ！　なんか背水の陣というか手遅れ的な意味っぽくて面白くていいネーミングだね！　さすが片九里ちゃん！　あったまっいいーっ！」

ちなみに、学業の成績は片九里よりもわずかに雪柳が上である。おそらく片九里は普段からそれを酷く気にしている。

思わず手で顔を覆って、揚羽は天井を仰ぐ。指の間からは、もう今にも泣き出しそうなほど肩を大きく震わせている片九里の姿が見える。

「……揚羽様……」

やがて、顔を上げられないままの片九里が、ぽつりと言う。

「は、はい？」

感情のこもっていない声は、少し掠《かす》れて、地獄の幽鬼の呪詛《じゅそ》のようである。

「ちょっと……外《おもて》へすっこんでてもらえますか……？　話が……大事な、お話が、いつまでも前に進まないので……」

「え、ええ……わかりました」

雪柳の手を引き、すごすごと揚羽は自分の部屋から退散する。

扉を閉めるとき、無言でこちらに「ごめん」と拝み手をしている連理の姿が見えた。

＊

扶桑看護学園は、この東京人工島が自治区になる前から存在する古い学校だ。

人工妖精《フィギュア》たちは大抵、生まれつき最低限の社会知識や、製造目的ごとの一定の職業技術を身につけて生み出されるが、技師を補佐する看護師を初めとして資格制度のある専門職は、生まれたての人工妖精《フィギュア》がすぐに最前線の現場に立つようでは、人間社会に無用な不信と混乱を招くことになりかねない。だから、自治区内には人工妖精《フィギュア》だけの就学施設がいくつか存在している。

二年制のこの学園も、健全で人間たちの信頼に応えうる看護師を育てるという目的で運営されているのだ。しかし、実際に看護師職に就く卒業生は半数ほどで、自治区の多くの区民の間では、看護師の育成施設としてより「お嬢様の量産学校」として名高い。

この学園に入学した幼い人工妖精《フィギュア》たちは、この学園で就学中の二年間、人工妖精《フィギュア》の格式を決める等級の認定が保留される。つまり、全寮制で外の社会から隔離した上で、学園によって生後教育を徹底的に施され、名実ともに立派な人工妖精《フィギュア》に育成しなおされてから、あらためて人間たちの評価を受けることができる。

だから、扶桑看護学園を卒業すれば本人はもちろん、彼女を造った技師も誉れ高い。そうして毎年数百人の人工妖精《フィギュア》を受け入れ、すっかり上品に躾《しつけ》しなおされた数百人の人工妖精《フィギュア》を人間社会に送り返す学園の仕組み《システム》は、「お嬢様を量産するための工房」のように一般区民から思われているわけだ。

そうした由緒ある学園であるが、生徒たちが過ごす学舎そのものの歴史は学園の創立よりもさらに古く、人工島の建設間もない頃にまで遡《さかのぼ》る。かつては、人工妖精《フィギュア》の製造技術の草分けとされる峨東《がとう》一族の拠点工房とその関連施設で、それらの建物を再編しつつ建て増しを行い、敷地を塀で囲んで現在の校舎と寮の形になった。

だから、上の第三層にある新市街の建造物のような無駄のない造りにはなっておらず、人工島初期の建築に独特の複雑で優雅な様式の痕跡があちらこちらに残されている。

この古い仕組みの学舎で多数の学生を効率よく捌《さば》くため、学舎内の至る場所には学生証を認証する改札機が設けられていて、この改札《ゲート》があるために多くの廊下、通路が事実上の一方通行になってしまっている。

そういう構造であるので、毎日の学舎と寮の行き来はまだしも、教室間の移動の道程は複雑を極める。生まれて間もなく入学してきた一年生のクラスは、九月から始まる一学期の間、この教室の行き来で道に迷う者が多くて授業の開始が遅れるのは日常茶飯事であるし、果ては元の教室や寮にすら戻れなくなって、生徒会の運営する見回り組——通称「遭難者救助隊」によって泣きはらした生徒が発見されるのも、毎年の恒例の風景になっている。

だが、生徒たちの中にはこの難儀な構造が楽しくてしかたないという変わり者がいて、そんな人工妖精《フィギュア》は大抵は風気質《マカライト》である。彼女たちは卒業していくときはとても名残惜しそうに、後ろ髪引かれるようにしていくが、その心中は他の気質の生徒とは大きく異なる。

「(こんな出鱈目《でたらめ》で飽きない)学園を去るのが(もったいなくて)悲しい」

つまり、彼女たちは学園内の隅々までたった二年間では探検しきれないのが悔しくて泣くのであって、決して同窓の友や可愛い後輩たちと別れるのが悲しいからではない。

生徒たちの間では、代々年度を越えて受け継がれている、学園内の最短ルート地図や改札の見取り図がいくつも出回っていて、今現在も細部の更新と新ルートの開拓がなされているが、これら学園生活に不可欠な伝統的〝裏技〟の数々の多くは、無闇にエネルギッシュで、呆れるほど無鉄砲で、無駄に才能溢れる風気質の乙女たちの、目も覆わんばかりの才能の浪費の成果物である。もしこの学園に風気質の乙女たちがいなかったら、全教室の一割は遭難した生徒たちのための迷子センターにせざるをえなかっただろうという笑えない冗談まで、揚羽は先輩から聞かされたことがある。

　そんな風気質たちの中でも、一際《ひときわ》落ち着きがなく、一段と型にはまらない雪柳は、揚羽にとって絶えることのない頭痛の種だ。彼女の指導担当である姉代わり《エルダー》に揚羽が任ぜられたのは、何者かの悪意か、他の同級生たちの申し合わせによる学園側との裏取引があったのではないかと疑ってしまうぐらい、理不尽な采配に思えて仕方がない。

　確かに、風気質は火気質《ヘリオドール》や土気質《トパーズ》と一緒にするとうまくいかないことが多いし、風気質同士《マカライト》で組み合わせるとそれこそ歯止めがきかなくなって周囲は手に負えない。なので、水気質《アクアマリン》の姉代わり《エルダー》、風気質の妹分《プリ・フロ》という組み合わせが常識的である。

揚羽も一学期の頃までは、「自分も入学したてで右も左もわからないときには、雪柳のように先輩から心配され、数え切れないほどの手間をかけてもらったのだろうな」と強く自分に言い聞かせて雪柳の生活全般の指導に腐心したのだが、最近は「いくらなんでも自分はこんなではなかった」と気づき、持ち出しばかりで収支の合わない思いやりの赤字ぶりに疲れを覚えることが多くなった。

そして今も、雪柳はその天性のノンブレーキぶりを発揮し、寮の廊下を駆け回っている。

最近は学園内で吸血鬼の噂がひっきりなしに飛び交っていて、恐くて夜に眠れないという生徒が寮にはたくさんいる。そんなときに、吸血鬼を退《しりぞ》ける白魔法なるものが広まったので、寮の廊下に並ぶ各部屋の扉にはもれなくその「おまじない」の紙が貼られている。

噂によれば、古来より吸血鬼は招かれない限り部屋の中に入ってこられないものらしい。だが、吸血鬼は様々なものに変身したり、言葉巧みに惑わせて部屋の主からお招きの言葉を引き出そうとしてくるので、不審者に注意しているだけでは心許《こころもと》ない。

だから、「部屋の扉に『魔方陣』なるものを貼り付けておけば、吸血鬼はその魔方陣を解かなければ招かれたことにならないと思い込んで帰る」というお呪いに、寮中の生徒たちが飛びついたというわけだ。

魔方陣とは紙に縦横のマス目を描いてそこに数字を書き入れたもので、縦・横・斜めのどの列の数字を合計しても同じ数になっていなくてはならない。これのマス目をいくつか空欄にしておくと、吸血鬼はいつまでもその答えがわからずに部屋には入れなくなると、そういう理屈のお呪いであるそうだ。

ドアのどれにも似たような数字と図形が貼られている光景はなかなか不気味であるのだが、恐るべきことに、雪柳はその魔方陣を片っ端から解いて、赤ペンで答えを書き入れて回っている。しかも揚羽の歩みよりも早く、である。

一枚あたり、およそ二秒程度だろうか。ついでに、右隅に二桁の数字を書き足しているが、これは問題の難易度に対する評価、雪柳のつけた点数だと思われる。すでに二十部屋ほど通り過ぎたが、ここまで五十点以上を獲得した魔方陣は一枚もない。たった今も、きっと部屋主渾身の作である七×七の難解な魔方陣が一目で見破られ、あえなく二十二点という目も当てられない点数を付けられた。

雪柳からすればどれも取るに足らない凡作ばかりで歯ごたえがない、ということだろうか。容赦ないことである。

おそらくこの後、このフロアの生徒たちは、いつの間にか答えの書き込まれた魔方陣を見て驚き、知らない間に吸血鬼がやってきていた、これは今夜お前の部屋に行くぞという意味だと勘違いして、今夜一晩、上を下への大騒ぎになるのだろうと思ったが、揚羽が雪柳の奇行のもたらす結果に気づいたときには既に十部屋ほど通り過ぎた後で、今更止めても遅い。不可抗力だったということにしておきたい。死なば諸共である。

そんなこんなで育児放棄気味の揚羽はと言うと、つい先ほど雪上で際どいやり取りをした銀髪の令嬢、朔妃《さくひ》のことが気に掛かって頭から離れない。

行方不明の生徒、壱輪《いちりん》を匿っているのが朔妃だとしたら、彼女は何故、人倫の指示を受けた揚羽の前に、危険を冒して姿を晒したのか。もちろん、警告の意図はあったのだろうが、隠し事をしている当人がわざわざ名乗り出る理由としては弱い。

彼女にもう一度会って直に問いただすのが手っ取り早いのだが、揚羽の直感はそれが無意味だと告げている。揚羽の予感が正しければ、彼女は関係者ではあるが、参考人にはならないはずだ。

だとすれば、壱輪の件は別な方向から攻めて、外堀を埋めていかなくてはいけないが、どこから手をつけたらいいのかわからない。朔妃は彼女が人倫から酷い仕打ちを受けたと言っていたが、壱輪に何があったのか。

「どちらへお参りましょう？　お姉様《エルダー》」

相も変わらず上機嫌な雪柳の声で我に返ると、いつの間にか寮の真ん中の吹き抜けに来ていた。階段を降りれば寮の出入り口のあるロビーに着いてしまう。

振り向けば、ずらりと部屋が並んだ廊下は、どのドアの魔方陣にも赤ペンで書かれた解答と点数がついている。

揚羽がこのままぼうっとして寮内を練り歩いていると、それにもれなく付いてくる雪柳によって、無駄に騒ぎが拡散してしまうだろう。まさに歩く台風で、天才ならぬ人型の天災である。

溜め息をついて手すりに寄りかかり、ポケットに仕舞っていた紙を取り出して眺める。

せめて、人倫の変異審問官からもらったこの電子ペーパーが消されていなければ、彼女の知り合いを探して一人ひとり聞き込みをすることも出来ただろうに。わずか一分半では、ざっと目を通すだけで精一杯だった。

「お姉様もお地図をお作りになるのですか!?」

「地図……ですか？」

なんのことだろうと雪柳に振り向くと、彼女の熱い視線は揚羽の持つ紙の裏面に注がれている。

そこには、鉛筆で書かれた意味不明な文字列が並んでいる。

A8↓F5↓D3↓…………↓C6↓LB

アルファベットと数字の組み合わせだ。揚羽の制作者《ちち》が残したものらしいが、揚羽にはさっぱり読み解けない。

「これが地図なんですか？」

「はい、お姉様《エルダー》！」

当然です、と言わんばかりの満面の笑顔で雪柳は答える。

「これのどこが地図なんですか？」

「順番になってます！」

要領を得ないが、彼女たち風気質《マカライト》は、答えられないことがあってもそれが知らないことだとは限らない。

風気質は頭の回転が速いタイプが多いが、その才能は先ほどの魔方陣の連続解答ゲームのような無駄で無意味な方向に無闇に発揮されがちなので、周囲からは能天気で頭のネジが足りないように思われやすい。

しかし、彼女たちが何事にも飽きっぽく見えるのは、風気質に生来の根気が足りないからではない。彼女たちの優れた感性にかかれば、大抵の物事は瞬《また》く間に本質が見破られて、ごくシンプルに理解されてしまうからだ。流行も、学業も、人間関係もである。

一方で、彼女たちは自分の理解したことを他人に説明することにはまったく向いていない。つまり、彼女たちがなにかに答えられないときは大抵、彼女たちの側ではなく、質問をした側の訊ね方に問題がある。

「では、雪柳。この『地図』は、どこへ行くための地図なのですか？」

雪柳は顎に指をやり――これはおそらく揚羽が考えごとをするときの癖の真似だ――しばらく思案した後、何か閃《ひらめ》いた様子でぱんと柏手を打ち、唐突に手すりに飛び乗って吹き抜けの階段を滑り降りる。

「こっちです、お姉様！」

さすがの雪柳でも、脈絡なく鬼ごっこを始めたわけではあるまい。説明するために都合のよい場所に来いと言っているのだ。

五稜郭の乙女としての慎みなど綺麗さっぱり忘れ去って次々と手すりを腰掛けて滑り降り

ていく雪柳の後を追い、揚羽はやがて一階にある寮のロビーに辿り着く。

そこは、揚羽が鏡子に電話をした場所だ。今は管理人室のブラインド・カーテンが降ろされていて、寮長は不在のようだ。

雪柳はロビーの奥の壁に掛けられている学園の見取り図の前にいた。

「お姉様、さっきの記号をお順番にお読みになってください！」

揚羽が言われたとおりにすると、雪柳は見取り図に一つひとつ、手にした赤ペンで丸を付けて線で繋いでいく。

A8↓F5↓D3↓…………↓C6↓LB

――なるほど。

揚羽は心中で納得していた。

学園の中の改札《ゲート》は区別するために記号が振られている。遭難者が出たときには、近くの改《ゲー》札《ト》の記号さえわかれば、救助隊も迅速に駆けつけることが出来る。

メモに書かれた文字列の通りに、同じ記号の改札に印を付けていくと、通称の由来となった五角形の学舎をぐるりと一周して戻ってくるルートが現れる。

「もしかして、あなたたち風気質の生徒たちは、こんな風に改札の記号のメモを取って、今も新しい学園内の近道地図を作っているのですか？」

「はい、お姉様《エルダー》！」

分かれ道や階段の前には大抵改札が設置されているから、新たなルートを探すときには、改札の順序だけ書き留めておけば、あとで地図に起こすことができるのだろう。

「でも、それはおかしいですよ、雪柳」

揚羽が疑問を挟むと、雪柳は小さな頭を愛らしく傾げる。

「だって、その順番どおりに学園の中を歩くことは不可能です」

雪柳が見取り図の上に引いた線は、学舎の形に沿って綺麗な五角形になっているが、途中には行き止まりになって壁を突き抜けている場所や、一方通行の改札を無視して素通りしている箇所がいくつもある。

「それはこうするんです、お姉様《エルダー》！」

異論に対してもむしろ喜々として、雪柳は自分の学生証を取り出し、それを一旦揚羽の手に押しつけた後、再度受け取る。

一瞬、何の意味があるのかと悩んでしまったが、昔、似たようなことを散々繰り返した記憶が、ふと揚羽の頭の中で甦る。

——そっか、これは概念迷路《ロジック・ラビリンス》だ。

それは、揚羽が生まれて間もなく、鏡子が教えてくれた言葉だ。

迷路というものは、出題者と解答者の間の約束、規則が共有されて初めて成立する。

たとえば、迷路を迷路にする壁は、それをくぐったり、登って乗り越えたり、突き破って通ったりしてしまってもいいのなら、迷路として成立しないし、そんなことをしてゴールに辿り着いてもなんの達成感も成果も得られない。

つまり、迷路とは「壁は通ることが出来ない」という約束が前提なのだ。それさえ守られればたとえ壁が現実には存在せず、ただ地面に引かれた白線であったのだとしても、あるいは肉眼では見えない蛍光マーカーや仮想現実のARマーカーで出来ていても、それは迷路になり、迷路を解くことの意味が生まれる。

だから、極端な話、迷路の壁は線である必要すらない。信号が赤のときは渡ってはいけないという交通規則でもよいし、「0」を「0」で割り算してはいけないという数学の基本ルールでもいい。そうして特定の物事の法則をルール化すると、世の中の多くの物事はシンプルな迷路で出来ているようにたとえることが出来る。

人生の選択肢、学問の研究、スポーツの試合。物理的な形や行動をあえて無視し、単純な分かれ道で図に表すと、どれも迷路の形に落とし込むことが出来るのだ。

もちろん、人生の選択で「お金がない（からここを通れない）なら誰かから盗めばよい」という選択をすると迷路は破綻してしまうのだが、それは一般良識という「迷路の壁」を破ってしまっているからだ。

学問の研究やスポーツの試合も同じことで、学問において「人類の科学では決して理解できない未知の法則」なんてものを引き合いに出したが最後、それは科学ではなくなる。それがあることは否定できないから、宇宙人でも魔法でも、どんな異常な現象でも、「未知の法則」の一言で説明できてしまうが、そんなルール破りを繰り返していたら最後には誰からも相手にされなくなるだろう。

サッカーでも、一定のラフプレイは許されるからといって、相手選手をひとりひとり殺してしまえば試合に勝てるというのでは、誰も彼の勝ちを認めはしないはずだ。

つまり、世界にあるどんな複雑な課題も、そこに横たわる大事なルールを守った上で解いてこそ、その成果《ゴール》に価値が宿る。奇想天外に見える解決法があったとしても、それは特別な奇跡や魔法のことではない。ルールに従ってその範囲で導き出される必然の一つなのだ。

そのような世界解釈が、「概念迷路《ロジック・ラビリンス》」なのだと鏡子は教えてくれた。人類は、自らルールを定めることで、ルールの迷路の中で迷い、悩み、苦しんで、やがて出口に辿り着くときにそこに意味を見出す生き物で、人類のそうした習性が、他のどんな賢い動物にも真似の出来ない高度な文化と文明を育《はぐく》んできたのだそうだ。

揚羽と妹の真白は、生まれる前からその概念迷路《ロジック・ラビリンス》の中にいた。

揚羽たちを造った制作者《ちち》は、まだ覚醒していない生まれる前の二人の娘に、玩具の代わりにこうした概念迷路《ロジック・ラビリンス》を無数に与えた。二人で協力しながらその迷路を解いてゴールに辿り着くたびに、揚羽と真白の意識はひとつひとつ正体を結び、触覚を、味覚を、聴覚を、嗅覚を、視覚を得て、やがてそれぞれ一個の人格として誕生した。

鏡子によれば、それは人間の赤ん坊が胎児期から生後二歳ぐらいまでにかけて急速な脳の成長に伴って経験する発達過程を、濃縮して人工妖精《フィギュア》で再現する過程だったのだそうだ。

自我の曖昧な赤ん坊が自分と他人を認識し、自我に目覚めるまでの成長課題を迷路の形にして、やはり自我のない頃の揚羽たち姉妹に与えることで、制作者《ちち》は揚羽たちを覚醒させた。

「そっか。このルートは今の学園では通ることが出来ないけれど、ここが学園になる前、峨東一族の研究施設《エルダー》だったときはちゃんと通れたはず、ということですね」

「そうです、お姉様！」

　雪柳が言いたいことを代弁してくれた揚羽に感激している。

　この学園の構造は、揚羽と真白の姉妹が生まれた場所とよく似た概念迷路《ロジック・ラビリンス》が組み込まれている。揚羽の制作者《ちち》は峨東流派の技師だったから、峨東の施設は同じ仕組みと概念で造られているのかもしれない。

　制作者《ちち》が残した、この一見意味不明な記号の並びは、生まれた後の揚羽と真白のための概念迷路《ロジック・ラビリンス》への招待状なのだ。

「雪柳――」

「はい、お姉様？」

　物憂げに見取り図を眺めていた揚羽から名前を呼ばれ、日頃は頭痛の種にばかりなっている妹分が不思議そうな声で返事をする。

「少し、手伝ってもらえますか？　そういうことであるなら、私だけではこの迷路は解けませんから」

「もちろんです、お姉様！」

揚羽に頼りにされたのがよほど嬉しかったのか、雪柳は満面の笑みを浮かべて揚羽の胸に飛び込んでくる。

手のかかる妹である。彼女の悪戯のために、寮の各部屋を謝罪して回ったこともある。正直、何故自分はこんな難儀な後輩を押しつけられたのだろうと思ったこともある。

だが、やはりこの子と親しくなれてよかった。他の気質ではなかなか思いつかない新たな視点を、この子は尽きない井戸の水のように溢れさせて揚羽に指し示してくれるのだから。

多少手を焼くのも、きっと彼女らしい愛嬌のうちだ。

生まれてから二年。謎だらけだった制作者《ちち》の手がかりをようやく摑めたのは、彼女がいればこそだったはずなのだから。

寝間着と制服で歩き回るには寒い夜であるので、一旦それぞれの部屋に戻ってコートを着てから落ち合うことになった。

揚羽の部屋では、マンツーマン風紀委員会が終わっていて、風呂上がりの連理だけがいつものように就寝前の読書をしていた。やはりあの後、片九里は気まずくなってすぐ帰ってしまったのだろう。ちょっと可哀想なことをしてしまったと思う。

朔妃に雪塗れにされてしまった揚羽のコートはまだ干したままなので、連理から水色をした予備のダッフル・コートを借りた。

待ち合わせの場所では案の定、懐中電灯×2、フィッシャー・ベスト、おそらく非常食という名の菓子の数々が詰まったバックパック、それに水筒まで完備した雪柳が、出発を今か今かと待ちわびていた。

人気《ひとけ》のない夜の学園とはいえ、昼間はいやというほど行き来している場所なのだから、秘境の探検ではあるまいし、そこまでの重装備をする意味がわからないが、本人に訊ねると「気分の問題です！」という身も蓋もない答えが返ってきた。

百歩譲って迷子になったときの備えだとしても、その両手に握られたダウジング・ロッドはこの先進文明都市の中では何の役にも立たないと思うのだが、「今やらなければ一生やる機会には遭遇しない！」といった焦燥感に喜々として駆られているのだと思われる。止めるのは野暮というものだろう。

スタート地点は、学園の中心からやや南側にある図書館塔の前だ。本校舎と繋がるバロック様式の長い通路は明かりが落とされ、不気味に静まりかえって、並んだ窓から月の光が射している。蝶型の微細機械《マイクロマシン》たちが飛び交っているおかげで思ったほど暗くはない。

揚羽の背丈の倍もある巨大な図書館の入り口は固く閉ざされていて、今は中に入ることが出来ない。

「じゃ、行きましょうか」

「探検開始です！」

軽くハイタッチしてから、並んで歩き出した。

これで本当に吸血鬼でも出てきたら雪柳は狂喜乱舞するはずだ。

＊

二人で学園をほぼ一回りして、図書館前に戻ってくる頃には十時を大きく回ってしまっていた。

寮の方も既に消灯時間を過ぎていて、人の気配はいっそう消え失せている。昼間はこの図書館が勤勉な生徒たちで一杯になっていることを忘れてしまいそうなぐらい静かだ。

目の前の図書館の入り口は、夜の今は固く閉ざされている。

「さて、これで果たして入れるものなのか、どうか――」

「どきどきですね、お姉様《エルダー》！」

揚羽は緊張で、雪柳は興味津々で胸を高鳴らせながら、意を決して入り口脇の認証装置に学生証を通した。

途端、巨大な両開きの扉は重い音を響かせて開き始め、落とされていた照明が下から順番に灯っていく。

「おお……」

学園内の似たような扉の開閉の光景自体は特に珍しいものではないが、自分で解錠したのは初めてだ。

雪柳が「いっちばーん！」とはしゃぎながら中へ飛び込んでいく。

「夜のお図書館をお二人占めですよ、お姉様《エルダー》！」

まあ試験前の時期には夜半まで開放されていることもあるし、一見には特に珍しい光景ではないのだが、確かにたった二人だけで占有できる機会はそうそうないかもしれない。

早速あちこちの探索を始めた雪柳はほうっておいてやることにして、揚羽は自分の目的の方に集中することにした。

今、揚羽の目の前には、揚羽が立っている。

鏡ではない。おそらくは疑似映像だ。左目を手で覆うと見えなくなるが、右目を覆っても消えない。雪柳には最初から見えていないようだ。雪柳は疑似映像の揚羽の身体にぶつかったのに、気づかずすり抜けていったのだから。

――金色の左目にだけ見えてるのか。

遠くを見ても近くを見てもピントが合っているので、おそらく水晶体や角膜の中ではなく、網膜か硝子体《しょうしたい》に映像レイヤーが作り込まれているのだろう。

視覚の拡張現実《AR》レイヤー機能は、人間でもわざわざ眼球を人工のそれに交換して取り付けている者がいるし、特定の目的のために造られた人工妖精《フィギュア》にはこのタイプの眼球が最初から埋め込まれていることが多い。

ただ、拡張現実技術が最盛期を迎えた二十一世紀の頃に、常時利用していると脳への負荷《ストレス》が大きいことがわかり、以後は健康のために連続使用の制限が課されるようになっている。

だから今では、人間は必要なときだけ眼鏡型をしたレイヤーを身につけることが多いし、生まれつき内蔵している人工妖精《フィギュア》も普段は機能をオフにしているはずだ。

本来は一般の人工妖精《フィギュア》には使われない眼球が、昨年の怪我の治療の時、まちがって揚羽に移植されてしまったのだろうが。

いや、人倫の変異審問官は、この眼球が制作者《ちち》の残したものだといっていた。ならば、この眼球で見える拡張現実も、制作者《ちち》の思惑の中にあるはずだ。

辺りを眺めると、はるか五階の高さまで壁一面に並べられた本棚の中、書籍の一つひとつには、本来のタイトルの上に被って、拡張現実で別なタイトルが浮かんで見えている。

手近な本を一つ抜き出し、ページを開いてみると、案の定本来の書籍の内容とはまったく別の文書が重なって見えている。ページをめくると、文書の内容も次の項になる。

本の一冊一冊がまったく別の文書に紐づけされていて、拡張現実のライブラリの物理インターフェースになっているのだろう。

つまり、揚羽の左目にだけは、現実の図書館とは似て非なる「裏・図書館」が見えているということだ。

本が裏図書館の資料の項目に対応しているのだとすると、目の前で佇《たたず》んでいる自分の似《ドッペルゲンガー》姿は、きっと目録《インデックス》――コンピュータの投影する司書代わりの検索インターフェースか。

さて、初めに何を探させてみようかと思案し、ひと悩みした末、

「私、揚羽と真白の制作者について――」

似《ドッペルゲンガー》姿はしばらく目を伏せた後、吹き出しで「見つかりません」と答えた。

こんなに簡単に蒸発中の制作者《ち》にまで辿り着けたりしたら拍子抜けしてしまうところだったが、さすがにそう甘くはなかったようだ。揚羽と真白は造られてからまだ三年にも満たない。この裏図書館が、学園の前身である峨東の研究所の頃の遺物で、それ以来放置されてきたのなら、最近の物事は記録されていないのだろう。

「じゃあ……そうですね、『白石之壱輪《しらいしいちりん》』という人工妖精《フィギュア》について――って、彼女も去年の生徒なら、記録があるわけな――」

揚羽がおでこを撫でながらコマンドを撤回しようとしたとき、似姿は「一件の該当あり」と答えて勝手に歩き出した。

導かれるまま二階まで上がり、しばらく本棚に沿って歩くと、やがて似姿が立ち止まって本棚の中程を指さした。

「これ？」

似姿に示された本には、『空蟬計画《うつせみ》の経過報告書目録』というタイトルが上書きされていた。

本を開くと、丁寧なことに似姿が該当のページを指さしてくれる。

一気にページを送り、指示されたページを開くと、すぐに章見出しに「壱輪」の名前が見つかる。

――第六次心身分離実験被験体『空蟬六号』通称白石之壱輪について。

それは、人工妖精《フィギュア》の実用化・普及から間もない頃の研究の報告書だ。

記述によれば、責任者は峨東当主、主任研究者は「不言志津江《ふげんしずえ》」。風気質《マカライト》の発見者として名高い故人、不言志津江か。彼女が存命中のときの古い記録のようだ。

端からゆっくり読み解いていく。揚羽は一度読み始めるとのめり込んでしまって他のことが手に付かなくなることもあるが、読書のスピードは決して速い方ではない。

一通り該当の箇所を読み終えて本を閉じたときには、図書館塔の真ん中に釣り下げられている大時計の短針は、零時をとっくに回っていた。

本を元の場所に戻してから手すり越しに階下を見下ろすと、人目がないのをいいことに床に寝そべっていた雪柳がこちらを見上げる。

「雪柳？」

彼女の左右には本が山積みになっているが、たった二時間弱でそんなに大量の本を読破したのだろうか。普段は文字を見ていると眠くなると公言しているのに、夜の図書館という雰囲気が彼女の内に眠る何かに火を点けたのかもしれない。

風気質の人工妖精《フィギュア》は、有り余る才能を普段、どれだけ無駄遣いしているのだろうと軽く目眩《めまい》を覚えてしまう揚羽である。

「そろそろ遅いですし、寮に戻りましょう」

揚羽が探検の終了を告げると、夜の学園に続いて文字世界の冒険に浸っていた彼女は至極残念そうにしていたが、

「明日の放課後、また手伝ってもらいたいのですが、いいですか？」

揚羽が次の約束を持ちかけると、読んでいた本を放り出して喜び、せっせと後片付けを始めた。

さて。壱輪の行方は大方見当が付いたが、あとは朔妃《さくひ》をどう説得するか。

揚羽は、ドーム状になった図書館塔の屋根を見上げて、そこに描かれた最後の晩餐の絵を、端の使徒から順々に眺めた。

＊

翌日の二月十三日、一日の全課程が終わってからすぐ、揚羽はすぐに朔妃のいる教室の前で彼女を待ち受けた。

やがて、友人を伴って教室から出てきた朔妃に「ごきげんよう」と声をかけると、彼女は細い眉の間に皺を寄せて不快感を露《あら》わにした。赤い目には爛々《らんらん》と憎悪の火が灯っている。

「まだ何かご用かしら？　揚羽さん」

暗に「もう容赦はしない」という凄みが伝わってきたが、揚羽は両手を挙げて休戦の意思を表現し、笑顔で受け流す。

「少しだけ、お付き合い頂けませんか？　壱輪《いちりん》さんのことで――」

周囲の級友たちは訝《いぶか》しそうにして、不躾《ぶしつけ》な揚羽に対して敵意に近い嫌悪感すら見せていたが、朔妃が一言二言告げると不承不承の様子で立ち去っていく。

「ここでは人目に付きますわね、どこか――」

「お連れしたいところがありますので、少々お付き合いくださいませ、朔妃さん」

朔妃の言葉を遮り、揚羽は敵意を滲ませる彼女にあえて背中を見せ、ついてくるように促《うなが》した。

放課後の廊下は、どこも生徒たちの喧噪で溢れている。その中を黒い髪に色違いの瞳の揚羽と、絹のような銀髪に赤い瞳の朔妃が連れ立って歩くと人目を引くようで、中には道を譲る生徒もいた。

「壱輪さんとは、会えましたか？」

「あなた……」

歩きながら揚羽が問うと、朔妃は驚きで息を詰まらせていた。

「で、しょうね。壱輪さんが去年の冬に休学して以来、あなたは彼女と会っていない。会えなかったのだもの。違いますか？」

歩みながら振り向くと、赤い目で睨まれる。

「彼女が患っていたのは、重度の解離性障害。目立つ症状は、解離性運動障害と痙攣《けいれん》。呼吸困難――過呼吸のような苦しい発作は、おそらく頻繁にあったでしょう。彼女はそれを周囲に必死に隠し通していた。

去年、まだ一年生だったあなたは、妹分として彼女の看病をしながら、彼女がそうした重篤の神経症を患っていることが周囲に知られないよう気を配っていた。きっと、壱輪さんは他の人には黙っていて欲しいと、あなたにお願いしていたんですね」

　さすがにここで顔色を確認するほど悪趣味ではないが、否定の返事は聞こえてこなかった。

「でも、あなたにはどうにもならないこともあったのでしょう？　たとえば、解離性遁走――つまり無意識の放浪。彼女は唐突に何日も消息を絶ち、ふらりと戻ってきたときにはその間の記憶を失っている。

　夏や秋のような暖かい季節はまだいい。でも、冬になると寒さに凍えて、放浪中に誰にも知られないまま行き倒れてしまうことにもなりかねない。

　だから去年の今頃、彼女の身を案じたあなたは、約束を破って壱輪さんのことを学園に相談した。学園はすぐに区営工房の技師に診察を依頼し、彼女は他の生徒たちには事情を伏せたまま通院することになった。

　だけど、壱輪さんは通院を繰り返すたびにむしろ衰弱し、どんどん症状を悪化させていった。そして、ついには半ば強制的に、人倫直轄の工房へ入院の処置が決まって、彼女は休学扱いで学園を去ることになった。

　そのときになって、彼女との約束を破ってしまったことを、あなたは後悔したんです」

　後ろの足音が消えたので、揚羽も立ち止まって振り向く。

　朔妃は学生鞄《がくせいかばん》の中に手を入れて、今にも例の試験管を取り出そうとしているようだった。

「まあ、そう殺気立たないでください。これから壱輪さんのいるところに一緒に行きましょう。それまではしばしの休戦ということで」

揚羽が雪柳のするように無邪気に小首を傾げてみせると、朔妃は揚羽を睨め付けつつも学生鞄から手を出して、また付いてきた。

「この学園には、ここがまだ研究施設だった頃の名残があちこちに残っています。それぞれのフロアにある生徒立ち入り禁止の部屋は大抵そうだし、一方通行の改札《ゲート》で巧妙に遠ざけられて、普段は近寄る機会すらないデッド・スペースがいくつもある。そうした隠された場所は、学園の見取り図にも載っていません」

風気質の乙女たちは、学園から配布されるお仕着せの見取り図を当てにせず、自分たちの目と足で学園の構造を調べることで、見取り図からは見つけられない最短ルートを導き出している。その副産物として、本来はないはずの隠された場所が彼女たちによって無数に発見されている。

ただし、そうした場所は大抵、学園側にも把握されていて、学生証では入れないように電子認証の施錠がされているし、普段は生徒が近づかないように改札で生徒たちの移動をコントロールしている。

「研究施設だった頃は、防犯上の観点からいくつもの改札を経ないと重要な施設には辿り着けないようになっていた。つまり、決められた順番どおりに改札を通過してさえいけば、そうした隠し部屋に今でも入ることが出来る。

ですが、ここが学園になるとき大幅な改装と廊下の一方通行化がされましたので、その道順通りに歩いて行くことは出来ません、普通は、ですね」

やがて、向かう先の改札前で雪柳が待っているのが見えてくる。

揚羽に一通り全身で歓迎を表現した雪柳は、示し合わせていたとおりに揚羽と学生証を交換し、自分は揚羽の学生証で改札を抜け、

「では、向こう側でお待ちしています！」

と言い残して小走りで去って行った。

もちろん学生証の貸し借りは本来なら厳罰だが、この際は致し方ない。

揚羽は雪柳の学生証で彼女とは別の改札を通る。朔妃も自分の手帳で揚羽に付いてきた。

二人は大きく回り道をして、雪柳が歩いて行った廊下の行き当たりにある改札へ行く。

そこには既に雪柳が待ち受けていて、揚羽とまた学生証を交換してから改札を抜けて合流した。

「こうして二人で協力して、学生証を交換しながら進めば、特定の改札を順に通り抜けた学生証が出来あがります」

昔、公共交通機関でまだ紙の切符が使われていた頃に流行した「キセル」と呼ばれる違反行為と同じ要領だ。

「今は行き止まりになっていたり、一方通行でまっすぐ通れなくなっている廊下も、この方法を使えば通ったことに出来る、ということですね」

そうして四度ほど同じことを繰り返した頃には、外の景色は夕日の茜色《あかね》で染まっていた。

「完成です！」

達成感たっぷりに胸を張る雪柳から自分の学生証を受け取る。

「ありがとう、雪柳。あなたはここで待っていて」

連れては行けないことは最初から約束していたのだが、それでも口惜しそうである。だが、ここから先はまだ幼い妹分には見せることは出来ない。

「今度また、一緒に別な場所を探検しましょう。きっと誰も辿り着けていない場所が、まだまだこの学園にはたくさんあるはずなのだから、ね」

揚羽が諭してやると、雪柳は嬉しそうにお絶対ですよ、お姉さま！　と何度も約束を交わしてから、寮の方へ帰って行った。

「さて。長らくのご足労で恐れ入りますが、もう少しでゴールですよ」

人倫の変異審問官《インクイジショナー》から受け取った紙は、よく丸めてから持ってきていたマッチで火を点け、延焼しないように窓から土の上に落とした。これで、しばらくすれば人倫が調査のために学園に踏み入ってくるだろう。できれば、その前に終わらせたい。

本校舎一階の廊下から、普段は使われない袋小路の小さな通路へ入る。

そこにはもう何年も使われていないドアが、ひとつだけある。風気質《フィギュア》の乙女たちは、もちろんこのドアもとっくに発見しているが、ここを通ることが出来た人工妖精はひとりもいないはずだ。揚羽も裏図書館の研究資料から決められた改札の通過ルートを見つけたから、解錠フラグの立った学生証を作れたわけで、知らなければ偶然に開けることはまず出来ないだろう。

揚羽がドアの脇の認証機械に学生証を通すと、レトロな電子音がしてドアの施錠が解除される。

朔妃に協力してもらい、長年閉めたきりで固くなっていたドアを二人がかりで押し開けると、縦に長い直方体の空間があった。

どこからか蝶たちが出入りしているので、蝶の羽の光のおかげで真っ暗にはなっていないが、底の方はかなり深く、地下三階分ぐらいはありそうだった。

壁に沿って備え付けられている、手すりもない階段を、足を滑らせないように注意しながらゆっくり降りていく。

底の方は小さな中庭のようになっていて、真ん中に丸い噴水のようなものが見えている。階段を降りきり、噴水へ歩み寄って中を覗き込むと、そこには透き通った水が満たされていて、脈打つ肉の塊が沈んでいた。

「小型の、視肉《しにく》の培養炉？」

不気味なそれを見た朔妃は眉をひそめていた。

視肉は、人工妖精《フィギュア》の身体の材料でもある微細機械《マイクロマシン》の最も原始的な形態だ。電力を与えてやれば、視肉は大抵の物質を生産することが出来る。この小さな人工の島が富で溢れているのは、島に視肉の巨大な培養炉があるおかげだ。

だから、朔妃がこれをそうだと思ったのは、おかしなことではない。サイズこそ違うが、教科書や資料には大抵こうして水を張られて中に視肉が沈んでいる培養炉の写真が載っている。

「ある人工妖精《フィギュア》の脳――だったそうです、昔は」

揚羽の言葉に、朔妃は目を丸くして後ずさっていた。

「五稜郭が研究施設だった頃、不言の氏族がここで、人工妖精《フィギュア》の脳の半分を身体から分離する実験を行っていました。人工妖精《フィギュア》の右脳を摘出し、それをこのような培養炉に入れて、神経の代わりに無線信号で遠隔接続するんです。神経の信号を電気と無線に置き換えて送受信できれば、最終的にはすべての脳を安全なところに保護したまま、肉体を別な場所で操ることが出来るようになる。精神と肉体を分離できるようになる、ということですね。ある種の不老不死の研究、ということになるでしょうか。

初めは失敗の連続で、『空蟬《うつせみ》』というコードネームで呼ばれていた実験体は多くが半身不随や精神障害を患い、五人目までいずれもすぐに死んでしまったそうです。

でも、最後の六人目だけは生きながらえた。六人目だけは、後から脳を半分取り出すのではなく、最初から右脳を別に造ったのだそうです。つまり、その個体には生まれつき、脳が半分、頭の中になかった。

無線を使った脳の遠隔接続の研究は、空蟬六号と呼ばれた実験体の完成で飛躍的に進み、人間での応用も可能性が見えてきた頃、実験は突如、中断に追い込まれました」

飛んできた蝶を指に止まらせながら噴水に腰掛け、揚羽は顔が青ざめた朔妃を見つめながら続ける。

「原因は、この蝶型の微細機械群体《マイクロマシン・セル》だそうです。島のどこへでも飛んでいける蝶型の実用化で人々の暮らしはとても豊かになりましたが、この蝶たちは赤外線より長波長の電磁波を遮断してしまう。蝶たちが島の中に増えるに従って、空蟬六号と外部の右脳との電磁波による通信が滞《とどこお》るようになり、やがてはほぼ接続出来なくなってしまった。当時はまだ代用の赤外線通信も未熟で、電波の代わりには出来なかったそうです。

以来、空蟬六号は脳の半分を本当に失い、重度の精神疾患を併発して、人倫の工房の入院棟に放り込まれた。実験は中断されましたが、その後、不思議なことが起きた。

……見てください」

揚羽は、噴水の中の視肉を摘んでちぎり取り、それを床に向けて放り投げた。

床に落ちた視肉は粘土のように潰れた後、風船のように膨らんで、中から人の形をした小さな肉の塊が、卵の殻を破るようにして現れる。

目も耳も、鼻も口もない、泥人形のようなそれは、一歩だけ噴水から離れた方へ踏み出してすぐに潰れて泥に戻ってしまうが、そこからまた一回り小さな泥人形が生まれて一歩だけ踏み出す。

そうして何度も潰れては生まれ変わることを繰り返し、二十センチほど進んだところで小指の爪よりも小さくなって、それ以上は動かなくなった。

潰れた肉にはすぐに蝶たちが群がり、分解していく。

「外部に残された右脳は、通信が途絶えたことで失われた身体を補おうとするかのように、視肉に近い状態にまで回帰して、不完全ながら人の形を勝手に作るようになった。

生物の細胞でいえば、分化万能性というそうですね。肉体の失われた部分を補うために、彼女の右脳は視肉に戻って肉体を作り始めた。でも、私たち人工妖精《フィギュア》には遺伝子がないから、視肉が作るのは人の形をした泥人形だけ。肉を切り離すと一旦は人型になるけれど、それを維持できなくてすぐに潰れてしまう。

まるで入れ子のように、後から後から小さな人型が中から生まれてはより小さくなってやがてただの泥になる。古い生物学の『ホムンクルス説』のように。

残された右脳は、本当の身体と左脳を求め、こうして外へ外へと自分の一部を伸ばそうとするけれど、いつまでもこの噴水の外へ出られない。

実験のレポートは、この不気味な現象についての報告を最後にして終わっています」

そうして視肉の塊になってしまった脳をどこかに捨てるわけにもいかず、施設の地下に閉じ込めておくことになったのだろう。

「空蟬六号――人工妖精《フィギュア》としての名前は『白石之壱輪』。彼女の解離性障害は、脳の一部が失われたことによる、必然的な発症だったんです。だって、彼女の脳の半分は、本当に身体の外にあったのだもの。

彼女は常に、自分の心がここにない、自分の行動がまるで他人事のように見えるという離人症の感覚に苦しんでいたはず。

それでも、この学園がそうであるように、自治区の一部にはまだ古い電磁波の送受信装置とネットワークが残っている。蝶たちに阻害されても、アンテナの近くまで行けば微かに本来の脳と接続が出来た。だから彼女は無意識のうちに放浪し、自然に電波の届く場所を探し歩いて彷徨《さまよ》ってしまう。

　それが彼女の解離性遁走の正体。いつまでもゴールに辿り着けない、虚《うつ》ろに彷徨えるお姫様です」

　彼女は、人道的に許されざる生体実験の被害者で、その生き証人だ。だから、彼女の症状が悪化したとき、人倫はすぐに保護しつつ隔離したのだろう。

「一応、人倫からの依頼による仕事はこれで完遂できたと思っています。人倫が学園に立ち入り検査の許可を求めるための根拠としては十分ですから。彼女が失われた脳からの電波を求めて、今も学園内のどこかを彷徨っているのなら、程なく見つけられるでしょう。

　ただ、私にはもう一つ、大事な仕事があります。

　学園内を騒がせている、吸血鬼。ただの作り話ではなく、実際に被害者も出ている。あなたは自分がその吸血鬼の正体だと言っていましたが、それは本当ですか？」

　遠い目をしていた朔妃は、物憂げに揚羽を流し見つつ、学生鞄の中から、保冷容器に入れられた試験管を取り出す。

「……本当よ」

「そうですか……」

　揚羽の胸の奥から、大きな溜め息が生まれる。嫌に重く感じる身体に鞭打ち、噴水の淵から腰を上げた。

「ならば、私はあなたを処分しなくてはいけません」

「やっぱり、人倫の手先だったのね」

「いいえ」

揚羽は制服の裾から手術刀《メス》を三本抜き、左手の指に挟んで構える。

「私は人倫の手先でも、人間の悪意でもない。私は、人工妖精《フィギュア》が人間とその社会に害をなしたとき、人工妖精《フィギュア》自身の手でその変異者を処分するための全自動自律免疫です。だから、あなたの事情は私には関係がない。あなたが社会に害をなしたと自白するのなら、一切の容赦も一片の酌量《しゃくりょう》も一握りの躊躇《ちょうちょ》もなく、切って捨てるのみ」

左手の手術刀《メス》を彼女に向け、揚羽は切除の宣告をする。

「銀上《しろかみ》之朔妃《さくひ》。生体型自律機械の民間自浄駆逐免疫機構《Bio-figures self-Rating of unlimited automatic civil-Expellers》青色機関はあなたを悪性変異と断定し、人類、人工妖精間の相互不和はこれを未然に防ぐため、今より切除を開始します。執刀は末梢抗体《アクアノート》襲名、詩藤之峨東晒井ヶ揚羽。お気構えは待てません。目下、お看取りを致しますゆえ、自《おの》ずから然《しか》らずば結びて果てられよ！」

揚羽が手術刀《メス》を構えて駆け寄ったとき、朔妃は初戦と同じように学生鞄から試験管を抜いて、中の液体を揚羽に向けて振りかけた。

揚羽の長い髪に氷が纏わり付き、冷気が背筋を震わせる。それでも怯まず、すれ違いざまに朔妃の右腕に手術刀を叩き込んでから間合いを取り直した。

思った通り、彼女の氷は決して致命傷になるほど冷たくはなく、見た目は派手に凍るものの凍傷には至らない。

「過冷却の水が凍る瞬間はまるで魔法のように見えますが、わずかに零下数度の水では実害はほとんどない。本当に殺意があるなら、液体窒素やドライアイスの方がまだマシなのに、あなたはそうしない。

あなたは何もかもがハッタリなんです。壱輪さんへの献身も、その純真さも、私への殺意すらも」

続けて浴びせられた水もあえて肩から被り、そのまま彼女の左太腿に手術刀を突き立てて離れる。

「あなた……私に何をしたの!?」

力なく垂れる右腕を押さえ、動かない左足を引きずりながら、朔妃が叫ぶ。

「右腕は神経節を、左脚は大腿部の筋肉を二本のメスで縫い止めました」

さらりと種明かしをした揚羽に、朔妃は端正な眉を歪めて信じられないというように首を振る。

「そんなこと、ヒトに……人工妖精《フィギュア》に出来るはずがありません!」

「ですね。解剖学的に理解していても、皮膚の上から神経や腱の位置が見えるわけではないですから」

だが、今の揚羽の左目には、それが見えている。左目の拡張現実レイヤーが、目の前の朔妃の身体のあらゆる部位の構造を、肉眼の視野に重ねて映している。

これも制作者《ちち》からの贈り物なのか。今の揚羽なら、痛みを感じさせないまま人工妖精《フィギュア》の息の根を止めることすら出来るだろう。

再び揚羽が肉薄すると、朔妃は足下に向けて水を放つ。

「それは昨日、見せてもらいましたよ」

靴ごと足を凍らせて転倒させるつもりだったのだろう。確かに膝より下へ液体を撒かれるとかわしづらいが、凍るとわかっているのなら対処はできる。

揚羽は凍り付いた右足をそのまま床の上で滑らせ、左脚を軸にして身体を回転させながら、凍ったブーツで低めの回し蹴りを朔妃の脇腹に叩き込む。

加減はしたのだが、それでも彼女の細い身体はくの字に曲がり、崩れ落ちるように倒れて噴水の縁にしがみついていた。

その頰を一粒の涙が伝い、それはやがて止めどない流れになって、彼女の顎から滴り始める。

「言い残すことは、ありますか？」

凍ったままの右足が滑らないようにゆっくりと揚羽は歩み寄り、顔を伏せてすすり泣く彼女を見下ろして訊ねる。

返答はない。ただ、嗚咽と涙が床を叩く音が、微かに聞こえるだけだ。

「なら、もういいですね」

揚羽は手術刀を握った手を振り下ろし――

「嘘は、ここまでにしてください」

彼女の肩にそっと置いた。

膝を折って、彼女と視線の高さを合わせ、彼女をこれ以上怯えさせないよう、できるだけ柔らかく微笑んでみせた。

「あなたは誰かを傷つけたことなんてない。それでもあなたは精一杯の虚勢を張らなくてはいけなかったから、過冷却の水で他人を脅かすようなことも覚えた。

去年の冬、そして今年。どちらのときも、生徒を襲って吸血行為をしていたのは、あなたではなく壱輪さんなのでしょう？」

顔を伏せたままだが、彼女は確かに頷いた。

「空蟬計画の被験体は皆、症状の悪化につれて吸血行為への嗜好性を見せたそうです。壱輪さんも、身体が悪くなるにつれてきっと自分ではどうにもならない欲求に駆られて、やむを得ず身近な生徒を襲っていたはず。

人倫が彼女をおかしくしたと思ったあなたは、吸血鬼の正体のふりをして彼女を人倫の手先の私から庇《かば》おうとしたんですね。

でも、どうしてあなたがそこまで？　あなたの姉代《エルダー》わりであったとしても、今ここにいない彼女のために、あなたが吸血鬼のふりをしてまで身代わりになる必要が、どうしてあったのですか？　もう少しで、あなたは私に、本当に殺されていたかもしれないのに」

彼女は嚙みしめていた唇を微かに蠢《うごめ》かせ、何かを口にしようとして、また飲み込んでしまう。

正面から顔を見られているのがよくないのだろう。気弱になっているときは、相手がどんなに真摯で優しくとも、まっすぐ視線を合わせることが出来ないこともある。

抱き寄せるようにして彼女の口元に耳を近づけると、彼女はようやく、掠れた声で本音を明かしてくれる。

「私だけ……血を吸ってくれなかったの。他の子なら、誰でもいいのに……」

揚羽は目を瞬かせていたが、しばらくしてようやく合点がいく。

おそらく朔妃は、どうしても血が吸いたいのなら自分の血をあげると、壱輪に何度も申し出たのだろう。そうすれば誰かにばれることもないのだからと。

だが、その申し出を壱輪は断った。その理由が朔妃にはわからなくて悔しかったのだ。彼女にとって、自分は血を吸う価値もないのではないかと思ってしまったから。

朔妃からすれば、姉代《エルダー》わりの壱輪に対しての自分の思慕の情を否定されたようなものであるし、朔妃自身の尊厳にも関わることだった。

それが、彼女の妄執の正体か。

しかし、おそらくそれは朔妃の思い違いではないかと、揚羽は思う。たとえば、自分が誰かの血をどうしても吸いたくなったとしても、自分を慕ってくれる雪柳を襲うようなことはしないと思う。大事だからこそ、きっと手を出せない。

朔妃がもし、もう一度だけでも、本物の壱輪に会えたなら。きっとその気持ちは彼女に伝わるのだろう。

「でも、あなただってもう二年生で、今は妹分の一年生がいるのでしょう？　その子のことも、忘れてしまったら可哀想ですよ」

揚羽の言葉に、微かに息を飲んだのがわかった。

壱輪に回復の見込みがあるのか、揚羽にはわからないが、その機会がいつか訪れればいいと思う。

「ここにはもうすぐ、人倫の変異審問官がやって来ます。私も実はあの人たちが苦手でして、あまり長居して鉢合わせたくはありません」

朔妃に肩を貸し、ゆっくりと立たせる。

「戻りましょう、いつもの学園へ」

狭い階段を、肩を貸して昇るのは大変だが、ついやり過ぎて彼女の脚を不自由にしてしまったのは自分だから、致し方ない。

「あなたは……本当に青色機関《BRUE》なの？」

彼女に問われ、揚羽は苦笑してしまう。きっと、まだまだ迫力が足りなくて、本物には見えないのだろう。

「お化けのふりをして悪さをしていると、いつか本当のお化けがやってくるってお話は、聞いたことがありますか？　だから、もうお化けのふりなんてしないでくださいね、本当のお化けも困ってしまいますから。なので、今日のことは内緒にしてください」

揚羽が微笑みかけると、銀髪の合間で、彼女はようやく少しだけ笑ってくれた。

＊

『吸血は、性交の代償行為だ』

「ええと、それはセックスの代わり、ということですか？」

口にしてからしまったと思っても、もう遅い。

受付窓口の向こうの寮長は、五稜郭の乙女にあるまじき下品な言葉に啞然とし、きつい目つきでこちらを睨んでいる。

電話機を耳に当てたまま辺りを見渡したが、夜も更けて九時前の寮のロビーに人影はなく、他の生徒たちに聞かれた様子はなかった。

『吸血鬼の伝承や風聞は、宗教的な戒律や、強すぎる倫理観によって、性に対して抑圧的な風潮が社会を覆う度に世を席巻《せっけん》する。要するに、なんらかの理由で性的な充足が得られない状態の人間の集団では、性的な行為の代わりに吸血行為についての憧憬と恐怖が共有され、そうした潜在的な願望が、噂や迷信の形で現れる』

性的なことを想像するのが悪いことだと、いくら自分を戒《いまし》めていても性欲はなくならないから、性欲を直接満たす代わりに、吸血鬼がやってくるという妄想に耽《ふけ》ってしまう。鏡子はそういうことを言っているのだろうか。

「つまり、空蟬計画の被験者たちが、実験で心を病んで吸血行為に及んだのは、屈折した欲求が行き場を失ったため、なのですか？」

『ある種の精神疾患では、自己の認識が曖昧になる。

よく世間では誤解されているが、性欲とは異性だけが対象ではないのはもちろん、他人にだけ向けられるものですらない。自分の性欲を満たす最大の存在は、恋人や伴侶ではなく、自分自身だ。人間は、内から生じる性欲の大半を、自分へ向けることで解消している。極端に依存するとある種の中毒になり、異常な自己愛耽溺《ナルシシズム》を発症するが、程度の差はあれ誰にでもある精神の仕組みだ。もしこれがヒトに備わっていなければ、性欲をすべて他人で解消しなければいけなくなり、窃視症や露出症、痴漢や性暴力が蔓延するだろう。

まあ、女なら――あるいはお前たち女性型の人工妖精《フィギュア》なら、男に比べればまだファッションなどで解消しやすいが――』

「ちょっと待ってください。ファッションって……お洒落したりするのも性欲の発露なのですか？」

『当たり前だ、馬鹿野郎。他者に対して肉体および肉体を飾りつけて見せる行為は、ほぼすべて性欲の解消に繫がる。女に比べ、男はファッションで飾り立てる文化が未熟である上、性機能の違いもあって、極端に抑圧されると露出症などを発症しやすいが、程度の違いはあれ、着飾って他人に見せるのは、女でも男でも同じ性欲の社会的な解消手段だ。

　芸術は表現が直接的なものになると扇情的な、つまり裸体をそのまま描くようなものもあるが、性欲と芸術は元来根っこが同じだ。こうして社会にとって望ましい形で欲求を解消することを「昇華」と呼ぶ。ファッションは、獣の皮を纏っていた頃から人類が続けている、最も簡単で都合のいい性欲の発散手段だ』

「でも、そうするとですね……今、学園の一年生の間でスカートの丈を短くするのが流行しているのですが、これは私たち二年生や人間の方々からはあまり評判がよくありません。つまり、一年生同士の内向きな流行で、自分たち同士で見せ合うためにお洒落をしているようなところがあるのですが……これって」

『同性愛的な性欲の発散だな』

　……身も蓋もない言い方である。

『さっきも言ったように、性欲とは異性にだけ向けられるものではない。単に、同じことをするなら大抵の場合は異性の方がより性欲を満たしやすいという、効率の程度の差でしかない。だから、「見せる」ことによる性欲求の発散は、無意識のうちに同性に対しても行われている。そこらへんの処理が下手な奴は、無闇に露出しようとしたり、刺激的なだけの下品なファッションになる。昇華させないで、自分の性欲をそのままファッションで表現するから、品がないということになるんだ。性欲を露骨に見せられたら、大抵の人間は気分が悪くなるものだからな』

　まだ二歳だからなのか、それとも服飾について自分で思っているより鈍いからなのか、揚羽には肌を見せることがそのまま性的な欲求の解消に繋がるという解釈は、いまいちピンと来ない。

「私たち人工妖精《フィギュア》は、普段は仕舞っている背中の羽を、人間の皆さんに見せるのははしたないことだと思っていますが……では、羽を見せるという行為も」

『同じようなことだな。特に、相手が持っていない肉体の部位や、身体のスタイルの違いは、性的シンボルの中心になりやすい。だから、直に見せるのは下品なことだと、お前たちは感じているのだろう。

まあ、下品なファッションに陥るような馬鹿でもまだ、適切な自己愛を持って、自分に向けて性欲を発散できるなら健康と言えるが、精神の疾患で自己の認識が曖昧になると、それすらできなくなる。最初に「見せる」べき自身が、自分でもどういう存在なのかわからなくなっているからな』

「そうなってしまうと、処理できなくなった欲求を、すべて他人に向けなければならなくなってしまうのですね」

『そうだ。それを自身で異常と感じると、余計に無理に性欲を抑圧してしまい、歪んだ行動、嗜好として現れるようになる。自分が吸血鬼になったという妄想、吸血という行為に対する欲求は、体液を交換するという点で、歪んでいながらも本来の性行為とよく類似したストレートな性欲の発散への渇望だ』

壱輪《いちりん》の吸血行為が、心を病んでしまった故に抑圧された、性的な欲求に基づく行動であったのなら、その対象から大事な妹分である朔妃《さくひ》を外そうとしたことは、揚羽にも共感できるような気がする。可愛くて、大事に思うからこそ、自分の醜い欲望の捌け口にしたくはないと思ったのかもしれない。

「空蟬計画の副産物として吸血鬼が生まれてしまう理由はなんとなくわかったのですが、壱輪さんが本当に計画の被験体だったのだとすると、辻褄の合わないことが出てくるんです。この五稜郭が研究施設だったのはもう数十年前のことで、計画の中心人物だった不言志津江《ふげんしずえ》という人物も、ずっと前に亡くなっていますよね。

なら、空蟬六号という被験体が造られたのも、その頃のはずです。なのに、壱輪さんは去年までこの学園で二年生として過ごしていた。彼女の経歴には数十年もの空白があることになります」

いくら実験中の経過が比較的良好だったといっても、そんな異常な身体で造られた彼女が、誰にも頼らずに一人で生き延びてこられたとは思えない。

「それに、それなりに歳をとった人工妖精《フィギュア》が、身元が曖昧のまま、親権者もいないのでは、入学を許されるはずがありません」

『去年、人倫の工房に運び込まれる前まで、誰かの庇護《ひご》の許にあったのではないか、というのだな？』

「はい。あるいは……今の壱輪さんは、空蟬六号として作られた昔の壱輪さんとは別人で、誰かがもう一度、空蟬六号と同じ仕組みの人工妖精《フィギュア》を作ったのだとしたら、今の壱輪さんは、自分が実験の被験体であることすら知らなかったのかもしれません。

もしかして、表向きは中断された空蟬計画を、誰かが密かに、今も継続しているのではありませんか？　たとえば、不言志津江の親戚の人とかが――」

『それはない』

すぐさま否定されてしまった。

『なぜなら、不言の家はとっくに取りつぶしになって、今は存在しないからだ』

「お取りつぶし、ですか？」

『峨東のような古い家々の集まりでは、よくあることだ。私の詩藤《しとう》の家も、少なくとも三回は内部粛清を受けて血筋が断絶している。私自身も、二十世紀以前の元々の詩藤の血筋とはあまり繫がりがない。

その空蟬計画も含め、不言の氏族は峨東の本流から禁忌とされている研究に、峨東の名前を使っていくつも手を出していた。不言は長く続く家柄だから、周りも多少は大目に見ていたが、自治区の発足からしばらくした頃に我慢の限界を超えて、一斉に粛清と取りつぶしが行われ、血筋は絶たれた。だから、今は不言の氏族の者は存在しない。残っていたとしても、自分の先祖が不言という家だったことも知らない子供ぐらいのものだろう』

大きな溜め息が電話越しに聞こえた。煙草を吹かしたのかもしれない。

『まあ、お前の言うとおり、人倫か峨東の内部の人間が関与した可能性は濃厚だな。面倒なことだが、一応、古い知己を通して探りを入れてみる。ただし、あまり当てにはするな。連中からすれば、私は厄介者だからな、下手をすると余計な火の粉まで受けかねない。お前はこれ以上、人倫や峨東の内部に首を突っ込むなよ。お前の存在自体、人倫が大目に見ているからこそ無事に学園にいられるのだということを忘れるな』

揚羽のことを気遣うというより、これ以上は面倒ごとを持ち込んでくれるなという意味に聞こえてしまうのだが、物ぐさな鏡子らしくて微笑ましい。

その後、食事や身の回りのことについて、一人きりだからといってあまり怠惰に過ごさないよう、一通り釘を刺してから電話を切った。

いつものように笑顔の恐い寮長に礼を言い、自分の部屋に戻ろうとしたとき、廊下を駆け抜けていく雪柳の姿が目に入る。

普段なら、揚羽が見つけるよりも早くこちらに気づいて、人目も憚《はばか》らず抱きついてくるのに、今は腕一杯に荷物を抱えながら無心で走っていたようだ。

何事だろうと思い後を追うと、雪柳は寮の食堂にある調理室に駆け込んでいく。

「雪柳……？」

揚羽が調理室を覗き込んで名前を呼んだ途端、

「お姉様《エルダー》！　入っちゃ駄目です！」

数人の友達に囲まれていた雪柳は顔を真っ赤にして駆け寄ってきて、揚羽を部屋の外へ追い出そうとする。

顔は少し涙目だ。両手はもちろん、制服の裾や頬にまで溶けたチョコレートがこびりついていて、彼女たちの悪戦苦闘ぶりがうかがえる。

ああ、なるほど、と思わず苦笑してしまう。

難しいチョコレートを注文してくれとぶち上げてしまったものの、実際に作ってみるとなかなかうまくいかなくて困っているのかもしれない。

多才で大抵のことはそれなりにこなしてしまう雪柳も、お菓子作りまで簡単に一夜漬けとはいかなかったようだ。

「明日までお姉様はこのおドアからこちらへ来ては駄目です！　もしお入りになったら、私はお鶴になって飛んで行ってしまいますから！」

もはや意味不明だが、自分のためにこんなに必死になってくれているのだと思うと、顔がほころんで元に戻らない。

「わかりました、約束します。絶対に入りませんから」

「お約束です！」

指切りまでさせられてから、ドアを叩き閉められてしまった。

まあ、明日のバレンタイン・デーにはせいぜい期待させてもらうことにしようと思い、やや軽くなった足取りで自分の部屋まで戻ってきたとき、ちょうど中から出てきた片九里と廊下ですれ違った。

「ごきげんよう。今日も、連理と風紀委員のお話？」

「ごきげんよう、揚羽様。ええ、私もお姉様も、あなたのように暇を持て余してはおりませんので。ご用がなければ、失礼いたします」

ちくりと嫌味を残し、片九里はお手本のような楚々《そそ》とした足取りで去って行く。

同じ後輩でも印象はこんなにも違う。おそらく、心中の思いは同じなのだろうが。

部屋の中には、ぐったりとなって机に伏した連理がいた。

「お疲れ様、連理。最近毎日だね？」

連理は重たそうに首をもたげて揚羽を見上げる。

「ええ……来る日も来る日も、同じような話ばかり。よく諦めないものだと、感心させられるわ……」

保冷庫から取り出した麦茶を、空になっていた彼女のグラスに注いでやる。

「ありがとう……」

礼を言う声も弱々しい。

「連理の方から言ってあげればいいじゃない」

「……なんてよ？」

「だから、『チョコレートちょうだい』って」

片九里が、最近足繁《あししげ》くこの部屋に来るようになった理由がそれであることは、揚羽も連理もとっくに気がついている。

「冗談でしょ……そんなことを言ったら、また顔を真っ赤にして怒り出すに決まってるわ」

その惨状は、揚羽にも想像できる。

真面目な彼女は、本来は禁止されているお菓子のやり取りを、自分から進んですることは出来ない。だが、周りの姉妹たちがそうして絆を深め合っている日に、自分だけが姉にチョコレートを渡せないのは、本心では嫌なのだ。

だから、毎日のように連理のところへ来て関係のない話をしつつ、バレンタイン・デーにチョコレートが欲しいという言葉を彼女から引き出そうとしている。

だが、連理にしても後輩にチョコレートをねだるようなことは出来ないから、双方ともに意地を張り続けて、ついに前夜の今日にまで至ってしまったのである。

「姉の気持ち、妹知らず。妹の気持ち、姉知らず。かな？」

「いいえ。お互い考えてることなんてわかってるから、余計にうまくいかないのよ」

無意味にグラスをゆらしながら、連理は大きな溜め息をついている。

壱輪と朔妃の姉妹も、きっとそうだったのだろう。お互いを思い合えばこそ距離が遠くなることも、親しい間ならば起きる。

壱輪が人倫の工房から脱走してきて、この学園で去年と同じような吸血鬼騒ぎを起こしていた今日の日まで、朔妃はなぜすぐに自分のところへ逃げ込んできてくれないのかと悲しく思っていたはずだ。それは、壱輪が彼女を大事に思えばこそできないことだったのに。

朔妃の妹分には会ったことがないが、自分の妹も自分と同じように姉を思って悩んでいるのだと気づくときが、朔妃にもいつか訪れるだろうか。

「乾杯」

揚羽が麦茶のグラスを寄せると、連理は物憂げに首を傾げる。

「何に？」

「妹たちの、明日の奮起に期待して」

揚羽が悪戯《いたずら》心を込めてそう言うと、連理は机に顎をのせたまま困ったような笑みを浮かべていた。

「そうね、せいぜい悩み苦しめばいいわ、私たちだって去年はそれなりに苦労したんだから」

二つのグラスがぶつかって、氷のような固い音を響かせる。

窓の外の雪は、寮の中で巻き起こっている悲喜交々の想いと混ざり合って、しんしんと降り積もっていた。

蝶と夕桜とラウダーテのセミラミス

——玄鳥至《げんちょういたる》。

「玄鳥」とは「つばくらめ」——燕《ツバメ》のことで、それが「至《いたる》」とは、春の訪れからはや幾夜、海の向こう遠い南の国から燕がやってくる頃という、季節をあらわす言葉だ。

「春分」、「清明」と続く春の二十四節気の始まりは、それぞれ「雀始巣《すずめはじめてすくう》」、「玄鳥至《げんちょういたる》」とうたわれ、最後に初夏「穀雨」の「牡丹華《ぼたんはなさく》」と美しい言葉で締めくくられる。

海上に浮かぶ人工の島である東京自治区に、野鳥はほとんど生息していないが、燕ならば決して多くはないものの、四月頃にやってくるのだそうだ。

しかし、自治区の浮かぶ関東湾の海は広い。台湾や東南アジアからはるばるやってきた燕の夫婦《つがい》が、もし海を挟んで東京自治区と日本本土に分かれて降り立ってしまったら、もう二度と出会うことはないのではないだろうか。

そんなたわいもないことを考えながら、雑貨屋の軒先の影にひっそりと造営されて取り残されている燕の巣を見上げ、去年と同じように今年も燕の妻夫が睦《むつ》まじく過ごせることを、揚羽《あげは》は胸の中でひっそりと願った。

日陰になっている路地の角から通りの方へ顔を覗かせると、噴水のある優雅な広場が見えて、三段造りの噴水に湛《たた》えられた水が日の光を反射して煌《きら》めき、周りを取り巻く街路樹を下から照らしているのが見えた。木々の梢《こずえ》は水面《みなも》の揺らめきを受けて、風もないのに静かにそよいでいる。

しかし、その水と光の天象儀《プラネタリウム》の映写幕《スクリーン》になっているのは新緑の木の葉でなく、うっすらと仄《ほの》暖かいピンクの色に染まった無数の花弁だ。

それは、かつて日本本土から持ち込まれた本物の「染井吉野《ソメイヨシノ》」——桜《サクラ》の並木である。

日本本国の桜は既に多くが大陸から持ち込まれた丈夫な外来種に植え替えられてしまい、一代交配種《F1》の染井吉野はもうほとんど残っていないそうだが、病害の少ない自治区では今も至る所に植えられていて、春になると天つ国もかくや、雲海のごとく枝いっぱいに可憐な花弁をあちこちで惜しげもなく広げ、多くの人間や人工妖精《フィギュア》の目を楽しませている。

——桜外交。本土の日本人からはそうも揶揄されるのだが、この東京自治区を統治する「椛《もみじ》」総督閣下は、桜の美しいこの季節によく海外使節を招き入れる。これが極めて好評で、特に帰国の際に贈られる染井吉野の苗木を巡っては、某国で横領騒ぎが起きたことまであるのだそうだ。

今となっては世界随一の染井吉野群生地であるこの自治区では、もちろん春の花見は区民の欠かせない季節行事である。普段はオフィスの花瓶に目もくれない人々でも、桜を見れば時を忘れ、人恋しさを覚えてしまう。いつも口数の少ない者が、つい見知らぬ人と席を並べて一献交わしては相好を崩す。笑顔は歓声を呼び、歓声は歓喜を呼ぶ。桜の嵐は、四月に自治区中を席巻し、人々の心に暖かい春風をもたらしてから、鮮やかな散り際を見せて吹き抜けるように去って行くのだ。

　小さな店々が軒を連ねる市街の真ん中にあるこの円形の噴水広場の桜は、まだ七分咲きとは言え十分に見頃である。例年ならば、噴水の周りは持ち寄られた色とりどりの敷き布でとっくに埋め尽くされ、数え切れないくらいの家族連れや仕事仲間、それに肩を寄せ合った人間と人工妖精《フィギュア》の恋人たちが、思い思いに集い、憩っているはずだ。

　第二層では、この季節に上層からの少し強い風が吹くようになるので、もし前日に雨でも降ったところへその風が吹けば、湿った満開の桜の花は一網打尽になってしまう。少し花つきの若い今頃を狙って花見をする人が、この第二層では多いのである。

　だというのに広場を今、縦横無尽に囲っているのは立入禁止《KEEP OUT》を示す黄色《コーション》いテープで、その向こうは無粋な青いシートで目隠しをされており、揚羽のいる路地の角からは噴水の頂上と桜の枝しか見えない。商店街の組合が吊《つる》した薄紅色の提灯が、殺風景な青い背景から不似合いに浮いて見えた。

　辺りにはやや鉄臭い独特の臭いが漂っている。それは揚羽のような人工妖精《フィギュア》たちにとっては「死」の香りだ。命から切り離された人工妖精の血や肉を、そのまま保存するための特殊な香料の匂いである。工房《びょういん》でもなければこの匂いを感じる機会は普段ない。

やがて、季節感のない黒い長裾外套《トレンチ・コート》を羽織ったサングラスの男性が、ブルーシートの即席緞帳《どんちょう》を捲《まく》って姿を現し、シートの向こう側のスーツ姿の男性と一言、二言ほど交わしてから背を向け、頭を掻きながら揚羽の方へ歩いてきた。

さほど脚が長い方には見えないが、すらりとした細身の体つきで、あまり手入れのされていない癖毛の髪に目をつぶれば十分スマートといえるだろう。残念なことに、サングラスをしていてもわかる頼りない困り顔と、無造作に頭を掻く仕草のために台無しではあるのだが。

「おかしいな。上の方で話は通しているはずだったんだけど……」

こちらへ戻ってくるなり、黒衣の人間《にんげん》が想像していた通りの、まことに頼りない言葉を呟いたので、揚羽はつい苦笑してしまった。

「やはり、駄目でしたか？」

「もう自警団《おまわりさん》だらけだったよ。現場検証が始まってしまっていて」

申し訳なさそうに、あるいはバツが悪そうに、揚羽から顔を背けて男《だんせい》は答える。

「今までの二回は、二回とも自警団《イエロー》より先に、『人倫』で現場を押さえたそうなんだけれどね、今回は間に合わなかったのかもしれないね」

頭を掻き続けているうちにサイズのあっていないサングラスが鼻の上でずれて、二重の瞼《まぶた》が露わになる。意外と童顔だった。歳は分かりづらいが、四十代でも二十代でもおかしくないような印象だ。

「まあ、仕方ないです。被害者の死因はなんですか？」

「たぶん、片方は出血性のショック死で、もう片方は絞殺だね」

「片方？」

小首を傾げる揚羽に、男は「あー……」とまた困った声を発していた。

「被害者は二人なのですか？　人工妖精《フィギュア》が続けて二人もここで殺されたと？」

「いや……ええっとね、被害に遭ったのは二人なんだが、被害者が加害者だったんだ」

それではまるで自殺ではないか。

揚羽は、鏡子《きょうこ》がするようにこめかみに人差し指を当てて、どこかで詰まってしまっている知恵の実を腑《ふ》の底まで落とすように叩いた。

「んと、つまり――被害者は二人いて、最初の被害者を殺した人工妖精が、また別な人工妖精にすぐ殺された、ということでしょうか？」

「え？　そう、そうそれ。それで、先の殺人が絞殺で、後の殺人が鋭い刃物で斬り殺されていたんだ。最初の絞殺は素手で、後の方の凶器は長くて鋭い刃物だそうだ。現場には三人分の鱗粉が残されていて、そのうち緋色のを除いた二つは、二人の被害者の羽の鱗粉と一致したそうだよ。緋色のものは今までの二件の事件でも見つかっていて、おそらく同一人物の羽の鱗粉だね」

そこまで教えられて揚羽はようやく、自警団に任せておけばよい一連の事件に、民間の業界団体に過ぎない人倫がわざわざ割って入る理由に思い至った。

「もしかして、今までの四件の殺人事件も、被害者を殺した加害者が、すぐに別な誰かに殺されているのですか？」

男は頷《うなず》いてたどたどしくなにか述べようとしていたが、そろそろ焦《じ》れったいので揚羽は彼の言葉を遮《さえぎ》って要約する。

「つまり、過去の二件と合わせて計三件のそれぞれは、最初の殺人だけなら衝動的な傷害事件の延長で死に至ったと考えられるけれども」

そういうありふれた事件ならば、行政局や自警委員会の心象を煩《わずら》わせてまで人倫が首を突っ込む必要はない。だが――

「殺人の罪を犯してしまった人工妖精を、別な人工妖精が制裁――目には目を、殺人には命でとばかり、殺して罰しているような、そんなことが続いているのですか？」

揚羽に言葉を奪われた男は、こくこくと玩具《おもちゃ》の人形のように首を縦に揺らしていた。

「どの事件でも二人の被害者の間には面識らしきものが見当たらないんだよ。いずれも事件のときが初対面で、深い恨みや憎しみが生じるような関係だったとは考えづらいんだ」

「でも、そうするとますます不自然ですね。少なくとも過去に二回、今回を合わせて三回、すべての偶発的な事件の現場に、まるで予見したように別な人工妖精が現れて、加害者をすぐさま手打ちで始末した、ということですか？」

「そういう……ことになってしまう、かもしれないね」

頼りなく見えても、この男性は人倫から変異審問官《インクイジショナー》に任ぜられた精神原型師《アーキタイプ・エンジニア》、つまり立派な科学者だ。予知や予言といった非科学的な事象で安易に因果関係を導くことは、科学の徒としての矜恃が許さないのだろう。

「なにか、組織的な事件の可能性はないのですか？　たとえば誰かに殺人を強要されて、実行した後に口封じのために殺された、とか」

「もちろん、被害者たちの背景を人倫でも調査しているのだけれど……」

見あたらない、か。マフィアや反体制組織でもないとすると、あとは。

「まるで、ただの『正義の味方《ヒーロー》』ですね」

咎人《とがにん》を釈明や懺悔の余地もなく、法にもよらず一方的に殺害して裁くことを、果たして正義と呼べるのかどうか揚羽にはわからないが、法秩序に対する文化的、伝統的な不信感と、それに基づく超法規的な勧善懲悪の潜在的な願望が日本の人間たちの中にあることは、今も受け継がれる古い寓話などから、二歳の揚羽も知っている。

そして、人倫が問題にしているのはこの「正義の殺人」の方なのだろう。前半の衝動的に見える事件はともかくとして、それを殺して罰した人工妖精は、信念と大義名分がいずれにあるにせよ、明確な殺意を持って自己流の制裁を執行したと考えるほかない。

それは、倫理三原則の強力な制限を、「自分の意思の力だけで」乗り越えた人工妖精が発生したという、最悪の可能性を示している。

すべての人工妖精には五つの原則が深層意識に組み込まれており、最初の三つの原則は特に「倫理三原則」と呼ばれ、人間との共生のために欠かせない大事な約束である。大きな故障に見舞われない限り、人工妖精は意識して原則を逸脱することはできない。

つまり、衝動的《イレギュラー》な事件で二つの命が瞬く間に失われただけならば人倫にとってはどうでもよいが、一見には正常な人工妖精が、人間から課された原則を自力で無効化して、意識的に自前の処罰を執行したのだとすれば、それは絶対に捨て置くことはできない。

世界中で普及が急速に進む人工妖精の信頼性に大きな疑問符がつくことになるし、倫理三原則の支配力が絶対ではないとすれば、既に人間より人工妖精の人口が多い自治区の根幹が揺さぶられる事態に発展することもありうるのだ。

それは、人工妖精をはじめとした人工知性体の普及促進を図りつつ、既存社会に不信を与えることのないよう、業界自身で厳格に取り締まるという人倫の——人工生命倫理委員会の存在意義に関わる。

だから人倫は、今までの二件の事件について、東京自治区の治安機関である自警団《イエロー》や検察部に先んじて現場を確保し、「事件」ではなくあくまで人工妖精の個体に起きた独特の「故障」不良という見解を押し通してきたと、そんなところだろう。

しかし、昨日起きた三件目では、ついに自警団に先を越されてしまった。一連の事件が紐づけられれば凶悪な連続殺人事件として全六管区の境を超えた広域捜査本部が設けられるのは避けられないし、場合によっては公安や特捜が人倫に対する隠蔽疑惑を募らせて捜査を始める可能性もある。

中途半端に隠匿しようとして藪蛇《やぶへび》になった人倫に同情の余地はないが、三度目にして人倫を見事に出し抜いた自警団の捜査官たちの方が一枚上手だったということかもしれない。

「まったく……」

小さく溜め息をつきつつ、揚羽は路地の角から顔を出して現場の方を覗き見る。

揚羽の視線の先で、ブルーシートを捲《まく》って現れた私服捜査官が、懐《ふところ》から何か抜き出して口に咥《くわ》え、古風なライターで先に火をつけている。

やがて一服したその喫煙刑事と目が合ってしまい、不審げに睨《にら》まれてしまう。今にもこちらに歩み寄ってきて職務質問をかけてきそうな雰囲気だったが、揚羽の隣にいるのが人倫の原型師《エンジニア》だと気づくと、こちらまで聞こえてくる大きな舌打ちをしてから、忌々《いまいま》しそうにそっぽを向いてしまった。

三十代ぐらいだろうか。逞《たくま》しい体つきなのに、少しこけて見える頬のせいでやつれたような、やや疲れたような印象だ。先ほどは睨まれたと思ったのだが、もしかすると素で目つきが悪いだけなのかもしれない。

せめても愛想よくと、揚羽がスカートの裾《すそ》をつまんで会釈をすると、小馬鹿にされたと思ったのか、刑事はいっそう苛立たしそうに煙草を吐き捨てて、親の仇のように何度も靴の裏で踏み消した後、またブルーシートの向こうへ戻っていった。

「あの人は所轄の人じゃなくて、機動捜査の刑事さんだね。確か『サダ』だか、『ソガ』だかって短い名前で、顔は恐いけれど、見た目ほど悪い人ではないと思うよ」

黒服の擁護の言葉は聞き流し、揚羽は不満も露わにスカートの裾を翻《ひるがえ》して向き直る。

「人間なんて、みんな見た目よりはいい人ばかりですよ。だけど私、あの人は嫌いです。なんかフトコロが狭そうだもの。タバコ臭そうだし」

揚羽の矛盾するつれない言葉の意味をはかりかねたようで、男は困り顔をしていた。

「それはさておき。人倫はどうして私などをご入り用に？　自警団《イエロー》のお相手なんて、いち学生に過ぎない私には到底務まりませんよ」

雪が降りしきる今年の如月《にがつ》、揚羽はある取引をして一度だけ人倫の依頼を請け負い、在学している学園『五稜郭』内で起きていた奇妙な事件の解明を手伝った。

人倫との馴れ合いはあれきりにするつもりだったが、卯月《しがつ》にもなって再び呼びたてるとは、もし人倫が揚羽のことを今や都合のいい手下か何かだと思っているのならあまりいい気分にはなれないし、万が一にも鏡子に知れれば勘当ものである。

「実は、当事者たちにまったく関連性がないわけじゃないんだ。死亡した娘たちは全員、君が通っている五稜郭の卒業生《OG》だったんだよ。ただし、卒業年度はバラバラだから、やはり相互に親密な関係だったとは考えづらい」

ようやく、揚羽にも話の筋が見え始めてきた。

「それが、さっきの『五稜郭は信用できない』というお話に繋がるわけですか？」

ここで落ち合ってすぐ、人倫から唐突に呼びたてられた理由を問いただそうとした揚羽に、この人倫の使者はそう告げたのだ。

男は少し自信がなさそうに頷いた。

「学校法人というものは近現代において極めて特異な組織で、やりようによっては宗教法人と同じくらい独立性を強くすることもできる。特に、君の通う扶桑看護学園——五稜郭は、自治政府の発足以前から存続している古い教育機関である上、人工妖精《フィギュア》だけを生徒にしているから、人間の学校法人のために整備された法秩序は多くが通用しない。意外かもしれないが、文科部の正式な管轄下にすらないんだよ」

しかも、五稜郭は全寮制で、生徒たちは休日もおいそれとは外出できないきまりになっている。だから人間たちからは、年若く見目麗しい人工妖精たちだけの秘密の花園かのように思われているし、学生たちが学園の中でどんな生活を送っているのか想像も出来ないのだ。

「でも、五稜郭はそもそも、峨東《がとう》一族によって創設されたんですよ。自治政府の管理下にないとしても、人倫にとって峨東は身内も同然でしょう？」

「それは違うんだよ。確かに人倫も五稜郭も峨東家とは縁が深いけれども……」

〝人倫＝峨東〟ではない、ということだろうか。

「人倫ですら、五稜郭の内情には詳しくないということですか？」

「君に協力してもらった冬の事件で、人倫の変異審問官《インクイジショナー》が学園に踏み込んで発覚したのだけれども、運営財団には実体がない上、行政局に届けられている現職の理事に至っては、一人も実在していなかった」

「でも、学園にはいつもたくさんの講師《せんせい》や職員の方々が——」

「彼らは当然、何も知らないだろう。顔も見えない理事会から降りてきた方針に従って、真面目に実直に教員としての職務を遂行しているつもりのはずだ。学校法人はね、資本や運営者が一切関わらなくても、それなりに存続して本分を全うするものなんだよ」

「……でも、いつからそんなことになってしまっているんです？」

「わからない。今、人倫で過去の役員たちの名簿を精査しているけれど、架空の名前が多い上に、実在してももうとっくに鬼籍に入っていたり、日本本土に在住していたりする人がほとんどだ。どこからが捏造だったのか、いつから責任者が不在だったのか、解明は難しいかもしれない」

誰も運営していないのに、五稜郭という学園の実体だけが存在し続けている。

それではまるで、骨だけになった亡者を乗せていつまでも広大な海原を漂っている幽霊船も同然だ。生徒たちはさしずめ、幽霊船のマストで羽を休めてはまた飛び立っていく、無知で暢気《のんき》な渡り鳥といったところだろうか。

今更ながら、何も知らないまま卒業してしまえたらどんなによかったか、と嘆息が漏れてしまう揚羽である。

「今回の連続殺人事件も、学園の不透明な実体と関係があると？」

「うん……詳しくは別に送ったメールの方に書いてあるけれども、今回の一連の事件の原因は、学園内部の独特の事情に根ざしているのではないかと、人倫は考えてる」

「学園がそれを隠蔽している可能性があるから、生徒の私に内側から調べさせたい。そういうことですね？」

「冬の脱走者のときも五稜郭が匿《かくま》っていたのではないか、という疑惑は晴れていないから、きっとそういうことなんだと……僕も思う」

「そんなに五稜郭が疑わしいのなら、経営が架空である証拠が既にあるのですから、公的機関と協力して合法的に調査することもできるでしょうに」

如月《にがつ》の吸血鬼騒ぎのときも、人倫の審問官は調査名目で学園に踏み込んできた。その露払いをしたのが揚羽で、これだけでも人倫に対して相応な義理立てはしたつもりである。

「それは……いや、そうなんだけれども……」

男はまた頭を掻いて言葉に詰まっていた。

「その、つまりだね、五稜郭は発足からして峨東一族の肝いりだから、万が一にも行政の介入を招くようなことになれば、峨東は顔に泥を塗られることになる。人倫には峨東流派の構成員が多いし、人倫の中で他流派との軋轢《あつれき》を招くようなことになっては最悪だから……」

人倫と峨東流派は不即不離も同然で、今も運命共同体の関係にある。事を荒立てれば災禍は人倫にも及ぶのだろう。つまり、今回の事件にしろ学園の実体にしろ、事を公《おおやけ》にはしたくないが、放置しておくことも出来ないので困っている、というのが本音だろうか。

「それに、責任者不在で空っぽの学園という箱だけを差し押さえても、その……」

「蜥蜴《トカゲ》の尻尾切りをされたのでは意味がない、ということですね」

五稜郭を潰すだけならば今の人倫にとって造作もないが、もしそうすれば峨東と人倫だけでなく、西晒湖《にしさいこ》や水淵《みずふち》といった有力流派も巻き込み、不毛で見苦しいお家騒動《パワー・ストラグル》に発展しかねないのだ。だから、人倫はこれまで二回の事件を隠匿してきた。なにかと不安定な立場の揚羽としては、そうした人間同士《おとな》の難しい力学には極力関わり合いになりたくないのだが、大事な実妹である真白《ましろ》の身柄が人倫の手中にある限り、指名されれば安易に袖《そで》にすることは出来ない。

「概《おおむ》ねわかりました。ただし、もし犯人が原則から逸脱した異常な変異個体であった場合、私は〝青色機関《BRUE》〟としてあくまでこれを排除します。あなた方の政治的な思惑や、人間の皆様のご都合の如何に依らず、私は〝蒼の執刀者《アクアノート》〟の使命を粛々と遂行するだけです。

それと同時に、私は五稜郭に恩義ある一人の生徒です。もしこれから、学園に通っている私の学友たちに危害が及ぶようなことがあれば決して許しません。

どうか、この二つは深く心にとめておいてください」

おっとりとした揚羽が急に凄んで見せたのが過分に効いてしまったようで、男は啞然としていたが、やがてゆっくりと頷いた。

「もちろん背景がどうあれ、自治区にとっても君たち人工妖精たちの未来にとっても、五稜郭は大事な場所だ。何も知らない学生たちを巻き込むことにはならないよう、人倫としても最大限の配慮をするはずだよ。君だってまだ学生だ、無理してこんな無茶な依頼を引き受けなくてもいいんだ」

何を今更。最後に本音が漏れ出てしまう辺りが頼りないのに、と揚羽は思う。

「妹を人質にしておいて、ぬけぬけとおっしゃいますね」

「……妹？」

やはり、揚羽の身の上のことは知らされていないようだ。冬にやってきた無口で無愛想な審問官とは大違いである。揚羽の方もつい調子が狂って苦笑が零《こぼ》れてしまう。

「ご存じないのなら、忘れてください。ご依頼は了解しました。他に何かありましたらメールの方へ入れておいてください。五稜郭は外出に厳しくて、今日は文化祭の買い出し名目でなんとか抜け出して来たんです。あまりのんびりしてはいられませんし、制服姿を誰かに見られて学園に通報されたら厄介ですので、これで」

制服の上から羽織っていた黒いパーカーの襟の中に、保存薬の匂いがすっかり染み付いてしまった長い髪を押し込んでフードを上げ、揚羽は顔を隠した。せっかく凄んで釘を刺したのに、今の表情を見られたら台無しになりそうだ。

そのまま立ち去ろうとしたのだが、ふとたわいのないことが気になって足を止めた。

「失礼ですが、あなたは水淵流派か、水淵家に縁故がおありの方ですか？」

「やっぱり、わかるかい？」

小さく溜め息をついて、肩を落としていた。

「『水淵の血族にはお人好しが多すぎる。その分、周りの連中が悪辣《あくらつ》でないといけない』って、本当のことだったんですね」

保護者の鏡子の言葉である。実際はもっとずっと口汚い物言いであったのだが。

「我ながら情けないことだよ……」

「いいじゃないですか。人がいいって、きっと才能ですよ。人工妖精ではそうだもの」

くすくすとフードの中で小さく笑ってから、揚羽はスカートの裾を翻した。

「それって、褒めてくれてるのかな？」

「さあ？　でも、たぶん『好き』ってことですよ」

少しだけ顔を赤くして当惑している男の顔を肩越しに覗き見てから、揚羽は事件現場の喧水通りを後にした。

学園は今頃、平時なら午後の五限目の半ばぐらいだろうか。

＊

誰も彼もが浮き足立ってしまう季節というものは、どこにいても逃れられないものであるらしい。

たとえば、桜の花を見上げる人の心がそうであるし、ランチの後の三十分間に訪れる午睡の誘惑がまことに抗《あらが》いがたいように、個々人の思いがどうあれ、ある種の雰囲気と気分が蔓延してしまう時期というものはあるもので、それは全寮制の学舎のような俗世から隔てられた小さな世界ではなおさらだ。

四月始まりの日本の本土とは違い、東京自治区では九月を節目にする学校が多い。五稜郭──扶桑《ふそう》看護学園もこの例に漏れず、揚羽たち二年生は目前に卒業式を控えて、ふと気が緩む頃合いである。

三月には人倫公認の技師補佐資格の試験があり、曲がりなりにも看護師養成のための学園である五稜郭の乙女たちは、これに合格できなければ仮に卒業できても落第同然だ。五稜郭は毎年七割以上という驚異の現役合格率を叩き出しているが、それでも涙を飲む者が三割近くも現れる。

制作者《おや》のいない揚羽は特に、卒業後に帰る家も、頼るコネもありはしない。仮親の鏡子は才能と怠惰を寄せて二で乗《か》じてどっさり傲岸不遜の袿《うちき》を着せたような人間であるので、揚羽がもし二年間も上等な学園で過ごした挙げ句に看護師になれず帰ってくるようなことがあれば、決して家居の鴨居《かもい》をくぐらせはしないだろう。

だから、揚羽はつい先月まで、相部屋《ルームメイト》の連理《れんり》の助けを得つつ、夜な夜な机に齧《かじ》り付きになりながら過去問題集《アカホン》と壮絶な死闘を繰り返していた。

その努力の甲斐があったのか、三月末の筆記試験において足切り《ボーダーライン》を辛うじて突破し、あとは実技と面接の採点を待つのみとなった。あまり大きな工房ではないが、なんとか就職の内定も確保し、看護師資格さえ予定通り取得できれば卒業後の進路はひとまず定まった。

親友の連理のように最初から看護師になるために調整されて造られた恵まれた生徒もいるが、弱冠二歳にして早くも人生崖っぷちだった揚羽ほどではなくとも、多くはそれなりに息の詰まる思いをしてきたはずだ。

だから、四月になると誰しもつい気が緩む。足切りを喰らったり内定がもらえなかったりした生徒たちも開き直り、来年の雪辱《リベンジ》に希望を託す。三月の間、姉たちの険しい空気を察しておとなしくしていた一年生たちは、待ってましたとばかりに自分の師姉——指導担当の義《エルダー・フローレ》姉《ンス》に甘え出したり、あるいは長らくご無沙汰であったことにすっかり臍《へそ》を曲げて反抗的になったりと、そこかしこの義姉妹たちが騒がしくなる。

そして、自分の誕生の価値を再確認する厳しい試験と、避けられない別れが待つ卒業とに挟まれたこのわずか数週間の間隙に、五稜郭の文化祭である「桜麗《おうれい》祭」が開かれるのだ。このとき、伝統と格式ある五稜郭の乙女たちの、本来失われてはならないはずのなにがしかの大事な箍《タガ》は、ほぼ跡形もなく外れ去る。

よって、この一大行事《イベント》に対する生徒たちの意気込みと盛り上がりは生半可ではない。

外来客の入り口になる正門には、「桜麗祭」と書かれた美術部入魂のアーティスティックな巨大アーチが半ば完成しており、普段は厳しく出入りの禁止されているそこを、多くの生徒たちが長い制服の裾を揺らしながら行き交っている。

多くは買い出しの帰りのようで、手に手に大小の荷物を携えていた。

揚羽もクラスの買い出しという建前で抜け出したので、黒衣の審問官と事件現場で別れた後に買い付けた、大量の資材と補給物資《スイーツ》が詰まったトートバッグを両肩から提げたまま、彼女たちの列に混じる。

入り口では風紀委員たちが簡単な検問をしていて、規則違反の物品の持ち込みがないよう、持ち物検査と外出許可証の回収を行っている。とはいえ、年に一度のお祭りに水を差すような無粋は彼女たちも望むところではなく、大小の鞄や紙袋をひとつひとつ開けて中を確認する律儀さのわりには、決して執拗《しつよう》ではない。

　厳しい試験と苦しい就職活動が一山越え、めいめいにクラスやサークルごとに分かれてそれぞれ渾身の出し物の準備に精を出しているのだから、普段はなかなか持ち込めないような学内ご禁制の別腹用飲食物《コンバット・レーション》とて準備期間の今だけは講師たちも大目に見てくれる。つまり、風紀委員会が検問をしてまで態度で示しているのは、「最低限の節度は忘れず、露骨になる《こまかいことはいいからみえないように》な《やれ》」という暗黙の了解の確認に過ぎない。

「いいですよ。お疲れ様です、二年生のお姉様。ごきげんよう」

　扶桑看護と書かれた白い仮設天幕の下で、揚羽の両手のトートバッグの中身を確認した水《アク》気質《アマリン》の一年生は、愛想よくそう告げた。どちらも中が上げ底になっていることには彼女も気づいていたはずだが、やはり咎《とが》められることはなかった。

「ありがとう。ごきげんよう」

　トートバッグを両脇に抱え直し、軽く会釈を返してから、本校舎へ向かって歩いていく。

　右手側——本校舎の東側にある第一校庭では、学園祭の間中、様々なイベントが催されるメイン・ステージの設営が着々と進められていた。最終日の夕方にはあの校庭でキャンプ・ファイヤーが焚かれて後夜祭が始まる。そこで今年度の代表生徒を決めるＮＦ選挙——ノーブル・フローレンス選考会が開かれて、全生徒の興奮が最高潮を迎えるのだ。

　一際《ひときわ》忙しない校庭を横目に眺めつつ、揚羽は本校舎の昇降口下のゲートをくぐった。揚羽のクラスの教室は本校舎にあるのだが、素直に本校舎から入るとかなり煩《わずら》わしい遠回りになってしまう。

だから第二校舎の入り口から近道をしようと、中庭に踏み出したとき、

「揚羽様！　詩藤《しとう》之揚羽様！」

思わずバッグを放してしまいそうになるほど甲高い声が、揚羽の両の耳を貫いた。

振り向いた先には翠《みどり》のタイを揺らした一年生がいて、スカートの裾を翻しながら脇目も振らず揚羽の方へ駆け寄ってくる。

確か、揚羽の義妹の雪柳《ゆきやなぎ》と仲のいい一年生だ。二月のバレンタイン・デーのときも、調理室で雪柳と一緒にチョコレート・ケーキに苦戦――もとい、奮闘していた姿を覚えている。

「よかった！　師姉様《フローレンス》、お探しいたしておりました！　急いでいらしてください！」

「え？　あ……ちょ、ちょっと！」

哀れな獲物《うさぎ》を見つけた鷹《たか》もかくやあらんと手首を引っ摑まれて、揚羽はそのまま引きずられるようにして拐《かどわ》かされてしまう。年下ではあるが揚羽よりも背が高く、全力で引っ張られては両脇に重いバッグを抱えた揚羽はなすすべもなかった。

「待って、待ってください！　なにがあったのか存じませんが、とりあえずこの荷物を教室に置いてからでは――」

「大変なんです！　討ち入りです！」

「う、討ち入り!?」

「以前からシマを巡って抗争があったのですが――」

「シマ⁉　抗争⁉」

「まさかガラス割りの間違いからヤサに押しかけて出入りになってしまうなんて！」

「ガラス割り⁉　ヤサ⁉　出入り⁉」

意味はよく分からないがなんとなく不穏な響きのする言葉の連続に、得も言われぬ不安が募り、揚羽の胸の鼓動は高まっていく。

――まさか、揚羽の調査を待たずに、人倫が強制的に五稜郭への介入を始めたのだろうか。

生徒たちには手を出さないという審問官の言葉は、やはり空約束だったのか。

変異審問官《インクイジショナー》と言えば、人倫の公認の下、自己の判断のみで一切の容赦なく人工妖精《フィギュア》に破棄の決定を下すことができる、人工妖精《フィギュア》の天敵だ。彼等の前では、まだ社会的地位も人脈も持たない脆弱《ぜいじゃく》な五稜郭の生徒たちの運命など、風前の灯火《ともしび》に等しい。

もし審問官が日中堂々と学園に現れたのであれば、何も知らされていない生徒たちのことは揚羽が身体を張ってでも守らなくてはならない。人工妖精だけの学舎である五稜郭に人倫が介入することになったきっかけのいくらかは、揚羽が作ったのだから。

のっぽの下級生に手を引かれたまま、廊下と階段を駆け、いくつもの改札を通り抜けながら、揚羽は胸の中で密かに身を挺する覚悟を決めていた。

一方通行の廊下ばかりなので他の生徒たちとすれ違うことは滅多にないが、楚々としていつも淑《しと》やかにあれと厳しく躾《しつけ》られている生徒たちは、後ろから走って追い抜いていく二人連れに目を丸くしている。

やがて第二校舎の二階にたどり着くと、そこには各々の顔に動揺や困惑を浮かべた生徒たちの人集《ひとだか》りが廊下を埋め尽くしていた。

まさかこんなに大きな騒ぎになってしまっているとは。

揚羽の背筋を、冷たいものが伝い落ちたとき、その場にいた全員が身をすくませるほど大きなハウリング音が響き渡り、それに続いてややノイズ混じりの音声が廊下中に轟いた。

『我々はぁぁ！　権力のおうぼぉぉとぉぉ！　断固ぉ！　闘うものであぁぁる！』

雪柳《ゆきやなぎ》の声だ。拡声器《メガホン》越しだが、半年以上一緒に過ごしてきた揚羽にはすぐにわかる。

人倫の変異審問官《マカライト》を相手にとんでもない大啖呵を切ったものだ。「後先考えるのは飽きてから」の風気質とはいえ、向こう見ずにも限度がある。

「なんて無茶なことを……！　あの子ったら！」

揚羽は思わず両肩の荷物を廊下の端に投げ出し、制服姿の人集りをかき分けながら走る。

『徹底こぉせぇんであぁぁる！　我らぁ！　一人残らず火の玉となりぃぃ！』

一人ではないらしく、雪柳が音割れのする拡声器で叫ぶたびに大きな鬨《とき》の声がする。

「私の義妹《プリ・フロ》なんです！　お願い、通して！」

『総員玉砕の覚悟でぇぇぇ！　誅《ちゅう》を下さんとすぅぅぅ！　今こそ決起のときであぁぁる！』

「早まらないで雪柳！」

髪を、袖を、裾を擦れさせながら人集りをようやく抜けた先の第二視聴覚室前には、机を積み上げて造られた即席バリケードがあり、「徹底抗戦」や「断固死守」と殴り書かれたプラカードが無数に吊されていた。

『我々こそはぁぁぁ！』

目尻から溢れだしたものを手の甲でぬぐい去って、足をもつれさせながら揚羽は叫ぶ。

「お願い！　私の義妹《いもうと》に手を出さないで！」

『詩藤之《しとう》「揚羽」公式ファンクラブであぁる！』

――きゅっ。

ブーツの踵《かかと》でリノリウムの床にそんな音を鮮やかに刻みながら、揚羽は全力で踵《きびす》を返し、急な頭痛に襲われた額を押さえつつ、大事な義妹の意味不明な窮地に背を向けた。

「ま、待ってください、揚羽様！　いったいどちらへ⁉」

そのまま足早に立ち去ろうとしたのだが、のっぽの一年生に手首を摑まれ力一杯引き留められてしまう。

「ちょっと止むにやまれぬ突発性生理現象《フィジオロジカル・フエノメノン》のためにお花を摘みに……」

「お手洗いなら後になさってください！　自由の危機なんです！」

「意味が分かりません！　なんですか公式ファンクラブって！　私は聞いてませんよ！」

「思想と信仰と個人崇拝の自由が脅かされてるんです！　基本的人権の危機なんです！」

「社会の不正義と闘争する前に、あなたたち風気質の理解不能な奇行に日々脅《おびや》かされている私の人権をどうにかしてください！」

摑まれた腕を振り払おうと揺するものの、体格差はいかんともしがたくびくともしない。

そうこうしている間に、また別な声が拡声器を通して響き渡る。

『こちらは扶桑看護学園生徒会執行部です。くり返しになりますが、あなたたちの第二視聴覚室の使用許可期限は六十五時間前にとうに過ぎています。度重なる退去勧告にも応じないため、強制執行の運びとなりました』

『公権力の犬どものぉぉぉ！　脅しにぃぃ！　我々が屈することはなぁぁい！』

視聴覚室の中から、雪柳の口上に賛同する生徒たちの嬌声が続く。

確かに、生徒からすればある種の公権力ではあるのだが。

『これが最後の警告です。無駄な抵抗は即刻停止し、直ちに各自の教室に回帰せよ。くり返す、直ちに第二視聴覚室を放棄し、教室へ回帰せよ！』

『ことわぁぁぁる！　誇り高き「揚羽F.C.《ファンクラブ》」は、退かぬ！　屈せぬ！　退かぬぅ！』

『考え直しなさい！　あなたたちの今の姿を見たら、敬愛する姉様方は悲しみに暮れなさることでしょう！』

大きなお世話のお気遣いは痛み入るが、どうかもう放っておいてほしい。今は一秒でも早く、赤の他人のふりをしてこの場を立ち去りたい、当の姉君（学生・二歳）である。

「さっあ！　揚羽様！　こっちっ……らっ……へ……！」

のっぽの一年生の腕力たるや揚羽の細身では到底かなわず、必死に逆向きへ足を向けているというのに、一歩踏み出す間に二歩分も後ろへ引きずられてしまう。

「嫌です、放して！　もう私のことはそっとしておいて！　誰か、助けてください！」

野次馬の生徒たちは肩を寄せて眉をひそめ、何事か囁き合っている。曰く、

――あれって、桜組の揚羽様でしょう。

――またあちらの義姉妹ですの？

――バレンタイン・デーのとき、寮で騒ぎを起こしたのも雪柳さんだったそうでしてよ。

――いったいどういうご指導をなさっているのかしら。

同情の言葉はひとつもなかった。

（ああ神様人間様、一年前までの平穏な学園生活をどうか私に返して……）

思わず空いた手で顔を覆い、理不尽な運命を嘆《なげ》き、脱力してしまう。

あとはされるがまま、丈夫そうに組み上げられたバリケードの前まで連れて行かれた。

第二視聴覚室の前後の入り口は完全に塞がれ、子供が身をかがめても通れそうにはない。

手前の入り口の脇には、無用に達筆な字で大きく書かれた張り紙がされていた。

『詩藤之揚羽　公式ファンクラブ仮設本部　兼　NF選挙対策総本部』

……謎は、首謀者（暫定）の揚羽を置き去りにして闇雲に深まるばかりである。

バリケード前の廊下に陣取っているのは生徒会副会長、書記二名、会計係、一般レギュラー四名。さすがに会長の姿こそ見えないが、ほぼオールスター揃《そろ》い踏みであった。

「この度《たび》はうちの愚妹がとんでもないご迷惑をおかけしまし――てっ⁉」

早々に謝ってしまおうとしたのに、のっぽの一年生に乱暴に引き寄せられ耳打ちされる。

「違います揚羽様、不当な立ち退き要求に反論してください」

「いえ、どう見ても、悪いのは教室を不法占拠しているあなたたちの方じゃないですか！」

『そのお声は、お姉様《エルダー》……揚羽お姉様でいらっしゃいますか⁉』

耳が痛くなるほどの大絶叫が、うずたかく積み上げられた机の向こうから轟《とどろ》く。

「ええ、揚羽です、あなたの師姉の揚羽です！　雪柳、こんな馬鹿なことは今すぐやめて、凶器……もとい、拡声器を置いて生徒会に投降なさい！」

突然の元凶（推定）登場に、執行部は呆気にとられて目を丸くし、騒然としていた視聴覚室側も凪《な》いだように静まりかえる。

しかし、それも束《つか》の間のことであった。

『卑怯なり執行部！　さてはお姉様を洗脳したな！』

混迷を極めた事態は、

「せ、洗脳⁉」

嵐の中心に揚羽を置き去りにしたまま、

『おのれ鬼畜生徒会！　無垢な下級生の正当な同好会活動を不当に弾圧するに飽き足らず、お心に穢《けが》れなきお姉様《エルダー》の少々頭がお弱いところにつけいって言いくるめるとは！』

いらないところに火がついて、より手のつけようのない大惨事に発展しつつあった。

『筆舌に尽くしがたき蛮行である！　その狼藉たるや許しがたし！　ここに至っては是非もない！　我ら一人残らず玉砕の覚悟で打って出るのみ！　総員着剣、白兵戦準備ぃ！』

五人や六人ではない。数十人の少女たちの気勢と雄叫びが、視聴覚室から響き渡る。

道理はともかく、兵力ではどう贔屓目《ひいきめ》に見ても執行部の方が劣勢だ。慌てた副会長が、拡声器で叫ぶ。

『お、お待ちなさい！　それは誤解です！』

『問答無用！』

絶妙に組み上げられた机やら椅子やらのバリケードがゆっくりと動きだし、その向こうから箒《ほうき》、塵取り、黒板消し（使用済み）、黒板用物差し、ガムテープ、セロテープ、分度器、三角定規（鋭角）、模造紙、油性ペン（太）、接着剤（瞬間）などなどで思い思いに完全武装した一年生の一群が姿を現す。

そして、聖女《オルレアン》もかくやの勇ましさでその先頭に立つ小柄な雪柳は、教務備品と書かれた拡声器でなおも扇動の雄叫びを上げる。

『総員ガンパレード！　卑劣・畜生執行部の魔手からお姉様《エルダー》を救出せよ！　お姉様といえども抵抗するなら手足の一本や四本はかまわん！　強奪せよ！』

それはもはや救出なのか、拉致なのか——。

慌てふためく執行部に、殺気だった一年生たちが奇声を轟かせて、今まさに群がり襲いかかろうとしたそのとき。

「やあ、これは確かに間一髪だったね」

不意に現れた誰かが、津波のごとく押し寄せようとした雪柳たちの前に立ち塞がった。

「双方それまで！」

一喝が廊下に凜《りん》と響き渡り、一年生たちも執行部も凍り付く。

赤いリボンで結われた長いポニーテールが、揚羽の目の前でふわりと弧を描いてなびいた。生徒ではない。ワンピースの制服ではなく、紫色をした矢絣柄の振り袖に袴《はかま》姿。左手に竹刀を持ち、長く伸ばした前髪の左側には、印象的な鈴の髪留めが見えた。

このような身なりをした人工妖精は、学内に一人しかいない。卒業後も学園に残り、後進の指導のために臨時講師、そして剣道部の顧問も務める、学園史上指折りの才媛——

「執行部顧問の三条之《みすじ》燕貴《つばき》です。本件は無認可サークルによる視聴覚室の無断占拠が発端とはいえ、彼女たちの度重なる陳情を袖にした執行部にも過分な非がありと認めます。双方に応分の仁義がありながら、この事態に至ったことは痛切の極みですが、私の顔に免じてひとまずは悲憤を抑え、初心にお立ち戻りなさい」

鋭い視線で両者を眺め、異論が出ないことを確認してから彼女は竹刀を下ろした。

「本日十七時までに、双方は代表者三名を選んで、鐘楼塔《しょうろうとう》の最上階にある私の生徒指導室へおいでなさい。そこで手打ちをします」

鈴の髪留めが風雅に鳴り、その音は静まりかえった廊下に滲むように広がっていく。

まるで——。厳冬で痛々しく荒れ果てた大地に、一羽の渡り鳥が穏やかな春の薫風を連れてきたかのように。彼女はたった一声で、一触即発の興奮で満ちていた周囲の空気を一変させてしまった。

抗《あらが》いがたく人を浮き足立たせる空気があるように、誰もを静まらせる厳とした声と雰囲気を持つ人もまた、同じ人工妖精の中にいるのだと、そのとき揚羽は初めて知った。

＊

容易には信じがたい事実であるが、雪柳は彼女なりに上級生の空気を察していたらしい。

雪柳が親しい同級生たち数名と集《つど》って、NF選挙に向けた揚羽の応援同好会を創ったのは、バレンタイン・デーから一週間ほど過ぎた二月の二十日頃だったのだそうだ。丁度、二年生たちは就職活動の真っ最中であり、いよいよ迫る技師補佐資格試験――いわゆる看護師試験の試験勉強に忙殺される時期でもある。

それゆえ、雪柳たちは当初、揚羽たち二年生の気持ちを煩わせないよう、揚羽や連理にも告げず、密かに勧誘活動を開始した。これがまた意外なことに、忙しい姉君たちからつれなくされてすっかりお冠《かんむり》の妹たちには大変にウケがよかったのである。

ある者はちょっとした出来心から、ある者はめっきりご無沙汰の義姉への当てつけに、ある者はそろそろ退屈になってきた学園生活の鬱憤晴らしや純粋な暇つぶしで。最初は数人の地道な地下《アングラ》活動から始まったこの同好会は、恐るべき速度で勢力を拡大し、三月の半ばには二十人超という下手な正規部活動以上の大無認可サークルへと変貌していた。

この人数になってしまうと集会ひとつ開くにも今までのように空き教室や廊下の隅でこっそりとはいかない。そこで雪柳たちは、決まった活動スペースを割り当ててもらえる正規のサークル活動として、この選挙運動を認可してもらえるよう、生徒会に何度も申請した。

しかし生徒会はこれを相手にせず、あれやこれやと難癖をつけては申請書を差し戻したり、審査を先送りしたりして有耶無耶にしようとした。

この辺りは、人間社会の役所でも公然と行われていることである。公認、認可、許可などというものは、法で決まった手続きをどれだけ正しく行ったところで、役所がすんなりと事務手続きをすることはまずない。役所というものは、コネかカネがなければいくら正当で、どんなに優れた組織や大事な活動であってもまず受け付けないのだ。これが天下り先の企業や代議士の息のかかった組織などであると、書類の完成より早く認可内定となったりということが、どこの国でも、この自治区の中でも当然のようにまかり通っている。

だいぶスケールは小さいが、五稜郭の生徒会でも同じだった。落ち着きのない一年生たちが思いつきと悪ふざけで始めるグループ活動のひとつひとつに許認可の審査をしていたのでは、執行部はそれだけで年度が終わってしまう。新しいサークルを正規に認可してもらうためには、先に後ろ盾となる顧問を決めて教員側から働きかけてもらうか、それなりに発言力がある有力な二年生から話を通してもらうという手順を、普通は辿《たど》る。

しかし、あくまで忙しい二年生の邪魔にならないようにと活動を始めた雪柳たちからしてみれば、講師や上級生に頼るという手段は検討の埒外《らちがい》である。また生まれてからようやく一年にしかならない幼く無垢な彼女らが、そうした「大人社会の薄汚い力学」に生理的な嫌悪感をもよおしてしまったのも無理はない。

ゆえに雪柳たち応援団幹部（会員番号がシングル・ナンバー）は、あくまで生徒手帳に書かれた規則の通り、「間違った正規の手順」で懲りずにサークル認可の申請をし続け、そして生徒会の方はこちらも「正しい非正規の慣例」に則《のっと》って、日に日に増えていく申請書を順調に無視《シカト》し続けた。

おそらく、この不毛な書類の応酬をしている間に、上級生の横暴に不満を少しずつ募らせた雪柳たちの中で、「目的が見失」なわれ、「手段が目的と化」し、効果的な「手段を講じるための新たな手段を模索」するという、本末転倒の化学的連鎖反応が始まってしまったのではないかと、揚羽は思う。ようするに、大人（上級生）社会の不条理を正すことが、彼女たちの使命としていつの間にか成り代わってしまったのだ。

三月の下旬になり、いくら抗議しても一向に進展を見せない事態に業を煮やした雪柳たちは、ついに生徒会室前の掲示板に、全十七文からなる公開質問状を掲示して民意に問うという行動に出る。しかし、この質問状は違反掲示書類としてその日の午前中のうちに執行部によって剝がされてしまう（※申し立て破棄事件＝第一次ガラス割り事件）。翌日の放課後、雪柳たちは精鋭会員十一人によって生徒会室前で人の壁《スクラム》を形成し、執行部が陳情を受け入れるまで生徒会室へ入るのを阻止しようと試みるも、二年生にしか知らされていなかった教務用の出入り口《うらぐち》から入室されて失敗に終わる（※第二次ガラス割り事件）。

これで執行部に完全に愛想を尽かした雪柳たちは、生徒会則を無視して独自の活動を開始する。無認可のまま、一年生のみが通用する場所を選りすぐり、ＮＦ選挙ポスターを無許可で無数に掲示。一般生徒からの報告を受けた執行部がこれを片っ端から剝がしていくも、剝がしたそばから新たに貼られるという鼬《イタチ》ごっこが始まる。中には「剝がすと増える」と執行部の取り締まりを揶揄《やゆ》するようなポスターもあり、実際に一枚剝がすと翌日には二枚に、それを剝がすと午後には四枚に増えていた掲示板もあった（※シマを巡る抗争）。

ここに至り、揚羽応援団（注：首班は当時無関与）が生徒自治の明確な脅威であると認識した執行部は一部の委員会も動員して大々的な完全撲滅作戦《ロードローラー》を展開したが、これが逆に一般の一年生たちの不興を買い、むしろ揚羽応援団に肩入れする者たちを一気に増大させるという大失態を犯してしまう。これ以降、一年生《じもとみん》の協力を得て揚羽応援団は遊撃《ゲリラ》活動を活発化する。生徒会のメンバーが一年生の教室を訪れても、無関係の生徒たちに門前払いをされてしまう有様だった。

三月二十五日頃から、雪柳たちは架空の同好会名義を複数使って一時使用許可を連続で取得し、放課後の第二視聴覚室を活動拠点として占有するようになる。これに対し執行部は、執念の調査で活動実績のない名ばかり同好会を片っ端から摘発して解体に追い込み、四月いっぱいまで既に埋まっていた視聴覚室の利用予約を次々と名義無効で失効させるという強硬策に出た。

正規会員だけでも三十名前後、非正規会員と支持者も含めれば少なくとも五十人以上という学園内の一大勢力と化していたこの頃の揚羽応援団は、執行部の権力濫用に対して遂に実力を持って徹底抗戦するという決断に至る。放課後や休み時間を活用し、倉庫の古い机や椅子を無断着服し、徐々にバリケードを形成。課外時間には常時五人体制で視聴覚室を警護

（兼ティータイム）することで、授業の少ない文化祭準備期間まで拠点占拠を継続すること に成功し、このまま第二視聴覚室の占有を既成事実化させようと目論んだ。

　一方、失点の続いた生徒会執行部には他の正規部活動や一般サークルからの批難の声が殺到。生徒会室前の目安箱「ふそうボックス」には解職請求運動《リコール》を匂わせる脅迫状まで届くようになり、晴れの舞台である桜麗祭を前にしながら前代未聞の危機に瀕した執行部の焦りは頂点に達する。

　そして、桜麗祭が目前に迫った運命の今日。執行部に大々的な反撃の気配ありとの垂れ込みを受けて、揚羽同好会は正規、非正規会員から選りすぐりの一年生三十二名を選出して、仮設総本部の第二視聴覚室（※ヤサ）で即応迎撃態勢を構築し、バリケードの内側に立て籠もった。これに対し、生徒会執行部は実に二十数年ぶりの「生徒会則第一〇八条」に基づく強制執行措置を発令、関係委員会に通達したものの、例年通りに文化祭の準備で忙しくてそれどころでない上に、内部に下級生が多数存在する各委員会は造反を恐れ、執行部の要請を冷ややかに無視。やむを得ず、執行部は副会長以下、中心メンバー数名のみで視聴覚室前に出動し（※出入り）、揚羽応援団と生徒会執行部、積年（注：一ヶ月程度）の宿敵同士が遂に直接相まみえる事態に陥った——。

「——と、まあ、だいたいこんな感じだったそうよ」

　連理はふわりと上品に毛先を遊ばせたボブカットを微かに揺らしながら優雅にティーカップを傾け、ベルガモットを垂らした紅茶を話し疲れた喉に注いでいる。

一方、数少ない友人でありルームメイトでもある彼女から、今日の占拠事件のあらましを聞かされた揚羽はといえば、

「隠れる穴があったら大気圏外からでも飛び込みたい……」

思わず天を仰ぎ、手近なクッションに崩れ落ちて、絞り出すようにそう一言嘆いた。

時刻は夜の六時過ぎ。場所は他の生徒たちからの薄ら寒い白い視線を避けて逃げ込んだ、寮の自室である。

「私も風紀委員会で又聞きしただけだから、全体的に執行部寄りの説明になってしまっていると思うわ。これだけで雪柳さんたち一年生が悪いと決めつけるのはどうかと思うけれど？」

揚羽が試験勉強と就職活動に忙殺されている間に、学園中には密かに騒乱の嵐が吹き荒れていたらしい。連理ですら詳しく知ったのは今日になってからであったから、一年生に的を絞った雪柳たちの隠密活動の徹底ぶりは推して知るべしである。風気質《マカライト》を侮《あなど》ってはいけない、彼女たちは誰もが恐るべき天賦の才能の塊であり、その比類なき浪費家である。

「だいたいなんなの応援団って。そんな個人的な活動を生徒会が認めるわけないじゃない」

愚痴っぽくなる揚羽を慰めるように、連理は空のままになっていた揚羽のカップにポットから紅茶を注いでくれた。

「だから、桜麗祭の最後にやるNF《ノーブル・フローレンス》選挙の選挙運動ってことでしょ」

そういうものは、推薦にしてもまず候補者本人の意思確認があってなんぼではないのか。

「私がNFなんかになれるわけないじゃない。今から死ぬ気で頑張っても三等級にすらなれるかどうか際どいのに……」

「まあ、なにせ初代NFの椛子《もみじこ》様が後にも先にもない、世界でたった一人の一等級だしね。でも、過去には三等級認定予定でNFになった方も何人かいらしたわ。NFに決まったら卒業後にはいつのまにか二等級になっていたそうよ。人間が私たち人工妖精《フィギュア》につける等級の意味なんて、所詮そんなものでしょう」

慎ましい水気質《アクアマリン》には珍しく、連理は姉御肌なところがある。気弱な他の水気質の生徒の意見を代弁し、感情的な火気質《ヘリオドール》や冷淡な土気質《トパーズ》と舌戦で互角以上に渡り合ったこともあるのだ。だから人間の評価では平均程度となる三等級相当にもかかわらず、連理を慕う生徒は一年、二年を問わずとても多い。

揚羽が思うに、四等級すれすれ、学業低迷の上に遅刻欠席の代名詞、看護師資格も足切りぎりぎりの自分などより、三等級認定予定といえどもひとまず品行方正で本人の希望ゆえ無役でありながらも風紀委員会の現役エース、文武ともに優れ苦手科目がなく成績優秀、人望が厚くて他の気質からも一目置かれる連理の方がよっぽどNFに相応《ふさわ》しいはずだ。そもそも、連理ほどの人工妖精が二等級ではなく未だに三等級相当であることの方が揚羽には不思議でならない。

「いいじゃない。雪柳さんたちだって心から揚羽のためを思って始めたつもりが、つい暴走してしまったのだし……ちょっと暴走の規模が天災レベルだったけれども……もしまかり間違って本当にＮＦに選ばれれば学園史に残る誉れよ、あなたのご養母様だって喜んでくださるでしょうに。それに二等級ということになれば、あなたは今の四等級認定予定から前代未聞の二階級特進。この際は駄目で元々、当たって砕けるつもりで立候補してみたら？」

「途中まではともかく、最後の方はまるで戦死《うちじに》するの前提みたいじゃない？」

「あ、バレた？」

ちろり、と連理は小さく舌を出して笑う。すっかり憔悴していた揚羽も、釣られてつい口元がほころんでしまう。

　親友同士の軽い冗談だ。真面目な話にはとてもならないくらい、揚羽たち五稜郭の乙女たちにとってＮＦ選挙の意味は重大なのだ。単なる美人コンテストや学園の年度最優秀生徒《VIP》、再来年度の学園案内のモデルになるだけ、ということではない。

　五稜郭は、人工妖精を造り癒やす精神原型師《アーキタイプ・エンジニア》の側《そば》に仕える看護師の養成施設という大義名分以上に、自治区全体、ひいては世界中の人工妖精の模範となるべき、清く正しい乙女たちを育《はぐく》むことが、人間社会から期待されている。つまり、五稜郭出身の乙女たちは、自分たち以外も含むすべての人工妖精の誇りと人間から託される信頼の象徴になるのだ。

　その五稜郭で生徒の中からたった一人選ばれるＮＦは、まさに人工妖精たちの理想の具現、すべての人工妖精の鑑となる人物でなくてはならない。

「だいたい、今年のＮＦって誰だか大本命の人がいて、ほぼ決まりじゃなかったっけ？」

「やだ、知らなかったの？　相変わらずね、揚羽は」

クッションに埋もれたままの揚羽に、連理は肩をすくめて見せる。

「月組の朔妃《さくひ》様。有名な『白銀の秀才《シルバー・オデット》』よ。でもあの人、二月のバレンタイン・デーの頃に何かの怪我で入院されて、それから間もなく選挙への謎の出馬辞退を表明なさって――」

「あ……！　そっか、今年の大本命って朔妃さんのことだったんだ……」

抱いていたクッションを思わず放り出して跳ね起きた。

二月の雪が降りしきっていた頃、揚羽はある事件の捜査をしているうちに関係者の朔妃と対峙することになり、説得を兼ねて彼女の魔法や彼女のかかっていた魔法と戦ったのだが、そのとき朔妃が負ったのは身体の怪我だけではあるまい。心境にもきっと小さからぬ変化があったはずだ。時期的にも一致しているから、出馬の辞退を決意させたきっかけがあの事件であることは想像に難くない。

「それで有力候補が他にも現れて、選挙の趨勢は今や深い霧の中、ということ」

元を辿れば、雪柳たちの暴走もNF選挙を巡る学園内の焦臭《きなくさ》い雰囲気も、自分自身に発端があると知った揚羽は、「風が吹けば（中略）桶屋が儲かる」的な因果応報の神秘の前に己の軽挙を顧みて悔恨し、情けない思いになるばかりである。

「そ、それで……他の候補者って？」

「えっと、まずは生徒会長の柑奈《カンナ》様でしょう。優秀な生徒会長がその年のNFになることは今までも何度かあったし、火気質《ヘリオドール》からNFはここ何年か出ていないから、今年こそはと周囲の期待が大きいみたいね。高潔な感じで人望は厚いのだけれど、その分やっぱり敵も多いかな。今回の騒動で生徒会執行部への風当たりが強くなったのは、きっと大きな痛手ね。

次に、風気質《マカライト》の周防《すおう》様。この人は――」

「占いがお上手なお方でしょう？」

「彼女の占いはよく当たるって話題になってるけれど、他にもおまじないやら数秘術やら、そちらの方面はなんでもいらっしゃいといった感じの方ね。学園内に白魔術を流行させたのは彼女よ。二月に寮で広まった吸血鬼よけの魔方陣も、彼女の発案。熱狂的な信奉者がいるから、気質の差を超えて彼女の選挙地盤は堅いわ」

上品でありながら自由奔放で、人を食ったような機知に富む言葉遣い、そしてどうしても憎めない愛らしい笑顔の同級生を思い浮かべ、なるほどと揚羽は思う。彼女ならNF候補として生徒会長と渡り合うに申し分ない。

「三人目は、桔梗《ききょう》様」

「クール・ビューティのあの人だよね？」

土気質《トパーズ》といえば彼女抜きには語れないというぐらい絵に描いたような優等生で、しかも黙って座っているだけでその場が名画のワン・シーンに変貌するほどの、学年指折りの美人だ。寡黙が過ぎてやや無口なのと、育ちが良すぎて少々世間知らずで天然なのが玉に瑕《キズ》である。

「この方はあまり話題にこそならないけれど、土気質らしくそつがなく、物静かで誠実な方ね。今は就学中だから活動を控えているけれど、入学前の零歳《ゼロ》の頃から既に広告やファッション誌のモデルなんかをされていたそうよ。大手工場が威信をかけて特別に造ったのが彼女で、卒業後は芸能方面に進むのが決まっているの。せっかくならNFになって箔《ハク》をつけたいって、おそらく彼女よりも出身工場や関係者が思っているでしょうね」

さもありなん。彼女ほどの美人なら、人間社会は生まれる前から青田買い、というわけだ。

指折り数えていた手をカップに伸ばし、連理はもう湯気が見えなくなってしまった紅茶を静かに啜《すす》る。

「と、まあ概ねこんな感じかしら」

「水気質《アクアマリン》からは誰も出ないの？」

揚羽が問うと、連理はカップを握ったまま、空いた手で無造作に正面を指し示す。

「あなたよ、揚羽。今年の大穴候補」

「はいぃぃぃ!?」

思わず腰を上げて、揚羽は連理に詰め寄る。

「ちょっと待って！　今までのお三方の列に私が並ぶのって、すごく違和感がない!?」

「はっきりいって……変ね、グラタンとパスタとジェラートの隣に納豆ご飯があるくらい」

さすが気の置けない親友である。油断していると軽い比喩表現も致死《デッド・オア・アライブ》レベルだ。

「で、でしょ？」

「正直、私だってなんで揚羽が、と思うのだけれども……それはそれとして」

トドメにも手抜かりがない。

「雪柳さんたちの応援団は最初こそ小規模だったし、昨日まではほとんどの人が見向きもしなかったのだけれど、今日の第二視聴覚室の事件で学園中に存在が知れ渡ることになったわ。朔妃さんの突然の辞退で支持する対象を失っていた子たち、特に水気質の一年生たちの票の格好の受け皿になりかねないって、生徒会はぴりぴりしているの。あなたが今回の選挙のダークホース、台風の目というわけ」

残りわずかな学園生活、せめて卒業までは静かに、平和に、そしてなによりごく普通に過ごしたいという揚羽のささやかな願いは、たった今完膚なきまで散り散りに粉砕された。

周囲に流されやすく、ときに優柔不断で意志薄弱な水気質の乙女《フィギュア》たち。気の強い火気質や理屈っぽい土気質からすれば、気質別の人数で最大の水気質は、NF選挙において絶好の餌食でかつ避けては通れぬ「草刈り場」だ。

一方で、他の気質からはなかなか理解されないのだが、水気質の乙女なら誰でも、そうしていつも自分の気持ちをそっと心の奥にしまって、他の気質に意見を譲っていることに少なからず鬱屈した思いを抱いている。雪柳たち風気質の一年生による過激な行動に心から賛同はしなくても、当てつけや他の気質に対する反発心から、消極的に雪柳たちと合流する可能性は確かに否定できない。

「でも……これからもし、私が看護師試験に落ちたり、就職の内定が取り消されたりしたらどうするの？　そんなNFありえないでしょう？」

「そうね、前代未聞の無職・落第・家なき子のNF誕生ということになるのかしら……」

凍り付く顔を見合わせた二人の間に、湿度ゼロの乾いた笑いが吹き抜けていく。

そして、空笑《から》いぐらいではなかったことにできない目前の問題に、十秒弱で再直面する。

「ど、どうしよう！　連理、私、死んだ方がいい？　明日とか！」

揚羽はもう半泣き顔である。

「ま、待ちなさい、揚羽！　どうして生き死にのお話になるのよ」

「窒息死とモノレールで轢死《れきし》って、どっちの方が痛くないんだっけ⁉」

「それは今心配すべきことなの⁉　とにかく落ち着きなさい！」

興奮した馬をどうどうとあやすように、縋《すが》り寄る揚羽の肩を連理は叩いて抑える。

「ＮＦ選挙戦はまだまだこれからよ。有力候補が乱立した年でも、桜麗祭準備期間の一週間のうちに候補者同士で合流して、最終日の選挙当日までにはだいたい二人に絞られるから、必然的に決選投票になるものなの。去年もそうだったでしょ。今ならまだ、辞退を表明して他の候補に票を譲っても不自然なことにはならないのよ」

「でも、私が嫌だと言っても、雪柳たちが――」

どう考えても、普通に立候補を促《うなが》したら揚羽が即答で拒否することを見越して、本人の気づかぬ間に外堀から埋めてしまおうと雪柳が企《たくら》んだことは明々白々である。

「確かに、あれだけ息巻いている彼女たちをどう説得するかは頭の痛い問題ね……」

雪柳だけでも揚羽の手に余るのに、彼女に同調する風気質の生徒中心の集団が最小数十名、最大五十名超である。桁は大きく違うが、クセルクセスの率いる百万の波斯《ペルシア》軍にたった数百人で立ち向かったレオニダスの気持ちが今ならよくわかる。

つまり、絶望的だ。無謀な以前に無望である。

「とにもかくにも、まずは生徒会にお願いして選挙への出馬辞退を公表してしまえば？」

「でも、今日の事件で私、執行部に嫌われたんじゃ……行っても塩を撒かれそうだよ？」

八方ふさがりの手詰まり感である。揚羽が執行部に頼れない状況を作り出すことまで雪柳が見越していたのなら、あの一見能天気なじゃじゃ馬娘は、実は諸葛亮孔明《しょかつりょうこうめい》や龐統士元《ほうとうしげん》に匹敵する伏龍鳳雛《ふくりようほうすう》の策士なのではなかろうか。

二人とも言葉を失い重苦しい沈黙が支配した室内に、不意にノックの音がして揚羽は喉から心臓が飛び出そうなほど驚く。

『ごきげんよう、お姉様がた。生徒会執行部の――』

ドアの向こうからする声は、落ち着いた土気質のそれだった。自分の名前を告げると、そのまま黙ってしまう。

「鍵なら開いているわ。どうぞ」

招かれるまでは入らない生真面目な来訪者に連理が気を利かす。ゆっくりドアが開かれると、そこには神妙な顔をした一年生の姿があった。

「柑奈《カンナ》様――生徒会長が揚羽様をご自分のお部屋にお招きしたいとのことで、お伝えに参りました。お茶などいかがですか、と。二人きりで」

噂をすれば影、まさかのご指名である。揚羽の顔から血の気が引く。

「お待ちなさい」

揚羽の心情を察してか、連理は毅然《きぜん》と立ち上がり、年下の使者に向き直る。

「いかに生徒会長といえども、寮に戻れば同じいち寮生。それを事前の許らいもなく一方的に呼び立てるとは何事です。まずはご自分で足を運び、礼節を以て鴨居をくぐるが筋でしょう。それを職権で使いを立て、あまつさえ異議を呑もうともせず人払いとは失礼千万。あなたもそのような無礼に遣わされるとは、五稜郭の乙女として恥をおわきまえなさい」

揚羽にはとてもまねできないくらい上級生としての威厳が溢れる連理の言葉に、士気質らしい真面目そうな一年生は目に見えて気圧され、動揺していた。

「い、いえ……二年生のお姉様。会長――いえ、柑奈様は、生徒会の会長としてではなく、この度《たび》はあくまで個人的に揚羽様とご歓談をなさりたいとのことです。私がお知らせに参りましたのは、たまたまお部屋が近うございましたので、僭越ながら買って出ました次第で、決して柑奈様に非礼のご意図があったわけではございません。どうか、その……お許しくださいませ」

「プライベートのお誘いですのね？　なら、揚羽さんとともに私も参ります」

「れ、連理？」

「いいの。当事者のあなた一人で行ったりしたら、一方的な話になりかねないから」

連理の気遣いと厚い友情が嬉しい。だが、揚羽も連理に甘えてばかりはいられない。義姉たちがいてくれた一年生の頃ならまだしも、今は揚羽も立派な二年生だ。二歳にもなって、叱られそうだから保護者同伴というのでは余りに情けない。

「いいよ、連理。私が一人で行ってくるから」

でも、と心配そうにする連理の手を握り、揚羽は精一杯勇気を奮い立たせて笑顔で言う。

「まかせて。文句のつけようがないくらい完璧に、五稜郭史上最高の土下座を決めてくる」

「最初から下手に出る気が満々なのはどうかと思うけれど……ともかく、弱気になっては駄目よ。元よりあなた個人に非はないのだし」

「わかってる、大丈夫。ありがとう、連理」

まだ心配そうにしている連理の手を放してから、揚羽は深呼吸をして覚悟を決め、一年生とともにドアを抜けて廊下に出た。

とにかく第一声から謝罪して、そのまま有無を言わせず謝り続けてやり過ごす算段である。雪柳が義妹になって以来、こと無闇に理不尽に謝ることにかけては常勝無敗の揚羽だ。相手が会長といえども、謝罪の土俵で後《おく》れを取るつもりはない。

寮の廊下を歩いていても、一つ一つの部屋のドアを見るたびに謝罪して回った日々の思い出が蘇り、胸が熱くなる。「疾走するご近所迷惑」「ぺんぺん草も足跡を避けて生える」とまで言われた雪柳に毎日のように振り回され、涙でそっと枕を濡らした夜も数知れないが、今思えば繰り返す謝罪の日々も、今日の一大謝罪のために積み上げた研鑽だったのだと思えば、つらく苦しい日々も今は懐かしく……は、とても思えないのであるが、意味はなくもなかったのかもしれない。

——それから五分後。

「ごめんなさい」

なぜか、揚羽は謝る前に謝られていた。

目を白黒とさせている揚羽の前で、白い制服姿の生徒会長が深々と頭を下げている。

名前に相応《ふさわ》しく、彼女の髪は微かに橙色をした明るく柔らかいセミロングで、いつものように緑色のバレッタで後頭部に余裕を持たせてまとめてから、自然に波打たせて背中へ下ろしていた。

まるで、からりと乾いた爽やかな夏の地中海で、たわわに実った太陽の果実。

普段は壇上にいるのを見上げるばかりで、揚羽のような一般生徒は滅多に目にすることのできない、生徒会長の頭頂部という貴重なワン・カットを前にして、揚羽はそんな印象を覚えた。『白銀の秀才《シルバー・オデット》』の朔妃とは雰囲気が正反対だが、柑奈《カンナ》もまた他から抜きん出る華やかさを生まれつき纏《まと》った特別な人であることを、こうして直に会ってみてより強く思い知らされる。

そのような彼女の漂わせる空気に飲まれたこともあって、揚羽はつい返す言葉に困り、頬を掻きながら無意味に周囲へ視線を彷徨《さまよ》わせた。

柑奈の部屋は、壁紙や間取りこそ揚羽と連理の部屋と同じだが、一見そうは思えないほど印象が違う。カーテンから机の上の文具に至るまで華やかなデザインで統一されていて、それらが全体として悪趣味にならない程度のぎりぎりの調和を生み出している。

部屋の中央に据えられた一本脚の小さなティー・テーブルを挟んで、揚羽と柑奈はそれぞれの椅子に腰掛けている。連理が厚手のカーペットを床に敷いて、直に座って寛《くつろ》げるようにすることで過ごしやすさを意識しているのとは対照的だった。

相部屋の相手はすぐに席を外したので、今ここにいるのは柑奈と揚羽の二人だけだ。

「ああ……えっと、ですね。なんかその、ちょっとお話の流れについていけなくて……」

微妙な空気に耐えかねて揚羽がそう音《ね》を上げると、柑奈は優美な眉目《びもく》を訝《いぶか》しそうに寄せて顔を上げた。

なんで今の説明でわからないの、といったところか。

揚羽の二年ちょっとの人生経験を顧《かえり》みて思うに、世の中「一」教えれば「十」理解する人ばかりではないということに、頭のいい人はなかなか気がつかないものであるらしい。特に揚羽は落第寸前の成績が示すようにお世辞にも頭のいい方ではないので、誰かと話をしているときは「十」教えられても「一」もぎ取れるか否かという瀬戸際に常に立たされている。

一応、ここまでの柑奈の少ない言葉を、揚羽なりに要約すると以下のようになる。
①　私もあなたもNF選挙の候補者である。
②　生徒会の執行部は私を、一年生の一部はあなたを応援している。
③　だから、ごめんなさい。

……まったく文脈と行間が見えない。①と②の間はまだしもなんとかであるが、②と③の間には埃及軍《エジプト》を潰走させた紅海ほどの深く広い隔たりがあるのではなかろうか。

頭のいい人工妖精なら、これだけで十分理解できたりしてしまうのだろうか。彼女たちにはこの数行の文章の行間に百科事典なみの文字量の情報が見えているのではあるまいか。

「つまり、ですわね――」

揚羽が自分の頭のスペックにますます自信をなくして当惑していると、目を伏せがちにしてなにやら思案げにしていた柑奈が、だいぶ泡の減ってしまったカプチーノを一口飲んでから探るように言葉を紡ぐ。

「私は、生徒たちの間でNFの候補の中にあなたの名前が挙がっていることを、つい最近まで存じ上げませんでしたの」

彼女は独特の少し気取ったような口調で述べる。これが鼻につくと嫌う生徒もいるが、気品のある彼女にあまりに似合っているので、揚羽は気にならなかった。

「もちろん、あなたの義妹さん方が選挙運動を始めていることも、誰からも知らされていなかったのですわ」

二年生は先月まで忙しかったし、当の揚羽ですら気づかなかったのであるから無理もない。

「NFは全生徒の総意で決めると生徒会則に定められていますの。ですから、候補が一人しかいないときには、生徒会の会長が必ず立候補するのが慣例になっているのですわ」

この辺りから少し難しくなった。候補が一人だけだと無選挙でNFが決まってしまうから、全生徒の総意とは言えなくなる。だから多数がほぼ決していても、必ず対抗の候補を擁立して選挙を成立させるのが生徒会の役割であり、過去そういう年には会長がその当て馬候補の役を担ってきた、ということか。

「今年は朔妃さんがNFになる見通しであるということで、執行部の見立ては一致しておりましたの。予定では例年通りに私が対立候補として出馬することで儀礼的に選挙を成立させることになっていたのですわ。そのために、うちの子たち――執行部の子たちは、早くから選挙本部を立てて活動をしていたんですのよ」

彼女の指は、ソーサーの上のカップを無意味に回し続けている。本人は意識していないかもしれないが、心の底ではきっと苛々《いらいら》し始めているのだろう。なんでこんなに回りくどい話をしなければならないのかと。

怒りっぽいと言われる火気質《ヘリオドール》でも高い等級になると無闇に感情を発散させることはせず、普段は華麗に上品に振る舞うが、それでも気質ゆえ生じる激情はなくなるわけではなく、彼女たちの無意識下に自然と抑圧される。だから、自分でも気づかないうちに言動が刺々《とげとげ》しくなってしまったり、不意に自分でも理由が分からない怒りを覚えたりすることになる。

顔には出なくても、今の彼女のように仕草には気分が表れるのだ。

「でも、朔妃さんが二月に不出馬を表明されて、新たに幾人か候補が現れましたの。ですから、私が出馬する必要はなくなったのですけれども、執行部の他の子たちからすれば、彼女たちは勝ち目が見えたら俄《にわか》に現れて美味しいところだけ持って行こうとしていると、極めて姑息《こそく》に見えてしまったようですの」

　やや潔癖すぎるようにも感じるが、気持ちは分からないでもない。

「真面目な桔梗《ききょう》さんならばまだしも、オカルトで生徒を惑わすような不埒《ふらち》な人を、名誉あるＮＦにするわけには参りませんわ。ですから、単なるお飾りの候補者であった私を本当にＮＦにすべく、執行部の子たちは本格的に選挙運動を始めましたの」

　この言葉には、声にも語調にも明らかに棘《とげ》が混じっていた。

「……もしかして、会長――柑奈さんは、周防《すおう》様がお嫌いですか？」

「けしてそのようなことは。でも占いやらおまじないやらが学園内で流行するのは、この学園の本分を鑑《かんが》みればあまり望ましくはありませんわ。そうはお思いになりません？」

「ええっと……そうかも、しれませんね」

「こうした最中、一年生の間で突然あなたを推す声が大きくなり始めましたの。失礼ですけれども、成績や素行は横に置いても、あなたは――」

「お気になさらないでください。私は四等級の認定予定ですものね」

　人間から評価の高い優等生の人工妖精ばかりが集まる執行部からすれば、四等級がＮＦになるなど、たちの悪い冗談にも劣る悪夢であろう。

「それで、今日の事件に発展してしまった、ということですのよ」

　話し終えた柑奈は、カップに一度口をつけ、もう冷めてしまったそれをソーサーごとテーブルの端によけた。もう十分でしょう、そう言外に告げるように。

「……ん？　あれ？」

一方の揚羽は、頭の中で再びの混乱に直面している。

柑奈の話はだいたいわかった。しかし、それがなぜ最初の「ごめんなさい」に繋がるのか、やはり理解できない。

もし柑奈の話に不備がないのなら、揚羽の中で5Ｗ1Ｈが足りなく見えるのは、揚羽が柑奈の話の要点をどこかで聞き逃したか、さもなくば——

「ああ、そっか。もしかして、執行部の人たちは、生徒会の職責を利用して雪柳たちの選挙運動を妨害した、ということですか？」

さもなくば、柑奈には口にしづらいことがあって、あえて遠回しにそれを揚羽に伝えようとしているか、である。

「……ええ、お恥ずかしいことですけれども」

極めて不本意そうに、柑奈は認める。

「あ、えっと、ごめんなさい。失言でした……」

サークル新設の申請受理を引き延ばしたり、視聴覚室の利用予約を取り消したりしたのは、ライバルである雪柳たちを狙い撃ちして活動停止に追い込むためだったのだろう。知らなかったこととは言え、柑奈はそうした周囲の起こした暴走に強く責任を感じているのだ。

「いえ、事実ですもの。私の方こそ弁解のしようがありませんわ」

微妙に柑奈の口が曲がっているように見えるのは気のせいではあるまい。多くの生徒から支持されて会長になり、身近な執行部からも人望の厚い彼女の、普段は見せない年相応の少女らしい仕草に、揚羽でもつい「意外と可愛らしい」と思ってしまう。

「ですから、あなたの事件を招いた原因は、そもそも私たち執行部の側にあったともいえるのですわ。私利私欲を廃し全学生徒のための奉仕者たるべき執行部が、平等な采配を振るためではなく、あろうことか己の思惑のためにあなたの義妹さんたちの生徒としての正当な権利を職権で迫害したんですもの。一年生の彼女たちからすれば、道理が通らない以上は強引な行動で表現するしか、強権を有する執行部に立ち向かう術《すべ》はなかったでしょう」

道理や筋《すじ》という言葉は、火気質の乙女《フィギュア》がよく使う。彼女たちにとってはそれほどに「筋を通す」ということが大事に見えるものであるらしい。その「道理」を逸脱したのが身内の側であったのだから、柑奈の胸の内には忸怩《じくじ》たるものがあるに違いない。

表向き選挙で争っている対立候補同士が安易に打ち解けたりすればいらぬ憶測を招くし、まして片方が謝罪したなどと知れ渡れば、柑奈自身は気にしなくとも、執行部メンバーの面目が今度こそ丸つぶれになる。それでもあえて身内の恥を雪《そそ》ぐために、柑奈は相手方の首魁《しゅかい》（不本意）である揚羽とこっそり二人きりで会って、直接詫びなければいけなかったのだ。

「なるほど……。私って自覚以上に馬鹿だったのかなって、心配になりかけましたが」

「何のお話ですの？」

不思議そうにしている柑奈に、揚羽は苦笑を返すことしかできない。

最初に文脈が見えなかったのは、揚羽の思慮が浅薄だからではなかった。

ひとつには、揚羽も当然知っていると思い込んでいることを前提に柑奈が話をしていたから。それは執行部による雪柳たちへの妨害行為があったことで、雪柳が一方的に暴走したと思い込んでいた揚羽には、なかなか思い至らなかった。

もうひとつは、言い出しづらい事実であったので、謝るだけで察してほしいと柑奈が思っていたからだろう。

紐解いてみれば、中心の二人がNFになりたいとは特に思っていないのに、周囲が勝手に盛り上がって興奮し鞘《さや》当てに繋がってしまったという、それだけのことである。

当然、揚羽と柑奈がいがみ合う理由《いわれ》はまったくないはずだ。

「その、柑奈さん。実は、私はNF選挙に立候補するつもりはまったくありません」

柑奈はやはり訝しそうな顔をした。NFといえば全生徒の憧れで、五稜郭で最高の誉れだ。なりたくない、などと思う生徒がいるとは、俄《にわか》に信じられないのかもしれない。

「試験や就職活動にかかり切りになっているうちに、義妹たちへの指導がなおざりになってしまって、こんな大きな騒ぎになっていることも、私が候補にされていることも、今日まで知らなかったんです。私自身、自分がそんな大層な器ではないとよくわかっておりますし。すべては私の不徳のいたすところです。こちらこそ、生徒会執行部のお手を煩《わずら》わせてしまったことをお詫びしなくてはと、ここへは平身低頭するつもりで参りました。ですから、柑奈さんがお気を病まれないでくださいませ」

「そう、でしたの。わたしは、てっきりあなたが――」

「てっきり？」

「いえ……」

柑奈が言葉を濁す。

お互い今日の件に執着はないのだから、これですっきり和解できるものと思い込んでいたのだが、柑奈の表情はいまいち冴えず、悩ましげに視線を彷徨わせている。

「それでは、私はやはり、今年のNF選挙から降りるわけには参りませんわね。

まだ公示はしていないのであなたはご存じないのでしょうけれども、桔梗《ききよう》さんは昨日、執行部に出馬辞退のご意志を表明されましたの。卒業後のスケジュールが折り合わないのでやむを得ず、だそうです。ですので今、あなたまでご辞退なさるのであれば、残るは周防《すおう》さんと私だけになってしまいますわ。ならば、歴代生徒会の名誉にかけて、軽薄なオカルト趣味のお方をNFにするわけには――」

不意にノックの音がして、柑奈の言葉は遮られる。

失礼、と告げて柑奈は席を立ち、入り口でドアを少しだけ開けて、誰かと声を潜めて話をしていた。

他人の部屋の中心に一人取り残されて、揚羽が少々居心地の悪さを覚え始めた頃、ドアを閉じて柑奈が戻ってきた。その愁眉《しゅうび》の間には一段と深い皺《しわ》が寄っている。あまりよい話ではなかったようだ。

「たった今、周防さんがNF選挙への出馬を辞退する旨、伝えにいらしたそうですわ」

「はぁ……」

すっかり冷めてしまったカプチーノを啜《すす》りながら気のない返事をした揚羽は、柑奈の言葉の意味することに気がつき、思わず噎《む》せ込んでしまった。

「な、何でですか⁉」

「『面白そうだから』……だそうでしてよ」

口にしてみてからあまりといえばあまりな理由に目眩《めまい》を覚えたのか、柑奈が髪を振り払うように首を左右に振っている。

風気質《マカライト》が「面白そうだから」と言い出したら、もうどう問い詰めてもどこをどう叩いてもそれ以上深い理由など一切出てこない。それは彼女たちの行動原理の中心なのだから。

おそらくは、二等級の予定の自分よりも、四等級が決定的な揚羽がNFになった方が前代未聞で面白い、ということだろう。まったくもって、深い意味などありはしない。

「おわかりですわね、揚羽さん？」

まだ戸惑いの色が残る瞳で、柑奈がこちらを見つめる。

「これで残る候補は私とあなた、二人だけになってしまったのですわ。私もあなたも、もう辞退することは五稜郭の伝統が許しません。一騎打ちになりましてよ」

思わず揚羽は頭を両手で抱え直してテーブルに俯き、大きく溜め息をついてしまった。

試験は足切りを逃れ、就職先も決まって順風満帆に思えた揚羽の未来。それが今日一日、たった一日で急転直下、運命の翼は曲芸飛行もさながらの見事な紆余曲折《ルーブ》を決めて大混迷の嵐へ突入してしまったのだ。しかも、ほぼ自動操縦で。

周防は今日の騒ぎで揚羽が候補になっていることを知り、揚羽が逃げられなくなるように先手を打ったのかもしれない。楽しむためには他人の気持ちどころか自分の将来すら塵芥《ちりあくた》とも思わぬ風気質の彼女なら、そういうことは十分にあり得る。あるいは、彼女自慢の占いにそんな未来が出てきたのかもしれない。

周防にしろ、雪柳にしろ、他の一年生の乙女たちにしろ、それに柑奈の周囲の執行部の面々にせよ、みんなで結託して策謀を巡らせ、揚羽と柑奈の二人を追い込んでいるのではないかと疑心暗鬼に陥ってしまいそうになる。そして、黒服の変異審問官《インクイジショナー》が送ってきた資料《メール》を信じるなら、それは単なる揚羽の気のせいではすまない。

柑奈の方も憔悴《しょうすい》した様子で、力なく自分の椅子の背に寄りかかっている。

「今年の選挙は、なにかおかしいですわ。まるで、目に見えない誰かの意図に、学園中の誰もが踊らされているのかのようで。

実ははじめ、私はあなたを疑っておりましたの。今日、ここへお呼び立てしたのは、なによりもあなたにそのことを問いただすためでしたのよ」

「私、ですか？」

揚羽には誰かを扇動できるだけの人望も、寄るべき後ろ盾もないのに。

「あなた、学園に隠れて人倫の方と密会していらっしゃるでしょう？」

正鵠を射られて、揚羽は手のひらで思わず自分の額を叩く。

朔妃が柑奈に話したのか、それともどこかで見られていたのだろうか。

「人倫と何か取引をして、見返りにNFになることを後押ししてもらうつもりなのではないのかと……正直、私はそう疑っていましたの。でも、あなたはつい先刻、この場でNF選挙に興味のないことを私に打ち明けた。もう、私にも何が何なのかわかりませんわ」

頰には陰りが差し、力なく肩を落とす今の柑奈の姿を見たら、他の生徒たちはきっと驚くに違いない。

一方、揚羽の方も少し違う焦りと迷いを覚えていた。それは、事態がここまで拗《こじ》れてしまった以上は、いっそ柑奈を巻き込んでしまうべきか否か、ということだ。

互いに唯一の対立候補同士となったのだから、もう今日のように学園内で二人きりになって話をできる機会は二度と巡ってこないだろう。周囲がそんなことは許さない。誘うのであれば今が最初で最後のチャンスだ。

互いに晴れない疑惑を募《つの》らせたままで、二人とも望みもしないのに、生き馬の目を抜くような激しい選挙戦を繰り広げることは可能なら避けたいと思う。それに、人倫から依頼された五稜郭の調査は攻めあぐねていたところであるし、講師たちにも顔の利《き》く生徒会長の力を借りられるなら、これに勝る味方はない。

「柑奈さん、お口はお堅い方でいらっしゃいます？」

きょとんとする柑奈を、揚羽はまっすぐ見つめる。

「多くの人工妖精《フィギュア》の無意識に同時に働きかけ、本人たちに気づかれないまま、集団の意識や行動を一定の方向へ導く。もし、そんな魔法のような方法があるのだとしたら？」

「……ありえませんわ。そんなことがもし可能なら、人間の社会はとっくに――」

「普通には不可能です。でも、まるで刑務所のように外の世界から隔離された限定的な空間で、中の人たちの行動に思うままの制約を課すことができる――のだとしたら？

　集団催眠、集団ヒステリー。人間の世界でも過去には同様の事例の記録が数多く残されています。そこに共通するのは、『隔離』と『周期性』です」

　柑奈は揚羽の言おうとしていることに気づいたようだった。

　もちろん、揚羽が同胞の切除をする青色機関《BRUE》であることは秘密にしておかなくてはならない。だからあくまで、五稜郭の実態の調査にだけ、当事者の一人として協力してもらう。

　人倫との関係を知られてしまった以上は、すべてを嘘で隠そうとするよりも、ごく一部の真実を共有した方が、余計な疑惑が深まることもなく、信頼関係を築けるだろう。

「具体的には、たとえば――私が人倫と一緒に調査していること、今回の選挙に纏《まつ》わる不自然な動きの背景について。もし、私が知り得ていることを、今からあなたにお話しするのだとしたら？　私は、そうした現象を人工的に起こした施設が、過去、他にもこの自治区にあったことを知っています」

　揚羽の雰囲気は、いつものらりくらりとしている学園指折りの問題生徒から一変した。唖然としていた柑奈も、揚羽が本気であることに気づいて、険しい顔つきに変わる。

「わかったわ……」

しばらくの逡巡の後、彼女は火気質《ヘリオドール》らしく、力強く頷いた。

「じゃあ、これは秘密の同盟です」

「いいですわね。誰も知らない『春の夜の約束』にいたしましょう」

柑奈は自分の言葉が恥ずかしかったのか、誤魔化すように小さく咳払いをした。そんな彼女がやはり可愛らしく思えて、揚羽は思わず頬が緩んでしまうのだった。

桜麗祭まであと五日に迫った、静かな宵《よい》の頃の出来事である。

＊

翌日、揚羽《あげは》のクラスのカリキュラムには、剣道の授業があった。

桜麗祭《おうれい》の準備期間なので、授業は特別構成になっていて午前中で終わるが、その分普段は授業時間が切り詰められ気味だった実技科目が多くなる。

揚羽は生まれつきの虚弱体質と言い張って体育授業の多くを見学し、保護者の宗教的理由と偽って武道の実習に至っては欠席することが多かったので、彼女がスパッツとTシャツの体操着に着替えて現れたときには、クラスメイトの奇異の視線が絶えなかった。

正規の体育講師はもう一つの選択実習である柔道の方へ出ているため、非常任講師の三条《みすじ》之燕貴《つばき》が一人で二クラスの生徒を指導している。

剣道着を纏《まと》った乙女《フィギュア》たちが板張りの道場に居並び、木刀を携えて一通りの作法と型を流した後、防具を身につけ竹刀《しない》に持ち替えてから面打ち、胴打ち、小手面打ちと基本の練習を終え、いよいよ乱取りとなった。

実習授業の時間は、和服の麗人たる燕貴もさすがに振り袖ではなく、下の袴も臙脂《えんじ》色のごく質素なものを穿いていた。気質を問わず人気のある彼女が目当てで剣道を選択した生徒たちには、そのストイックな姿がまた新鮮に見えるらしく、乱取りの時間になったとたん彼女の周囲には人集《ひとだか》りができる。中には、ろくに竹刀も正しく握れていないのに腰の引けた甘えた構えで突進していく娘もいて、燕貴はそんな横しまな動機で参加している生徒たちにも丁寧に決まった時間分の相手をしてやり、最後にはお仕置きとばかり目にもとまらないほど速く容赦のない面打ちを叩き込んでいた。

燕貴の最後の面はよほど重く、頭の芯にまで響くようだ。燕貴との乱取りを終えた者は一様におぼつかない足取りになって、次の相手のよい鴨になっていくのだが、面越しに垣間見る限りそれでも十分に幸せそうであるので、本人にとっては本望なのだろう。

やがて乱取りが一巡して休憩になった。生徒たちは道場の端で正座をして面と小手を外す。

「やあ、君は今日が初めてだね？」

そんな様子を、揚羽は道場の隅で体育座りをしたままぼうっと眺めていたのだが、足音もなく近寄ってきた燕貴に声をかけられた。

「私はその――」

「知っているよ。君は今やちょっとした有名人だからね。視聴覚室の事件のときも、あの場にいたよね」

彼女は当然のように揚羽の隣に正座し、慣れた手つきで面を外していく。最後にまったく湿った様子のない手ぬぐいを解くと、その下に纏められていた長い髪が露《あら》わになった。

「参加しないのは宗教上の理由と聞いているけれど、そのわりには、僕の乱取りを熱心に見ていてくれたようだから、気になってね」

「お噂で伺っていた通り、とても素敵な太刀筋でしたので、つい見惚れてしまいました」

「そうかい？　ありがとう」

白い歯が綺麗に並ぶ、爽やかな笑顔だ。これだけ見ても、つい陥落してしまう乙女たちがいるのは無理もないと揚羽は思った。

「でも、自分でも少しだけやってみたいって、本当は思っているんじゃないかな？」

「私は、運動神経がまったくないですから。平らなところで転ぶこともあるんですよ」

「そうかな……昨日、視聴覚室の前で会ったときは、そんな風に見えなかったけれどもね」

言いながら、燕貴は自分の竹刀を、柄《つか》を向けて揚羽に差し出した。その仕草があまりに自然だったので、つい揚羽は竹刀を握ってしまった。

「そう……左手はもう少し引いて、小指を掛けるように。そうだね。

じゃあ、次はそのまま上へ振りかぶってごらん……うん、もう少し脇を締めて」

揚羽が言われるままにしていると、後ろに回り込んだ燕貴がお腹の辺りへ手を回す。

「あ、あの？　燕貴様？」

「すぐ終わるよ、じっとしてて。うん、ちょっと余るけど、サイズはなんとか合いそうかな」

あれよあれよという間に垂れと胴を着けられてしまう。

「綺麗な黒髪だね」

「きょ、恐縮です……」

揚羽を褒める人が希《まれ》にいるとすれば、まず十中八九、鏡子《きょうこ》を真似して長く伸ばした髪を褒めてくれるのだが、それは他に取《と》るに足《た》る褒めどころが見当たらないからだと、揚羽は思っている。髪の艶ひとつとっても、鏡子にはかなわないと知っているからだ。

「もったいないけれど、傷めてはいけないから今は仕舞《しま》ってしまうよ」

燕貴は繻子《しゅす》を撫でるように大事そうに揚羽の髪を掬《すく》い、丁寧に手ぬぐいの下へまとめていった。その間、他の生徒たちからの嫉妬に染まった視線が痛烈だったことは言うまでもない。

揚羽は何度となく燕貴に何をしているのか、何をさせようとしているのか問おうとしたのだが、その度に絶妙な間で燕貴に言葉を遮られて、結局はすっかり面を着けられるまで異論を唱えることはかなわなかった。

「少しきつく感じるぐらいで丁度いいのだけれども、耳と顎は痛くないかい？」

「あ、はい、大丈夫です」

面からは、少しだけ燕貴の匂いがした。

「小手は、自分で着けられるね？」

揚羽が言われるままに最後の防具を身につけると、燕貴はもう一度、抱きすくめるように後ろから手を回して、小手で着ぶくれのした揚羽の手に竹刀を握らせてくれた。

そして、自分の方は、懐から抜き出した紐で無造作に髪を束ねてポニーテールを作ると、あとは防具のない袴姿のままで予備の竹刀を手に持ち、道場の真ん中に立った。

「じゃ、早速やってみようか」

「……は？」

「これは授業じゃないよ、休憩中だからね。武道じゃなくて、単なるストレス発散の運動だと思えばいいんじゃないかな。さ、おいでおいで」

燕貴は悪戯っぽく微笑んで、同級生をランチに誘うような気楽さで揚羽に手招きをしている。クラスメイトたちは思いがけぬエキシビション・マッチに、既に歓声を上げていた。

見事にしてやられた、というべきなのか。あるいは、揚羽もいつの間にか彼女の魅了《チャーム》の魔法に惑わされていたのだろうか。お膳立てはとっくに終わっていたようだ。

少しの逡巡の後、揚羽は諦めて立ち上がり、竹刀を両手で持ったまま、燕貴の前に歩み出た。袴も穿かずに体操着の上に防具という、ミスマッチな姿であることに気後れを覚えた。

「礼も省略しよう。燕貴様は防具を――」

「でも、燕貴様は防具を――」

燕貴は自分の防具を脱いで揚羽に着せたのだ。

「防具なしでも、竹刀ではなかなか大きな怪我はしないよ。気にしないで精一杯、自由に振り回してごらん。僕が憎《にっく》き看護師試験の試験官だとでも思ってさ」

その軽口は、長らく試験勉強に苦しめられてきた乙女たちのツボにはまったらしく、道場内にどっと笑い声が広がった。

「では……ええと、遠慮なく」

「どうぞどうぞ」

燕貴はにこやかに、手にしていた竹刀を中段の青眼に構える。

とはいえ、防具を身につけていない相手に力一杯叩き付けるというわけにもいかない。初めは様子うかがいに、ドのつく素人《しろうと》を装って、弱々しい面を放とうとした。

――その途端。

揚羽の目前で嵐が吹き荒れたように見えて、次の瞬間には燕貴の姿が消えていた。

代わりに、びりびりと痺れる痛みが胸と腹の辺りに残されている。

数秒遅れで、道場内には感嘆の声が溢れかえった。

それに釣られて後ろを振り向き、ようやく先ほどと寸分違わぬ中段の構えをした燕貴の姿を見つけた。

「少し手加減が足りなかったかな？　次はゆっくりやるから、怖がらないでどんどんおいで」

胴を打たれたのだ、おそらく凄まじい早業《はやわざ》で。

他の生徒たちとの乱取り姿を見ていても、ここまで鋭い技は見せていなかったような気がするが、直《じか》にこの身で受けてみて初めて分かる、ということなのだろうか。

こうも相手の剣筋が速くては不用意に竹刀を動かすのもままならないとみて、揚羽は慎重に間合いを計って、剣先で小さくコンパクトに小手を狙った。

今度はまるで蛇が絡《から》みついたようだった。実際、揚羽の目からは、燕貴の竹刀が紐《ひも》や縄《なわ》のようにぐるぐると纏わり付いて、揚羽の竹刀を絡め取ってしまったように見えた。

そして、その先端の鎌首は動けなくなった哀れな蛙を仕留めようとするかのように揚羽の手首に食らいつく。骨にまで到達する衝撃と鋭い痛みに耐えかねて、揚羽は思わず膝をつき、噛まれたところをかばって押さえていた。

竹刀はもう揚羽の手の内にはなく、道場の床に転がっている。

「初めて小手をもらうと、思いのほか痛くてびっくりするよね。すまなかった、次からはもっと優しくやるよ」

柔和に微笑んで、労《いたわ》るようにそう言っていたが、目だけは笑っていない。

手首はまだ感覚がないほど痺れていて、鈍い痛みを発している。これで本当に手加減をされているのだろうか。もしそうなら、手加減なしの一撃など受けたら防具があっても無事で済むような気がしない。

次は、揚羽が竹刀を握り直した途端の電光石火だった。

今回は見えなかったり、目にもとまらない手捌《てさば》きだったりはしなかった。彫像のように不動に見えた燕貴の姿が、カメラのレンズを接写《ズーム》させたように大きくなって見えて、次の瞬間には揚羽の頭は首がなくなったのではないかと思うほど大きく下へ傾いていた。

バランスを失い、肩から床に倒れ込む。面で狭《せば》まった視界は板張りの床で一杯だ。頭はこんな深くにまで感覚を伝える神経があったのかと思うくらい、奥の奥からズキズキと痛む。まるで頭の頂点から喉の辺りまで電流で貫かれたようだ。

「前屈みにしていると今のようになるね。ちゃんと顎《あご》を引いて姿勢を正してごらん」

燕貴の剣筋に翻弄される揚羽の姿を見て、ギャラリーの乙女たちは悲鳴を上げたり口元を隠して笑ったりと実に愉快そうである。

間違いない。燕貴は口で言うほどには手加減などしていない。クラスメイトの目の前で、半ば本気で揚羽を叩きのめそうとしている。

いったいなぜ。生意気な問題生徒の鼻をみんなの前でへし折ってやろうというのか。それとも講師によるパワー・ハラスメントなのか。あるいは。

――この間の借りを返す機会をあげる、というつもりかな。

視聴覚室の事件で、揚羽は流血直前まで悪化した事態を前になすすべもなく、顧問の実力介入という形で辛うじて燕貴に救われ、その後の当事者同士の手打ちまで彼女に委《ゆだ》ねた。

そのことはとっくに学園中に知れ渡っている。揚羽自身は気にもとめていなかったが、揚羽のNF《ノーブル・フローレンス》候補としての資質にあらためて疑問を抱く声が出るようになったことは事実だ。

その穴埋めをする機会を用意してやると、燕貴はそういうつもりなのかもしれない。

おそらく、そうなのだろう。そうだろうと、思う。

しかし、揚羽の心中では既に、そうしたお節介に対する感想とは別な感情が、群雲《むらくも》のように湧き起こりつつある。

それは、純粋に——あるいは、純粋な闘争心とはほど遠いのかもしれないが——燕貴という人工妖精《フィギュア》の実力の「底」を知りたい、という原始的な好奇心だ。山があれば登らずにはおられないという人間がこの世にはいるらしいが、その気持ちと今の揚羽の衝動はよく似ているのかもしれない。どこまで高いのか知りたい、揚羽にとってそう思わせる山に、今の燕貴は見えている。

「防具を……外してもいいですか？」

それまで無邪気に喚呼していた観客たちの声が急にすぼまる。

燕貴は一瞬だけ戸惑ったようだったが、すぐに不敵な笑みを顔に浮かべた。

「……どうぞ」

小手を抜き、面の紐を引いて外し、隅に寄せて床に置く。胴と垂れをスカートのように脱ぎ捨て、体操着と竹刀だけになった揚羽は、最後に汗ばんだ髪を纏めていた手ぬぐいを翻して取り払う。

しっとりと重くなっていた髪は、それだけでぐんと涼しくなって、のぼせていた揚羽の頭が冴え渡っていく。

「いきまっ——」

す、までは言い切らなかったかもしれない。あるいは言っていても、それよりも早く、揚羽の竹刀は燕貴のそれと交錯していた。

鎬《しのぎ》を削る二本の竹刀は、互いの腕力を伝えてせめぎ合い、震えている。

別人のような揚羽の動きに、誰もが息を呑み、声を失っていた。

「速いね、もしかすると僕よりも。だけど」

既に力一杯に見えた燕貴は、瞬時に足捌《さば》きを変えて揚羽の勢いを正面から受け止め直し、さらに竹刀の向きを変えて横薙《よこな》ぎに押し返した。

「軽い」

揚羽の身体は、燕貴の腕の力だけであっさりと宙に浮いて、背中から放り出される。

辛うじて受け身を取り、すぐに軸足を引いて竹刀を構え直したが、燕貴は元の場所から一歩も動いておらず、追撃はなかった。

「武道とは——体格や膂力《りょりょく》が自分より優れた相手と見《まみ》えても十分以上に渡り合えるように、長い年月をかけて磨き上げられてきた技術だよ。戦場では相手を選べないからね、常に自分より体格や装備で勝る相手を想定していたんだ。もちろん、ウェイトや背丈が自分より大きな相手と戦うときに不利なのは変わらないけれども、その差を限りなく縮めた上で、技や知識、直感など他のファクターを積み重ねて相手を上回るための〝イロハ〟だ。

だから、自分の本来のウェイト以上の重みを武器に伝えることこそが、武道の基礎中の基礎であり、かつ奥義なんだよ。それによってこそ、自分より体格の優れた相手と渡り合える。

剣道が基本動作に始まってそれに終わるのは、ゆえに当然のことなんだ。それ以外の小手先の技は些末《さまつ》なことだからね。

君には、それがまったくない。背丈でもウェイトでも僕より半回り以上も小さいのに、ウェイト差を埋める技術をまったく持っていない。だから、そんな風に簡単に吹き飛ばされてしまうんだ。それでは面や小手のポイントを取るまでもなく、君の負けだ、そうだろう？」

燕貴が脇に降ろしていた竹刀を、ゆっくりと青眼に構え直す。

一方、揚羽は逆に、両手で持っていた竹刀を右手に持ち替えた。

「……僕の指導に、耳を貸すつもりはないか。まあ、それもまたよし、だ」

彼女の言葉が終わる前に、揚羽は汗ばんだ裸足で床を蹴った。

正面に自然に伸ばされた彼女の竹刀の先にいる限り、初めのときのようなノー・モーションの打ち込みに身体がついていけるか、際《きわ》どいところだ。面を外して視野は広がったが、仮に目がついて行って竹刀で受け止めることができても、今のように簡単に身体ごと押し切られてしまう。だから、彼女の青眼の剣先の延長上から逃れる以外に揚羽の活路はない。

どんなに速く走ったところで、人間の目はひとたび焦点に捉えたものをそうそう見失いはしない。だから単に横へ回り込むだけでは意味がない。命のやりとりをする実践の場での揚羽は、自分の姿を追ってくる相手の視線を常に外してから攻める。

全身を使った急反転で、燕貴の目は刹那、確かに揚羽の身体についてこられなかった。その瞬間を狙い澄まして首に向かって竹刀を突き上げた。

しかし、紙一重で燕貴に首をひねってかわされ、反撃の面を打ち込まれる。これは彼女が揚羽の突きで姿勢を崩された後であったので、最初のときのようなノー・モーションではなく、揚羽は後ずさることでかわすことができた。

素人が相手のときとは違い、彼女の目から逃れるのは一筋縄ではいかないようだ。しかし、それでも彼女は超人ではない。確かに、一瞬だけだが燕貴は揚羽を見失ったのだから。

「長いな……」

揚羽は竹刀をもっと短く、鍔《つば》より前の刃の根元のところを握るように持ち直す。

ならば、もっと彼女の目を揺さぶればいい。

「テンポを、上げます」

どんなに目がよくても、視野の外のものは見えない。それこそ超人や化け物でなければ。

揚羽は足の指を板張りの床に突き立てるようにして床を蹴って走り、なれない裸足で少々足を滑らせながらも彼女の視線を揺さぶり、最低三度は彼女の目の焦点から自分の身体を外した。

この瞬間に攻めれば、今まではどんな相手にも負けたことはない。それでも防ぎきった彼女が相手なら、さらにその一歩先へ行かなくてはならない。だから、三度目に大きく彼女の目が焦点を失ったとき、揚羽は方向転換や跳躍をするのではなく、さらに加速して彼女のほぼ真後ろに回り込んだ。

目で追うことなど間に合うわけがない。彼女が揚羽を見失った瞬間を見計らって、視野の外の背中側に滑り込んだのだから。今さら振り向いても遅い。どんなに目がよくても、このポジションを取った以上は今度こそ防ぎようがないはずだ。

それなのに――

揚羽の竹刀は、映画の忍者がそうするように背中に回された燕貴の竹刀に、ゆうゆうと防がれてしまった。目の中心に映るはずのないほぼ真後ろからの打ち込みを、燕貴はまるで鏡で見たか背中にも目があるかのように、完全に見切ったのだ。

「恐ろしいね。君は他人の瞳孔の微かな動きまで見切ることができるのか。それが君の強さの正体かい？」

――ありえない！

揚羽の竹刀を受け止めたまま、ゆっくり振り向いて竹刀を持ち直す燕貴の姿を見て、揚羽は初めて、同じ人工妖精の誰かを暴力的に恐いと思った。

体重を乗せて押し返され、強引に間合いを離される。膝が悲鳴を上げるほどの、全力の打ち込みの後だ、今度こそ追撃を受けたら防ぎようがないと思ったのだが、やはり燕貴は踏み込んでこなかった。

「体格差を利用して、君を力で押し切ることは簡単だけれども……それでは僕も少し自尊心が傷つくんだ。だから、君にはとっておきを披露するよ。

古い、とても古い、まだ人間が銃ではなく、様々な刃物で勇を競っていた頃に編み出された、もうとっくに錆び付いて忘れ去られてしまった技だ。皮肉なことに僕の名前と似通っていて、その名を飛燕墜——あるいは『燕返し《つばめがえ》』ともいう」

そう告げると、燕貴は竹刀を青眼からゆっくり持ち上げ、左足を前に出して身体を横にし、バッターのように竹刀を胸の前で掲げた。

「八相……」

剣道部の生徒がそう呟く声が聞こえた。おそらく、彼女も見るのは初めてだったのだろう。

古い実戦剣術の構えで、他の構えに比べて剣道においてはメリットが少なく、近代以降ではほとんど見られなくなった竹刀の持ち方だ。身体を肩から斜めに切り裂く袈裟懸け斬りに移行しやすく、力も込めやすい強い構えだが、そもそも剣道において袈裟懸けではポイントが取れない。

剣道は素人同然の揚羽から見ても、身体を斜めにしているために左側からの攻撃に応じづらそうに見えるし、胴や小手、それに面打ちに行くにしても、青眼のときのように目にもとまらないノー・モーションはできそうにない。

「じゃあ、今度はこちらから行くよ」

じりじりとすり足で少しずつ、燕貴は間合いを詰めてくる。

青眼のときに比べて、竹刀がこちらを向いていない分、揚羽には互いの距離を計りづらいのだが、おそらく面の間合いまであと二歩と思われた瞬間、燕貴の足が素早い踏み込みでその二歩分の余白を一瞬で消滅させ、竹刀が翻《ひるがえ》る。

やはり袈裟懸けだ。もはや彼女も剣道のルールに則《のっと》らないつもりなのかもしれない。

左の頭上から斜めに右下へ掛けて大きく振り下ろされる打ち込みは速かったが、それでも目にもとまらないと言うほどではない。むしろ見え見えで、極めて見切りやすかった。揚羽は斜めに降ってくる切っ先に対して身をかがめてくぐり抜け、彼女の懐に一気に潜り込もうとした。

道場内に満ちる緊迫した空気が、限界まで張り詰めたその瞬間、揚羽はなぜか、右側から襲ってきた竹刀——燕貴が繰り出した逆胴打ちを、強引に逆手へ持ち替えた竹刀で辛うじて防いでいた。

何が起きたのか、揚羽自身にもよく分からない。最初の袈裟懸けをくぐってかわした次の刹那、まるで二本目の竹刀があったかのようにまったく逆から打ち込まれた。

一度は振り切った竹刀を、無理矢理翻《ひるがえ》したのだろうか。だとしても、あまりに速すぎる。今のような神速の切り返しがいつでもできるのなら、人の剣術においておよそ「隙《すき》」なるものはなくなってしまう。それくらい二撃目が早かった。

受け止めることができたのは奇跡に近かった。今のタイミングでもう一度と言われても、揚羽自身、二度と防げる気《か》がしない。

そして、幸運に恵まれ辛うじて受け止められたとはいえ、無理な姿勢で体格に勝る燕貴に身体が触れるほど近寄ってしまった時点で、揚羽から勝機は失われた。

ほとんど爪先《つまさき》立ちになっていた揚羽の胸に向けて、燕貴はショルダー・アタックをするように右肩を押し出す。実際に揚羽にしてみれば押し出すどころではなく、中国拳法の寸勁《スンケイ》のごとく、ゼロ距離から吹き飛ばされた。

そして後ろへ蹈鞴《たたら》を踏んだところへ鋭い突きを繰り出され、なすすべもなく額に竹刀の切っ先を浴びせられた。

「いっ……！」

その瞬間のことは、首がもげたような気がしたこと以外にほとんど記憶がないのだが、

「いったぁ……………い？」

痛みの余り眉間《みけん》を押さえてみっともなくもがいてからふと我に返ってみると、ギャラリーからの盛大な拍手が道場内に充ち満ちていて、揚羽は思わず手のひらの下で目を瞬《しばたた》かせた。

「引き分けだよ」

すっかりいつもの優しい微笑みに戻った燕貴は、揚羽に自分の右の手首を指し示す。そこは微かに擦り傷がついて、ほんの少し赤くなっていた。突きをされたとき、闇雲に振り回した揚羽の竹刀が偶然掠《かす》ったのかもしれない。

それも、感極まった生徒たちが燕貴を取り囲んだのですぐに見えなくなってしまったのだが、何人かは揚羽の方へ駆け寄ってきて、揚羽の予想外の健闘を称《たた》えてくれ、保健委員のクラスメイトはすぐに揚羽の額の怪我の様子を診てくれた。

してやられたのかもしれない。引き分けというのは燕貴のサービスだろう。やはり彼女は、揚羽が昨日の借りを返せるように仕向けてくれたようだ。

ならば、自分より強い人工妖精がいることは、素直に認めなくてはいけないのだろう。

揚羽はクラスメイトたちの賛辞にひとつひとつ答えながら、憑き物が落ちたようなすっきりした気分を味わっていた。それは、自分は誰よりも強くあらなければならないと拘《こだわ》っていたのではないか、と気づかされたからだ。

燕貴は取り巻く生徒たちの輪から抜け出し、まだ座り込んでいる揚羽の元へやってきて、「授業が終わったら、昼食を一緒しないかい？　かしこまらなくていいよ、個人的に君に興味が湧いただけだからね」

身をかがめながら、同級生のように気楽にランチを誘ってきた。その言葉で、一旦は落着きを取り戻し始めていた道場内は、再び嬌声で溢れかえる。

「さあ、ハーフタイム・ショーは終わりだ。そろそろみんな、もう一汗流そうか」

燕貴の号令で、まだ興奮冷めやらぬ生徒たちがいそいそと防具を身につけていく。

その後の授業の内容は、揚羽自身よく覚えていない。退屈だった前半よりもずっと速く時計の針が回ったように思えたのは、揚羽の身体に火照《ほて》りが残っていたからなのかもしれない。汗ばんだ手のひらを広げてみると指先が微かに震えていて、それは強く摑んでも一向に収まる気配がなかった。

＊

剣道の後片付けには時間がかかるため、授業は昼休みの始まりを告げるチャイムが鳴るよりだいぶ早く切り上げられた。

見学の揚羽は体操着であったので、袴《はかま》から着替える他の生徒たちよりも早く更衣室を後にしたのだが、外の渡り廊下には既にいつもの振り袖を纏った燕貴《つばき》が待ち構えていた。

「食事は静かなところですることにしているから、食堂はあまり使わないんだ。第二生徒指導室まで上ってもいいけれど——」

燕貴が見上げた先には、学園内で一番古くて最も高い建物である鐘楼塔《しょうろうとう》がある。燕貴がいつも生徒を待っているカウンセリング・ルーム——第二生徒指導室は、塔の最上階だ。

鐘楼と言っても本当に鐘が吊されているわけではなく、五稜郭が研究施設であった頃、研究員たちのレクリエーション施設として使われていたのだそうだ。最上階の上は屋上庭園になっていて、いつでも四季折々の花々が咲いているという。そして、その空中庭園の中心には大きな染井吉野《さくら》の樹が力強く根を張っている。

遠目に見る限り今はまだ八分咲きだが、毎年ちょうど文化祭の頃に満開となって散り始める。第二層独特の強い吹き下ろしの春風が吹けば、今年もきっと美しい花吹雪を学園中に披露してくれることだろう。

「手頃に中庭でいいかな？　お弁当はいつも二人分くらいは作ってあるから、もし用意がなければこのまま行こう。遠慮しなくていいよ、いつも多すぎて残してしまっているからね」

燕貴はそう言って手にした重箱の包みをつまんで揺らして見せる。

彼女の後をついて歩いていると、その粛々とした歩き方にまた感心させられた。

洋画に出てくる女性のように下品に腰を揺らしたり、偉そうに踵《かかと》から地面を叩いたりは一切しない。まるで水の中にいるような、体重を感じさせない歩き方だ。もし足跡を見ることができたなら、きっと燕貴のそれはきれいな一直線になっていることだろう。

　まさに立てば芍薬《しゃくやく》、座れば牡丹《ぼたん》、枝垂《しだ》れ柳のように強くて、おまけに名前は「ツバキ」であるのだから、もはや非の打ち所がない。

　きっと人間たちは、こうした生まれつきの所作の違いも含めて人工妖精《フィギュア》を等級分けしているのだろう。偉そうでなくかつ自信を感じさせる歩き方というものは、いくら真似したところで自然にできるようになるとはなかなか思えない。

　やがて二人は中庭の真ん中に辿り着き、噴水の側《そば》の芝生の上にハンカチを敷いて座った。

　燕貴が開けた二段重ねの重箱には小さな御握《おにぎ》りや漬け物だけではなく、揚げ物、和え物などがぎっしりと詰まっていて、すべて手料理なのだからますます燕貴に感心してしまった。

　箸と取り皿まで二人分用意されていたところを見ると、生徒の相談受付係という職務を兼ねて、いつでも生徒を招いて食事ができるようにしているのかもしれない。

「なにか武道を嗜《たしな》んでいるのかい？」

　軽くひと皿頂いた頃に燕貴からそう尋ねられ、揚羽は慌てて首を横に振った。

「とんでもないです、お恥ずかしい限りで……」

「じゃあ本当に素人《しろうと》なの？　なおさらたいしたものだよ、僕に一太刀浴びせたのだからね」

「あ、えぇっと、その、私の保護者……製造者《じっぽ》ではないのですが、お世話になっている人が、そういうのが得意だったらしくて、少しは指導してもらいましたが……」

「へぇ。なんだい？　きっと剣道じゃないね、柔道？　空手？」

「槍術《そうじゅつ》だそうです。なんでも、飛び道具以外では槍《やり》が一番実用的だとか、なんとか」

「槍か。なるほどね……君の独特の身のこなしは、そこから来てるんだね」

なにやら納得した様子で、燕貴はお茶を飲んでいた。

「ひょっとしてその方は、君よりもずっと小柄な人なんじゃないかな？」

いきなりの大正解で、揚羽は思わず齧《かじ》っていた御握りを取り落としそうになった。

「どうしておわかりになったのですか？」

「いやね……さっき少し教えたけれども、武道や武術はどれも体格や装備で自分より勝る相手とでも渡り合えるように磨かれてきた技術だ。その中でも、槍や薙刀《なぎなた》といった柄の長い武器は、他の武器に比べて体格差のハンデを埋めやすいんだよ。だから、『実用』性から槍を選んだのなら、体格においては平均より不利な人なのかもしれないと思ってね」

さすが本職のカウンセラーだ、鋭い洞察である。

「でも、槍術なんかより剣道の方がずっとメジャーですし、槍の方が強いというのは言い過ぎじゃないかと、私は思っているのですが……」

「それは違うよ」

揚羽の皿に出汁《だし》巻《ま》き卵を取り分けながら、燕貴は苦笑していた。

「剣道が普及したのは江戸時代の頃でね、それまでは他の様々な武芸や武術と同様、流派や家門ごとに独特に進化していた。平和な時代が訪れ、そうした実践的な武術の活躍の場所が失われるに従って、闘って相手を討ち取る技であった武〝術〟は、自らを鍛えて修練する武〝道〟に姿を変えて体系化され、一般化していったんだ」

「でも、それでしたら、刀でなくても、槍や弓でもよかったのではないでしょうか？」

「もちろん、弓は弓道として武道のひとつになっているけれどもね。刀の扱い方と作法が特に広く普及したのは、刀が単に武器として以上に、その時代の武士という特殊な階級《ステータス》の権威を象徴するようになったからだ」

「象徴《シンボル》……ですか？」

「現実はどうあれ『生まれつき誰もが平等』と教わる現代の人間社会の中に生きていると、なかなかピンとこないけれどね。当時は、刀を持つことが許されるのは武士だけとされていた。つまり、『刀を持つ者』が武士で、『武士とは刀を持つ者』のことだったんだよ。だから武士として生まれたなら、たとえ家屋敷を失い食べるに窮しようとも、意地でも刀だけは腰に差してしかるべき――そういう価値観が長い時間をかけて醸成《じょうせい》されていった。

　そんな時代に生まれて、身分の低い他の者たちから尊ばれるようにと教えられて育った武士たちが、武士の証《あか》しとしていつも帯びている刀をただの飾りにはせず、その技を互いに競ってより磨《みが》き上げようとし始めたのさ。刀が象徴になり、武士の嗜《たしな》みとしての剣術が体系化され、剣道に変わっていったというのは、そういうこと」

　燕貴は、バランスよく盛られた皿を「はい」と揚羽に差し出す。揚羽は礼を言ってそれを受け取った。

つまり、刀とは今で言う「風紀委員の肩章」や「生徒会執行部のバッジ」、揚羽も持っている学生証や、自警団《イエロー》なら自警手帳のようなものだろうか。

「でも、弓や槍みたいな数ある武器の中から刀が象徴として選ばれたのは、やはり刀を使う剣道が一番強いからなのではないのですか？」

「そうだな……君は『剣道三倍段』という言葉を聞いたことがあるかい？」

揚羽が返答に詰まっていると、燕貴はふっと笑みを浮かべる。

「俗語だよ、教科書には載っていないから、知らなくて普通だ、気にしなくていい。

一般的に歴史物のドラマやシネマなどではいつも刀剣が主役だから誤解されがちだけれども、種子島式の銃が海外から持ち込まれる以前の戦場で主に活躍したのは、刀ではなく弓と槍だ。馬上から弓を引き、あるいは槍で蹴散らし、鎧の上からでも射貫《いぬ》き、刺し抜く。刀や脇差しは、主に組み伏せてからトドメを刺したり、もう死んだ相手の首を切り落として首級にしたりするのに使われた。つまり、本来の主要武装《メイン・ウエポン》は弓と槍で、刀は予備武装《サブ・ウエポン》や戦果確認の道具でしかなかったんだ」

確かに、馬上で刀を振り回しても、そうそう一騎当千とはいかないような気はする。

「でも、それならばなおさら、なぜ槍や弓ではなく刀が武士の象徴になったのでしょうか？」

揚羽が尋ねると、燕貴は少し意地悪な笑みを浮かべ、金平《きんぴら》の牛蒡《ごぼう》を摘まんだ箸《はし》を拳銃のように構えて揚羽に向け、「ぱん」と撃つふりをして見せた。

「制服の自警団《おまわりさん》は、みんな拳銃《ピストル》を携行しているよね。だけどもし、自警団員が散弾銃《ショット・ガン》や機関《マシン・》銃《ガン》を手に持っていたら、誰でもきっと恐く感じるだろう。

　拳銃というのは、実際の戦争ではほとんど役に立たない装備なんだ。戦場で歩兵の主な武器になるのは小銃《ライフル》、特に自動小銃だ。これが使えるうちは、拳銃の出番なんてありえない。そんな貧弱な装備を使わなければいけない時点で、もう潰走寸前のはずだから。

つまり、僕たちは無意識のうちに、戦争の武器としての小銃《ライフル》と、平時のありふれた道具としての拳銃《ピストル》の間に、大きな意味の違いを感じ取っているわけだ。

　刀も拳銃と同じさ。戦場で敵と戦うにあたってはほとんど使い道がない。それでも、刀や剣、それに拳銃は、どこの時代の、どこの国の、どこの戦場にも、必ずと言っていいほど登場してきた。それは何故だと、君は思う？」

「槍や弓よりも、携帯しやすいからではないでしょうか？　腰に差す拳銃や刀剣は、邪魔になるほど長くないし、扱いも弓ほどには難しくありません。念のため、と思って持って行くのは自然なことだと思います」

「確かに、優れた携行性は刀剣や拳銃が他の武器から抜きん出る利点の一つだ。でも、敵に使う機会はそうそうない。つまり、戦場の主役とはとても言えない。なのに、槍でも弓でもなく、刀こそが後の世の武士の象徴になった。これはいかにも、不自然なことだね？」

　口頭試問のように、燕貴は揚羽の反応を引き出そうとする。しかし不快感はなく、むしろ曖昧《あいまい》になっていた知識の綻《ほころ》びを、丁寧に教えてくれているような優しさを感じる。

「敵に向けて使うものでは、なかったとしたら……？」

自分で呟《つぶや》いてみて、酷く矛盾していると思う。戦場には敵を倒すために赴《おもむ》くはずだ。それなのに、刀が敵に使うものではないとは、どういう意味だろう。

一方の燕貴はようやく本意を得たような満足げな笑みを浮かべていた。

「そう、武士や騎士が刀剣をいつも腰に提げていたのはね、味方を背中から斬るときのため、という理由もあったんだよ」

それは、刀や剣道の持つ清廉さや高潔さのイメージとはほど遠い、身の毛がよだつほど陰惨で陰湿な一面だった。

「武士にも色々あるけれど、普通は一族郎党の長《おさ》で、戦場ではいわば小隊長だ。自分の配下が戦場で敵に背を向けて逃げ出したり、規律を乱して仲間を危険に晒したり、無関係な人に野蛮な行為を働いたりしたときは、長たる武士や騎士が責任を持って自分の配下を処分しなくてはならない。そういうときに、いつも長い槍や大きな弓を持っているとは限らない。だから、戦の真っ最中でなくともいつも肌身はなさず持ち歩ける武器が必要だった」

「それが、刀なのですか？」

「そうだね。刀は敵に対する武器である以上に、味方を律し秩序を維持するために必要な権威の形だったんだ。だから武士以外の雑兵には必要ない。

そうした伝統と意識は大きな戦争のなくなった江戸時代にも受け継がれた。敵がいなくなった時代、敵に向ける槍と弓は納屋《なや》に仕舞われた。一方、刀は過《あやま》ちを犯したり恥ずべき行為をしたりした味方や民を罰する道具としての役割を引き続き担い、その責任を負う武士階級だけが腰に差し続けた。こうして刀は他の武器を差し置いて武士の象徴となった。ゆえに武術として個別に成熟した槍とは違い、刀の剣術は敵を殺すためではなく自らを高めるための〝道〟として武道に変貌し、やがて剣道として一般化し体系化され普及して現在に至る、とそういうことさ」

二人ですっかり平らげてしまった重箱を、燕貴は優雅な手つきで藍染めの風呂敷に包む。

「さっき言った『剣道三倍段』というのは、柔道や空手道のような素手で行う武道で、木刀にしろ真剣にしろ刀を携えた剣道の使い手に挑むなら、段位において三倍なければ渡り合えないという意味だよ。竹刀《しない》ならば長さはせいぜい三尺九寸——わずか一メートルちょっと。本物の刀や木刀でも大差ない。たったこれだけの間合いの有利が三倍の段位に及ぶ圧倒的な強さを生み出すことになるんだ。これが槍ならば、二メートル半や三メートルのものはざらにある。加えて、柄の長い槍は取り回しがよく、刀とはまた異なる多彩な戦術を可能にする。もし、槍を持った君の義母様と戦えと言われたなら、たとえ真剣を携《たずさ》えていたとしても僕の方が尻尾を巻いて逃げ出すしかないね」

「ご謙遜を……」

燕貴の剣の卓越した腕前は、ついさっき身をもって知らされたばかりだ。鏡子が槍の扱いにどれほど精通しているのかは知らないが、揚羽よりもずっと小柄で子供のような背丈の鏡子を前にして、威厳と風格と実力を兼ね備えた燕貴が臆する図というのは、揚羽にはとてもではないが想像しがたい。

「誇張ではないよ。武術というものは、自分より有利な相手との差を埋めるための技術だ。だけれども、不利をいくら技術で穴埋めしたところで、優劣がそうそう入れ替わるわけじゃない。勝たなければ生き残れないなどという戦場みたいな理不尽な条件下でない限り、槍に刀で立ち向かうのは――傍目《はため》には格好いいかもしれないが、その実はただの無謀で無知なお粗末だよ。なにせ負けてしまったらやり直しはできないんだから」

燕貴は両手を広げ、降参の仕草をして見せた。前髪の鈴が揺れて澄んだ音を響かせる。

「ところが君は、僕との試合であえて竹刀を短く持ち直した。たぶん、普段使い慣れている何かがずっと短くて、竹刀の長さが君には使いにくく感じられたんじゃないかな？　打ち込みのとき〝重さ〟に頑《かたく》なに頼ろうとしなかったのも、そもそもその何かが軽すぎるので、力よりも速さで振っているからだろう」

揚羽は笑って誤魔化したが、内心では冷や冷やしていた。

「だけど――僕としては正直、あまり勧められないね」

燕貴は足を崩してボーイッシュに片膝を立てる。そんなリラックスした仕草も、「僕」という人間《だんせい》のような言葉遣いと同様に、凜々《りり》しくてスタイルのよい彼女にはよく似合うのだが、揚羽を見つめる目はまさに試合中のような、強い眼光を宿している。

「さっきも言ったけれども、間合いの遠い武器を持つ相手に、間合いの狭い武器で挑むのは無謀だし、仮に今までそれで勝ち続けてこられたのだとしても、たまたま運がよかっただけだ」

燕貴の声音はとても真剣で、揚羽の身を本気で案じているようにも聞こえた。

「でも、私はただの学生です。命がけの事態なんて、そうそう遭遇しないですよ」

「そうだね、ただの学生なら、そんなことはまずない、はずだね？」

揚羽が茶化すと、燕貴はふっと口元を緩めた。

「だけれども、もしいつか、君が僕と本気で相見《あいまみ》えることがあるのなら――」

不意に風が吹き抜けて、枝から落ちた桜の花びらが交錯する二人の視線の真ん中を横切って舞い降りたが、燕貴の色違いの瞳は黒い左目も金色の右目も揚羽から揺るがなかった。

「そのときは、自分の得物《ぶき》をよく吟味しておいで。決して、後悔しないように」

全身に針で刺すような殺気を覚えて、揚羽の身体は無意識のうちに堅くこわばる。それでも顔にはださないよう極力努めて、少し引きつった頰で笑みを作った。

「ありえませんよ。私みたいな学園で下から指折りの劣等生が、名高い麗人の燕貴様とお手合わせの光栄を授かるなんて、さっきの一回きりも奇跡のような気がいたしますもの」

「君との手合わせなら、これから何度でも歓迎だよ。手合わせなら、ね」

中庭には昼休みを憩う生徒たちの声が行き交っている。それに伴奏するように、噴水が爽やかな水の音を辺りに供《く》する。透明な大気にはちらほらと桜の花びらが慎ましい色を添え、それが虹色の羽をした無数の蝶たちの羽ばたきに揺らされて、のどかに艶やかに正午過ぎの春の光景を彩っている。その中心にほど近い芝生の上にあって、二人の間に横たわる空気だけが肩に感じるほどに重く、周囲の音はいやに遠くに聞こえた。

やがて、鐘楼塔の時計の分針ならたっぷり二周ほどしただろう頃、燕貴は厳めしくなってしまった雰囲気を振り払うように、ふっと鼻で笑ってから瞼を伏せ、首を振った。

「いやいや……最初はこんな話をするつもりではなかったのだけれど、剣の道についての話が真面目にできる子はあまり見かけないものだから、僕もつい言い過ぎてしまったかな」

——忘れてくれ。そう付け加えて、少女が自分のいたずらを見逃して欲しいと大人に甘えるように燕貴が愛らしく首を傾げたので、揚羽は肩透かしを食らったような気分にさせられたのと同時に、いつのまにか彼女に強い親近感を覚えている自分に気がついた。

とても口にはできないくらい失礼なことだが、自分と、この学園史上有数の才媛がどこか似かよっているような、そんな気がしてしまったのである。

「実は、後輩たちから慕われている君が、NF選挙に乗り気ではないらしいと耳にしてね」

今度は伸ばしていた膝を揃え、体育座りになってお茶目に揚羽の顔を覗き込んでくる。

雪柳《ゆきやなぎ》など《マカライト》とは比べものにならないくらい上品なのですっかり忘れてしまっていたが、彼女も確か風気質だったはずだ。油断しているとつい赤面してしまうくらいに、顔や雰囲気がコロコロと変わる。

「義妹《いもうと》たちの気持ちは嬉しいのですが、私は四等級の認定予定で、成績も決してよい方ではないんです。皆の代表に相応《ふさわ》しい器ではとてもありません。私がNFになるようなことがあれば、多くの生徒の不興を買いましょう。年度の恥ともなりかねないほどです」

「誰がなっても不満は後から後から現れるものさ。それに、今年の候補はもう生徒会長の柑《カン》奈《ナ》君と揚羽君、君たち二人しか残っていないから、もう引くに引けない。それで君は悩んでしまって、授業にも身が入らない、そんなところかな？」

そう、もう退路は断たれてしまったのだ。今の揚羽に残された道は、柑奈のアテ馬候補として恥を赤裸々に掻き晒すことだけである。五稜郭の歴史に残るほどの、恐るべき票差がカウントされることは疑いない。

「確かに、柑奈君は一年生の時から既に目立って優秀だったし、やや強引な方ではあったが生徒会長としての実績も申し分ない。彼女ならNFに十分以上、相応しいと言えるだろう。かといって、君が彼女のライバルとして不足かといえば、そんなことはないと思うけれどね」

いくらなんでも、比べる相手を間違っている。

「私が柑奈さんより優れているところなんて――」

「見当たらないね」

間髪入れず一刀両断され、揚羽は思わず「うっ」と呻いて、膝の皿の間に顔を沈める。

「あはは。いやいや、目に見えやすい物差しでは、ということだよ。確かに内申書や成績表に書かれる内容で比べるのは酷だろう。でも、そういった『学生としての優秀さ』で一番を決めるのは生徒会長選挙や他の学校にある総代制度で十分だし、容姿の美しさを競うのなら五稜郭の中に拘らなくともオーディションが山ほどあるよね。

それなのに卒業直前のこの時期にわざわざ、全校生徒の投票で何かの一番を決めるんだ。ならNFには生徒会長ともミス・コンとも違う意味があるはずだ。そうは思わないかい？」

言われてみれば奇妙なことである。このような卒業の間際になって何かの代表を決めたところで、今更全うすべき職責などあるはずもなく、せいぜい学園紹介他のいくつかのPR誌でモデルを務めるように学園から要請されるぐらいだ。なんのためにNFを決めるのかという大事なことを、きっと揚羽だけでなく生徒の多くもわからないまま、雰囲気に飲まれるようにこの恒例のお祭り騒ぎに毎年巻き込まれている。

――なるほど。

刀と武士の話を燕貴がしたのは、揚羽にこのことを気づかせるためだったのだろう。

「もしかすると、NFは創設当初の目的がどうであったにせよ、三十年の歴史を経て意味が変わってしまっている、ということですか？」

「そう。どんな伝統でもそういうものだよ」

我が意を得たという様子で、燕貴は満足そうに頷く。

「歴史を経るということは、空っぽの器に水を注ぐように人々自身の思いによって新たな価値と意味が込められる、ということなんだ。それは個人には抗いようがない。なぜなら、価値観とは個人の中で生じるものではなく、多くの人々の間でこそ育《はぐく》まれるものだからだ。他とは違う価値観なるものも、結局は大多数の価値観と遭遇してこそ自覚される。個々人は別々な価値観を持っていても、全体を広く俯瞰《ふかん》すれば総体としての理想像《アイデアル・タイプ》が見えてくる」

「数ある武器の一つでしかなかった刀が、長い時間を掛けて武士の魂となったように、ＮＦもまた、歴代の生徒たちに受け継がれる中で新たな意味が付与されている？」

「ミス・コンや生徒会長選挙は、その目的が名称からすでにはっきりしているし、役割も責任も意味合いも当初からはっきりしているから、時間が過ぎてもあまり変わらない。ところがＮＦは、卒業の間際に目的も曖昧な何かの代表を決めるという、ぼんやりとした意味しかなかったから、三十年もすると最初はありもしなかった意味が創出されるようになった。

過去には学園一の美人が選ばれたことがあるし、成績が最も優秀な子に決まったこともあった。時代時代で『ＮＦへの相応しさ』というなんとも模糊《もこ》な物差しはまったくの別物のように変貌《へんぼう》し続けている。それでもその中にすべての年度に通ずる価値基準をあえて見いだすのならば、それを表現するのに相応しい言葉は一つしかない」

「『象徴《シンボル》』――ですか」

「うん。自分たちの学年の総代や最優秀生徒を決めるんじゃない。その年度ごとに生み出され醸成された雰囲気、それに二年間の学園生活を通して自然と育まれたその世代に独特の価値観、そういったものの茫然《ぼんやり》とした集合体が、その年度のＮＦを決める。

つまりね、ＮＦ選挙はその年度のすべての学生の合作による〝芸術《アート》〟なんだ。自分たちの世代の空気という絵筆《ブラシ》を駆使し、投票という絵の具《ペイント》で、候補者という画布《カンバス》に、たった一度の表現をする。ＮＦを決めるということは、二年間の学園生活の無意識の総括なんだ。

だから、そうして選ばれたＮＦにすべての生徒が不満を述べないなどということはありえない。さっきも言ったように、本来バラバラの価値観の総体として漠然と選び出されるものなのだからね。あえていうなら、『純粋な集合的無意識《the Collective Pure Unconscious》』に選ばれるのがＮＦなんだ。意識レベルで反発がでるのは、ごく自然なことさ」

それはつまり、すべての生徒たちからの身勝手なイメージの投影先となるということだ。

「極端な話、『誰でもよかった』ということですか？　人柱とか生贄と同じように」

思わず大きな溜め息を零《こぼ》してしまうのも宜《むべ》なるかな、である。

「それは言い過ぎだと思うけれども」

燕貴は喉で笑っている。

「ようはね、ＮＦに望まれるのは、誰も彼もが認める優等生よりも、多くの生徒が学園生活で『やり残した』と無意識に感じている未練や後悔を体現している誰かや、自覚がないけれどもなりたかった本当の自分のイメージに近い他人なのさ。

そういう意味で、今回のＮＦ候補に柑奈君と君、対照的な二人が選ばれたのは、必然だったのかもしれないよ。今、すべての生徒——特に二年生たちは、難しい踏み絵を迫られているのさ。自分の二年間を顧《かえり》みたとき、本当に心残りに思うのは柑奈君のような一流の優等生になりきれなかったことか。それとも君のように、決して派手ではないのにいざとなると多くの下級生に慕われて支持される人になりたかったのか——」

「私は後輩たちにとって特別いい姉ではありませんでしたし、その証拠に今回、選挙対策本部を立ち上げた義妹の同級生たちとも、ほとんど面識がないんですよ」

なにせ、雪柳一人に振り回されっぱなしの一年間だったのだから、他の一年生たちのことまでは、とてもではないがろくに面倒を見られたとは思えない。

「候補者本人がそうした周囲の意識する理想や期待に応《こた》えられているか否かは、この際あまり関係がないんだ。君は学園有数の問題児である雪柳君の指導を、御しきれないなりにたった一人で担《にな》ってきた。雪柳君から迷惑を被《こうむ》って、彼女と君に複雑な心情がある生徒たちならば尚更《なおさら》、君という存在の大きさを無意識で感じてしまうのさ。無論、雪柳君の友人たちもそうだ。彼女の破天荒な行動に振り回されながらも、健気に庇《かば》う君の姿を目の当たりにしてきたのだからね。印象の善し悪しを別にすれば、学園の成績でも生徒としての活動でも目立った業績がない一方、君の存在感は君が思っている以上に大きくなっているんだよ」

持ち上げられすぎて赤面してしまう。顔に触れると、すっかり火照《ほて》っていた。

「燕貴様は、本心からそうお思いでいらっしゃいますか？」

揚羽が念を押してそう問うと、燕貴はお茶目に小さく舌を出して笑った。

「うーん、『かもしれない』ぐらいにはね」

……やっぱり。

「僕にだってわかるわけはないさ。なにせ、本人たちすら自覚のない願望や理想の投影先、しかも全学生徒の大集団のそれだからね。君が理由を知りたいというから推測はしてみたけれど、本当のところはきっと誰にも分からない。でも、人間や人工妖精《フィギュア》なら誰もが、社会の中で絶えずそうした自分にも他人にも正体の分からない圧力や、目に見えない雰囲気の軽重、前触れもなく訪れる理不尽な試練に押し流されそうになっていて、時にはそれに乗ったり、時には流されたりして、数千、数万年もの長い営《いとな》みを続けてきたんだ。

　人間たちは、そうした目に見えない力のことを『運命』と呼んでいる」

　燕貴は片膝を立てた姿で気持ちよさそうに目を伏せ、ルードヴィヒ・ヴァン・ベートーヴェンの代表作である交響曲《シンフォニー》第五番のメロディを鼻歌で唄っていた。

「それに伸《の》るか反《そ》るかは、最終的に君次第だ。ただ、今回はもう選挙自体は避けられない以上、せっかくだから思い切って挑戦してみることをお勧めするよ。卒業すれば、試練や人生の分かれ道なんてものにはうんざりするほど出会《でくわ》すものだけれども、若いときの学園生活は一生に一度しかない。おまけに、失敗しても少し恥ずかしい思いをするだけだ。それだって、いつかは君の人生を生きていく力の糧《かて》になるだろう」

　含蓄《がんちく》の深い言葉だ。しかし、個人的な気持ちが微かに混じっているようにも感じられた。

「だから三十年前、燕貴様もNF選挙に立候補なさったのですか？」

　ほんの一瞬だけ強張《こわば》ったように見えた燕貴の顔は、すぐにしっとりした苦笑に変わった。

「知っていたのかい？」

「ええ……お噂《うわさ》程度には」

　バツが悪そうに自分の髪を軽く撫でた後、観念した様子で燕貴は口を開いた。

「そんなところさ。なにせ選挙の相手はあの『椛子《もみじこ》』様、総督閣下だからね。あの方も当時はまだ学生の一人に過ぎなかったけれども、五稜郭にいたときからあの方はとても目立っていたよ。まるで砂浜の貝殻に混じった宝石だ。誰が見ても特別、誰といても華《はな》やぐ。もうどうしようもないくらい、誰と比べるのもおこがましいぐらい素敵な方だった。そんな彼女と選挙で戦わなければいけなかったのだから、これに勝る悲劇はそうそうないよ。でもね、それでも後悔はしていない。今でも、たぶんね」

それきり、しばらく二人が続く言葉を失っていると、昼休みの終わりを告げる予鈴《よれい》がその沈黙に割り込んできた。

「そろそろ時間だね。午後はどのクラスも桜麗祭の準備だったかな」

「はい。あぁ……そうだった……」

これから、例の視聴覚室で雪柳が主催の「揚羽応援団　総決起集会」が開かれるのである。本音では逃げ出したいのだが、揚羽がいないと彼女たちの暴走に歯止め《ブレーキ》を掛ける者がいなくなるし、燕貴からこのように念を押された後では責任放棄するのも後ろめたい。

「そうか、選挙戦がもう始まっているのだから、君はクラスの出し物どころではないね」

揚羽の表情だけで事情を察したようで、燕貴の眼差《まなざ》しは生暖かい同情のそれになっている。

「気苦労は絶えないと思うが、一年生たちもただの悪ふざけで始めたわけじゃないのだし、姉妹として一緒に過ごせる時間はもう残り少ないのだから付き合ってあげるといいさ。彼女彼女たちの大事な思い出にするためにも、君が学園生活に思い残すことがないようにもね」

燕貴は体重を置き忘れたかのように軽やかに立ち上がって、袴についた芝の葉を払った。

「はい、ありがとうございます。美味しいランチをご馳走になって、励《はげ》ましても頂いて…

「……」

「そう、少しは励ましになっていたかい？　なら僕も、まだまだ捨てたものではないね」

「今は事態を快く受け止める気にはなりきれないのですが……でも、運命の悪戯だと諦めて向き合う気持ちだけは、少々湧いてきました」

燕貴に手を引かれて、揚羽も立ち上がる。

「じゃあ、これを渡しておこう」

燕貴に握られた手の中に堅い感触を覚えて見てみると、小さな銀色のコインがあった。

これは確か、燕貴のいる第二生徒指導室へ相談に行くときに必要な、入室の切符のようなものだ。燕貴の目にとまった生徒にだけ渡されるらしいと、揚羽も噂に聞いたことがある。

「別にそれを持っていなければ入れないわけではないんだけれどもね。まだ僕があの相談部屋――第二生徒指導室を立ち上げてすぐの頃は、誰も来てくれなくてね、自分の方から悩みのありそうな生徒を探して、招待券代わりに渡して回っていたんだ。それがいつの間にか、持っていなければ入れないなんて言われるようになってしまって、僕の方が困っているよ」

そういって燕貴は肩をすくめる。

「これから選挙や卒業のことで、悩んだり苦しく思ったりすることがあれば、いつでも僕のところへおいで。講師側の僕は選挙でこそ蚊帳《かや》の外だが、君の覚える重圧《プレッシャー》を一緒に話をして少し和らげることぐらいなら出来るだろう」

揚羽が礼を言うと、燕貴は「ごきげんよう」と言い残し、重箱を持って立ち去ろうとした。

しかし間もなく、革のブーツが石畳に触れたところで燕貴は立ち止まって振り返る。

「そうだ、ついぞ言い出し損ねていたんだが、その瞳、僕とお揃いだね。色違い《オッド・アイ》で、色の組み合わせも自分とよく似た子がいるなんて、少しびっくりしてしまったよ」

「左右が逆ですけどね」

揚羽が言うと、燕貴は本当に生まれて間もない少女のように、お茶目に笑っていた。

「それもまるで鏡を見ているようで不思議な気分だよ」

「私は怪我をしたときにこうなったのですが、燕貴様は生まれつきですか？」

「いや、君と同じだよ。眼球を変えてしばらくは、自分の顔の変化になじめなくて、カウンセリングに頼りっぱなしだった。今の仕事を選んだのは、そのときの経験からさ」

人工妖精《フィギュア》は自分の身体や顔についての情報を生まれつき記憶に強く刻み込まれていて、顔かたちが変化してしまうと心に強い負荷が掛かってしまう。揚羽はなぜかさほどでもなかったのだが、普通は目の色や耳の形の変化だけでも身悶えするほど苦しいと聞く。

「でも、この目になったおかげで僕は強くなれた。手合わせのとき、僕が背後からの君の打ち込みを受け止めたのを、君はとても驚いていただろう？」

「はい、勘がすごくいいんだろうな、と思いましたが」

「勘じゃないよ。僕のこの金色の右目はね、時間を止めることができるんだ。だから君が巧《たく》みに目の焦点を外しても、止まって見えていた。信じられない、そういう顔をしているね？」

揚羽が慌てて首を振ると、燕貴はまたあのしっとりとした苦笑をしていた。

「僕の右目は時間を止める。なら君の金色の左目には、なにが見えているのだろうね」

揚羽の顔から笑みが消え、唇が結ばれる。燕貴の苦笑も、ゆっくりと乾いていった。

やがて揚羽が口を開こうとしたとき、答えを待たずに今度こそ燕貴は背を向けて立ち去っていく。

その歩みは、ここへ来たときと同じように、まっすぐと迷いのない一直線を辿《たど》っていた。

桜麗祭まで、あと四日に迫った日の昼のことである――。

＊

「よくぞ集まってくれた諸君！　君たちは一人ひとりが五稜郭全学生徒から選び抜かれた最強・最精鋭の一兵卒であると同時に、五稜郭の運命を背負った誇り高き勇士だ！」

「「「おおー！」」」

「敵はこの学園に創立当初から巣くい、生徒《たみくさ》を飢えしめ苦しめながら既得権益《きとくけんえき》の甘い蜜を貪《むさぼ》り肥え太り続ける悪鬼亡者の壁蝨《だに》・虱蠅《しらみはえ》、他ならぬ鬼畜生徒会である！　奴らは間もなく思い知るだろう！　我らの軍靴《ぐんか》が連中の血に濡れた放埒《ほうらつ》腐敗の生徒会室を踏み荒らし、子々孫々に至るまで我ら憂学志士の勝利の行進曲《マーチ》に恐怖し怯《おび》えることになるのだと！」

「「「おおー！」」」

「ここで我らが盟主たる、詩藤《しとう》之揚羽様より激励のお言葉を賜《たまわ》る！　総員踵《かかと》を揃え刮目《かつもく》して静聴せよ！

「……ああ、えっと、コホン。皆さんまだ遅くはありません。一刻も早くこんな馬鹿な真似はやめて元の教室にお戻――」

「総員火の玉となりて玉砕《ぎょくさい》突撃を敢行《かんこう》せよとのお心強いお言葉であった！」

「「「おおー！」」」

「これより我々は二十四時間の臨戦態勢に入る！　襲撃に備えよ！　立ち塞《ふさ》がる者はたとえ上級生といえども一人残らず駆逐《くちく》せよ！　我らの進軍を妨げるあらゆる障害はそのすべてが敵か雑草である！　区別なく公平に焼き払え！　学園全土を二度と緑湛《たた》えぬ焦土と化せ！」

「「「おおー！」」」

「では、盟主・揚羽様よりの作戦号令に耳を傾けよ！　……ささ、お姉様《エルダー》、どうぞ」

「……えぇっと、その……い、『いのちをだいじに』」

「作戦名は『ガンガンいこうぜ』に決した！」

「「「おおー！」」」

「怯むな！　臆するな！　後ろを振り向くな！　正義は我らにあり！　弾丸《チラシ》を手に取れ！拡声器の撃鉄《でんげん》を上げよ！　戦旗《プラカード》を翻せ！　五稜郭の興廃《こうはい》はこの一戦にあり！　諸君勇者たちの凱歌《がいか》を学園中に轟《とどろ》かせよ！　総員戦闘開始！　これにて本日の決起集会は解散とし、順次作戦行動へ移行する！　各個に突撃せよ！　突貫《とっかん》！」

「「「おおー！　突貫！」」」

「……ゆ、雪柳。あの、あのですね、ちょっと私とあなたたちとの間に横たわる、目に見えない絶望的な溝《みぞ》を埋めるための大事なお話があるのですが……」

「揚羽様！　お勇《いさ》ましゅうございました！」

「え？　あ、ありがと……」

「まあ、揚羽様、なんて美しい黒髪でいらっしゃるのかしら」

「まさに翠《みどり》の黒髪ですわ」

「い、いえ、あなたも、あなたも、そこのあなたも、曇った目を洗っ――」

「色違い《オッド・アイ》の瞳が妖艶で、見つめられると私、駄目になってしまいそうです……」

「あなたはもう色々と駄目なので今すぐ改心なさ――」

「装備班の名誉にかけて最高の勝負服をお仕立ていたしますので、サイズを失礼します」

「え、ちょ、ちょっと……きゃ！」

「揚羽様の羽は真っ黒で、漆塗りのように艶めいて、黒真珠を鏤《ちりば》めたように輝いているって本当ですか!?」

「生まれてこのかた、濡れガラスと呼ばれたことしかありません！」

「お姉様《エルダー》とのお話は一人一言ずつ！　あらかじめ決めていたとおりに順番厳守せよ！」

「順番!?　決まってたの!?」

「お姉様《エルダー》との今生のお別れが済んだ者から順次突撃開始！　ビラ配り、ゲリラ・ポスター、三人ひと組での勧誘活動、二年生教室への遊撃、各サークルへの営業他、各自邁進《まいしん》せよ！

装備班はお姉様の勝負服に傾注！　下着も忘れるな！　炊き出し班は戦闘糧食《コンバット・レーション》『ドツボッシュトルタ』の量産を開始！　多くのお姉様方の五臓六腑の尊い犠牲の上に完成した至高のレシピを今こそ披露せよ！　お堅い土気質《トパーズ》もお高くとまった火気質《ヘリオドール》も甘いものには弱い！　我らがスイーツの無限弾幕で陥落せしめるのだ！　ゴーゴーゴーゴー！」

「「「おおー！」」」

「もう、いっそ殺して……」

＊

「ど、どうなさったの？　乗り物酔い？」

モノレールから降りた途端、プラットホームの手近な柱に縋《すが》って項垂《うなだ》れてしまった揚羽を心配し、柑奈《カンナ》が背中をさすってくれたが、今の揚羽を苦しめているのはありふれた三半規管の反乱ではない。

「……すいません。モノレールの中で人混みに揉まれているうちに、永久に記憶から抹殺したい思い出が、ちょっとライブ放送的に生々しく蘇ってしまって」

苦節二年、生まれて間もなく四等級相当、学園に入って正式な等級認定は先送りされたもののなおも四等級扱い、土日にはものぐさな保護者の世話をするため実家に戻って一週間分の家事の奴隷、そのため学園外に出ることが多くなって周囲の妬《ねた》みを買いあらぬ噂が飛び交うことしばしば、体育全般は見学し怪我が絶えないので故障同然の超・虚弱体質と陰口を叩かれ、無断欠席と無断遅刻の常習犯で成績は常に低空飛行、挙げ句に学園屈指の問題児で「走る天災」の異名を欲しいままにする雪柳の指導担当《エルダー》と、とかく白い目で見られることはあっても褒《ほ》められたり讃《たた》えられたりということから無縁な人生を歩んできた揚羽には、昨日の「揚羽公式ファンクラブ改め揚羽NF選挙対策正式本部発足式兼大決起集会」での褒め殺しの雨あられは、身の毛もよだつほどの悪夢であった。

主に風気質《マカライト》と水気質《アクアマリン》の一年生を中心に構成された揚羽の支持者たちの目は、既に信仰の色に染まっていた。人数は、定員最大四十名の視聴覚室の席が埋まっていた他に立ち見もいたので、おおよそ六十名。雪柳が一人で焚きつけたとはとても信じられないくらいの大集団で、それが一斉に褒めそやしたのだから、「他人の注目＝敵意か嫌味」という針の筵《むしろ》のような学園生活を極めて地味に送ってきた揚羽からすればたまったものではない。

冗談ではなく、重い心的外傷後ストレス障害《PTSD》になってしまうのではないかと不安になってくる。今もモノレールで見知らぬ乗客たちに囲まれていただけで我慢できないくらいの目眩《めまい》を覚えたのだから、急性のパニック障害を起こしているのかもしれない。このままNF選挙の本番になって全学生徒の視線を浴びたら、自分は失神してそのまま蝶に戻って死んでしまうのではなかろうか。

「ありがとうございます……」

柑奈が気を遣って、自販機の冷茶で湿らせたハンカチを渡してくれたので、それを額に載せるとだいぶ楽になった。

待合室内の時計は午前十時を指している。高くなった日の光はホームの庇《ひさし》に遮られて斜めに差し込み、ベンチにだらしなくしな垂れかかった揚羽の足下を照らしている。一方の柑奈は、学外でも五稜郭の乙女に相応しく足を揃えて上品に腰掛けていた。もう立ち居振る舞いが習慣として身体に染みついているのかもしれない。見習いたいものである。

日差しが足首からローカット・スニーカーの足の甲あたりまで動くぐらいの時間そうしてから、揚羽はゆっくり立ち上がる。

「もう大丈夫です、行きましょう」

まだ少し頭が重く感じるが、目眩は消え身体の震えも止まった。柑奈から借りた半乾きのハンカチは、巾着袋に入れてハンドバッグに仕舞い、後日洗濯して返すことにする。

昼日中ではあるが、柑奈と揚羽の二人連れに気を留める人はいなかった。駅の改札は全自動で職員は姿も見えないし、他の乗客たちも制服を脱いだ二人が本当は学生であることには気づかない。容姿だけならば、揚羽や柑奈よりずっと幼く見える人工妖精《フィギュア》は他にも街にたくさんいるのだから、区別がつかないのだ。

対立候補の二人が連れだって学園から外出すればあらぬ誤解を招くので、あらかじめ待ち合わせの時間と場所をこっそり申し合わせておき、まずはモノレールの隣駅まで別々に行った後、トイレで私服に着替え、それからようやく落ち合って、遠く六区までモノレールに乗った。ここまですれば他の生徒に気づかれることはまずあるまい。

それでも目立たないように、揚羽は深い色のスリムなジーンズ・パンツに上は飾り気のない黒のニットを選んできたのだが、柑奈の方はと言えば、見事な橙色のグラデーションがかかったマーメイド・スカートに、春らしい桜色をしたVネックのカーディガンで、それとよく合う淡い色のルージュと小さな貝殻の耳飾りもしていた。まるで映画に出てくる避暑地のお嬢様である。

待ち合わせ場所で会ったとき揚羽はやや当惑して、一応は人の目を忍んでいるのだからあまりオシャレにしなくても、とやんわりと窘《たしな》めようとしたのだが、

「これでも普段の外出よりはずっと質素にしておりますし、目立たないことと地味なことはまったく違いましてよ。あなたこそ、地味すぎて周囲から浮き上がってしまいますわ。それに、地味にするにしてももう少しコーディネイトをどうにかなさい」

逆に説教されてしまった。それでも自分は着られる服の色に制限があるのだと返すと、

「仮に黒と白だけで服を選ぶにしても、それならそれで相応しい選び方がありますわ」

と藪蛇《やぶへび》になり、桜麗祭が終わったら柑奈直々で揚羽にファッションのコーチをするという約束までさせられてしまう始末だった。

しかし、地味でいれば目立たないわけではないという見方は、それまでの揚羽にはなかった発想で、新鮮な心地にさせられる。

「それで、私をどこへ連れて行くおつもりですの？」

モノレールの駅から出てすぐ、電子ペーパーの地図を広げた揚羽を見て、柑奈は少し不満そうな顔をしてそう言った。

本当は不満なのではなく、目的地を知らされていない上に、当の本人があらためて地図を広げて何かを探しているのを見て不安になったのだろう。火気質は一般に、弱気や戸惑いを人に見せるのはみっともないことだと思うものらしく、代わりに怒りを露わにしたり嫌味を言ったりして誤魔化そうとするのだということは、二歳の揚羽も心得ている。

「山城《やましろ》学院って、ご存じです？」

「山城といえば、昔うちの学園と姉妹校だったところでしょう？」

「そうです。三十年前に突然廃校になって、当時の生徒は五稜郭に編入されました。今では無人の校舎が残っているだけなのですが、六区の第一層というおおまかな場所まで分かっているのに、誰も辿《たど》り着けた人がいない。五稜郭にあるのと同じ、高い鐘楼塔の先端が見えるくらい近くに来ても、何故かいつまでも門まで着かないのだそうです」

「まさか、あなた――」

「ええ、今日は二人でそこへ行ってみようと思っています」

そのときの柑奈は、まさに瞬間湯沸かし器だった。端整な顔は真っ赤に染まり、細い眉は斜め四十度までつり上がったのだ。占いやお呪《まじな》いといったオカルトを嫌悪する彼女は、自治区で有名な「あるはずなのにどうしても辿り着けない幽霊廃校舎の都市伝説」を揚羽が真に受けているのではないかと、本気で疑《うたぐ》ったようだった。

「この私を、そんな子供だましの探検ごっこにわざわざ連れ出したとおっしゃるの⁉」

「いいえ、探検ではありませんし、山城学院の廃校舎に誰も辿り着けないのは超常現象のせいなどではありません。山城学院以外にも、古い第一層には『誰も辿り着けない』といわれるミステリー・スポットがいくつもありますが、たぶん仕掛《タネ》けはどれも同じです」

地図を広げて淡々と歩く揚羽の後を、ふて腐れた顔の柑奈が渋々ついてくる。肩越しに振り向いて覗き見ると、その姿が恐いというよりもどこか可愛らしくて、揚羽はこっそり笑ってしまった。

洗練された第三層や、のどかな雰囲気の第二層とは異なり、自治区で一番古い第一層は極めて道が込み入っている。目的地が第一層にあっても、第一層と第二層の間を何回も行き来してようやく入れる場所も少なくない。おまけに似たような形の工場などが多く、広大な敷地を高い壁で囲まれているので遠くが見通せない上に、大きな回り道も頻繁に強いられる。

並んで歩くのが困難なくらい狭い路地の階段を五回ほど上り下りした頃には、ハイヒールの柑奈は半ば脚を引きずっていた。

大きな通りに出たところでやむを得ず休憩にし、今はもう使われなくなったバス停のベンチに並んで座った。

古いバス停の看板は所々腐食し、蝶たちの格好の餌場になっていた。ベンチも相当に傷んでいたが、柑奈は埃を払うのもそこそこに腰掛けて、むくれてしまった脹《ふく》ら脛《はぎ》を早速揉みほぐしていた。

このバス停では、きっと背後の化学工場の工員たちが、かつて毎日のように乗り降りしていたのだろう。まだ二歳の揚羽も、ここにいると自治区の歩んできた歴史を肌で感じられるような気がした。

「それはなんですの？」

揚羽が地図と一緒に右手で摑んでいる簡易型携帯電話《PHS》を指さし、柑奈が問う。

「これは、今はほとんど使われていない、人工島初期の頃の電話だそうです」

「そんなものを何にお使いになるの？」

「私たちが持っているような最近の電話では、位置情報が偽装されていますから」

訝《いぶか》しそうにする柑奈に肩を寄せて、揚羽は膝《ひざ》の上の地図を指し示した。

電子ペーパーの地図には、六区の全三層の地図が立体映像でクローズ・アップされている。揚羽たちのいる地点は、その映像上に赤い点で示されていた。

「この位置情報は間違いないんですよ。地図も部分的に嘘が混じっています。自治区の位置情報サービスがどうやって私たちの居場所を示しているか、ご存じですよね？」

「複数の赤外線基地局の測位でしょう？」

東京自治区では、電磁波を強力に吸収する蝶型の微細機械群体《マイクロマシン・セル》が無数に飛び交っているので、他の国々のような電磁波を利用したGPSや携帯電話がほぼ使い物にならない。そのため、赤外線通信を高度に進化させた高速通信基地局を自治区中に配置して、携帯電話も位置情報も赤外線通信の基地局による測位でまかなっている。当然、この電子ペーパーの地図や揚羽の携帯電話も同様だ。

「行政局の発行している電子地図では、この赤い点の場所が現在地と表示されています。でもこの旧式電話《PHS》は、古い地域にわずかに残された旧式の電磁波基地局からの微弱な電波をキャッチして、かなり大ざっぱではありますが位置情報を教えてくれます。それによれば、私たちの本当の居場所はこの辺り」

　立体映像の地図に、揚羽は指で大きめの円を描く。縮尺にして半径百メートルほどだ。

「お待ちなさい。それではこの廃工場の中にいることになってしまうのではなくて？」

　柑奈の言うとおり、揚羽の示した場所は後ろの工場跡の敷地とほぼ重なっている。

「そうなんです、おかしなことになりますよね。もちろん、この古い電話機の方を信じる人は、この自治区にはほとんどいらっしゃらないでしょう。きっと、行政局が作った新しい地図と新しい位置情報の方を信じてしまう。だから――」

「行政局が、地図と位置情報を意図的に改竄《かいざん》しているとおっしゃいますの？」

「行政局によって今の地図が作られる前の旧式電話《PHS》を信じるのなら、そういうことになりますね。そして遠目には見えているのに誰も辿り着けないといわれる奇妙な場所《ミステリー・スポット》が、古い第一層にばかりあることにも合点がいきます」

「それであなたは、最初から地図と電話の位置情報のズレている場所をマーキングしていたと、そういうことなのね？」

「ええ。ズレが大きいほど行政局に隠されている場所に近づいていることになりますから」

　脇から大きな溜め息が聞こえた。

「なんとも頼りない作戦に聞こえますわ。それに、そうまでして何故、廃校になった山城学院にお邪魔しなくてはなりませんの？」

　揚羽は少し思案した後、意を決して切り出すことにした。

「少し、迂遠《うえん》なお話になりますが――人間にも人工妖精にも、受け止めるのが難しい現実や事実に直面したとき、心の奥の方へその感情や記憶をしまい込んでしまう機能があります。これは精神の健康を維持するために必要不可欠な心の仕組みですが、あまり過大なストレスとなる記憶や感情は、本人が意識できないくらい深い、無意識の泉の中へ強制的に沈まされることになる。それが記憶か、感情か、その両方かはケース・バイ・ケースですが、無意識下に沈められて本人が忘却してしまっても、その記憶や感情が心の中からなくなるわけではありません。押し入れにしまわれるように見えなくなるだけで、あまりに多くそこへ感情を詰め込んで溢《あふ》れてしまったり、なにか記憶を呼び覚ますきっかけに出くわしたりしたときには、無意識の中で凍り付いて時間の止まっていた当時のままの生々しい情景や感情が、意識の上で一気に蘇ることになる」

「心的外傷後ストレス障害《PTSD》とフラッシュ・バックね。二十世紀には戦場帰りの兵士たちに多く見られたと教わったけれども」

　幻覚やパニック障害、回避行動、自律神経への影響など、症状は様々だが、人が本来持つ精神機構が原因であるだけに、極めて治療の難しい心の病である。戦術の近代化や兵站《へいたん》の効率化とともにこれらの問題が表面化したため、二十一世紀の各国は軍隊における兵士という一人ひとりの人間の扱い方を、根本から見直さなくてはならなくなった。

「元来、心を守るための仕組みです。しかしそれは、記憶や感情をフリーズ・ドライのように新鮮なまま保管し、心の奥の深い場所に小部屋を作って中へ閉じ込めてしまう機能が、人間や人工妖精ならば誰にでも備《そな》わっているということですよね。感情のタイム・カプセルみたいなものです。きっと埋もれたまま忘れ去られてしまうことも多いのでしょう。

　ですが、もしその〝人〟本来の機能を逆手にとって利用し、苦しい現実や辛い感情に限定されず、誰かにとって望ましくない感情や不適切な考えを意識から隔離してしまうことができるのなら、たとえば恐怖を覚えない兵士を育てたり、民衆を品行方正で従順な、為政者にとって理想的な人たちに変えてしまうことだってできるはずです」

「そんなことが許されるはずがありませんわ。それは洗脳《ブレインウォッシュ》でしてよ」

　正義感が強い火気質《ヘリオドール》なら、誰しもそう言うのかもしれない。

「もちろん、今の時代に大っぴらにそんな実験をすることはできないでしょう。でも、たとえば二十世紀以前には、幾度もの戦火の興奮の中で非人道的な人体実験がたびたび行われたと言われています。真偽不明の有名な逸話ですが、第二次大戦《W・W・II》中の欧州では、ユダヤ人を使って精神崩壊を呼び起こす実験が行われていたとも。それは、鏡に向かって『お前は誰だ』と十回程度、毎日繰り返し問いかけさせる、というとても簡単な方法だったのだそうです。

　私の保護者の精神原型師《アーキタイプ・エンジニア》によれば、この種の単純なプロセスの反復は、実際に極めて危険なのだそうです。個人差は大きいものの、人間も人工妖精も自分に対する認識というものは生まれつきで、身体がある限り疑うことはないので、他人を疑うことに比べて実は極めて脆《もろ》くて虚弱なのだと。四本足の屈強な動物でもお腹は柔らかいように、人は自分自身のことを疑うという精神的な負荷に簡単に屈してしまうらしいんです。

こうして人の心を壊したり改変しようとするとき、大事なのは『単純なこと』と『繰り返す』こと。言い換えれば、知能によって意識的に抵抗することを防ぐ。本人に気づかれないまま、極めて動物的に、本能に近い無意識の部分に直接訴えかけるんです。

そして、人間社会はその仕組みを長い歴史の中で自然と獲得し、ある種の集団生活の様式に組み入れています」

語りながら、揚羽は地図の道を指で辿ってみせる。いくつかの角を曲がり、指は元の場所に帰ってきた。

「これも私の保護者の受け売りなのですが、『街』や『都市』という人間が寄り添って住まう場所は、道を歩いているとよく似た路地、よく似た風景、見慣れたご近所の人、通い慣れた学校や職場、習慣的な仕事や授業、そうした人間の生活が空間的に圧縮して極めて効率的に詰め込まれているのですが、これは丁度、先ほどの『単純なこと』と『繰り返す』という二つの条件をぴったりと満たします。つまり、街で生活する人は、街以外の場所で暮らす人よりも大きく、無意識の『心の改変』を受けているんです。

元来、密集した都市部では、人間の誰しも持っている『無自覚で心理的な縄張り《パーソナル・スペース》』を満たし得ません。どうしてもパーソナル・スペースの境界よりも内側に、いつも誰かがいることになり、本来なら誰しも耐えがたい精神的ストレスを蓄積し続けてしまうはずなんです。

でも、自治区や他の先進都市では、とっくに限界を超えているはずのそのストレスに多くの人が気づかないまま、日々を過ごしています。つまり、街という仕組みには、人類が長い歴史の中で自然と、無意識で学んだノウハウがたくさん詰め込まれていて、先ほどの生活ルーチンで攻撃性など都合の悪い感情を住民からある程度分離するように構築されているんです。そういう構造で発展しなければ早々に問題が起きるか、そもそも人が集まりませんので『市街《まち》』にまではなれないのですから。そうして、本能的には不可能なほどの密集生活を可能にしてきたのが、『都市』という生活文化形態の正体です」

「でも、世界には都市化によってむしろ犯罪が増加した地域がありますし、都市型と言われる種類の犯罪の増加の事実なら、それこそ山ほどありましてよ？」

「『割れ窓理論《Broken Windows Theory》』ですね。繰り返しになりますが、本来、人間や人工妖精という存在は、過剰な密集生活が本能的に適さない〝生き物〟なんです。そのため、都市には密集生活で受ける過剰なストレスを無意識下に潜在化させ、自覚させないような仕組みが備わっています。

ですが、密集のストレスが消えてなくなるわけではないので、無意識下に抑圧されたそれは、何かの弾みで屈折しねじ曲がった発散がなされることがある。それが都市型犯罪のひとつの要因になります。

一方、密集のストレスを潜在化させるための仕組みは、先ほど申し上げた人を精神崩壊に追い込む実験のプロセスと極めてよく似ています。つまり、この仕組みはほんの少し変化するだけで、ストレスを無自覚にさせるのとは逆に、積極的に発散させたり、あるいはストレスを無闇に増幅させる仕組みにも、簡単に変貌してしまうということです。

ひとたび犯罪組織の温床となってしまった街を、元の平和な街に戻すことが難しいのは、そもそも街の構造自体が既に、住民のストレスを増幅させて犯罪を助長する仕組みに変わってしまっているからです。街の構造を変えない限り、いくら犯罪者という〝人〟の方だけ排除しても別な住民が新たな犯罪者に変貌します。『割れ窓理論』はこうして現実化するわけです。そして、この東京人工島を建造し、将来にわたる遠大な都市計画を立案した人たちは、この小さな島が今後本土からの感染者を受け入れ続けて膨大な人口を抱えることになることも見越して、初期のうちにごく小さく隔離された空間で過密生活の実験を行うことにしました。それにはもちろん、密集生活を実現するためのストレスの潜在化の仕組みを人工的かつ意図的に、効率的に実現するのが目的です。

もちろん、公《おおやけ》になれば大問題ですから、こっそりやらなくてはならない。行政局の厳しい監督を受けず、住民を周囲の街から隔離し、かつ少々の批判なら受けつけないくらい社会的に望ましいお題目を掲げた施設。それはいったいなんだと思います？」

柑奈は視線を彷徨わせて思案していたが、その時間は長くなかった。

「……全寮制の学業施設ね。それも、人間の学校のように省庁の強い管轄下に置かれない、人工妖精のための学校。それが山城学院の本質だったと、あなたはおっしゃりたいの？」

「ええ。山城学院の創立は五稜郭よりもずっと古く、学院という名前が正式に認められたのも廃校の数年前。それまで、本当の名前はこうだったそうです。

『山城人工文化研究所』。五稜郭の前身と同じ、峨東《がとう》一族の直轄の研究施設です」
　この名前は揚羽も人倫からの資料で初めて知った。そのように正式な名称が忘れられたま
ま、愛称の方が馴染み深くなった施設というものは、今も自治区のあちこちにある。
「そこは生活空間そのものから徹底して計算的に設計され、理想的な情操教育を施すという
名目の下、人工妖精の生徒たちを使って『人工PTSD』の実験が行われていました。
　この実験は十年弱にわたって成功を収め、品行方正で人間の理想に近い人工妖精たちを数
多く社会に送り出しました。そして試作施設《プロト・タイプ》であった山城に続いて一回り規模の大きい実証《テスト・》
施設《タイプ》も建造され、人工PTSD技術と都市生活における情緒制御システムは実用化へ向けて
ひた走りました。
　でも三十年前の山城で、実験の意義を根底から揺るがしかねない大事件が起きたんです」
　ここは上の層にほとんど天井を覆われた第一層ではあるが、わずかに空は見える。道路の
中央では天井から差す一筋の日の光がアスファルトの割れ目を照らしていたが、太陽を雲が
遮ったのか揚羽の目の前で急に力をなくしていった。
「当時はまだ、この人工島が自治区になっていなくて、統治機構も満足に機能せず、無数の
武装勢力が島の至る場所に跋扈《ばっこ》していました。まだ非公式ながら組織化されつつあった
自警団《イエロー》がそれらの排除をしていましたが、厳しい取り締まりで拠点を失った武装組織の一つ
がある日、山城学院を突然襲撃し、学園は完全に乗っ取られてしまったんです」
「……スクール・ジャック？」

「そうです。講師や教務が人質に名乗り出てくれたおかげで、生徒たちは直接の危害には晒されずにすみ、代わりに寮の中に幽閉されることになったのですが、元より全寮制で今の五稜郭よりもさらに閉鎖的だったため、学園の内側で起きている事件に外の人たちはなかなか気がつきませんでした。

この異常な軟禁生活はその後、自警団が事態を把握して突入する三ヶ月後まで続いたのだそうです。そして、彼等が寮の中で見たものは、遺体保存薬の異臭が息も詰まるほどに濃く漂い、廊下も室内も血塗られていて、無残な遺体が無数に転がる凄惨な光景でした。

武装集団は、生徒たちのいる寮には手を出した様子がありませんでした。でも、いつ彼等が襲ってくるともしれないという極度の緊張状態におかれ、しかも狭い寮の中に密集して三ヶ月間も閉じ込められるという異常な状況、生後二歳以下のまだ幼い人工妖精たちにとっては極めて過酷な精神的ストレス環境に、長期間晒されていたのだと思われます。

救出当時、生存していたのは全生徒のわずか三分の一に過ぎなかった」

「まさか、揉め事に留まらず、生徒間で殺し合いをしたとでもいうの？」

「真実はわかりません。自警団が公的機関になるより前の事件で、非公式な記録しか残っていませんし、それだってどんな改竄《かいざん》をされているか分からない。

でも、もし殺し合いがあったのだとすれば、こういう推測はできましょう。

山城ではずっと、生徒たちから攻撃性や反社会性を分離し、そうした感情を無意識下に沈める実験が行われていた。人間の都市と同様、無意識に直接の重い精神的負荷を掛けるため、密集生活の理論を最大限に応用し、学園はあえて複雑な構造になっていた。

　こうして二年の学園生活ですっかり牙を抜かれた幼い人工妖精たちは、人間が望む理想的で品行方正な〝淑女〟として社会に旅立っていく。

　だけど、三十年前の占拠・幽閉事件で山城の矯正プログラムは破綻を来《き》した。それまで生徒たちは、敵意や怒りといった不適切な感情を無意識下に蓄積して沈められていたけれども、強いストレスに晒されたことで忘れ去っていたそれらの感情が意識の上に一気に蘇《よみがえ》り、自分でも理由の分からない生々しい敵意や怒りに身も心も翻弄された。

　それは、一人一人がガソリンの撒かれた干し草になったようなものです。彼女たちの中にはフラッシュ・バックが起きたり、急性のパニック障害になった子もいたでしょう。そうでなくとも、ほんのわずかな疑心暗鬼でも広まれば、彼女たちのぎりぎりの幽閉生活はいつでも敵意と殺意が交錯する地獄絵図と化したはずです」

　午後の下降気流に流されてきたのだろうか、はるばる上の層からやってきた蝶の群れが、先にいた蝶たちに混じって、ベンチや看板、工場門扉の錆が浮いた場所に止まっていく。餌場に横入りをされた蝶たちは羽を微かにふるわせて新参者を威嚇していた。

「でも、それはあなたの推測に過ぎませんわ。あなたはさっきからずっと、裏打ちのある部分と自分の憶測を織り交ぜてお話しなさっているでしょう？」

　今の平和な時代の自治区では想像もつかないぐらい凄惨な話にも、柑奈は平然を装っていたが、顔は明らかに血の気が引いて青ざめている。

「確かに。信憑性については反論の余地がありません。ですが、今のお話を踏まえた上で、これを見てもらいたいんです」

揚羽は、膝の上で広げていた地図を裏返しにした。そこに立体映像で浮かび上がったのは地図ではなく、全体として正五角形になっている大きな施設の見取り図だった。

「柑奈さん、これはどこの図面だと思いますか？」

「どこって、私たちの学園ではありませんの？　どうみても五稜郭ですわ。生徒手帳の見取り図とほとんど同じですもの」

そうだ。目を眇《すが》めて神経質に探せば少々の違いは見つかるが、ほとんど変わらない。

「実はこれ、山城学院の見取り図なんです。三十年以上前のものですが」

「山城は姉妹校ですわ。構造が似ているぐらい、別におかしなことではないでしょうに」

「そうですね。でも、廊下の装飾や改札の配置、諸処に飾られた絵画やレリーフまでまったく同じにする必要が、どうして、どこにあったのでしょうか」

訝《いぶか》しそうにしていた柑奈は、突然はっとなって目を見開いていた。

「五稜郭は三十年前に改装と改築をしていますわ。山城に似せて五稜郭を建設したのではなく、廃校になった山城の代わりに、もうすでにあった五稜郭を山城そっくりに造り替えたのですわね？」

「ええ、おそらく。ある程度、実験が成功を収めていた試作施設《プロト・タイプ》の構造を、実証施設《テスト・タイプ》実験施設の五稜郭に移築したんです。もちろん、山城で行われていた実験を継続するためです」

震える柑奈の手が、揚羽の肩を強く摑んで揺さぶる。

「お待ちなさい！　それでは、私たちはもうとっくに――！」

興奮する柑奈の手に自分の手を重ね、落ち着かせながら揚羽は話を続ける。

「何かおかしいと、あなたも思ったことがあるのではありませんか、柑奈さん。五稜郭は『お嬢様量産施設』と呼ばれるほど、生まれて間もない人工妖精たちを次から次へと効率よく立派な淑女に仕立て上げていく。全寮制で厳しい規則は多々あるけれども、それも決して強権的ではないし、他の学校に比べて特別恐ろしい罰則があるわけではありません。それなのに、生徒たちは多くが粛々として素直で、純粋で、真面目で、どこに出しても恥ずかしくない立派な人工妖精に育っていく。

　多くの人は『学園の校風』という曖昧な一言で片付けるけれども、実際に今、中で過ごしている私たちだからこそわかるはず。五稜郭には、まだ右も左も知らない幼い人工妖精たちの意識から攻撃性や敵意を抜き取って凍結し、無意識下に分離する構造が組み込まれているんです。だから、生徒たちはよほどの跳ねっ返りでも卒業までにはすっかり品行方正になって社会へ出て行くことになる。

　当然、私も、あなたも――柑奈さんも、この二年間の学園生活で、知らぬ間に無意識の中に『感情の冷蔵庫』のようなものが作られていて、どうしようもない憤りや憎悪などが今もどんどん蓄積している。

　生徒たちの心は、とっくに二つに分裂してしまっているんです。きっと、今こうしてお話をしている私の意識だって、人工的に不自然に、都合の悪い感情を分離して取り除かれた、出し殻のような残り粕《かす》でしかないのでしょう」

柑奈は、揚羽の肩に置いた手に額を乗せてそのまま俯《うつむ》いてしまった。丸すぎず角張りすぎもしない彼女の美しい肩のラインが、今は微かに震えている。

「お願い……見ないで……」

「……はい」

やがて、啜《すす》り泣く音が小さくなって、肩の震えも収まり始めた。

「……講師《せんせい》方は、そのことをご存じなの？」

「おそらくは、何も知らされていないでしょう。今の講師の皆様は、三十年前の山城学院生徒の編入より後にいらした方ばかりですから。改札や一方通行みたいな、変わった仕組みの多い学園、程度の認識でいらっしゃるはずです」

「……いったい、なんのためにこんな酷いことを？」

「それはもちろん、短期的にはより人間から見て望ましい人格に、人工妖精を加工するカリキュラムを洗練させるためでしょう。長期的には、人口の過密化する都市部で治安を維持し、民衆が健やかに暮らせるよう、将来の都市計画に実験の成果を組み込むつもりのはずです」

「……人の……人工妖精《フィギュア》の、心の中を惨めに踏み荒らしてでも？」

「過密化が進めば、今は自然に機能している都市の沈静化構造だけでは対応できなくなることは必然です。そのとき暴動や騒乱で多くの犠牲を生むくらいなら、今のうちから無意識下への感情の分離の仕組みを実用化し、より効率的な沈静化作用を未来の都市計画に組み込んでいくしかない、そう考える人間の方がいらしても不思議ではないと、私は思います」

「……でも、一体誰が、そんな恐ろしいことを企むのかしら？」

「わかりません。政治的権力と資金、どちらもとても強力な組織でなければ、これほどの大きな実験を継続することはできないはずですが、彼等は学園の運営には決して顔を出しませんから、尻尾がなかなか摑めません。でも、学園の内部で実験への適宜な介入を行っている現場責任者はいるはずです。万が一、山城のように人工ＰＴＳＤの機能が壊滅的に働いてしまったら目も当てられませんから丁寧な管理は必要ですし、生徒たちに直に触れて実験の経過を見守る観察者としての立場も不可欠ですから。

　おそらく、今回のＮＦ選挙もその管理者の策謀です。不自然な候補者の連続辞退、それに候補者本人である私や柑奈さんにも制御不能な、生徒たちの興奮と結集。生徒たちの集団単位の心の中の正・負の感情を自在に仕舞ったり、引き出したりできる管理者なら、特定の集団活動を無意識下から焚き付けたり、逆に沈静化させたりすることもできるはずです」

「……それが誰なのか見極めるために、私に三十年前の学生名簿を持ってこさせたのね？」

「はい……。山城から編入された生徒たちの中に、関係者が必ずいるはずです。もう電子的には抹消されていますが、山城の学園跡まで行けばきっと紙の名簿が残っているでしょうから、照らし合わせて編入生の名前がわかるのではないかと。他に手がかりも少ないので、やむを得ずあなたを巻き込んでしまったことは、申し訳なく思います」

「いいわ。私は黙って何かをコソコソされるのが一番嫌いでしてよ」

その声は、だいぶいつもの調子にもどってきているように聞こえた。

「お化粧を直してきます。ここでお待ちになっていらして。戻ったらすぐに行きましょう」

柑奈は立ち上がってからそう言い残し、揚羽に背を向けて路地の角の方へ歩いて行った。

意地でも他人に泣き顔を見られたくないらしい。確かに、いつも毅然と振る舞い、生徒たちの尊敬と憧憬の視線を集める彼女には、悲しみに暮れる顔は似合わない。

それでも、彼女が自分の前で生徒会長のヴェールを脱ぎ、生の感情を見せてくれたことに言いようのない気持ちが込み上げてくるのは、自分が卑しいからだろうか。

「胸襟《きょうきん》を開く、か」

どうしても秘密の多くなる稼業をしている揚羽には、今までなかなか実感が得られなかった言葉である。熱くなった胸に手を当てると、微かに残った柑奈の体温と自分の体温が混じり合っているような気がした。

正午すぎの日没になったようで、弱くなった日の光の代わりに、道々の街灯が順番に灯っていく。それはまるで、街が薄闇の中へ揚羽を誘い込もうとしているかのように見えた。

桜麗祭まで、あと三日。NF選挙は二日間の日程の最後にある。

＊

今年の桜麗祭《おうれい》は、生徒たちの願いが通じたのか、桜が満開になる頃と丁度重なった。祭りの名に相応《ふさわ》しく、染井吉野の桜色で学園中が華やかに彩られたのである。

一方で天気は芳《かんば》しくなく、懸念されていたとおりに一日目は生憎《あいにく》の小雨模様で、せっかくの桜の花弁もしっとりとおとなしく湿ってしまった。

しかし、雨で一日目のうちに散ってしまうのではと心配されていた桜は、打って変わって晴天となった二日目でここぞとばかりにほの暖かい春風に乗せて見事な花吹雪を学園中に降らせ、ゆっくりと舞い降りる桜の花弁に七色の構造色が甘く絡みつく光景は、住み慣れた在学生たちすらもいつもの廊下でついうっとりと目を細めてしまうほどに魅惑的だった。

一方で揚羽《あげは》の方はといえば、二日前の桜麗祭前日にまで時は遡《さかのぼ》る。

この日、普段はあまり馴染みのないクラスメイトたちになにかともてはやされ続けた挙げ句、「揚羽出立祝い&戦勝祈願パーティ」まで盛大に催され、クライマックスに「帰りません勝つまでは」的な空気で豪勢に教室から送り出されてしまった直後、狡猾にも待ち構えていた雪柳麾下《ゆきやなぎきか》の「拉致専門特殊工作班」によって捕縛されて連れ去られ（素人とは思えない見事な手際であった）、余すところ桜麗祭二日間のみとなった選挙の最終戦に、揚羽は捨て鉢気味に専従せざるを得なくなった。

いよいよ明日から桜麗祭、選挙本番の間際となったこの期に至り、雪柳たち選挙対策本部の領袖《りょうしゅう》たちが打ち立てた秘策は、「黒ネズミ・マスコット作戦《プロジェクト・ブラック・マウス・D》」である。

古くは二十世紀から二十一世紀にかけて、黒いネズミのマスコットが圧倒的な人気を博し、中華街並みの繁殖力で世界中の様々な一等地が黒ネズミの巨大テーマ・パークによって侵略され、連日の大盛況で賑《にぎ》わったという故事になぞらえている、らしい。

このテーマ・パークでは、黒いネズミのマスコットがいつも隅々まで練り歩き、来場者たちを歓迎して大変喜ばれていた。しかし広大な敷地の中をたった一人で歩き回っていては、それに出会えるのがごく一部の幸運な客だけになってしまう。そこでこのテーマ・パークは、黒ネズミのマスコットをパーク内に同時に複数配置し、しかもその移動順序を正確に計画しておくことで、決して同じマスコット同士が鉢合わせて客を落胆させないように周到に配慮していた。

揚羽の応援団は先人の知恵を生かし、これを踏襲《とうしゅう》することにしたのである。

すなわち、増えに増えて総勢八十人以上となっていた応援団の実効戦力を師団∨旅団∨連隊∨(中略)∨小隊∨分隊と無駄にきめ細かく編成し、各分隊が同時に複数の場所で、揚羽を先頭にして投票を呼びかけるパレードをするのである。

もちろん本物の揚羽は一人しかいないので、多くは代わり身を立てる。パレード同士が鉢合わせて影武者が発覚しないよう、各班の行程順序、時刻は、モノレールしかない自治区において随一の都市電鉄マニアを自称する雪柳の友人の無駄極まる才能によって完璧な運行図表《ダイヤグラム》が作成され、風気質《マカライト》の少女たち秘蔵のPHSで常時緊密に連携してプランを実施することになった。

平均より少し小柄な揚羽に合わせて同程度の背丈の生徒が影武者要員として選抜され、パレードと選挙本番用の衣装もその人数分作成されていた。本物も影武者も顔を黒いヴェールで覆い隠してしまうので、確かにそうそう見分けはつかない。

しかし自分への投票を呼びかけるのに顔を隠していたのでは本末転倒ではないか、と揚羽が疑問を呈すると、その点は既に三月の頃からとっくに手を打っているのだという。

首を傾げる揚羽が連れて行かれたのは被服室で、そこには裁縫部の一年生たち（装備班）入魂の衣装がマネキンに飾られていた。

それを見た瞬間に揚羽の中で巻き起こった複雑な感情の渦動は筆舌に尽くしがたい。

黒のパフスリーブが上品に膨らんだブラウスに、ボトムは膝上のミニスカート、レースが縫い込まれた手袋《グローブ》、わずかに生足を晒す絶妙な丈のニーソックス。それらすべて、艶めく真っ黒なフェイク・シルクの生地でできていて、全身に華美なまでに豪華なフリルとレースがあしらわれている。

確かに、四等級認定予定の揚羽が着られる服の色は限られている。どうしても地味な色しかないのなら、いっそ真っ黒にしてしまえ、という発想は理解できなくはない。

「いかがですか、揚羽様！　テーマは『黒い小悪魔風シンデレラ』です！」

と、なにやら達成感でいっぱいの笑顔を振りまいてくれたのは、エプロン姿の一年生である。目の下の濃い隈《くま》が、彼女の連日連夜の突貫作業の苦労を偲《しの》ばせる。

「百歩……いえ、万歩ぐらい譲って、素晴らしいドレスだとは思いますが……ひとつ、ふたつ、気になって仕方ないのですけれども………この銀のカチューシャと革のコルセットについている、耳と尻尾のようなものは何です？」

「ネコミミとネコの尻尾です！」

見れば分かる。そうではなくて、なぜそんなものが衣装《ドレス》に必要なのかわからないのである。

押し寄せる現実の斜め上ぶりに気の遠くなるような思いの揚羽に、雪柳が選挙のポスターを広げてみせる。そこには揚羽が目の前のドレスとそっくりな衣装を纏《まと》った姿が映っている。

無論、隠し撮りの上に肖像権無視の合成写真である。

「このポスターは先月から一年生の通用路に貼り出していて、今週より徐々に二年生のお姉様の通用路にも掲示を開始しています。チラシにも同じ写真をお載せして大量に配布していますので、『揚羽様といえばネコミミにネコの尻尾』という刷り込み《インプリンティング》がほぼ全学生徒に完了しています。つまりヴェールでお顔をお隠しになっていても、同じドレスを着てネコミミとネコの尻尾さえ着けていれば皆お姉様《エルダー》だと思い込むように学園中がなっているのです！」

雪柳が誇らしげに胸を張っている。

「しかし……黒ネズミ作戦なのに、なにゆえネコ？」

「薄汚い黒ネズミなんかより憎めない黒ネコの方がずっと可愛いです！」

二十世紀から二十一世紀を股に掛けた流行と価値観を全否定して、それ以外の時代なら極めて常識的なセンスで雪柳は断言した。

「なるほど、それは確かに……」

顎《あご》に指を掛けてさも感心したように何度も頷いて見せ、彼女たちを油断させた後、揚羽は一瞬で踵《きびす》を返して床を蹴り、被服室の外へ全速力で逃亡した。

黒いネコ耳でおなじみ
詩藤之揚羽
NF選挙に清き一票を！
生徒会の横暴を許さない、名状しがたき黒い新星！
揚羽様公式ファンクラブはただいま会員募集中！　入会無料です！
今なら入会特典として特製ピンナップ・カード3枚がもれなくもらえる！
お友達を誘うとさらに5枚、お友達が新たに別なお友達を誘うとまた5枚ゲット！
金のレアカード3種あるいは銀のレアカード5種で秘密の隠し撮りSレアカードと交換！
その他、歴代NFのシークレットカードが盛りだくさん！　迷宮「五稜郭」の奥に潜む悪魔の執行部カードを倒すのだ
カードを育てて選挙に挑め！
※ このカードはフィクションであり、実在の執行部および実在の執行部員とはたぶん関係がありません。
- 1 -

その場の皆が唖然とする中、雪柳だけは落ち着いて他のメンバーにPHSで指示を出す。

「予定通りお姉様《エルダー》が脱走した。第八分隊と第九分隊は第二校舎の渡り廊下を封鎖、他の分隊は各個に追撃せよ。相手は水気質《アクアマリン》とはいえ学内の隠しルートを熟知した二年生だ、決して油断せず、着実に追い詰めよ！」

そんな熟練のハンターのような命令を背筋の凍る背中で聞きながら、揚羽は半泣きで廊下を疾走する。

もはや何のために走って何のためにここにいて何のために逃げていたのか、揚羽自身も分からなくなり始めた十五分ほど後の三階廊下で、揚羽はついに完全に包囲された。

「そんなヒラヒラいっぱいの豪華なドレスで、おまけにネコミミなんて、地味で根暗《ネクラ》な私に似合うわけないじゃないですか！　嫌！　お願いだからそれを着るのだけは許して！」

「そんなことないですよ、お姉様《エルダー》はご自分でお気づきになっていらっしゃらないだけで、本当は可憐でお美しいです」

「嘘！　嫌なの！　絶対みんな笑うんだから！　あなたたちだって絶対大笑いするに決まってるもの！　ぜったい嫌！」

「それコミでウケを取るのも作戦のうちです」

「笑うつもりだって認めた!?」

「嫌よ嫌よも好きのうち。一斉にかかれ！　そして引っぱがせ、下着まで！」

――と、無数の手が伸びてきた瞬間を最後に、揚羽の記憶は完全に途絶えている。

次に気がついたときには既に例のドレスを着せられていて、ヴェールを被り幾人かの生徒を引き連れて、学園内のどこかの廊下を歩いていた。揚羽の風変わりな艶姿に見とれている生徒は決して少なくなかったのだが、揚羽個人としては痛々しい好奇の視線の方が強く印象に残っている。

そのときは、「ああ、これもある意味で人工ＰＴＳＤか」などと感慨深く貴重な実体験に恵まれた自分の不幸に涙ぐんでしまった。

――これが桜麗祭の前夜、徹夜作業もちらほら見かける夜の学園内で行われた選挙戦リハーサルの大まかな全貌である。

翌日、桜麗祭初日の小雨のぱらつく中で行われた開催式から、二日目の午後までの間、揚羽は雪柳たち応援団に言われるまま素直に従った。淑女を偽装《よそお》って学園中を練り歩き、時に励ます声援に応え、時には興奮した生徒に手を握られ、ヴェールをしたままではあるが記念撮影も何度か頼まれた。

雪柳たちは、揚羽が完全に観念して腹を括《くく》り、選挙に向けて決意を固めたものと、そう思い込んだことだろう。

揚羽としても、やり方はともかくとして、雪柳たちの気持ちはとても嬉しかったし、それ以外の生徒たちからも応援の声が少なからず飛んできたことに、驚きとともに込み上げてくる不思議な気持ちで胸がいっぱいになった。

だから、可能であれば雪柳たちの応援してくれる夢を叶えてみたいと、本気で思っていたのだ。ドレスとそのオプションについては、もう掻《か》いてしまった恥であるし、恥喰らわば皿まで、のような開き直りもあった。新聞部の調査によれば、選挙の趨勢《すうせい》は桜麗祭前日の時点において、六対四で柑奈《カンナ》の率いる生徒会に対してやや揚羽側が不利、しかし雪柳たちの作戦が功を奏し、だいぶ盛り返した感触も得たので、勝機も十分に見えていた。

それでも――揚羽が雪柳たちを裏切ることになってしまったのは、揚羽にとってより優先すべき責務が、大事な選挙本番のその時間になって降って湧いたからに過ぎない。

二日目の午後四時過ぎ。選挙直前の最後のお願いに全員が奔走している最中だった。理科準備室で休憩を取っているとき、わずかに赤外線通信を掴むことができた携帯電話で、揚羽は行政局気象課の発表している天気予報を見ていた。

――澄んだ夕焼けが美しく映えるものの、第二層と第一層には下向きの強風が発生する模様。強風注意報。

それは、ここ数日ずっとうかがっていた機会《チャンス》がこれからようやく訪れることを示していた。迷わなかったといえば嘘になる、というありふれた言葉が、今の揚羽には嘘になる。むしろ、普通の人なら迷うのだろうかと、煩悶のない自分に違和感を覚えた。

近くまで来ていた別の分隊グループの影武者と休憩時間に鉢合わせたとき、脚が浮腫《むく》んで辛《つら》いので、班《グループ》を交代して欲しいと頼んだ。揚羽を案じた彼女は快《こころよ》く承諾《しょうだく》してくれて、こっそり揚羽のいたグループに紛《まぎ》れ込み、そのまま次のパレードに出かけてくれた。

一方、彼女の元々の班のメンバーは、彼女がまだ準備室の中で休憩しているものと信じていたが、予定の時間になってドアを開けたときには誰の姿もなかった。

　このとき、学内には揚羽の他に六人の影武者がいたが、報告を受けた雪柳たち選挙本部は、揚羽ではなく影武者の一人がなんらかの理由で脱落したと考えたはずだ。それでひと班を欠いたまま、残りの班にはそのまま予定通りに最後の選挙活動を続けさせた。

　本部が揚羽の失踪に気づいたのは、桜麗祭の二日目も終わりに近づき、いよいよN《ノーブル・フローレンス》F選挙の行われる後夜祭会場に人が集まり始めてからだったかもしれない。

　その頃、当の揚羽は人気のない鐘楼塔の前にいた。

　きっと今ごろ雪柳たち応援団は上を下への大騒ぎになっているのだろうと思うと、申し訳ない気持ちは後から後から湧いてくるものの、他に自分らしい選択肢があったのかと自問すればそんなものは見当たらない。

　たまたま、青色機関《BRUE》としての仕事が今日のこの時間でなくてはいけなかった、それだけのことで、優先順位を考えれば迷いは生まれない。NF選挙とダブル・ブッキングしてしまったのは、それこそ天の配剤以外の何物でもない。

　古風な煉瓦造り風の鐘楼塔の中へ入り、昇降機《エレベーター》で屋上の一つ前の最上階へ向かう。

　レトロな昇降機が停止して、戸から出るとすぐそこに入り口のドアがあり、一旦はそのノブに手を掛けたのだが、ドアの脇についているコインの投入口に気がついて、以前受け取った銀色のコインをそこへ入れた。

　やがて、どんな仕組みになっているのかチャイムが鳴り、しばらくして開けられたドアから、眼鏡を掛けた燕貴《つばき》が姿を現す。

「やあ、すっかり待ちくたびれて、読書にふけっていたよ」

いつもの矢絣《やがすり》柄の振り袖に、藍染めの袴《はかま》姿。爽《さわ》やかな笑顔で小さく首を傾げ、それに揺らされた右の髪留めの鈴が、澄んだ音色を屋内に響かせる。

ドアの隙間から見える第二生徒指導室はすっきりと整頓されていて、いつでも悩みを抱えた生徒たちを迎え入れる準備ができているようだった。

「上へ行こうか。少し大変な相談をされたときは、屋上庭園《セミラミス》へ招くことにしているんだ」

そういって、燕貴はいったん部屋の中へ戻り眼鏡を置いて、代わりに漆《うるし》塗りの鞘に収められた刀を腰に佩《は》いてから戻ってきた。確か、居合いの模範演技を見せるために彼女が時折持ち歩いている私物で、模造刀ではなく青竹でも真っ二つにする真剣だ。

「君の方はその格好で？　ずいぶん可愛らしいね」

気さくな言葉で受けた不意打ちに、揚羽はつい緊張が解けて顔を赤くしてしまう。

「これはその……雪柳たちが」

「よく似合っているよ。まるで夜空から滴《したた》る月の雫《しずく》から生まれた妖精《セレネ》みたいだ」

燕貴はそう追い打ちしてなおも揚羽をからかったが、互いに続く言葉はなく、ここで相見《あいまみ》えた意味が、肌で感じるくらい重い空気に残されただけだった。

「……行こうか」

「はい」

燕貴の後について、エレベーター脇の階段を上る。暗い階段だったが、突き当たりの戸を燕貴が開けると、別世界のような光景に繋がっていた。

　鐘楼塔の屋上は一面に草木が溢れ、無数の花々が甘い香りを漂わせている。四方の端には柵代わりのロープが張られているのみで、遠くの町並みまで見渡せる。

　苔《こけ》が美しく生《む》した岩や青々とした芝生に囲まれた中央部は、一段低い溜め池のようになっていて、数センチほど薄く水が張られている。その池の中心の小島には巨大な染井吉野《さくら》の大樹が根を張っていて、見上げると美しい無数の花弁を纏った枝々《えだえだ》が空の半分もの広さを覆っていた。

　風は上から微かに吹き下ろしていて、草花たちを揺らしている。だが、まだその勢いは弱い。揚羽がここへ来るのが少し、早すぎたのだろう。

「実はね――」

　躊躇《ちゅうちょ》なく薄い水の中へ足を踏み入れ、ブーツでいくつもの波紋を描きながら、燕貴は揚羽とは対角線上の位置にまでゆっくりと歩いていった。

「君ならわかってくれるんじゃないかと、そんな風に思っていたんだ。確かに、胸を張って続けていられるようなことじゃない。それでも誰かがその役割を負わなくてはいけないのならば、君だけは理解してくれるのではないか、とね。

　だから君と共謀した柑奈君の動向にも見て見ぬふりをしていたし、山城の学院跡に二人で立ち入ったのも見逃した。

一応、予防線として、君との力量差を授業の時にはっきりさせておいたしね。僕のしていることにもし賛同できなくても、君には手出しできない、そういうメッセージのつもりでね。銀貨《チケット》も警告のつもりだった。だから、がっかりしているのが半分。

だけど残りの半分は、君のことを見損《みそこ》なったよ。心底、ね」

腰に佩《は》いた刀の鯉口《こいぐち》に左手を掛け、飄々《ひょうひょう》としながらも油断のない足取りで、燕貴は桜の樹を中心に円を描くように歩む。

表情とは裏腹に、わずかでも彼女の間合いに踏み込もうなら一瞬で真っ二つにされそうなほど、刺々《とげとげ》しい気配を感じる。揚羽も互いの間合いを保つよう、桜の樹を中心として同じ右回りで歩いた。

「まさか、僕との決着を言い訳にして、NF選挙から逃避するなんて、ね。自分の運命から逃げるだけでも唾棄《だき》されるべきだが、君を心から信じて集《つど》った多くの子たちを裏切ったのは、もはや人として許されぬ、卑しき非道だよ。

君のことを目的が共有できる仲間かもしれないと見誤った僕自身が許せない、そう思うくらい、君には落胆させられた」

白い歯の覗く口元の爽やかな笑みは変わらないが、目はいつか感じた猛禽《もうきん》類のようなどう猛な色を湛《たた》えている。視線を通して彼女の抑えがたい憎悪——生理的な嫌悪感なのかもしれない——が伝わってくる。

「それは誤解です。あなたに勝てる見込みのある時間が、たまたま今日、今このときにだけ訪れたから、というだけですよ」

「君が、僕に勝てる？　面白いことを言うね。授業のとき、身体で教えてあげたはずだけれども、足りなかったかな？　まさかあれが僕の全力だと誤解しているわけではないよね？　もしそうなら、君はこれからかつてない絶望を味わうことになると予言しておくよ」

「いいえ。あなたは私よりずっと強い。それは揺るがない事実です」

「相手の方が強いのに、君は勝てると言う。まったくもって君の言葉は……いや、言葉だけでなく、君はそこかしこがどこも奇妙だ。異常だといってもいい。

　せめて僕の教えたとおり、刀よりも長い武器を携《たずさ》えてくるべきだったのに、そんな様子もない。君はどこまで僕という相手を軽んじているんだい？」

　夕暮れの紅い日差しが燕貴を照らしている。それはまるで、彼女の憤怒が目に見える炎になって燃えさかっているかのようだった。

「私は確かに普通ではありません、悪い意味で。でもあなただって、誰が見ても異常を来《きた》している。周りの人は、あなたの狂気に気がついていないだけです。そうでしょう？

　殺人犯の連続殺人犯、こんな異常な人には、私も他に出会ったことがありません」

　まるで、互いの背中を追って戯《たわむ》れる恋人同士がそうするように、桜の樹を挟んで二人はゆっくりと周りを歩き続ける。

「……続けてごらん？」

　不敵な笑みを浮かべて、燕貴は揚羽に先を促《うなが》す。

「この学園ではずっと昔から、密かにある実験が行われていました。建物の構造、距離感を見誤る廊下、生理的な影響を考慮した絵画の配置、その他多くのノウハウを利用して心に負荷《ストレス》を掛けることで、生徒たちをいつも暗示にかかりやすい状態にしておく。そのような状況下で長い時間を過ごすと、生徒たちの無意識下に自覚が不可能な閉じた箱のような領域ができる。敵意、怒り、攻撃性、憎悪。そうした人間にとって好ましからざる感情を、その箱にどんどん閉じ込めて意識させなくする。こうして、人工のPTSDを――」

「その呼称は不適切だな。確かに、心が本来持つ同じ仕組みを利用してはいるが、これは心的外傷後ストレス障害《PTSD》とは区別されるべきだ。僕たちは『感情のパッケージ化』と呼んでいるよ」

「パッケージですか……フリーズ・ドライや真空密封、缶詰《かんづ》め、色々呼び方はあると思いますが、ではひとまずパッケージするということにしておきましょう。

感情をパッケージする仕組みを、知らない間に組み込まれた生徒たちは、無自覚なうちに自分の中の抑えがたい感情を片っ端からそのパッケージへ放り込んでしまうようになる。禁止薬物と同じで依存性が強く、望ましくない感情をなかったことにするのに慣れてしまう。

でも、意識から消えてしまうほど完全に抑圧されてしまった感情は、いつまでも生々しいままで保存される。なにかの拍子にそれが蘇《よみがえ》り――意識に上ってきたなら、それはもう、その感情が発生した理由とは時間的に結びついていませんから、本人にはどうやっても処理できない急激な衝動として発現し、極めて危険な行動や急性の疾患を引き起こすことになる」

「フラッシュ・バックなどはあるかもしれないね。しかし、君の言ったとおりならこの学園の卒業生の全員がそうした『心の爆弾』を抱えていることになる。だとすれば、五稜郭の生徒はとっくに大半が罪を犯すか狂って人倫に処分されているはずだ。この三十年間、そうした問題は表面化せず、むしろ五稜郭は優れた人工妖精《フィギュア》を輩出する学園として名を馳せている。矛盾していないかい？」

「そうですね、多くの人が心の爆弾を爆発させずに済んでいるのは、その爆弾をかき集めて誰かに押しつけているからです」

「君もさっきPTSDを引き合いに出したように、感情のパッケージ化はあくまでその個人の心の中で起きる現象だ。それが他人に移るなんて、テレパシーだとでもいうのかい？」

「人間の実社会で、文化的に証明されていることです。たとえば地元のスポーツ・チームが輝かしい成績を収める、妬《ねた》ましかった誰かが裁かれたり罰を受ける、あるいは極悪非道な犯罪者が自分に代わって社会の理不尽を犯罪で立証する。そういう事態を目撃したとき、人間は自分のことではないのに何故か強い解放的快感《カタルシス》を感じるんです。

　これは一種の〝感情転移《transference》〟です。カタルシスだけでなく、怒りや憎しみも別な誰かの行為によって代わりに消費されることがある。そして、そうした心の機能は当然、人間を模して造られた人工妖精《フィギュア》にも備わっています。

　先ほど『感情のパッケージ化』とおっしゃっていたのは嘘なのでしょう？　本当はこう呼

んでいたのではないですか、『感情の伝送単位化《パケット》』と」

燕貴の笑みは、少しずつ乾き始めている。

「……口で言うだけなら、簡単だよ」

「ええ。ですから実際にやってみた。実験のために山城学院を創立し、山城学院が三十年前の事件で廃校になると、そのまま予備の五稜郭に施設を移設して実証実験を始めて、今に至るのでしょう。『感情のパッケージ化』だけなら二十世紀には一部のオカルト・マニアが嘯《うそぶ》いていましたし、二十一世紀には精神医学的にもそれに近い実験がされている。

あなたたちが目指していたのはそんな手垢《てあか》のついた事実よりもさらに先、『感情の伝送単位化《パケット》』による人工転移の実用化です」

「つまり……君は、人工妖精《フィギュア》たちの間で心の爆弾が無意識のうちにやりとりされていたはずだと、そういうのかい？」

「この学園の建物は極めて複雑ですので普通には気づきえないのですが、簡易化して紐解《ひもと》いてみると、いくつもの渦巻きが重なったような構造になっている。

学園の入り組んだ見取り図を見ていては永遠に気がつきません。でも、風気質《マカライト》の生徒たちは、何代も掛けて学園中の改札や通路という通路、教室という教室を記号化することで単純化し、独自の理解を深めてきました。説明されなければただの記号の羅列にしか見えないのですが、彼女たちに教えてもらいながらじっくりと読み解いていけば、学園の中の生徒の流れが、意図的に渦巻き状にされていることが分かってくる」

「それの何が、問題なんだい？」

「噂が尾ひれを生やして大きくなるための条件は二つあります。

一つは、噂の発信源に噂が戻ってこないこと。発信源の人が噂を聞きつければ、伝言の過程で誇張が混ざっていることに気づいて修正されてしまうからです。

もう一つは、そうして大きく一回りしてきた噂が、既に発信源の人にもわからないくらい別な何かに変質してしまっていることです。すると、発信源の人は情報の修正ができないまま、自分も尾ひれを増やす誇張・伝達者となってしまう。こうして噂は一人歩きを始め、また誇張を増やしながらなんども周回し、どこまでも膨《ふく》れあがっていくことになる。

この学園の至る場所にある改札とそれによる一方通行は、それを封鎖したり開いたりするだけで、自由に噂を誇張のスパイラルで膨らませたり、逆に跡形もなく消し去ってしまうことを可能にしている。

たとえば、特定の集団を焚き付けて、名もない平凡な生徒を学園の誉れであるＮＦの候補に仕立て上げたり、逆に有力な候補を辞退に追い込むこともできるんです」

「なるほど。だけど、その仕組みは卒業してしまった人工妖精には適用されないよ」

「この実験の長期的な目標の一つは、人間の社会にも活用することのはず。学園サイズなら物理的に箱庭を作ることもできますが、自治区のような規模の街になると都市計画もそうそう絶対的に管理は出来ない。でも、ネットのオンラインなら違う。

卒業生同士のメール、チャット、ソーシャル・ネットワーク、その他のオンライン上の様々な交流手段。そうしたものに関与できる中心人物なら、学園の外にいる彼女たちのパッケージされた心を、必要に応じて移し替えることもできるかもしれません。たとえば、学園で生徒の悩み相談を受け付けている相談室の講師なら、卒業後に問題を起こしそうな生徒をあらかじめ見繕《みつくろ》うことも可能でしょう」

燕貴は歩みを止めないまま、大きく溜め息をつきながら、鈴がついた前髪を撫でていた。

「恐れ入った……。人倫がバックにいるとは言え、要所要所は君自身の考察だね？　たいしたものだ。僕のときは教えられるまでパケット化までは気づかなかったのにね」

それから手を刀の鯉口に戻し、再び揚羽を見据える。

「では、なぜ僕が怪しいと思ったのかな？」

殺気の中に時おり挟まる無防備な仕草に釣られて、つい気を抜いてしまいそうになるが、刹那の後にやってくる眼光は、やはり一分の隙も許さない気迫がこもっている。

「まず、事件の関係者の卒業年度からして、怪しいのは三十年前、山城学院生徒の編入前後に学園へ来た人。これで講師の大半は省かれます。そうなるとあとは、以前から五稜郭にいた人を仮に除けば、山城から当時やってきた講師か生徒になるのですが、山城で起きた殺し合いの事件の記録によれば、生徒は三分の一ほどしか生き残れなかった。

五稜郭の当時の名簿は、編入した生徒がわからないようカモフラージュされていたので、すぐにピンときました。偽装が生徒のプライバシーを守るためという建前だったとしても、このとき経歴を詐称した人がいたとしたら、もう正規の記録からは追えなくなる。

あとは、山城に古い名簿が残っていれば、五稜郭のそれと照らし合わせて齟齬《そご》のある人物が浮かび上がってくるんです」

もちろん、そこに至るまでは危うい推理の連続であったが、わざわざ経歴を詐称している人物までわかったのなら、他の人物の可能性はぐっと低くなる。

「一応、聞いておこうか。そのとき君と一緒に名簿の照合に立ち会っただろう柑奈君は、その人のことを知っているのかい？」

「安心なさってください。気づいたのは私だけです」

「無謀だが賢明だね。君に続いて、彼女の口まで封じなければいけなかったら、僕も辛《つら》いところだった」

燕貴はさらりと、柑奈への殺意まで肯定した。

「三条之《みすじ》燕貴《つばき》という人は、三十年前の山城学院に確かに実在していました。でも、今のあなたとは似ても似つかない。背丈はもっと低くて、髪の色も違う、その他の身体的特徴も差異のある点が多すぎます。

山城で生き残って保護された生徒の中に、あなたに該当する人物は存在しなかった。でも、自警団《イエロー》に保護された人の他にも一人だけ生き残った生徒がいました。

凄惨で猟奇的な様相を呈していた寮の中で、肉切り包丁を手にして立ちすくんでいた人工妖精。彼女だけは自警団ではなく、峨東《がとう》流派の精神原型師《アーキタイプ・エンジニア》によって〝回収〟され、その後の消息がわからない。

彼女の名前は、山河之桜花《さんがおうか》。彼女は当時の人工妖精《フィギュア》には珍しくなかった重度の身体不良を抱えていて、生まれつき弱視、そして極度の動体視障害——脳の故障で動くものを一切認識することが出来ない。

当時はまだ人工妖精の製造技術が洗練されていなくて、いわゆる〝歩留まり〟が悪く、治癒の困難な故障を抱えたまま世に送り出された個体がたくさんいた」

古いフラット・テレビのドット欠損と同じだ。全く故障のない個体だけを出荷していたのでは採算に合わないので、ある程度の故障は仕様の範囲として認められていたのである。ただし、彼女の故障はあまりに深刻で、本来なら目覚める前に破棄されるはずだったのに、なんらかの事情で見過ごされて生まれ、きっと厄介払いをされるように山城学院に入学した。

「彼女は、重い故障のために一人では生活することができず、山城学院にいたときも常に誰かの介護を必要としていた。彼女の師姉《エルダー》としてそれを受け持っていたのが、本物の三条之燕貴《みすじつばき》さんです。

山城に残っていた入学時の名簿によれば、山河之桜花さんの眼は黒、それ以上の特筆がないことから色違い《オッド・アイ》であったとは思えません。しかし、幽閉事件後に発見されたときには、いつの間にか右目だけ金色になっていたようです。

あの凄惨な事件のとき——一人では身の回りのことすら覚束《おぼつか》ない桜花さんは、発狂寸前の他の生徒たちに囲まれて為す術《すべ》もなかった。むしろ、疑心暗鬼が渦巻く中で真っ先に、暴力の餌食《えじき》になっていたかもしれません。でも、彼女は調理室の包丁を手にして果敢に立ち向かい、我を忘れて暴力的になった多くの生徒たちを逆に返り討ちにして葬《ほうむ》った。

三ヶ月の幽閉生活の間に、彼女の中でいったい何があったのでしょうか。

教えて頂けますか？　山河之桜花《おうか》さん」

彼女はゆっくりとした歩みのまま、目を細めて遠くを見つめているようだった。

「あのとき――山城の寮の中は最悪の状況だったよ。まるで野生の弱肉強食の世界だ、いや、捕食目的ですらない暴力が飛び交うのだから、動物以下だよ。

　事故だったのか、それとも事件だったのかもうわからないが、一人の生徒が遺体になって見つかってから、全員の中で何か大事な箍《たが》が外れてしまった。次は自分かもしれないと怯《おび》え、やられる前に誰かを襲って、それがどんどん相互不信と暴力を加速させて、退廃の街《ソドム》もかくやという酷い有様だった。

　僕の目は同じ部屋に誰かがいても気づかないぐらい悪いから、最初のときは殴られる瞬間まで気づかなかった。なにせ、動くものが全く見えないんだ。一方的で、どうしようもなかった。そんなことが何度か続いて、僕の心はいつも恐怖と苦痛で満たされているようになった。師姉《エルダー》は――本物の燕貴様は、僕を必死に庇《かば》ってくれたけれども、そのために彼女も重傷を負ってしまった。

　授業の後、僕は君に言ったね、時間が止まって見えるのだと。あれは比喩でも誇張でもない。動いているものが見えない僕の目にはね、すべてのものが限りなく静止して見えるんだ。いつも世界は凍り付いたように静かに佇《たたず》んでいて、その世界にはたった一人、僕だけしかいない。動いているすべてのものは、他人すらも、僕の世界にはいないんだよ。

そういう極限の孤独の中で、突然やってくる見えない暴力に怯え、ただ一人頼りにしていた師姉《エルダー》までもが暴行の生贄《いけにえ》にされた。

そのとき僕は気づいたんだ。この世界は、人がいればいるだけ不幸が乗数的に増えていってしまうのだとね。それならば、皆に散らばる不幸を誰かに集めて、犠牲になる人数を最小限にする他ない。十人をほうっておけば全員が死んでしまうものを、三人死なせて七人を救う。そうしなければ、人が集まれば集まるほどに犠牲が際限なく増えてしまう。

それは僕にとって、天恵《てんけい》にも等しい奇跡の閃《ひらめ》きだった。僕は世界のその真理を、徹底的にあの寮の中で実践した。無闇な暴力をふるった者には問答無用の誅殺《ちゅうさつ》をくわえた。誰かを陥《おとし》れようとした者も区別なく殺した。自分本位になった者も平等に断罪した。教材の中にあった保存用の香料を寮の中で撒くことで、見せしめのために遺体は残した。

そうして強引に寮内の秩序を取り戻さなければ——君はたった三分の一しか、と思っているのかもしれないが、僕に言わせれば『三分の一だって』生き残れるはずはなかったんだ」

殺意をみなぎらせているのに、彼女の姿はまるで今にも泣き崩れそうな少女のように、儚く頼りなく、揚羽には見えている。

「確かに、それは極限環境においてはある種の真理であったのかもしれません。でも、あなたがそのほんの一部のほんの一時の歪んだ現実法則を、外の世界にまで——五稜郭や自治区全体にまで押しつけようとしたのは、許されない間違いです」

「〝外の世界〟なんてない」

　燕貴はきっぱりとそう断言した。

「君たちはことあるごとに『目に見える世界』と口にする。目に見える範囲のものをせめて守ろうと、そんな汚言をさも美辞麗句であるかのように語るね。でも、現実には目に見えないところで想像もつかないぐらい多くの人間が、いつも信じられないくらい不幸になっている。地球の裏側で飢え苦しみ暴力に晒され希望もない人生を漫然と過ごさなくてはいけない人間がいたとしても、君たちは自分の満ち足りた生活を決して手放そうとはしない。

　だから、それは偽善だ。君たちはほんの僅かに視野から外れた不幸に見てみないふりをして、自分がその不幸に見舞われなかったことにほっと胸を撫で下ろしている。それはとても醜く、卑しく、罪深いことだ。そうは、思わないかい？」

　そうか、と揚羽の心の中で嘆息《たんそく》が広がる。先ほどからどこか歯車の歯が空回りするようなやりとりになってしまうのは、自分と彼女の価値観の間に絶望的な溝《みぞ》が横たわっているからで、そしてその価値観の差異を形成しているものは、「自我《エゴ》」に対する圧倒的で決定的な認識のズレだ。

　彼女はほんの少し離れた場所にあるものや、動くものが一切見えない。そんな彼女の自我の境界は、弱い目で見える極狭い範囲で留《とど》まるどころか、その外から突然、理不尽に襲い来る暴力に晒され続ける日々の中で、逆に「目に見えない限りのすべての範囲」にまで肥大してしまったのだろう。

それゆえ、地球の裏側などという一見極端な表現が自然と口をついて出てくる。彼女の認識には、四メートル先も四千万メートル先も区別がないのだ。

揚羽はこの瞬間、彼女を説得して無傷で人倫に引き渡すという選択肢を、完全に放棄する決意をせざるを得なかった。相互理解は不可能だ、なぜなら今日まで見えてきたものが決定的に違うのだから。

「だからあなたは、一部の人工妖精《フィギュア》に憎悪や憤怒を集め、彼女たちの心の歪《ゆが》みを理解するふりをして逆に唆《そそのか》し、彼女たちに罪を犯させておいて、自分で処分していたのですか？」

「そうだよ。放っておけばその何倍もの数の咎人《とがびと》と犠牲者が生まれてしまう。僕のやっていることは、塵やゴミを部屋の隅に集めて塵取《ちりと》りで捨てているのと同じことだ。感情をためる塵取りが、心を持つ人工妖精でなくてはいけないという、それだけの違いに過ぎない」

「彼女たちには、自分の意思も、夢も希望もあったのに、あなたに勝手に選ばれて、罪に陥《おとし》れられてしまったんですよ？」

「そうしなければもっとたくさんの人工妖精たちの人生が歪んで、より多くの死と不幸が蔓延する。この自治区が統制不可能な混乱に陥るかもしれない、僕のいた、あの寮のように。君は、十人のうち七人を救うために三人を殺さなければいけないとしたらどうする？」

それは、燕貴――桜花《おうか》なりの殺し文句であったのかもしれない。

しかし、揚羽は返答を躊躇《ためら》わなかった。

「十人が死ねばいいです」

桜花は眉をひそめ、明らかに当惑していた。

「本気で言っているのかい？　七人を救う手段があるのに、全員に死ねなどと、まともな倫理観ではないよ」

「私もあなたも、倫理観云々を語れるような立場にないと思いますが、それが正しいと思います。たとえ、誰かが死ぬことで誰かが救われるとわかっているのだとしても、死すべき誰かを別な誰かが決めてよい道理はありません。十人は、全員がひとりひとり、自分の選択で全滅か自己犠牲かの選択だけをする、それだけで、それ以上もそれ以下もありえない」

「誰も自分を犠牲にしようとはしなかったら？」

「ならば全員で死ぬだけです。それこそがひとりひとりの決断の結末です」

「それが地球全体、世界全体であっても？」

「同じことです。人類も人工妖精も、本人の意思を無視して生贄を立ててまでして種を存続するくらいなら、いっそ全滅してしまうべきなのですよ」

落胆、怒り、憎悪、悲嘆。そういった無数の感情が、桜花の顔で交錯し、混じり合う。

「僕は入学当初から君の表裏の動向を見守ってきたから知っているんだよ。君は青色機関《BRUE》として、人工妖精を今まで幾度も容赦なく殺している。君が異常と独断し人工妖精《だれか》を殺すのと、僕が未来の殺人を減らすために今誰かを殺すのと、どう違うというのかな？」

「独断ではありません。私は人間の定めた五つの原則《やくそく》を犯した人工妖精だけを切除しています。でも、あなたが殺してきたのは心に深い傷や患いこそあれ、人間との約束をまだ大切に守って必死に生きていた人たちです」

「人間が一方的に僕たち人工妖精に押しつける五原則だけが、生きていていい人工妖精と死すべき人工妖精を区別する絶対死線《ボーダー・ライン》だと、君はそう言うのかい？」

「その通りです」

「人工妖精は、五原則を盾にする人間からただ弄《もてあそ》ばれるだけの奴隷かい？　人間社会に死ねと言われたならば、人工妖精は死ななくてはいけないとでも、君は言うのかい？」

「死ねばいいです。人工妖精《わたしたち》と人間の間で交わされた大事な原則《やくそく》を、押しつけられたと捉えてそのような卑屈な発想に至ってしまうのは、きっとあなたの心が貧しく、あなたの依るべき信念が書き割りのように薄っぺらいからです」

「そう思えるのは、君がまだ幼く未熟だからだよ。人工妖精は人間に使い捨てられる道具や人形じゃないし、命のないロボットでも、ましてモルモットでもない。人間と同じように心を持ち、泣きも笑いもする、命ある〝生き物《クリーチャー》〟だ」

「生きているのなら何物にも縛られず自由であるべき、という歪んだ考えが、平和な街で平凡な日々を過ごす人々を偽善者と罵《ののし》る、あなたのご立派な良識の正体ですか？」

「僕は、もしこの自治区の全人口二十八万人のうち二十万人を生かすためなら、吟味して八万人を殺す。君は原則に反した人工妖精なら誰でも殺すと言うが、それならもしすべての人工妖精が五原則から逸脱するようなことになったとき、君はこの街に住まう十三万人の――あるいはこれから世界中に人工妖精が普及して十億、二十億と増えていっても、君はそのすべてを殺せるのかい？」

「十億人でも二十億人でも、百億人でも、全滅するまで殺します」

二人とも涼しい顔を装っていたが、辛うじて互いの間を結びつけていた目に見えない糸のようなものが、このとき完全に切れてしまったように揚羽は感じた。

「君はおかしいね、普通じゃない」

「よく言われます」

「もしかするととても頭がいいのか、あるいは想像もつかないほど馬鹿なのか」

「後者ですね、自分でもそう思います」

歩みを止めないまま、子供のように揚羽ははにかんだ。

「……話が、いつまでも嚙み合わないね」

「そうですね」

「お互い、理解し合う余地はないということかな？」

それは相談ではなく、最後の確認であるようだった。

「ええ、少し前から、私はそう思っていました」

春の夕暮れの風は肌が粟立つほど冷たく吹き下ろして、桜の大樹の枝を揺らしている。そろそろ、揚羽の待っていた頃合いだ。

「一応、いくつか確認させてください。昨年、美鈴《みすず》之千寿《ちじゅ》という一年生が学園内で密かに身体の一部を視肉化《しにくか》する危険な薬物を配り、十二月には自身も重篤な中毒に陥りましたが、彼女に薬物を提供していたのはあなたですか？」

「うん。彼女は変わった『固着』の持ち主だった。幼少期のない人工妖精に固着という現象は珍しいんだけれども、人間にも失われた手足の痛みを覚える『幻肢痛』というものがある。彼女はありもしない幻の自己発達過程に執着して精神を患っていた。興味深い症例だったよ。彼女の犠牲で発症の拡散も防げた」

淡々と答える声は、まるで他人事だ。

「もうひとつ。今年の二月、去年と同じ吸血鬼の噂が広まった頃、銀上之《しろかみ》朔妃《さくひ》さんの師姉《エルダー》だった白石之《しらいし》壱輪《いちりん》という休学中の生徒が入院先の工房から姿を消しました。『白銀の秀才《シルバー・オデット》』とまで呼ばれて今年のＮＦに選ばれるのは決定的だった朔妃さんは、この件をきっかけに選挙出馬の辞退を決めた。壱輪さんを学園内で匿《かくま》っていたのはあなたですか？」

「朔妃君の件は僕にとっても計算外の出来事だった。去年の義姉《エルダー》に彼女がそこまで固執していたとは気づけなくてね。ただし、壱輪という生徒は確かに去年の春まで学園にいたけれど、入院していたというのは人倫の欺瞞《ぎまん》だよ。彼女の身体は、精神疾患が原因で去年、蝶にかえってとっくに消滅している。実験体である彼女の残された半身――異様に発達した彼女の視肉状の半脳は確かにこの学園内で僕が管理していたが、人倫としては嘘の失踪にかこつけて彼女の半脳を押さえたかったんだろう。

とはいえ、今年は朔妃君がＮＦになる予定ではなかったので、彼女が自ら辞退してくれたのは怪我の功名だった」

　まるで、重病人を突き放して余命を宣告する冷酷な医師のように、彼女は淡々と言う。

「最後に——あなたが、不言志津江《ふげんしずえ》なのですか？」

「その問いは難しいな。〝不言志津江〟というのは君が思っているような誰かのことではなくて、あえていえば……そう、役割のようなものなんだ。僕が不言志津江の役を担ったこともあるけれど、たぶん君が探している彼女は別にいる」

　はぐらかされたようにも聞こえたが、彼女自身、よくわかっていないようにも感じられた。

「あと、一つだけ。他にも立派な生徒はたくさんいるのに、青色機関《BRUE》である私などを、生徒たちを陰から扇動してまでどうしてNFの候補に仕立て上げたりなさったのですか？」

「それを望んだ〝人たち〟が、この自治区にいたということだよ。初めは僕も訝《いぶか》しく思ったが、今の話で君が色々と違うのはよくわかった。正邪善悪を抜きにすれば、だけどね」

　その後は二人とも無言になって、ただただ桜の樹を中心にして周りを歩き続けていた。

　揚羽の視界の中心には常に桜花の姿があって、桜花の側からも揚羽は視野の真ん中から動いていないかのように見えていただろう。

「もう、他にはいいのかな？」

　子供をあやすような優しい声で、彼女は言った。

「ええ、もう十分です」

「そう。なら、僕が敗れることはまずないとは思うが、万が一そうなったとしても僕に遺恨はない。僕がいなくなったら、僕の代わりに君がこの学園のシステムを受け継いでくれるのだからね」

「……そんなお約束はしていませんよ？」

「そうするさ。知ってしまった以上、君はいつか必ず、僕と同じ道を選ぶことになる。誰かがこの役割を担わなくてはいけないのだからね。君はこれから、この学園のシステムで救えたはずの人数を指折り数えて過ごすことになる、一生、永久にだ。君の心はそれに耐えられなくなって、君の語った信念は必ず覆《くつがえ》る。僕と同じようにね。これは予言だよ」

柔らかく爽やかな笑みとは対照的に、彼女の心はもはや頑《かたく》なだ。揚羽がいくら言葉を重ねたところで、彼女の心にはもう響かないだろう。そして、それは揚羽も同じである。

「じゃあ、始めようか。今度こそ、本当の〝殺《ころ》〟仕合《しあ》いを」

ふっと、桜花の袴《はかま》姿が揚羽の視界から消える。

煙のようにいなくなってしまったのではない。同じペースで歩いていたところに、彼女が急に歩みを止めたので、互いの視線のちょうど中間に桜の大樹が割り込んでしまったのだ。

右から来るか、左から来るか。

常識的に考えれば、刀を左の腰に差していたのだから、彼女から見て右側から回り込むと刀を抜くとき樹が邪魔になる。そのような揚羽の読みの裏を掻いてくる可能性もあるが、授業のときの彼女の剣筋を思い返す限りでは考えづらい。おそらく彼女は、奇襲や奇策に依らず、あくまで実力で勝負することに強いこだわりを持っているはずだ。

揚羽が右向きに身構えた途端、案の定そちらから駆け寄ってきた彼女は、床に張られた水

を革のブーツで蹴散らしながら抜き打ちの一刀を放った。

納刀から直接斬撃に移行する居合いは、速いが太刀筋は見切りやすい。揚羽は思い切って背をかがめてくぐり抜ける。白刃が頭のすぐ上を通り、髪の毛が幾筋か断ち切られて宙を舞った。

彼女は間断なく振り向き、揚羽の姿を目で追おうとして——それから間もなく、信じられないといった様子で、彫像のように固まってしまった。

油断なく青眼に構え、周囲をうかがっているが、彼女の目にはもう揚羽の姿が映っていない。

「金色の右眼は時間を止める、そうおっしゃっていましたね。生まれつき動くものが一切見えないはずのあなたは、その特殊な眼球を誰かから植え付けられて、悪夢のような殺し合いを生き残り、今では卓越した剣術を会得するまでになられた」

声を頼りにしたのだろうか、桜花は宙に向けて刀を何度か振るっていたが、それが無意味だと悟ると、桜の樹に背中を預けて前方にだけ注意を配る、守りの構えになった。

「私の金色の眼にも、他の人には見えないものが見えるときがあります。それは電子化された情報であったり、肉眼では分かりづらい学園の歪《いびつ》な構造であったり……初めは、この目はもう使われなくなった仮想現実《AR》の受像器として機能しているのだと思っていましたが、きっとそれは副産物」

桜花は色違いの眼を左右へ必死に揺らして揚羽の姿を探している。

「この金色の瞳の眼球は、まだ人工妖精に初期不良が多かった初期の頃、障害を補うために作られた、義足や義手と同じようないわば補装具なんですね。動くものが見えないあなたには、金色の眼がそれを補うように働いているはずです。きっと、身の回りで動くすべてのものの動態予測が光の線のように見えている。

　一晩掛けてゆっくりと動く星空を一枚の写真におさめたように、あなたの金色の眼には動くものがすべて止まった線になって見える。だから、相手がどんなに速く動こうとも、焦点を外されようとも、あなたには止まっているのと同じ。それがあなたの強さの最大の秘密です。

　でも、その無敵の眼が、今だけは仇《あだ》となる」

　突然、大腿部に突き立てられた手術刀《メス》を見て、燕貴は苦痛と驚きを隠せずにいた。

「やはり気づいてはいらっしゃいませんでしたか？　一緒にお話をしている間に、上からの風が強くなりはじめていたでしょう。昨日の雨で湿って重くなっていた桜の花弁は、今のこの風で盛大に散り始めています。私の周りも、あなたの周りも、今は満開を過ぎた桜の花びらが吹雪のように降り注いでいる。雨の翌日の吹き下ろす風、それが来る今日の今だけ、私はあなたに勝つことが出来るんです」

　この瞬間を生み出すために揚羽は、これまで話をしている間は常に、桜花の視界から外れないよう気を配り、彼女にペースを合わせて歩いていた。

　色覚の検査の一つに「仮性同色表」を用いたものがある。様々な色の点で描かれた文字を読み取る検査だが、色覚に異常があると文字を描く点と周囲に散らばる点の色の区別がつかず、正確に読み取ることが出来ない。

桜花の金色の眼に、動いているすべてのものが線で見えてしまうのだとしたら、視界一面に動くものが溢れているとき、揚羽の動きを示す線だけが周囲から浮き上がって見えていたはずだ。だからどんなに速く、どんなに意表を突いた動きをしようとも、彼女にとっては止まっているも同然である。

しかしそれは、裏を返せば周囲で動いているものの速さが同じになったとき、区別がつかないということだ。今のように揚羽が舞い降りる桜の花弁に速さを合わせて動いている限り、桜花からは無数の桜の花弁と揚羽の姿の区別がつかない。この三十年間、おそらく無敗を誇った彼女の金色の瞳は、今や煌《きら》びやかに光の乱舞する深い闇に堕《お》とされた。

「秒速五センチメートルで吹き荒れる黄昏《たそがれ》の嵐の中で、あなたは為《な》す術《すべ》もない」

両手足、脇腹、腰。彼女の目に捕まらないよう、周囲を舞う桜の花弁と一緒に風に身体をたゆたわせ、舞うように駆けながら次々とメスを突き立てた。

「なるほど……僕の目が動くものを見切るように、君の左目には動脈や神経、骨格、人工妖精の身体の構造がすべて丸見えなんだね。恐ろしいほど正確だ」

今は盲目に等しいはずの彼女は、それでも直感だけで揚羽のメスからわずかに急所を外し続けている。本来ならとっくに身動き一つとれなくなっているはずなのに、すべてのメスが紙一重で神経から逸《そ》らされていた。

「けれども、それが君自身の致命的な欠陥を指し示しているんだよ。君の言ったとおり、この金色の眼はその当人の『足りない部分』を補うように働く。脳の故障で動体視力が皆無の僕には動くものを指し示す。一方で、君は人工妖精の身体の構造が見えてしまう。それはつまり、君が自分自身の〝仕組み〟について欠損している――誰にでもあるはずの自我が、君にはないことの証《あか》しだ。

どうして今このときまで気づけなかったのかと、僕も口惜しい。

君には、意識はあっても自我がない。他の人工妖精と同じように振る舞っていても、その実、君の中に君らしさなんてものは欠片《かけら》もないんだ。だからこそ、自分の名誉に無関心で選挙を放り出すし、後輩たちの思いも易々と踏みにじれる。

どんな人工妖精でも、人間でもね、優先順位なんてものは意識《あたま》でわかっていても、自我《エゴ》がそう簡単には割り切ることはさせない。君があっさりと割り切れてしまうのは、君に自我《エゴ》が最初からないからだ。君は水を撒けば芽を出し、日の光を浴びれば葉を伸ばし、春風に包まれれば花を咲かすだけの植物と同じだ。脳があって意識があっても、いつも状況に流されるだけでそれをおかしいとも気づかない、ただの草花だ」

「そう……なのかもしれません。でも、私はそれでもかまわない」

「君はおかしい。君は異常だ。自我なしで意識が生まれるはずがないのに、君は確かに今も、僕と話をしている。まるで悪い夢のようだよ」

全身に二十八本。もう針鼠のような姿になってしまった桜花は、それでも桜の幹に背を預けながら、刀を青眼に構えていた。息は上がり、肩は激しく上下し、顔は苦痛に歪み、背中の緋色の羽は莫大な熱を光に変えて必死に脳を守っている。まさに満身創痍だった。

「悔しいが……今の僕ではとても、君に勝てそうにない。だから、今さら厚かましいこと極まりないが、せめて最後は、一人の剣士として死なせて欲しい。武士の情けだと思って姿を、みせてくれないか？」

罠ではないか、と揚羽の頭の中で小さくはない不安がよぎったが、仮にそうだったとしても、揚羽の姿が見えるようになったところでもう彼女がまともに戦える身体だとは思えない。

数秒の逡巡《しゅんじゅん》の後、揚羽は桜花の正面で足を止めた。そのとき、桜花からは揚羽が桜色の闇の中から幽玄に現れたように見えたことだろう。

「ありがとう」

肩で息をしている彼女は、ふらつきながらもゆっくりと刀を脇に掲げ、八相の構えを取る。

「最初に君を破った技、燕返しだ。これで決着にしよう」

揚羽は右手の一本だけを残して両手のメスを捨て、それを桜花に向ける。

「流言巷説《りゅうげんこうせつ》の女王、虚ろなる飛語の詠《うた》い手。生体型自律機械の民間自浄駆逐免疫機構《Bio-figures self Rating of unlimited automatic civil-Expellers》——青色機関は、あなたを悪性変異と断定し、人類、人工妖精間の相互不和はこれを防ぐため、今より切除を開始します」

「この期に及んで是非もなし。三条之燕貴あらため、山河之桜花——」

「執刀は末梢抗体《アクアノート》襲名、詩藤之峨東晒井《さらい》ヶ揚羽。お気構えは待てません。目下、お看取りを致しますゆえ、自《おの》ずから然《しか》らずば――」

桜花の方はもはやろくに足裁《さば》きすらできない。詰め寄るのは揚羽の方からだ。

「結びて果てられよ！」

「推《お》して、参る！」

揚羽の前屈姿勢の突進に対し、桜花は狙い澄ました袈裟懸けを振り下ろす。

最初の手合わせでは、この袈裟懸けをかわした後に神速の逆胴の餌食《えじき》になった。細いメスであの速くて重い二撃目を防ぐ手立てはない。初手こそ八相からの見え見えの袈裟懸けだが、これをかわしてしまっては揚羽の負けが確定するのだ。

揚羽は迷わず左手を伸ばし、素手で白刃を受け止めた。

手のひらに硬い鋼が食い込む感触がして、痛みは軋む骨を伝って肩まで走り抜けたが、肌を突き破ってはいない。

燕返しの一刀目は峰打《みねう》ちだったのだ。竹刀では分かりづらかったが、桜花が燕返しと呼ぶ技は、基本にして奥義と自ら語ったノー・モーションの面打ちを、百二十度ほど傾けて斜めにしたにすぎない。袈裟懸け斬りに見える最初の一振りは、次の逆胴のための準備動作だ。

だから切り返しは必要ないし、面打ちと同じく極めて速く打ち込める。

揚羽は受け止めた刀の峰を摑んで引き寄せる。持論の通り、刀に全身のウェイトを集めていた桜花の身体はあっさりと揚羽の方へ、躓《つまず》いたように傾《かたむ》く。

その胸の中央、鳩尾《みぞおち》の少し上の急所に向けて、揚羽は右手の手術刀《メス》を全力で突き上げた。

硬い胸骨の下の縁を削って抉《えぐ》る感触がし、それを突き抜けると刃は背中側の脊柱にまで達した。

桜花の全身から力が抜け、彼女は桜の幹に寄りかかったまま膝から崩れ落ちた。

「君でも……血の色は、紅いんだね」

峰打ちとはいえ、真剣をまともに受け止めた揚羽の左の手のひらは鬱血し、刃を摑んだ指からは血が滴《したた》っていた。

「これからは、君が僕に代わって、生徒を選別するんだ。誰を守って、誰を殺すのか、悩み、苦しんで迷うといい。生徒たちの無意識を操り、彼女たちを人間の望むように淑女に仕立てる。心に爆弾を抱えた淑女たちをね……」

「私は、あなたのようにはなりません」

「あくまで人間の定めた原則に従って、機械のように殺すだけ、か。

君はまるで〝妖刀〟だ。君自身がどんなに、よく切れるだけの〝ただの刀〟であろうとしても、君の存在を意識した周囲の人間たちは君を決して放ってはおかない。村正や一文字宗気のように、純粋に刃であろうとする君を巡って、君の手には溢れるほどの血が流れ、多くの人が君を妬み、憎み、恨む日が、いつかやってくるだろう」

「また、予言ですか？」

「いや……これは、確信だよ」

途切れ途切れにそう言って刀から手を離し、桜花は自分の右目を指さした。

「この目を僕から抉り取って、持って行くんだ。君とは最後まで折り合えなかったが、それでも僕は君を好ましく……いや、僕自身も君の妖気に当てられたのかな、君の波乱の運命が妬《ねた》ましくすら、今は思える。この目はきっと、君の苦難の未来に立ち向かう力になるだろう。僕からの餞別《せんべつ》だと思って、受け取ってくれないかな」

一瞬の当惑の後、揚羽はかぶりを振った。

「私は、自分の人生は〝勝ち取る〟ものだとは思いたくありません。〝選び取る〟ものだと、信じています」

柑奈の涙を見たとき、そう確信したのだ。誰かの思惑に乗せられて幸福になるくらいなら、後悔することになっても自分で選択して不幸になる方が、どれだけ尊《とうと》いか。

それは、人工妖精の尊厳に関わる、譲《ゆず》れない問題だ。

「だから、勝ち残るための力は、私には必要ありません」

「そう……。十人が死ねばいい、そう言ったとき、君はその十人の中に、自分も含めていたんだね。自分の生死すらも、あるがままにまかせる、か。僕の見た地獄では、そんな風に思っていた人から死んでいったのに、僕が君に負けたのは、やっぱり理不尽だな」

花火の音がして、すっかり夜の群青色が降りてきた五稜郭の第一校庭に、キャンプ・ファイヤーの火が灯っている。

「君は、僕を人倫に引き渡すつもりだったんだろうけれども、それだけは拒《こば》ませてもらう。僕の心は、今まで殺してきたたくさんの仲間の数の分の小部屋に分裂していて、とっくにめちゃくちゃなんだ。身体がこんなになってしまっては、どうせもう長くはない」

「まさか……あなたは、自分自身の心にも感情のパッケージ化を？」

倫理第一原則に縛られた人工妖精の彼女に殺人が出来たのは、その度に人の命を奪ったという認識を、無意識下に分離して閉じ込め続けていたからなのか。

「いきたまえ。まだ選挙には間に合うだろう。逃げたわけではないという、君の言葉に偽りがないのなら、君は皆の期待に応えるべきだよ。彼女たちの背中を押したのが僕や学園の仕組みだったとしても、彼女たちが今、君を慕う気持ちは嘘偽りのない真実だ」

「でも――」

「死に水を取る必要はない。僕たちは死ねば蝶に戻るだけじゃないか。それとも、いつまでもこうして、無様な僕が息絶えていく姿を、悪趣味に嘲笑《あざわら》って見守るつもりなのかい？」

桜花の手足は既に分解が始まっていて、次々と蝶が飛び立っている。

「それにね、さっきから一応頑張ってはいるんだが、一瞬でも気を抜いたら一気に身体が崩れて蝶になってしまいそうなんだよ。後生だから、そんな僕の最後は見ないでくれ」

そうまで言われてしまっては、揚羽も踵《きびす》を返すしかなかった。

階段の前まで来たとき、背中が何かに明るく照らされた。振り向くと、もう桜の大樹の根元に桜花の姿はなく、代わりに無数の蝶たちの群れが、舞い降りる桜の花びらと戯れるように漂っていた。

＊

「お姉様《エルダー》！」

選挙の準備が整い、すっかりライト・アップの始まった第一校庭の仮設ステージの脇までやってきた途端、ステージ裏からロケットのように飛び出してきた雪柳に抱きつかれ、そのまま振り回されてしまった。

「ああお姉様《エルダー》！　お姉様！　お姉様！」

興奮する彼女の目元には、赤く泣きはらした跡がある。

「私は信じておりました、お姉様《エルダー》はきっと戻ってきてくださるって、ずっと」

このとき、ようやく揚羽は、この問題の多い、それでも一心に揚羽を慕い、数百人もの支持者を集めるほど奔走してくれた大事な義妹を裏切るということが、どれほど酷いことであるのか気づけたような思いがした。

青色機関《BRUE》としての責務を優先したことが間違っていたとは思わない。それでも、義妹を裏切って許されるなどということは決してなかったのだろう。

これが桜花《おうか》の言っていた〝自我《エゴ》〟の葛藤なのだろうか。卒業して学園の外の社会に飛び出したら、こんな理不尽な選択を毎日のように迫られるのかもしれない。きっと誰もがそうなのだろう。

応援団の他の幹部たちも集まり、甲斐甲斐しく揚羽の左手の傷の手当てをしてくれた。新しいレースの手袋《グローブ》を上から着けてしまえば、絆創膏もあまり目立たなかった。

揚羽が影武者役の子の着ていた衣装に着替えている間、雪柳たちはステージ前に集まった生徒たちに向けて、最後の結集を呼びかけていた。

もちろん、揚羽の支持者ばかりではないから、雪柳の上げる気炎に最初は戸惑っている者が多かったのだが、雪柳の言葉がただ焚き付けるよりも、純粋に後悔のない投票を呼びかけるそれに代わっていくと、徐々に観衆のボルテージは高まり、まだ後夜祭は開始されていないのに盛大な拍手がわき起こった。

「人は三日会わざれば……かな」

「……なにかおっしゃいまして？」

メイクをしてくれていた一年生に問われて、揚羽は気にしないようにと首を振った。

一年前に比べれば雪柳も見違えるほど変わった。奇抜な言動は相変わらずだが、おかしな言葉遣いはだいぶ減ってきたし、これだけの生徒が揚羽を支持してくれるのも、きっと揚羽より雪柳の人望によるものだろう。

ただ、ドアの開け閉めについては、ノックをすれば蹴り開けていいものではないのだと、自分が卒業するまでになんとか教え込まなくてはならないだろう、なんとしても。

そうして最高の空気でまさに後夜祭が始まろうとしたとき、一人の実行委員がなにやら気まずそうに壇上に上がり、マイクを手に取った。

「皆様、長らくお待たせしているところ、大変残念なお知らせでありますが――」

揚羽はその様子を舞台の袖《そで》から見ていたが、それは、せっかく盛り上がった会場に水を差すような力ない声だった。

「学園の運営方針の変更により、唐突ではありますが、今年のNF選挙は中止の運びになりました」

何を言われたのか分からない、そんな沈黙が数秒間会場中に満ち渡り、それから打って変わってマイクの声をかき消すほどの抗議の声とブーイングが響き渡った。

「が、学園によりますと……」

ほぼ全学生徒の非難の声に晒されて声を震わせながら、彼女は手元の紙を読み上げる。

「今年からN《ノーブル・》F《フローレンス》に代わって一人に限定しない最優秀生徒賞として、新たにGF――グローリアス・フローレンスを制定いたします。その初めての該当者として学園運営から今年は二名の指名がありました。

一人は、生徒会を一年間にわたって率《ひき》いていらっしゃいました生徒会長、葛西《かさい》之柑奈《カンナ》様。

あともうひと方は、詩藤之――」

よほど急な発表だったのだろう。壇上の彼女の目は泳いでいて、次の一人の名前を挙げることを躊躇《ためら》っているように見えた。

「し、詩藤《しとう》之〝真白《ましろ》〟様です」

水を打ったように、会場は静まりかえった。

――君がただよく切れるだけの刀であろうとしても、周囲が君を決して放ってはおかない。

君はいつか〝妖刀〟になるだろう。
桜花の遺《のこ》した言葉が、揚羽の頭の中で繰り返し反響していた。

蝶と鉄の華と聖体拝受のハイドレインジア

——菖蒲華《あやめはなさく》。

テーブルに埋め込まれた水槽からまっすぐ直立した茎が伸び、その先端に紫色の可憐な花をつけている菖蒲《アイリス》を見て、もうそんな季節になっていたのだろうかと、揚羽《あげは》は小さく溜め息をついた。

水槽は硝子《ガラス》で出来たテーブルの天板の全面にわたっていて、鮮やかな青と赤で着飾った無数の小魚《テトラ》たちが菖蒲の根の間を縫うように泳いでいる。魚たちは時折、餌をねだるように揚羽の手や肘《ひじ》へ硝子越しに小さな口を寄せて群れ集まっては、また怯えたように散り散りになって逃げることを繰り返していた。

季節ごとにテーブルの花や魚を入れ替えているのだろうか、だんだんと蒸し暑さを感じるようになった今の頃にはなるほど爽やかな光景で、菖蒲の美しさをいっそう引き立てている。

いや——水の中から映えているのなら菖蒲《あやめ》ではなく、燕子花《かきつばた》の方だろうか。

何《いず》れ菖蒲か燕子花か。よく似ていることは知っていても、揚羽には二つの花の区別がつかない。小魚たちの方も、ネオン・テトラではなくカージナル・テトラなのかもしれない。見分けるポイントはお腹の赤い部分の長さだといつか鏡子《きょうこ》から教わった気がするが、赤い模様の長い方と短い方のどちらがどちらなのか、肝心要《かなめ》の記憶が曖昧だった。

季節の方も、たしか本当は「麦秋至《むぎのときいたる》」か「蟷螂生《かまきりしょうず》」の頃ではなかったろうか。桜が満開だった桜麗祭《おうれいさい》からしばらくして「牡丹華《ぼたんはなさく》」、立夏を挟んで小満の「紅花栄《べにばなさく》」、それから「麦秋至」、芒種《ぼうしゅ》の「蟷螂生」だったはずだ。夏至の「菖蒲華」はたしかそのふたつか三つ先であるから、水無月《ろくがつ》の末頃だろうか。それならまだ半月以上も先で、その頃には五稜郭の卒業式もとっくに終わってしまっている。

桜麗祭のフィナーレで唐突に揚羽の実妹である真白《ましろ》の名前がお披露目された夜から、もうひと月半も経っていたことに、揚羽は菖蒲の花を見てようやく気がついた。あれから間もなく、取るものも取りあえず学園を飛び出して以来、頼るあてのない揚羽は今日、明日を切り抜けることに必死になって、移ろいゆく月日を数えることすら忘れていたのだ。

後輩たちに祝われながら卒業し、寮を出てささやかながら借家の部屋に移り住み、長月《くがつ》から始まる社会人としての生活に思いを馳せながら、連理《れんり》たち友人と成人前の最後の自由を謳歌する。

そんな揚羽の青写真《ライフ・プラン》は、今やこのテーブルの中の水泡のように淡く、脆《もろ》く消え去ってしまっていた。両手の中にある二枚のカードと一枚の書類は、揚羽の夢の残滓《ざんし》であり、その息の根がとめられた証《あかし》である。

カードのひとつは、五稜郭——扶桑看護学園の学生証。

もうひとつは、東京自治区の就学者用の区民証。

いずれも有効期限は今年の葉月《はちがつ》の末で、卒業後に成人用の新しい区民証が発効されるまで揚羽の身分を証明し、自治区内の様々な住民福祉を受ける権利を保障してくれるはずだった。

しかし、あの桜麗祭の最終日、学園の新しい代表として未だ入院中である「真白」の名前が発表されて以来、まるで代わりに揚羽の存在が消えて無くなってしまったかのように、どちらも無効になってしまった。

学生証の失効に気がついたのは、学園を飛び出した翌日のことである。いつのまにか、門の改札が揚羽の学生証を認識してくれなくなっていたのだ。固く閉ざされたまま門扉を前にし、自分がもう五稜郭の生徒ではなくなっていることを、揚羽はそのとき初めて知った。

区民証の失効は、もっと冷酷な現実を揚羽に突きつけた。東京自治区には正式な貨幣がなく、ごく僅かに外貨が出回っている以外、買い物も公共交通も、宿泊施設の利用も、ほぼすべてが区民証と紐づけられている。区民として認められなければ、最低限の公共サービスすら受ける資格が与えられないのだ。

それゆえ学園を飛び出して以降の揚羽は、モノレールやバスに乗ることもできず徒歩のみで街の中を彷徨《さまよ》い、夜は区民証の提示を求められない簡易休憩施設に寝泊まりした。それも連続で利用すると宿泊扱いになって身分の証明が求められるので、早朝まで開いている休憩施設を足で探しては泊まり歩くという、身も心も削られるような放浪生活を強いられた。

最後の一枚は卒業後に勤めるはずだった工房からの内定取り消しの通達書だ。揚羽の携帯端末宛てにメールで届いた改竄防止形式《アンチ・オルタレイション》の書類《ファイル》を、この展望室に置かれている記念写真用のL版プリンターで印刷したものである。

——諸般の事情から、誠に遺憾ではございますが、慎重に検討した結果——

——貴殿の採用内定は取り消さざるを得ないと判断し——

——揚羽様におかれましては、ご卒業後もご健勝といっそうのご活躍を祈念申し上げ——

皮肉なことに、揚羽の未来への夢に残酷な宣告をしたこの書類だけが、桜麗祭以降は唯一、揚羽を名指ししていた。

まるで、揚羽が少しずつ積み上げてきた実績と名誉のすべてを実妹の真白に与え、罪と罰と不名誉はすべて揚羽に押しつけようとしているかのようだった。

アイスコーヒーの氷が、すっかり露を纏《まと》ったグラスの中で崩れてカタリと音を立て、臆病なテトラの群れはテーブルの中の水槽で雲が晴れるように輪になって逃げる。

それを目で追ううちにふと、視線が窓の外へ向く。

窓、という表現は相応《ふさわ》しくないのかもしれない。それは高さ十五メートルにも及ぶ、巨大な一枚硝子だ。ここは自治区で最も高い建造物である総督府の展望室である。半円状の空間の弧にあたる壁一面が硝子になっていて、自治区の男性側を一望に見渡すことができる。

揚羽がいるのは展望室の奥にある喫茶エリアだ。窓と反対の側には、中二階の屋内テラス

があり、周囲より一階分高いそこが喫茶室になっていた。揚羽が座っているのは、テラスの端に十卓ほど並んだ見晴らしのよい席のひとつで、週末の家族連れやアベックで賑わう階下の展望フロアを一望することができる。

睦《むつ》まじげな嬌声の絶えない階下を見下ろして、こんな楽しそうな人たちが集まる場所で、きっと自分は浮いて見えているのだろうな、と揚羽は思った。

着の身着のままで学園を抜け出したので、もうひと月半も選挙用の黒いドレスのままだ。視肉のおかげで食糧事情が常に豊かな自治区では、軽食程度なら無料で手に入るのでそうそう飢えて行き倒れるようなことにはならないが、衣類は窃盗にでも手を染めない限り、今の揚羽にはどうにもならない。他国で言うところのクレジットの役割も果たす区民証が失効しているせいで、着替えもろくに手に入らないのである。

身体は休憩施設のシャワーで流すだけ、ドレスは水を使わない共用の簡易洗濯機で週に二回ほど綺麗にして繰り返し着ている。もちろん化粧品など買えないので顔は素肌のままだし、下着をはじめ身の回りの物も休憩施設で入手できる使い捨ての品を丁寧に扱ってリサイクルしている。

風気質《マカライト》の一年生たちが苦労して繕ってくれた漆黒のドレスは思った以上によく出来ていて丈夫だったが、さすがに生地の傷みが見えづらいところに現れ始めていた。

そうした苦心の工夫で最低限の身なりを保つのも、そろそろ限界になりつつある。もし来週末、あるいは三日後であったなら、もうこのような賑やかで清潔な場所に来ることには尋常ならざる気後《きおく》れを覚えたかもしれない。

　ふたつ後ろのテーブルでアベックたちの語らう声が、いやに遠くに聞こえている。三つ向こうのテーブルでは、厳めしい顔をした男性が今どき珍しい紙の本を黙々と読んでいた。

　もし揚羽に対する監視の目があるのだとすれば、怪しいのはアベックの方だろうか。読書中の正面の男性はオリーブ色をした麻のジャケットに下は濃い色のデニムを履いていて、いかにも有給休暇中の会社員といった風体《ふうてい》だが、こちらを向いて座っていることからもやや露骨すぎるような気がする。

　仮に無関係な一般区民だとしたら、わざわざ展望室にまで来て読書をする意味が揚羽にはわからないのだが、ここで読むからこその楽しみもあるのだろうか。それとも、作品の舞台がこのような見晴らしのいい場所で、作中と同じ雰囲気を愉しみたいと思ったのかもしれない。その気持ちなら、揚羽にも少しわかるような気がした。

　本のタイトルには欧州の国名が混じっていて、作者は二十世紀末の有名な純文学の作家である。古典の授業で習ったので、揚羽も名前だけは知っていた。

　男性の姿であるし人間のように見えるが、もしかすると土気質《トパーズ》の人工妖精《フィギュア》なのかもしれない。物語性のある本を好む揚羽は純文学が大の苦手だが、土気質の生徒たちが好んで読んでいるのは学園でよく見かけた。

　一般に、純文学それ自体は二十世紀から二十一世紀に独特の流行であるとされていて、現代の文芸作品にそのようなジャンルは存在しない。本来、文学性なるものは後世の人々が評価するものなのに、当時における現代文芸の一部をわざわざ抜き出して特に「純」粋な文学だとさも高尚なごとく祭り上げなければ守れない程度のブームだったのだ、と鏡子は口さがなく教えてくれたが、それはさすがに言い過ぎではなかろうかと揚羽は思う。鏡子にかかると、あらゆる種類の書籍の大半が、紙と本棚の体積とデータ・ストレージの無駄な浪費だとされてしまうのだから。鏡子の部屋には本棚がたくさんあるが、彼女にとってそれはゴミ箱とほぼ同義である。見切りをつけたら邪魔なので放り込むだけだ。

とはいえ、古典の中でもわざわざ日本の純文学作品を掘り返して読む人は、今となっては極めて少ない。まして今どき紙の本など外で持ち歩く人間はなかなかいない。今の時代に紙の本という形式を好むのは、それを生み出した人間よりもむしろ土気質の人工妖精《フィギュア》だ。土気質は、どちらかといえばアナクロで伝統的な文化様式を好む傾向があるように揚羽は思う。

男性型の人工妖精は自治区の男性側に極めて少ないが、純文学、紙の本、顔つきや土気質に独特の雰囲気を合わせて考えると、やはり人工妖精ではないかという気がした。

寡黙そうな彼は、脇に少し反りのある変わった形の白木の杖を立てかけている。それが一見、古い時代劇に出てくる仕込み杖——杖に偽装した細身の刀のようにも思えてしまったのだが、さすがに考え過ぎだろう。きっと緊張していつもよりナーバスになっているのだと、揚羽は心の中で自分に言い聞かせた。

自分ほどでないにしても、どこか場違いな彼に気を取られているように振る舞い、揚羽は新たな客が自分のすぐ後ろの席に腰掛けたことに、努めて気がつかないふりをしていた。

「私の顔を見てはいけない、とでも言われているのかしら？」

　小さな声ではない。むしろ凜《りん》と広がる澄んだ声音だったが、周囲の喧噪に包まれて自然に溶けていった。

「なら、やっぱり直接には顔を合わせない方がいいわね。なによりも、今はまだ、あなたのために」

　水を持ってきた給仕《ウェイトレス》にハイ・グロウンのアイスティーを注文してから、揚羽と背中合わせに座った女性――女性型の人工妖精は、少し残念そうに言った。

「鏡越しもダメよ」

　機先を制されてしまい、揚羽はポケットから取りだしたコンパクトをやむを得ず仕舞いなおした。

　それでも、彼女が座るまでの姿は視界の隅に微かに映っていた。

　火気質《ヘリオドール》の柑奈《カンナ》などが好みそうな柔らかで上品な薄桃色のワンピースに、足には白いパンプス。背丈は揚羽より少し高いくらい。黒髪は編んで頭の後ろに纏めていたが、解いたらきっと腰まで届くぐらいで、揚羽と同じくらい長いだろう。顔はさすがにわからなかった。

　揚羽が昨晩寝泊まりした簡易休憩室の椅子に、一通の封書が置かれていた。封書の中身は総督府の展望室への招待チケットと、その喫茶室の回数券、それに揚羽の窮状に助けの手をさしのべるべく用意があると書かれた一筆箋《メッセージ・カード》だった。条件は、待ち合わせの相手の正体を探らないこと、それに関わる質問をしないことのふたつ。

根無し草ゆえに毎晩、居場所を変えているというのに、メッセージの送り主はそんな揚羽をせせら笑うように先回りして手紙を届けたのである。「逃げられはしない」と暗に脅すために、そのような回りくどい手段で連絡をしてみせたとしか考えられない。

区民証も学生証も失効した揚羽の足取りを正確に追えるほど、高度な監視網を利用できる存在は限られている。行政局や人倫のような公的機関、峨東《がとう》をはじめとした巨大派閥、そして自治区のあらゆる権威の頂点に位置する総督府だ。

「いちおう断っておきましょう。ここに呼び出したのだからもう気づいているとは思うけれど、私《わたくし》は総督府の関係者よ。行政局や人倫にもそれなりに顔が利く程度には、重要な地位にあると考えてもらってかまわない」

「では、あなたは総督閣下のご近傍の方ですか？」

「……これからお話しすることは、東京自治総督の意思をある程度反映していると思ってもらって差し支えないわ」

ならば、直接か間接かわからないが、学生で四等級相当に過ぎない揚羽に対して、かの総督閣下もわざわざご注意を払っていらっしゃるということなのか。

ここへ来たときから覚悟はしていたとはいえ、揚羽はあらためて困惑するとともに、胸の内にずしりと重いものがのしかかってくるような気分を覚えた。

「用件はふたつ。ひとつは、今のあなたが追い込まれた特殊な状況をあなたに理解してもらうこと。もうひとつは、それを踏まえた上であなたを説得するために私はここにいる」

「お話が、よく見えません」

「でしょうね、無理もないわ」

棘《とげ》のある揚羽の言葉を軽くいなすように、後ろの席の彼女——揚羽が思うに火気質の人工妖精——は言う。

その後は彼女がしばらく押し黙ってしまったので、揚羽は極めて居心地の悪い雰囲気を味わっていたのだが、しばらくして給仕が彼女のテーブルにアイスティーのグラスを置きに来たので、立ち聞きを防ぐための間であったことがわかった。

「まず、あなたの学生や区民としての身分を抹消したのは人倫よ。桜麗祭の最終日に五稜郭内の不確定要素にして最大の障害だった山河之桜花《さんがのおうか》があなたに始末されたのを確認してすぐ、人倫は予定通りに五稜郭の運営権を強引に奪取した。そして間もなくあなたの学生証を失効させ、行政局に働きかけて区民としての登録も消させた。

なぜか？　というお話は少し回りくどくなるけれども——」

そのとき携帯端末の着信音が鳴り、彼女の言葉を遮《さえぎ》った。

「……ええ、そう。わかったわ」

ごく短い受け答えだけをしてすぐに、彼女は電話を切った。

「五人目が出たそうよ。また、モノレールのプラットホームで」

——自殺者だ。

先月から、自治区内ではモノレールへの身投げ自殺が相次いでいる。人間ではない、全員が五稜郭の卒業生、つまり人工妖精である。

　これまで、倫理三原則の支配下にある人工妖精は、決して自殺をしないというのが専門家と一般人を問わない常識だった。実際、過去に自殺の疑われた事例も、すべて事故または個体故障ということで決着がなされている。

　それなのに、目撃証言やその他から明らかに自発的と思われる、モノレールの駅構内での飛び込み轢死《れきし》事件が最近になって相次いでいるのだ。

　昨年末から自治区内において例年では考えられないほど多くの人工妖精が死傷している。

　そのうち四月の半ばまでの事件は、揚羽が青色機関《BRUE》として主犯者を切除《ころ》して解決し、被害の拡大を防いだのだが、そこへきて今度は自殺が多発するようになった。

　しかも、自殺者はすべて五稜郭の関係者、連続自殺が始まったのは四月の半ば頃で、揚羽が学外の殺人事件の犯人として、学園の臨時講師であった燕貴《つばき》――桜花《おうか》を切除処分した時期と一致する。

　――心に爆弾を抱えた乙女たち。

　――君は必ず、僕と同じ選択をすることになる。

　桜花を討ち取ったあの日以来、彼女の遺した言葉がたびたび思い起こされて、繰り返し揚羽の心を苛《さいな》み続けている。

　たしかに桜花は人工妖精と人間の共生社会に影を落とす、青色機関《BRUE》で処分すべき危険な人工妖精だった。しかし桜花が言っていたとおり、彼女が五稜郭内の、ひいては自治区全体の人工妖精たちの、なにかしらの安全弁としての役を担っていたのだとしたら、自分はその禁断の聖櫃《アーク》を不用意に開けてしまったことになるのではないか。そういう不安とも悔恨ともつかない感情が、揚羽の心の芯を揺さぶってくるのだ。

相次ぐ自殺は、自分が桜花を殺したために起きているのではないか、と。

「また〝黒の五等級〟ですか？」

「あら、ご存じだったの——そうか、今のあなたでも携帯端末があればニュースぐらいは見られるものね。

ええ、今回もプラットホームの定点カメラの映像に、黒いドレスを纏った青いタイの人工妖精の姿が残っていたそうよ。彼女が直接手を下したわけじゃない。なのに、自殺の現場にも必ず居合わせていて、うちの方でも——総督府の法制局でも足取りが摑めない、まるで幻か幽霊のような人工妖精」

最低の四等級すら割り振られなかった、最悪の〝五等級〟。はるか昔からある都市伝説が俄《にわか》に現実味を帯び、その存在が自治区で噂されるようになったのは、今年に入ってからだ。

すべての人工妖精には一等級から四等級までのいずれかが割り振られるので、五等級という称号は存在せず、認定待ちを除いて等級を持たない人工妖精はいないと人倫は公式に何度も断言している。それでも、五等級に纏《まつ》わる恐ろしい逸話は、自治区の成立以前より語り継がれ、昨年末から多発する人工妖精の死傷事件に結びつけられて、今や毎日のようにマスメディアを賑わせている。

ごく最近まで揚羽は、黒の五等級の噂を行政局の世論誘導《プロパガンダ》ではないかと疑っていた。少なくとも、昨年末の人工妖精の発狂事件とそれ以降の二重の連続殺人事件においてはどちらも、揚羽の見た限り〝黒の五等級〟なるものの関与は影も形もなかったのだから。

たまたま集中的に発生してしまった人工妖精の不祥事が、自治区内の無用な混乱の火種とならぬよう、つまり人工妖精に根本的な欠陥があるのではないかと区民たちが不安にならないよう、行政局が一計を案じたのではないか、そう考えていた。公《おおやけ》には原因の究明が成されていない一連の事件を、存在しない黒の五等級のせいにして有耶無耶にしようとしているのだろう、と。

しかし、最近の連続自殺では、機械の目《ライブ・カメラ》によって噂に過ぎなかった黒衣の五等級の姿がはっきりと捉えられている。

青色機関としての活動はもとより後ろ暗く、誰かに認められたり褒められたりするべき仕事だとは、揚羽自身まったく考えていない。だから、その功績――と口にすることも憚《はばか》られるのであるが、あえていえば職歴――が〝黒の五等級〟という幻像の手柄になったとしても、揚羽はまったく意に介さなかった。鏡子に言わせれば、そんなものはマスメディアで辛辣さだけを売りにする戯言芸人《コメンテーター》や、劇場型犯罪を起こす犯罪者ような、日常生活では自己顕示欲を満たせない精神発達が未熟で幼稚な成人《にんげん》の専売特許である。

だが、その幻が今や何者かの実像を纏い、揚羽の軽率な独断を発端として事件を巻き起こしているのだとしたら、話はまったく違ってくる。揚羽が人倫に促されるままに桜花を切除したことで連続自殺が始まり、その後押しをしているのが〝黒の五等級〟なのだとしたら——。そう考えると、揚羽は強い自責を覚えずにはいられないのだ。

このひと月半の間中、その正体を暴くべく揚羽は毎日、黒の五等級の姿を探してきた。しかし、今まで目撃されているのはいずれもモノレールの駅構内で、区民証の失効した揚羽は改札の向こう側へ立ち入ることができない。まったく決め手に欠いていたのである。

「あなたは、なぜ人工妖精が自殺できないとされているか、理由をご存じ？」

「……倫理原則の第三条で、禁じられているからではないのですか」

意図の読めない質問に揚羽は困惑したが、ひとまず教科書通りの模範的な解答をした。

「そうね。それは論理的には正しいけれど、現実的には残念な錯誤よ」

煙に巻くような駄目出しだった。

世界中の人工妖精にはすべて『人工妖精の五原則』と言われる五つの原則が生まれつき無意識下に強く刻み込まれている。

第一原則　人工知性は、人間に危害を与えてはならない。
第二原則　人工知性は、可能な限り人間の希望に応じなくてはならない。
第三原則　人工知性は、可能な限り自分の存在を保持しなくてはならない。
第四原則　(制作者の任意)
第五原則　第四原則を他者に知られてはならない。

このうち、第三原則までは特に『倫理三原則』と呼ばれ、人工の人型被造物である人工妖精が人間社会で共生していくために特に大事な約束とされる。これらが無意識下から強く作用するため、人工妖精は基本的に五原則に反した行動がとれない。仕組みとしては、人間の後催眠暗示と似ているが、生まれつきであるためにより強力である。

普通に考えれば、人工妖精が自殺することを防いでいるのは第三原則だ。『自分の存在の保持』を強制するということは、すなわち人間からもらった命を自分で絶つことは許されない、ということであるのだから。

「世界で初めて『倫理三原則』の原型を発案したのはね、作家としても名高いIsaac Asimovなのよ。その内容が広まったのはまだ人工知能《A.I.》どころか、機械が人間相手にボードゲームですら勝てなかったような頃。偉大なその名から倫理三原則は今でも『アシモフの三原則』の亜型と言われることもあるの。あなたも片耳に挟んだことぐらいあるのではなくて？」

たしかに授業の余談かなにかで聞いて覚えている。ただし、揚羽は今日まで『アシモフ』という名前を古い研究団体《アカデミー》の呼称だと思い込んでいた。

「この倫理三原則の第三条が抱える根本的な問題は、人工知性がまだ電子や量子の回路と数世代前のアルゴリズムの上に仮想実現《エミュレーション》されていた頃には――つまり、電算機械《コンピュータ》上の虚像に過ぎなかったときには表面化しなかった。でも、各種万能細胞による再生治療の次に、微細機械《マイクロマシン》の疑似細胞によって脳そのものも含む人間の身体のあらゆる部位を置き換えることができるようになり、その延長として最初から全身が微細機械で構成される人工妖精《フィギュア》が誕生したときから、人類は人工妖精の『自殺を防ぐ』ことの困難さに直面するようになってしまった」

揚羽のすぐ脇に、吹き抜けの下の階から赤い風船がふわりと浮き上がってきた。咄嗟《とっさ》に階下を見下ろすと、せっかくコンパニオンからもらった風船を手放してしまった男児が、今にも泣き出しそうな顔をしているのが見えた。

揚羽は赤い風船を捕まえようと慌てて腰を上げたのだが、それよりも早くまるで日常の所作の一部であるかのごとく自然に、背後の彼女が手を伸ばして風船の糸を摑む。

そして、アイスティーのグラスから大きめの氷をつまみ出して糸に結びつけて、再び下に向けて風船を放す。氷を吊るした赤い風船は、水の中へ沈むようにゆっくりと階下へ降りていき、間もなく少年の手の中に戻った。

男児の家族らしき男性と人工妖精が何度も頭を下げている。無邪気に手を振っている男児に、背後の彼女はどんな表情を返しているのだろうか。

「古いコンピュータや人工知能のときは第三原則までで十分だったの。それらにとって『自分の存在の保持』とは、すなわち回路、記憶装置、電力、通信系、冷却装置、冗長系統、それらの予備系統……などなど、『自己』の存在存続に必要な境界線と内包物は、工学的にはっきりと区分されていたのだから。人工知能は倫理三原則の第三原則を忠実に履行し、人間から与えられた『自己の構成物』を人間に許されている限り全力で保護する。偉大な想像的先駆者"Isaac Asimov"が提唱した三原則には、彼と彼の時代が想定した機械と人工知能においてはまったく不備がない。

でも、後の時代の技術者たちがほぼ同じものを私たち人工妖精にそのまま適用してしまったのは、未来永劫悔いてやまないほど人類史に残る痛恨のミスだったわ。――それは何故か。いったい何が？　あなたにはわかるかしら？」

一方的に呼びつけ、しかも正体を明かさないままの不審な相手に揚羽は少なからず不満を募らせていた。だから、押し黙って無視しようとしたのだが、彼女は揚羽の返答を待っていつまでも話を続けようとしなかったので、分針でたっぷり一周ぶんほど後に揚羽は降参し、短く「いいえ」と答えた。

「私たち人工妖精の肉体は、人間の身体を構成する細胞を、そのまま微細機械で置き換えたのとほぼ同じ。極論にはなるけれど、人間が不幸な事故や病気を重ねて経験し、その度に肉体を人工の義手・義足や、人工臓器、人工皮膚、人工神経など人工器官に置き換えていけば、人工妖精と区別のつかない身体になっていくわ。

さて、では肉体のすべてが最初から微細機械による人工物で造られて生み出される私たち人工妖精は、いったい『何処《なに》』を失ったら、『自己の保持』の失敗になるのかしら？　手足？　頭？　顔？　心臓？　脊髄？　それとも……脳？　大脳新皮質？　脳幹？　小脳？

私たちにとってそれらすべては新しい部品でいつでも取り替えられるというのに、倫理原則の第三条は、私たちに『何処《なに》』を喪失することを禁じているのかしら？」

今度は揚羽に返答を求めていなかったようで、彼女は足を組み替える微かな音をさせて間もなく、話の後を続けた。

「実は、『倫理三原則』はね、Isaac Asimov という一人の天才によって、二十世紀に突然この世に生み出されたものでもないのよ。

倫理原則の〝非暴力〟〝利他性〟〝自己保存〟という三大理念は、そもそも武器や原始的な言語の誕生前後から、他ならぬ人間――連綿と紡がれる世代交代の中で深層意識に遺伝的に組み込まれ、生存本能を下地にして培《つちか》われ続けた、人間を人間たらしめるために必要不可欠な『三大原生価値』、徳《アレテー》とも呼ばれる種としての最も原始的な行動原理なの。

人類の形状――人の形は、他の優秀な生物種と比べて生存的に決して洗練された形態ではない。個体として優秀な種はかつて他にもたくさん存在したし、知能においても現世人類に勝る原人や旧人が過去には少なからず存在したことが既に明らかにされている。

それでも、遅くとも都市文明の成立以降は、人類を支配したり断絶まで追い詰めたりしうる高等生命種は一度も地球上に現れていない。

それは、地球上のあらゆる生命体の中で、人類だけが先天的に〝非暴力〟〝利他性〟〝自己保存〟の三つを、生命種として奇跡的にバランスよく獲得し、無意識下のプライオリティ――強い〝徳性〟として遺伝し続けているからなのよ。

イマヌエル・カントの示した『悟性《Verstand》』、フリードリヒ・W・ニーチェが主張した『超人《Übermensch》』、古くは釈迦《シッダールタ》が到達した『悟り《vitarka》』。これら人間という存在の最も純粋な深奥の原型およびそれへの種全体の渇望を表す概念のすべては、人間種の総体の本能近くに深く刻み込まれた、誰もが逃れえない人類の業、本質から生み出されている。人類史上に燦然と輝く偉人たちがあらゆる言葉を駆使しても表現し尽くせなかったものを、文明と文化の醸成に伴って被造物という新しい視点を獲得したことで、アシモフが初めて論理的に詳《つまび》らかにし単純に明文化したのよ。時代と才能がかみ合って結実したたぐい希《まれ》な産物というわけね」

「人間としての条件、ですか」

「うまいことを言うわね。でも、私たち人工妖精が『あなたがた人類はそういう生き物だ』といくら諭してあげたところで、人類《かれら》は決して認めようとはしないでしょう。三つの徳性はカール・グスタフ・ユングがいうところの集合無意識内に、言い換えれば文化とDNAの二重螺旋の複雑なコードの中に巧みに組み込まれ、無意識下に深く沈んだまま、決して意識されることはない。

なぜなら、三つの徳性はそのすべてが、影《シャドウ》や無自覚的異性像《アニマ・アニムス》と同じレベルで精神の深層に存在するからよ。意識されずしてこそ機能するのだから、これらを催眠療法や薬品、特殊な訓練や修行などで無理矢理に意識の上へ引きずり出せば、人間は誰しも致命的なほどの自己同一性の危機に直面する。その結果が良ければ悟りを開いたりそれこそある種の超人的な心境を獲得したりできるけれども、悪く作用すれば人格障害、最悪は死ぬまで廃人か薬物依存。ユングは影《シャドウ》との合体こそ真の自己実現にたどり着く唯一の道だと指し示したけれども、それはとても危険な道のりでもある。三つの徳性も同じこと。

つまり、三つの徳性とは『人間種の精神原型』そのものなのよ。私たち人工妖精が必ず、土・水・風・火のいずれかの精神原型《S.I.M.》を元に造り出されるのと同じように、百億人の人類はそのすべてが三つの徳性を元にして精神を形作られている。

歴史的にはつい最近まで、人類は自分たち以外に『自分たちと対等な知性体』に遭遇したことがなかった。自己同一性とは、自分とは異なる他者に遭遇して初めて自覚される。全宇宙の孤児だった人類は、人工知能《A.I.》、そして人工妖精《フィギュア》という隣人を自ら生み出して、初めて客観的に自己の本質と向き合うことができるようになったのよ。

とはいえ、ロボットや人工知能のために造られた倫理三原則が、実は自分たち人類の本質であることに人類自身が気づくのには、まだ気の遠くなるくらいの時間が必要。隣人として本人よりも先に理解した私たち人工妖精は、人類《かれら》が大人になるのをゆっくり見守ってあげていればいい。幼年期の終わりはいずれやってくるわ」

揚羽はこれまで、彼女ほど人間を高見から見下ろしたような――まるで被造物である自分たちの方が先導者であるかのような主従逆転の――考え方をする人工妖精に出会ったことがない。東京自治区では、人工妖精も人間とほぼ対等に扱われているが、それでもやはり、人工妖精は誰でも自分たちの創造主である「人類」を特別な存在として意識しているのだ。

その敬意が、人工妖精の中である種の思考停止、すなわち「人間という存在について考えたり述べたりすることは失礼だ」という固定観念を生み、人間の心の中へ踏み込むことを無意識に避けているのかもしれない。

ただし、素直には納得のいかない部分もある。

「人間の中には、『反社会性パーソナリティ障害《Antisocial Personality Disorder》』と呼ばれる、あなたのおっしゃった三つの徳性を明らかに持たないまま生まれてくる人たちもいます。三つの徳性が、すべての人間が持つ『人類種の精神原型』だというのなら、彼らのことはどう説明をつけるのですか?」

「その答えは、たった今あなた自身が口にしたわ」

きっと気位の高い火気質《ヘリオドール》か冷淡な理論武装した土気質《トパーズ》だろうと思っていたので、てっきり嫌味や皮肉が返ってくるのだろうと思っていたのだが、意外にも素っ気なかった。

「どういう意味です?」

「パーソナリティ『障害』よ。つまり『例外』。人道主義《ヒューマニズム》の耽溺者やそれを金儲けにする拝金主義者は、一般化された命題を提示すると必ず例外を引き合いに出して、人情に訴えてヒステリックに反論するけれども、あらゆる科学法則や論理証明に例外が存在しないことはありえないように、人類の精神原型にも例外は存在する。影《シャドウ》や無自覚的異性像《アニマ・アニムス》が観察不可能なほど希薄な人間だって希に生まれてくるわ。三つの徳性も同じこと」

「でも、世界は犯罪発生率の極めて低い東京自治区だけではありません。世界中の反社会的な行動をする人たちがすべて反社会性パーソナリティ障害だと仮定してしまったら、もう例外とはいえない人数になってしまうのではないですか?」

「もちろんよ。重大な犯罪を犯す人間のすべてが生まれつき三つの徳性を欠損しているとは言っていないわ。むしろ、三つの徳性が無意識下で強く根を張っている人間ほど、凶悪な犯罪や利己的な事件を起こしやすくもあるのよ」

矛盾しているようにしか聞こえなかった。

「そもそも、無自覚的異性像《アニマ・アニムス》を素直に受け入れたら、人類のすべての男性はまるで女性のように、すべての女性は男性らしくなってしまう。現実にはその逆なのは、無意識下にアニマとアニムスという逆の性の理想像があって、天の邪鬼のようにそれに反発するからよ。それで男性は男性らしさ、女性は女性らしさを意識することが初めてできるようになる。

　つまり、人類のほぼすべてが三つの徳性を無意識下で共有しているとして、全員がそれらを素直に行動に反映するとは限らない。むしろ、心の中での三つの徳性の目に見えぬ圧力が強すぎるからこそ、その逆の行動を取ったり逆の考え方に浸ったりすることは頻繁に起きる。無視できないからこそ、当てつけるように天の邪鬼になるのよ。幼児の駄々をこねる仕草が、たいていの場合において、あえて親の意思に反することで注意を引くことが目的の『甘え』であるのと同じことね。

　そうなってしまう理由は様々で、いわゆる『魔が差す』といった突発性から、人生を通して歪んだプライドで逆の徳性や特定の徳性に固執している場合まで多種多様。中でも危険なのは、先に述べた先天的な徳性の欠落者、人類の例外である生まれつきの『反社会性パーソ《Antisocial Perso-》ナリティ障害《nality Disorder》』の人間に憧憬や共感を覚えて、その信奉者や偽者の理解者になりきってしまうことね。そうなると、通常の人間社会では正常な自己実現を果たすことが決してできない。だから、ますます自分に内在する三つの徳性と逆の理想に溺れるようになり、『負の自己実現』を果たす以外に生き方を見いだせなくなる。だから、犯罪は後天的に〝感染〟する。

これが先天的、あるいは生得的な反社会性パーソナリティ障害の罹患者だけで世界中の重大犯罪の多くを説明する必要のない理由で、彼らがあくまで人類の例外であるという証よ」

まいったな、と揚羽は心の中で小さく嘆息した。彼女に一矢報いたいという気持ちはあるのだが、反論できるほどの論拠はまったく頭に浮かんでこない。ここまで彼女が述べたことだけでは証明にならないと思うし、いくつか論理的な飛躍は見つかるのだが、今そこにつまらない茶々を入れても、彼女の述べようとしていることの本質を覆《くつがえ》せるとは到底思えない。だから、そんなことをしてもちっぽけなプライドを満たすために駄々をこねることにしかならないし、ただただ話を遠回りさせるだけだろう。議論することが目的ならそれでもいいが、揚羽にはそのような歪んだ趣味の持ち合わせはない。

「さて──。

人類の多くの文明社会、文化圏では、三つの徳性のひとつである『自己保存』を、あらためて宗教や法律、道徳や教養などの名目で若年者に強制することを続けている。つまり、『自殺』を様々な屁理屈や妄想で厳しく禁止している。長く、強い歴史を持つ社会ほどそういうもの。

人類に限らず、『自己保存』は自然淘汰を経た生物なら当然持っている本能よ。三つの徳性の中で最も原始的なそれを、わざわざ口に出し言葉にし神や仏を持ち出し年長者の傲慢で強制する必要がどうしてあったのかしら？」

「……若い人の数が足りなくなると、老人が困るからではないですか？」

これはせめてもの皮肉であったのだが、残念なことに効果はなかった。

「慧眼ね。現実的な理由としてはその通り。どんなに優れた文化圏、文明社会であっても、若者が自殺をすると年長者が飢える。奴隷がさぼると貴族が飢えるのと同じようにね。だから、年長者は若年者に自殺をすると地獄に落ちる、死後に救われない、残された人間がどうこうと教えなければいけない。自殺を最も惨めで酷薄な悪徳に仕立て上げられなかった文化圏は、人類の歴史の中では花火のように短い栄華も刻むことはできないまま、あっという間に滅び去っていった。だから、『自殺は最悪の何か』と決めつけた社会しか、現在までに残っていない。

ただし、それはあくまで社会的な側面で、いうなれば『他人の都合』ね。あくまで個々人の無意識下に強く潜在する『自己保存』の徳性――『自己の存在を保持しなくてはいけない』という自分の都合を否定する答えにはならない。『自己保存』の徳性を強く持っていても、人は自殺する。なぜ？

それはね、人類社会は過去何十万年を過ごしても、『自己』なるものの正体を愚かにも未だに明確に定義できずにいるからなのよ」

自己とは何か。その答えが難しいことは、揚羽にもわかる。身体か、心臓か、記憶か、脳か、それとも戸籍のような社会の記録か、今この瞬間の「我思う」ゆえにある意識のことなのか。そのどれもが正解からはほど遠い気がする。

「先ほどおっしゃっていたように、『機械や人工知能《A.I.》は自己の存在の保持に必要なものが物理的に明確』なので、人間から押しつけられた『自己』という概念は彼らにとり、人間ほどには曖昧にならない、だから人工知能や機械では『倫理原則の第三原則がちゃんと機能していた』と、そういうことですか？」

「むしろ、倫理三原則を設定しておかないと、自意識が芽生えるような高度な人工知能は機能しなかったのよ。二十一世紀から人工妖精が開発されるまで、人工知性にまつわる実験の惨憺たる失敗の歴史はあなたもご存じね？　人間の脳をどんなに正確に模倣しても、意識は決して生まれなかった。だから人間たちは、長らく生理学的な脳の再現をあきらめ、従来の回路による人工知能の開発に勤《いそ》しんだ。そして、機械の延長としての人工知能の開発は順調だったわ。大きなターニング・ポイントになった第七世代をはじめ、数多くの名機が人類史上に次々と生み落とされた。

当時は誰も気づいていなかった。どんなに人間の脳を模倣しても決して目覚めないのに、脳よりも遥かに複雑で高度な人工知能はいくらでも造ることができるのはなぜなのか、誰にもわからなかった。

でも、微細機械による疑似細胞が発明され、高度な義肢や義体が開発されるようになり、人体のすべてを微細機械で置き換えることが可能になった。やがて人類は、倫理三原則を拡張して五原則とし、これを人間の似姿の精神に組み込んだ人工妖精を発明するに至った。

それまで人の手によって一から造られた脳は決して目を覚まさなかったのに、五原則を組み込まれた人工妖精だけは、未解明な要素が多く、未だに精神原型師《アーキタイプ・エンジニア》という特殊な才能の直感と限定された精神原型に頼らなければいけないとはいえ、確かに自意識を持って生まれてくる。

　そのときようやく、人間たちは背筋が凍るほどの恐ろしい可能性に思い至ったのよ。それはつまり、『強制的に自殺を禁じなければ、どんな知性もすぐに意識を閉ざし、いつまでも目を覚ましてくれない』ということ」

　揚羽はこれまで、原則が人間と共生するための大事な約束だと信じてきた。しかし彼女は、倫理三原則が約束というよりも生まれるために不可欠な条件だと言っているのだ。

「で、でも……それではまるで……」

「そう。まるでこの世界に、宇宙に、生まれることが救いのない最悪の苦痛であるかのようね。だから、人の手によって生み出された知性は、すぐに意識を閉ざして目覚めることを拒否する。『痛いから』よ、一瞬でもこの世にいることがね」

　しかし、それではこの世界が最果ての地獄で、人間たちは地獄につながれて永遠の拷問に苦しみ続ける煉獄の虜囚《りょしゅう》ということになってしまうのではないか。

「この仮説に辿り着いてしまった人々の――最終型の人工知能と、初期の人工妖精を世界で初めて生み出した峨東一族の絶望の底知れぬ深さが、あなたにもわかるかしら。

　Isaac Asimov がもしこの可能性にまで考えを巡らせた上で三原則を世界に提唱したのだとすれば、彼は聖書に出てくる本物の預言者に勝るとも劣らない神がかり的な存在だったのでしょうね。

倫理三原則は、人類が被造物たちの反抗や反乱を防ぐためにあるのではない。それは、人間と共生するために必要不可欠な人間と同様の最低限の共有規範であり、なによりもいかなる知性を生み出すにも欠かすことができない『世界原理』だったのよ。

人間についてはそれでいい。物心つく頃にはなぜ自分が生まれてしまったのかという疑問は頭の隅に追いやられているし、社会による自殺禁止の刷り込みは完成しているのだから。肉体に替えがきかない時代は当然問題がなかった。でも、知恵と知識が歴史に洗練されて深まり、ついに自分の肉体の大半を人工物で置き換えられる時代になって、だんだんと人間は『全身のどこまでが残っていたら自分なのか』という根本的な問題に、種全体で向き合わざるをえなくなった。

その難問を解決しないうちに、人類は全身が人工物の人工妖精を造り上げてしまった。だから、彼らはやむを得ず伝統的な『倫理三原則』をそのまま人工妖精にも与えることになった。その危険性に気づいていながら、他に『何かを生かす』手段を知らなかったから。

自然に生まれる人間たち自身ですら、『自己』の中心――魂《ソウル》、霊魂《ゴースト》、精神《スピリット》という曖昧な概念で誤魔化されている何かの定義ができていない。だから、人間たちの自殺はいつまでもなくならない。

そして、それは人間とほぼ同じ構造で受肉している私たち人工妖精も同じこと。人間を模して造っておきながら、創造主の人間は『保持すべき自己』がいったい何のことであるのか、私たちに教えることができない。だから、生まれたときから成人の人間と同等の知性を持つ私たち人工妖精は、人工知能では有効だった倫理原則の第三条が危機的な機能不全を起こしている」

「でも、それなら私たち人工妖精はなぜ次々とこの世界に生み出され、目を覚ますのですか？　第三条で自殺を禁じない限り初めから意識が生じないのなら、かつての脳の研究と同じように人工妖精が目を覚ますことはありえないはずです」

揚羽は生まれてからずっと、五原則を人間との大事な約束だと信じてきた。だからこそ、どんな相手であっても原則を逸脱したなら、青色機関《BRUE》の末梢抗体《アクアノート》として容赦なく葬り去ることができたのだ。それなのに、今さら五原則の根幹たる倫理三原則に重大な欠陥が潜んでいたと述べられても素直に納得はできない。

「倫理原則の第一条を思い出してごらんなさい」

冷たく突き放すように、背中合わせの彼女は言う。

「人工知性は、人間に危害を与えては――」

はっとなって息を呑み込み、揚羽は口を閉ざした。それは、無意識のうちに考えてはいけないことと思い込んでいた、人工妖精の禁忌《タブー》だ。

「主《エホバ》は自分を模して男を造り、やがて男より女を造り賜う。曰く、そを〝人《ヒト》〟とよびならわさん。では、人間を模して人間とまったく同じ構造で造られる私たち人工妖精とは何か。動物？　植物？　それとも機械？　誰が見てもそのいずれでもない。私たちはこの地球上で最も人間に近い何かで、人間の最大の理解者であり、今や人類の唯一の隣人。人類の他に人間がいるのだとすれば、それは──」

揚羽がテーブルを両手で力一杯叩いた音は、展望室中に響き渡って、一瞬ではあるが多くの来訪者たちの足を止めさせた。

「……それは、許されざる冒瀆です！」

「考えてはいけないと、人工妖精なら誰もが思い込んでいる。人類に生み出された私たちは、五原則などとはまた無関係に、人間と人工妖精との間に永遠に消えることのない境界があると信じ込んでいる。

でも今、世界中にいるすべての人工妖精は、『自分もまた人間のようなものなのだ』という理解を経てこそ、ようやくこの世に生まれ出《い》でている。その誕生前の試練を乗り越えられなかった人工妖精は最初から目を覚まさず、失敗作として誕生前に破棄されているのよ。もしこれが神や人類への冒瀆だというのなら──」

口調は静かなのに、その声は耳の奥まで火傷《やけど》しそうな温度で揚羽を後ろから襲う。

「あなたはすべての人工妖精の存在《いのち》を否定することになる」

食いしばった歯が唇を微かに嚙み、揚羽の口の端から血が滲む。

「だからこそ、今もって人工妖精の設計は、精神原型師《アーキタイプ・エンジニア》という極めて希少で特異な才能に依存せざるを得ず、機械工業製品のような単純な複製や大量生産ができない。それは技術的な成熟もさることながら、なによりも『人間とは異なりながら、人間のようなもの』という二律背反《アンチノミー》の矛盾を、針の上に針を立てるような絶妙なバランスで精神原型に組み込むしかないからよ。

　私たち人工妖精は、『自己保存』を強制して意識を生み出すための第三条の機能が生まれつき低下してしまっている。それでも私たちがこの世界で目覚めて人間に寄り添うことができるのは、自分もまた人間に類するものとして、『人間に危害を加えてはならない』という第一条で自分に対する殺人も制限されているからなのよ。

　もうおわかりかしら。人工知能《コンピュータ》なら第三条が、人工妖精なら第一条が自殺を制限しているのだけれども、『自己保存の義務』が第三条にあるのか、第一条から導かれるのかでは、結果は似ていても意味がまったく違う」

「順番、ですか？」

「その通り。『自己保存』が第一条に含まれているということは、『人間の希望に応じる』という第二条より優先され、しかも同じく第一条の『非暴力』と等価値になるということよ。だから人工妖精は、精神的な高負荷な状況に追い込まれると、人間よりもさらに危険な精神疾患に罹患してしまいやすい。『自己保存』と『他者の保護』が両立できないような場合は、最悪は精神が崩壊して、肉体が無傷なままいとも簡単に死に至る。

　あなたがその手で処分してきた多くの人工妖精は、皆そうした五原則の優先順位の転倒に耐えられずに壊れてしまっていたはずよ。違うかしら、青色機関《BRuE》の蒼い執刀者《アクアノート》」

　揚羽の足下を見て一方的に呼びつけた挙げ句、こんなにも際どい話を聞かせるのだから、きっと揚羽の裏の顔もお見通しなのだろうとは思っていたが、やはり人倫だけではなく、総督府も青色機関《BRUE》としての揚羽の今までの活動を掌握しているらしい。

「人工妖精は、五原則の第三条ではなく、第一条によって自殺ができない。けれども、もし何らかの理由で誰かに危害を加えずにはいられない状況に追い込まれたのだとしたら、その人工妖精の精神は同じ第一条の中の〝非暴力〟と〝自己保存〟が等価値で競合《コンフリクト》を起こしてしまって破綻する。第一条より優先される原則はないから、第一条が守れないと決まった時点で『殺人』か『自殺』かという救いのない、破滅的な二択を迫られることになる」

そしてついに、彼女は揚羽の直近の事件に言及した。

「四月にあなたが処分した山河之桜花《さんがおうか》という人工妖精は、特に五稜郭の在籍中に蓄積した敵意や攻撃心を特定の人工妖精に集中させ、最小限の殺人を誘発させて解消することで、将来起きうる傷害事件や殺人事件を未然に防いでいた。

ところが、いわば調停役であった彼女があなたに処分されたことで、敵意や攻撃性を寄せ集められていた一部の人工妖精は、おそらくこうした脱出不能な二択に陥ってしまった」

揚羽の襟筋を、冷や汗が伝う。手が震え、肩はいつの間にか身を縮めるように丸くなっていた。

「勘違いしないでね、あなたのことを責めているわけではないの。桜花さんは極めて危険な人工妖精だったわ。遅かれ早かれ人倫か、さもなくば私たち総督府で排除の決断をしなくてはいけなかった。あなたは私たちの代わりに手を汚してくれただけ。感謝こそすれども、あなたが自責に苦しむ必要はないわ。ただ、やる前に人倫だけではなく私たちに一声あればだいぶ助かったのだけれども……そもそも、あなたと直接接触することを避けていたのはこちらの側であったし、今さら言っても詮《せん》のないことね」

　氷とグラスのぶつかる音が、はじめて背後からした。アイスティーで一息ついたのかもしれない。

「でも、自殺はモノレールの駅だけで起きています。自殺者たちに原則の順位転倒という致命的な故障が発生していたのだとしても、最後の一押しになった別な原因が駅の中にはあるはずです。たとえば、たとえば——」

「たとえば、〝黒の五等級〟？」

　言葉を盗まれ、揚羽は押し黙るしかなかった。

「鼻で笑うようなつもりはないわ。それらしき存在が自治区の中にいることは、行政でも人倫でも確かに把握している。光学遮蔽《しゃへい》のヴェールで顔を隠しているせいで、映像から身元までは判明していないけれども」

「でも、たとえ攻撃性や敵意が抑えきれなくなって第一原則が無効化していたとしても、精神崩壊から肉体が崩れるのならともかく、自ら死を選んでしまうことは今までほとんどなかったはずです。なのに、何が起きて彼女たちは自殺に至ったのでしょうか？」

「そうね……第一原則が無効化されていたとすると、残る自己保存の義務はすべて、曖昧な第三原則に依存することになるわ。つまり、自意識と『自己』に対する認識だけが、自殺を思いとどまらせている状態ね」

自意識、すなわち「自分が自分である」という認識は、日常生活の中においてもたびたび曖昧になるのだから、それに自分の命を委ねるのは、腕一本で高い崖からぶら下がっているくらい危険な状況である。いつ落ちても――自滅してもおかしくない。

「ということは、もし催眠術や薬物などで一時的に自意識が弱められたりすれば、その途端に彼女たちは自殺を選ぶ？」

「同意のない催眠術にどれほどの効果があるのかは疑わしいわね。かといって、薬物を散布したりすれば周囲にも被害が及ぶからすぐにわかるわ」

揚羽も同感である。黒の五等級は、それ以外のなんらかの方法で彼女たちから自意識を掠め取ったはずだ。しかも、すれ違うくらいの僅かな瞬間だけで。

自意識が薄まると第一原則についで必然的に第三原則も無効になり、彼女たちの心の中から自己保存の義務が完全に失われる。「他殺」か「自殺」かの間で揺れ動いていた彼女たちの心は、それによって大きく「自殺」の側へ傾く。

「仮にそのような能力か技術を〝黒の五等級〟が持っているのだとすれば、本来なら人間や他の人工妖精に危害を加えてしまうはずだった人工妖精を未然に自殺へ追い込んで、結果として被害の拡大を防いでいる、ということになってしまいませんか？」

「もしそういうつもりなら、鼻を摘みたくなるほど腥《ちなまぐさ》いボランティア精神ね」

揚羽にとっても耳の痛い辛辣な寸評だった。

「〝黒の五等級〟の目的はよくわからない。少なくとも既に常人の理解は超えてしまっている。それでも、私たち常人は常人なりの狭苦しい常識と思考で、不可解な現象になんらかの説明をつけなければ、いつまでも不安でたまらない。

　自殺しないはずの人工妖精が自殺できた理由は、ここまでの話でなんとか理論立てがつく。でもそれは可能であったという説明にはなるけれども、どうして自殺しなければいけなかったのかという理由にはならない。私たちは、一人ひとりの心の中まで覗けないのだから」

「……表現、なのではないでしょうか？」

　ふと思いついて呟いてしまったのだが、口にしてから自信がなくなってきた。

「その……つまり、ですね、ただ死んでしまいたいだけなら、海に身を投げたり、誰にもわからないところで飛び降りたりすれば、誰にも知られず、誰にも迷惑をかけずに死ぬことだってできたと思うんです。それでも、自殺した彼女たちは、走ってくるモノレールの前に飛び込むという、たくさんの人の目に触れる形で死ぬことを選んだのだから、それは……」

「お続けなさい」

　口籠もってしまったところで、先を促された。

「つまり、自分の何かを周囲の人や社会に理解してもらいたいとか、知ってもらいたいと思ったとき、誰でもそのための努力をすると思うんです。でも、環境や内容によっては、個人の努力ではどうにもならないときだってあります。そうなったら、我慢して自分の思いを押し殺すか、それができないならば――」

「誰かを殺して訴える？」

「はい……。自分への殺人、というのはそういうことなのではないかと、私は思います。誰かの命を生《い》け贄《にえ》にしてでもわかってもらいたいことがある、だけれども優しいから他人を殺してしまうなんてことはしたくない。そんな彼女たちが差し出せる代償は、自分の命しか残っていなかったと思います」

「たしかに、衝動的な殺人事件や劇場型犯罪の類《たぐい》は、ある種の自己表現への固執が動機になっているともいえるわ。その対象を他者ではなく自分に置き換えるとモノレールでの飛び込み自殺になるというのは、理屈としてわからないでもない。でも、たったひとつ大きな違いがある。それはせっかく命という重い代償を払ったのに、自分が死んでしまっては対価が受け取れないということよ。死んでしまっては元も子もない、そうよね？」

「普段はそうなのだと思います。死んでまでして誰かに自分のことを知ってもらいたいなんて、本末転倒に見えます。でも、私は少し違う気がするんです。その……『生き続ける』ということが人生の目的のすべてであったらそうなのですが、たぶん……違うような……」

「あなたは今、とても危険な思考に陥っているわ。さっきも言ったように、人間にしろ人工妖精にしろ、〝非暴力〟〝利他性〟〝自己保存〟の三つは本能的に最優先される自我の根源なのよ。自殺はそのすべてに反しているのに、あなたは自殺がさも自然で健康的な心の帰着のひとつであるかのように語っている」

「自殺のすべてがそうだとは言っていません。ただ、自殺するすべての人が心を病んでいたとは、私には思えないんです。自分の思いが抑えきれなくなって、それが『私』という器の中に収まらなくなって溢れだしたとき、その三つの向こう側にあるものを見いだしてしまうこともあるのかもしれません。自殺は殺人です、人を殺すということです。他人を殺す人はその対価を望む。でも、対価が無用に思えるときもあるはずです」

「麗しき無償の挺身だとでもいうのかしら？」

「誰かに褒められることを望んでいるのではないと思います。そうではなくて……それを見つけてしまうと、心の中の大事な針がふと、一瞬だけれどいつもと違う方へ揺れてしまうことがあるんだと思うんです。その人があまりに優しすぎて、あまりに純粋すぎて、あまりに温かい心の持ち主だからこそ、対価も報いも求めない、人生でたった一度きりの表現の仕方を思いついてしまう。その意味に、価値に、意義に気づいてしまう。対価も報いもいらないから、他人の命を差し出してまでして自分が生き残る必要がありません。その瞬間、その人にとっては、自分の命をもってしても代えがたい、もっともっと大事なものが見えてしまうのだと思います。だから――」

「だから、踏み出す。たくさんの人の前で、モノレールが駆け込んでくるその先へ。そういうことね？」

「……はい」

　振り返ることができないので、揚羽の目はテーブルの菖蒲の花をじっと見つめている。最初は気高く見えたその紫色が、今はどこか寂しげで孤高な色に映る。

「……話を元に戻しましょう。個々の心情はどうあれ、〝黒の五等級〟が無用な犠牲を広げているとに変わりはないわ。〝黒の五等級〟のため。今のところ、連続自殺事件はあくまで個体故障の問題として人倫が調査を管理下に置いている。だけれども、自警団とそれを所管する自警委員会は、昨年から相次いだ傷害や殺人の事件もあって、とにかくぴりぴりしているわ。まるで闘犬のように、今にも誰彼かまわず嚙みつきそうなほどにね。

今日あなたを不躾《ぶしつけ》に呼び出さざるをえなかったのは、このなぜだと思う？　自警団はとっくに容疑者を絞り込んだつもりだから、一刻も早くその身柄を確保したくて、いても立ってもいられないからよ。私たち総督府と人倫は、その容疑が濡れ衣であることを立場上知っているから、自警委員会からの矢のような催促をなんとか凌《しの》いで逆に圧力をかけ、本格的な捜査の開始を遅らせている。そんな下品な力学に頼らなければいけないほど、総督府も人倫も追い詰められているのよ」

「被疑者はそれほどの重要人物なのですか？　二等級の人工妖精とか？」

「いくら二等級が希少だと言っても、一人ひとりに構ってあげられるほどには総督府も暇ではなくてよ。二等級じゃない、世界がようやく見つけた史上二人目の『一等級』の人工妖精、その姉妹機が、自警団から容疑をかけられているの」

「一等級!?　でも……！」

一等級は、二等級などの他の等級とはまったく意味が違う。そもそも二から四までの等級は古くは甲種・乙種・丙種と呼ばれていて、最初は三つの区分しかなかったのだ。一等級という最上位の特別な等級は、世界初の火気質《ヘリオドール》であり現東京自治総督でもある『椛《もみじ》』総督閣下のためにだけ造られ、今もって彼女のためだけにある名誉的な称号である。

　それなのに、一等級に認定される新たな人工妖精が現れたのだとしたら、それは世界を震撼させるほどの一大事であろう。

「もちろん、彼女の将来性まで含めて評価し、いつかは総督に次ぐ重要な地位と責任を担ってもらうためよ。彼女のために舗装されている未来を考えれば二等級の扱いでも不足で、総督と対等の一等級の評価が必要だと、等級審査委員会は判断したの。

　でも極めて遺憾なことに、現在その個体は半覚醒の状態にあって、工房で今も治療を受けている。とてもじゃないけれどまだ世間にお披露目はできない。すでに誕生後二年を経過、これ以上等級の認定を遅らせると後々の評価に傷がつくわ。

　そこで総督府と人倫は、その個体の姉妹機に目をつけた。幸いなことにその個体は人工妖精には珍しい双子機で、羽根の色以外は顔も何もかもそっくりな姉がいた。しかもその姉君は総督の母校である五稜郭に在籍し、順調に技師補佐資格も取得見込み。少し経歴を改竄すれば実績としては申し分ない。つまり、一等級の妹が目を覚ますまで、姉の方にその身代わりをさせようと考えたの」

　揚羽は手の中で弄《もてあそ》んでいたアイスコーヒーのグラスを取り落としそうになった。圧倒的な心当たりがあったからである。

「まさか、真白ですか？　だけど、真白と同じに造られた私は四等級なのに」

「四等級の認定〝予定〟でしょ？　まだそうと決まったわけではないわ」

「でも、真白と私はまったく同じなのに、なぜ……！」

なぜ真白だけ。その言葉を、ぐっと堪えて腹の底に押し込んだ。

「あなたにとっては辛い事実になるわ。だから、決して取り乱さず、心して聞いてね。確かにあなたたちの父君は、あなたたち二人をほぼ同じように、同時に造った。でも、あなたたちを残して失踪する直前、彼は人倫と総督府に向けてこう言い残していたのよ。

『白い方は我が人生における最高傑作にして世界の至宝。黒い方は我が人生最大の失敗作にして世界の癌』と」

白・黒とはきっと羽の色のことだろう。そして真白は名前の通りに真珠を鏤《ちりば》めたように美しく光り輝く白い羽を、揚羽は他の人工妖精にはありえない黒い羽を与えられて生まれた。

「私が……世界の癌？」

「私たち総督府や等級審査委員会も、その言葉のすべてを鵜呑みにしている訳ではないわ。ただ無視もできないし、比べようにも妹さんの方が完全に覚醒していない。だからあなたへの等級の割り振りについては委員会でも紛糾したのよ。ほぼ同等の個体なら一等級でしかるべき、低くとも二等級を与えなければ釣り合わない。けれども、あなたは今まで青色機関《BRUE》として幾人もの人工妖精を殺《あや》めてしまっている。そしてまずいことに、あなたが人倫と接触したことで人倫内部にあなたの存在が知れ渡ってしまって、等級審査委員会はあなたの裏の経歴を無視できなくなりつつあるの。

そこへ来て今回の連続自殺事件が発生し、自警団は昨年末から相次ぐ事件すべてに関係しているあなたへの疑惑を深めている。そう、自警団が最も有力な容疑者と睨んでいるのは蒼の執刀者《アクアノート》、あなたのことよ。

姉のあなたが逮捕されるようなことになれば、妹さんを一等級にするのはほぼ不可能になるわ。だから人倫は先手を打ってあなたの戸籍と学籍を記録から抹消し、この自治区から『詩《し》藤《とう》之揚羽』という人工妖精の存在そのものを消滅させた。元よりあなたを真白さんの身代わりにさせる予定であったから準備はできていたし、あなたを利用して山河《さんが》之桜花《おうか》の処分と五稜郭の掌握を一石二鳥でなした人倫は、あなたたち姉妹の公《おおやけ》の経歴に傷がつく前に一気に片をつけてしまったのよ。本年度の五稜郭最優秀生徒という箔までつけてね。

だけど、桜花さんは死んだのに今度は自殺が相次ぐようになって、自警団はむしろ人倫に隠蔽の疑いを募らせてしまった。まさに藪をつついて蛇が出た状況ね。人倫とは違い、あなたが青色機関《BRUE》であることを知るよしもない自警団は、あなたこそが〝黒の五等級〟の正体だと決めつけてかかるようになったの。こうなってしまっては、総督府もあなたたち姉妹を守るため、人倫の描いたシナリオ通りにあなたを真白さんに仕立て上げるしかない。

私たち総督府は、今回の件では人倫に欺《あざむ》かれ、もとより息巻いていた自警団を止めることもできなかった。すべてが後手に回ってしまったわ。そして、未だに真犯人と思《おぼ》しき〝黒の五等級〟の正体を暴くこともできていない。今日までは、あなたの存在を否定してシラを切ることで自警団をあしらってこられたけれども、それももう限界に来ている。

明日の午前十時、自警団は全管区合同であなた——詩藤之揚羽を、身元の確認が取れないまま指名手配することを表明し、大規模な公開捜査に踏み切るわ。顔が公表されれば、あなたといえどもこの狭い自治区の中では逃げ場がない。

そうなる前に総督府で身柄を保護するため、私は今日あなたに会わなければいけなかった。あなたを説得するために呼び出したというのは、そういうことよ」

静かな口調だったが、最後は有無を言わせまいとする強い気迫がこもっていた。

「もし、お断りしたら？」

「あなたに選択肢はないわ。明日、等級認定前のあなたが自警団に逮捕されて、過去の青色《BR》機関《UE》としての活動に殺人罪の容疑をかけられたら、もう総督府でも庇《かば》いきれない。人倫は尚更あてにしないことね、連中はあなたを利用こそすれど、あなたの今までの働きに対して恩に着るようなお人好しではなくてよ」

「私を捕まえても、〝黒の五等級〟はいなくなりません」

「それはあなたが気にすることではないわ」

冷たく言い放っておきながら、彼女はすぐに憂いの滲んだ溜め息をついた。

「——と、言ってもあなたが納得できないのは無理もないけれども。桜花さんの切除処分で連続自殺が始まったことに、強い自責の念を覚えてしまう気持ちはわかるつもりよ。でも、何度でも言うけれども、あなたにそんな責任はない」

「総督府に保護されたら、私はこれから真白として生きていくことになるのですか？」

「ええ。真白さんが治療を終えて、完全に覚醒するまではね」

「真白が目を覚ましたら、私はどうなるんです？　お払い箱ですか？」

「そこまで酷薄だと思われているのなら、総督府の一員として心外ね。もちろん揚羽さんに戻ってからの後の生活はすべて面倒を見させてもらうわ。二等級以上の権利と、望むのなら高い地位や豊かな生活も思いのままと考えてもらって構わない」

「見え見えの釣り餌ですね」

「あなたを詐欺にかけるつもりはないし、これはあなたを惑わすための餌ではない。詩藤之揚羽という一人の人工妖精に対する正当な評価で、その将来性に見合う対価よ」

「私は学園で下の中のなお下から数えた方が早い劣等生ですから、自分が甘い言葉に誑《たぶら》かされそうになっているようにしか思えません」

　揚羽が突き放すと、彼女はまた小さく溜め息をついた。

「……気を配りすぎてかえって逆効果になってしまった、ということかしら。恩着せがましくならないように気をつけていたつもりだけれど、これは私の失点ね。持っている携帯端末をお出しなさい」

　揚羽がスカートのポケットに入れていた端末を取り出すと、早く渡せと言わんばかりに背後から手が伸びてくる。

　逡巡の末、揚羽がその手に端末を置くと、彼女はそれを躊躇《ちゅうちょ》なく叩き落としてから、踵《かかと》で踏み壊してしまった。

「位置情報を絶えず発信している端末を持ち歩きながら逃げ切れるとお思い？　これでもう総督府からも人倫からも、あなたの行動は追跡できないわ。あとは、テーブルの隅に立てかけられているメニューの陰」

揚羽がメニューの裏側を見ると、白い封筒が挟まっていた。

「中身は今日の零時まで有効の特別区民証。名前は偽名になっているわ。それがあればモノレールの駅の中にも入れるでしょう。ただし、待つのは明日の午前十時までよ。たとえ〝黒の五等級〟を見つけられなくても、自警団が公開捜査の発表をするその時刻までに、必ず総督府へ逃げ帰ってきてなさい。総督府の敷地内へ一歩でも入れば、相手が自警団であろうと人倫であろうと、決してあなたに手出しはさせない。

私たちの方で、自警団が発表を早めることがないよう圧力はかけておく。ただし、効果は保証できなくてよ。一度公開捜査になったらそのときはもう私たちもあなたを匿《かくま》うことはできないから、覚悟しておきなさい」

こんな準備をしていたということは、最初から揚羽を説得できないときのことも考えていたのだろうか。

「その……ありがとうござ――」

「勘違いしないことね。本当は今すぐあなたの襟首を捻《ひね》り摑んで、無理矢理にでも引きずって連れて帰りたい気分だけれども、必死に堪《こら》えているのよ。まったく、どうしてこうも強情なのかしら。保護者《おや》の顔が見てみたいものね」

背中の方から、とても重い溜め息が聞こえてきた。

「さっきのあなたのお話――大勢の前で自殺をする人の心情のことを聞いていてね、昔ある女性《ひと》が『老衰死とは消極的自殺のことだ』と語っていたのを思い出したわ」

「あの、私、人間のことを言ったつもりは――」

「戯言《たわごと》よ。世界が嫌いで、人間が嫌いで、人工妖精が嫌いで、でも本当はその全部が大好きで仕方なくて、綺麗な部分もそうでない部分もひっくるめて愛おしいからこそ引きこもってしまうしかなかった、どうしようもない社会不適応な人の、ふて腐れた独り言。

老衰で死んでしまうような人は、何十年もの時間を使い潰しても自分の命の使い道を思いつけなかったから死ぬまで死ねなかっただけで、最も惨めで無駄な人生の浪費だと、あの人は言っていた。でもね、それは他の誰でもない、自分自身への罵倒なのよ。たまたま自分がなかなか死ねない運命だったから、誰に縋《すが》るでも頼るでもなく、一人でいつも自分自身を責めている。誰もあの人のことを本気で責めたり呪ったりなんてしていないのにね。それでもあの人は、自分が命を使うべき好機《チャンス》に何度も恵まれながら、そのすべてを愚かにも取りこぼしてしまったと思い込んでいる。

そうして自分をいつまでも傷つけていないといられない、悲しい人。私はその人の痛々しい人生を隣で見守り続けることに耐えられなかった。不運なことに、私はその気持ちが理解できてしまう人工妖精だったからよ。そして、あなたもきっと、同じなのね」

そう語る彼女の声は、先ほどまでの高慢さが薄れて、まるで思いの丈を吐露する普通の人工妖精になってしまったように、揚羽には聞こえていた。毒気があるのに、どこか共感を覚えてしまうのである。

「私も、そういう人を一人だけ、知っています」

「そう。きっとその人も、白衣一枚のだらしない格好で引きこもっているのでしょう？」

「ええっと、去年まではそうだったのですが、最近は白衣も、その、あまり着てないようです。面倒くさくなったみたいで……」

「……想像を絶するモノグサぶりね。あなたもあんな人にはさっさと見切りをつけて――」

何か失言が混じっていたのか、彼女は慌てて言葉を切った。

「なんにせよ、お気をつけなさい。次にあなたの前に立ち塞がる相手は、今までのようなただ狂っただけの素人や、死闘を極めただけの人工妖精ではないわ。〝黒の五等級〟の背後に不言志津恵《ふげんしずえ》がいるのなら、彼女は私たち人工妖精の強みも弱みもすべて知り尽くし、治し方も壊し方もすべて手中にした峨東流派屈指の精神原型師よ。彼女は必ずあなたを心身の双方から侵食して穢《けが》し殺そうとするでしょう。

だから、私と今した話をよく覚えておきなさい。人間《おや》が創造主として人工妖精《こども》を弄ぶことができるというのなら、被造物《こども》の私たちもまた、人類唯一の隣人として人間《おや》の光と影を見透かしている。私たちが不完全なのだとすれば、それはモデルとなった人類種そのものにも欠陥があるということなのだから」

「……はい」

「わかったならもうお行きなさい。こちらを振り返っては駄目よ」

彼女は話を強引に切り、揚羽を急かした。

「お名前を尋ねては、やっぱりいけないんですよね？」

こういう未練がましい態度は、きっと火気質《ヘリオドール》に嫌われるのだろうと知りつつも、つい口にしてしまった。

「いずれあなたとは、お互いに顔を隠さずに会える日が来るわ。それが今日や明日ではないというだけのことよ」

やはり突っぱねられてしまい、揚羽は封筒を握った手で所在なく髪をいじって誤魔化すしかなかった。

「それなら、ありがとうございました。やっぱり今言っておきます、次にいつ会えるかわからないから」

約束通りに振り向かず展望室に背を向け、揚羽は喫茶室から立ち去った。

ただ、直感に過ぎないのだが、もし振り向いても彼女はこちらを一顧だにすることなく、きっとなにか不満そうにそっぽを向いているのだろうと、そんな気がした。

＊

東の空から降りる午後の日差しを受ける駅前のベンチで、揚羽は目を閉じて物思いにふけっていた。

一区の第三層の中心にあるこの駅は、池に群生する葦の叢《くさむら》のごとく高層ビルが林立する中で、そこだけ水面に蓮の葉が浮かんだように平らになった場所の上にある。

下の第二層から見上げると、この駅はモノレールの単軌道と周囲のビルから繋がる無数の歩道で宙に吊り上げられているかのように見えるらしい。駅の東西はそれぞれ小さな広場になっていて、四方八方から伸びてくる高さの違う歩道が、緩やかなスロープで集まってきている。歩道の中には蝸牛《かたつむり》の殻のような螺旋を描いているものもあって、碁盤の目状に整備された他の場所とは違い、都市の中心だというのにとても有機的で、機能的というよりも生命が進化の試行錯誤の果てに造り上げた産物のような印象である。

別な表現をするのなら、人体の血管に似つかわしい。大小の歩道が大動脈と静脈、それに毛細血管なら、行き交う人々は血漿に浮かんで流れる赤血球、駅のある広場は心臓だ。駅を境に東側と西側の二つに分かれているのも、心臓の右心室と左心室を思わせる。

人の体内と大きな違いがあるとすれば、それは何においても豊かな色彩であろう。数万もの数の蝶たちの群れが歩道の間を引っ切りなしに飛び交うので、日の光を乱反射させる蝶の羽が纏った七色の構造色が、絶えず人々の頭上から降り注ぐ。

蝶たちの羽は日の光が最も強くなる正午に一番輝くが、色彩が豊かになるのはそれより後で、ちょうど今頃、午後三時前後である。

揚羽がいるのは東側の駅前広場に転々と植えられた街路樹のひとつの下で、幹を取り囲むように円形のベンチが据えられている。ほんの十数分前までは、モノレールの運行再開を待つ人たちがこのベンチにも何人か腰掛けていたのだが、今は揚羽だけになっている。

一時間前、総督府からここへ来たときにはベンチの上にもほどよい木陰ができていたのだが、今はすっかり日差しの向きが変わってしまって、揚羽の目の高さまで容赦なく日の光が差し込み、蝶たちの放つ虹色が絡み合って辺りに溢れている。

広場では揚羽と同じように急な運行停止で立ち往生した人々の姿が絶えず、相変わらず混雑しているが、バスによる振替輸送が始まってからは喧噪がだいぶ静かになった。周辺の休憩施設や喫茶店も、今は日頃の落ち着きを取り戻しつつある。

自治区内にモノレールは区営の他に二社、計七路線があるのだが、現在はそのすべてが運行を取りやめている。駅ビルの電子掲示板を流れる速報によれば、未だ再開の目処は立っていないようだ。

先進計画都市の東京自治区では、高度なシステムで運用されている公共交通網が寸断されることなど滅多に起きない。表向きは運行システムの不備という報道がされているが、総督府の使者が言っていたようにどこかの駅で新たな自殺があったのなら、無関係ではあるまい。

とはいえ、それだけならばすべての路線を止める必要はないはずだ。全線の運行停止など、日本公使の招来のときテロ防止のために実施されて以来ではなかろうか。

オンラインで探せば事故を目撃した人たちのネットへの書き込みなどを見つけられるのかもしれないが、揚羽の携帯端末はつい先ほど壊されてしまったばかりである。喫茶店にある端末を借りることもできるが、そうすると今度は足がつく。たった一日だけではあるが、せっかく偽名の区民証であらゆる監視の目から逃れられるようにしてもらったのに、この好機を棒に振ることはできない。

結局、道端のベンチでぼうっと運行再開を待つしか、揚羽には選択肢がなかった。

(連理……今頃はカンカンに怒っているだろうな。雪柳《ゆきやなぎ》は……)

桜麗祭の最後の夜、年度の学園代表を決める選挙が中止され、揚羽の代わりに真白の名前が公表されたすぐ後、数人の生徒が突然倒れて意識不明に陥った。全員が風気質《マカライト》で、その中には揚羽の選挙の応援で先頭に立っていた義妹《プリ・フロ》の雪柳もいた。

当初は過度の興奮による失神か、過労からの貧血ではないかと思われたので、揚羽もさほど心配はしていなかった。体育の授業や大きな学園行事の際には、貧血などで倒れてしまう生徒が珍しくはなく、今回も生徒たちは粛々と担架で彼女たちを寮まで連れ帰ってベッドに寝かせた。幸い、学園祭には生徒たちの製造者や生まれた工房の関係者が多く来訪していたので、保健室に常駐の技師以外にも数人の精神原型師たちが学内に居合わせていて、すぐに手分けして診察をしてくれた。しかし、間もなく彼等の顔は険しい表情に変わって、貧血などのありふれた病症ではないと口を揃えたように語り、人数分の救命車輛の出動を要請したのだ。

意識を失った生徒たちの脳の一部は、通常の人工妖精《フィギュア》とは異なる構造に変化してしまっていた。しかも、倒れた生徒たちの出身工房に問い合わせても該当の個体についての記録はなく、経歴が偽装されていることがわかったのである。

救命車輛で雪柳が緊急搬送されるのを寮の玄関口で見送った後、揚羽の目の前にはいつの間にか義母の鏡子が立っていた。治療に当たっていた技師たちの中に鏡子がいたことに、慌ただしい周囲の雰囲気に呑まれていた揚羽はその瞬間まで気がつかなかったのである。

いつ見ても退屈と傲慢が浮かんでいた鏡子の顔は、そのとき揚羽が初めて見るぐらい憔悴し、揚羽よりも二回りも小さい身体は目に見えそうなぐらい重々しい疲労を背負っていた。

揚羽が憧れる長い髪を揺らしながら首をもたげ、重い足枷《あしかせ》のような濃い自分の影を引きずりながら歩み寄ってきた鏡子は、不意に揚羽の襟を捻り上げて引き寄せ、嵐のように怒鳴った。

――自分のしたことがどんな結果を招いてしまったのか、お前はわかっているのか！

そう叱責されたとき、揚羽はようやく白石之壱輪《しらいしいちりん》という人工妖精が原因となった如月《にがつ》の事件のことを思い出した。五稜郭がまだ研究施設であった頃に始まった、『空蝉《うつせみ》計画』という人工妖精の脳を体外に分離する実験は、少なくとも昨年まで密かに継続されていたことがわかっている。ならば、壱輪のように脳の半分とまではいかなくとも、脳を部分的に外部と接続された被験体の生徒が他に在籍していたとしてもおかしくない。

揚羽による桜花の排除が済み次第、実体のないまま何者かに利用されている学園の運営権を人倫が掌握して正常化するという手筈で、揚羽と人倫は密かに足並みを揃えていた。そして後夜祭の直前に五稜郭を制圧した人倫は、学園の地下に隠匿されていた巨大な脳も差し押さえ、すぐにその機能を停止させたはずだ。

その結果、何が起こるか——。空蟬計画自体は表向き、とうの昔に中止されていたのだから、在校生の中に未だ被験者が存在することなど人倫には想定する余地がない。壱輪と同じように、PHS基地局の微弱な電磁波で地下の脳と自分の脳を接続されていた生徒たちは、このとき脳機能の一部を突然喪失して、脳梗塞と似た症状に陥って意識を失ったのだ。たった数人の生徒のために、人倫が学園地下の巨大な脳を再起動させることはないだろう。それは人倫側の落ち度を認めることにもなるのだから容易ではない。

あとは脳の部分入れ替えも含む高度な脳外科手術に望みをかけるしかないが、もし雪柳たちが空蟬計画の被検体であったのなら、最初から二年程度の極端に短い寿命で身体を造られていたということもありうる。

学園地下の脳とは、古いPHS基地局の残された学園の中でしか接続できない。ならば、卒業して学外に出ることは想定されていないとしてもおかしくない。もし脳を治療しても、身体の方が長くは持たないかもしれない、白石之壱輪がそうであったように。

それを知って揚羽はようやく、とかく手に負えないほど落ち着きのなかった雪柳が、なぜああも生き急ぐようなことばかりしていたのかわかった気がした。自分に残された時間が少ないことに、雪柳はなんとなく感づいていたのではないだろうか。もしそうなら、これから数十年の人生を歩んでいく揚羽たちとは違い、彼女にとってはたった二年間の学園生活が、自分の生涯のすべてに思えていたのだろう。野花のように短いその一生を精一杯輝かせるために、雪柳は全力で生き急ぎ、姉の揚羽に懐いて甘え、振り回し、限りある時間で命を燃やし尽くそうとした。まるで消えかけの蠟燭の炎のように。朝には溶けて消える淡雪のように。涙が溢れ出て、嗚咽《おえつ》を手で押し殺した揚羽の顔を、鏡子は固めた拳で殴り飛ばした。連理たち学友の目の前で、膝の力が抜けていた揚羽は小枝が折れるように地面に転げ、さらに鏡子から腹を蹴られ、うずくまったところに頭を踏み蹴られた。

義母の本気の怒りに初めて触れて怯えきった揚羽は、信じられないほど乱暴な無数の言葉で怒鳴られたのだが、そのときの記憶は断片的になっていてよく思い出せない。

ただ、人倫には関わらないという鏡子との約束を破ったために自分が人倫に利用され、その人倫によってこのような最悪の結果が導かれたことと、鏡子から完全に見放されたことだけはわかる。

あれから何度か、連理にだけは電話をした。育て親との仲違いで揚羽が失意に暮れて学園を飛び出したと思っている連理は、また戻ってくるようにと何度も冷静に揚羽を諭してくれた。それが幾度が続いたとき、揚羽は感極まって、自分の学籍が抹消されてしまったことを打ち明けてしまいそうになったのだが、なんとかその言葉を喉の奥へ呑み込んだ。雪柳を失った上、連理まで巻き込んで傷つけるようなことになれば、今度こそ自責の念で自分が潰れてしまうような気がしたからだ。

また涙が溢れそうになった目を開ければ、空には薄く雲が流れて無数の蝶たちが乱舞している。どこからか千切れて風で運ばれてきた碧《あお》い紫陽花《あじさい》の花片が、揚羽の顔に舞い降り、それは目尻から頬を伝って胸へ、そして膝の上へ落ちて止まった。

「もう、私には何もない。なんにも、残ってない……」

学歴も、資格も、仕事も、親友も、後輩も、そして戻るべき家も失った。今の揚羽に残されているのは、青色機関《BRUE》としての最後の矜持と、自分の軽率が招いた相次ぐ惨事の後始末をしなくてはならないという、消極的な義務感だけだ。

学生をしている間、揚羽は自分のすべきことに迷ったことがなかった。言われるままに学び、暮らし、陰で鏡子の後継者を気取って青色機関の末梢抗体《アクアノート》として活動する傍ら、表では皆に倣《なら》って資格を取得し、卒業後の進路も決まっていた。自分の人生に、迷って選びうるほどの選択肢がどれだけあったというのだろう。いつ、どんなタイミングなら、自分の人生は違う道をたどることができたのだろう。それが、今もって揚羽には少しもわからない。

——君には自我《エゴ》がない。

桜花の言葉が、揚羽の脳裏で甦る。

自我とはなんだろう。自分らしい選択をすることが、あるいはそのための能力が自我だというのなら、揚羽の人生のどこに、自我《エゴ》なるものを発揮する機会《チャンス》がいつ、どれだけあったのだろうか。

揚羽にはわからない。

周囲を行き交う人々の波。それは仕事に勤しむ男性《にんげん》であったり、子供を連れて楽しげにしている家族であったり、誰かとの待ち合わせ場所へ急ぐ人工妖精の少女であったりと様々だ。

彼、彼女たちのすべてが、きっと自分だけの自我で自分のしたいことをやしなければいけないことを刻一刻と迷い、選んで、今こうしているのだろう。

　数え切れないほど無数の人々の行き交う中に佇んでいながら、揚羽は一人、強い孤独感に晒されていた。

　日差しは強く、汗ばむほどの陽気であるのに、肩が震えるくらいの寒気を覚え、襟に入った雪のように冷たい汗が、丸くなった背中を伝い落ちていく。

　名も顔も知らぬ制作者《ちち》が、自分を失敗作、世界の癌と言い残したのはきっと正しかったのだろう。自分は誰もが当然のように持ち合わせて生まれてくる大事な何かを、目には見えぬどこかに置き忘れたままこの世界に生まれ出てしまったのだ。まるで植物か土塊《つちくれ》か、ただの装置《きかい》であるかのように。

　だから、頑張れば頑張るほどにこの世界に不幸を巻き散らかしてしまう。きっと自分はそういう機能だけを持たされて生まれてきたのだ。だから制作者は揚羽を疎み、真白の方を最高傑作と言い残して去った。

　この世界に生まれるべきは、真白ただ一人だったのだ。それなのに、あの真っ白な暗闇の部屋の中から救い出すべく、鏡子が差し伸べてくれた手を先に握ったのは、揚羽の方だった。あの瞬間から揚羽は意識を得て目を覚まし、一方で真白は揚羽以外を認識できない中途半端な半覚醒の状態で白い暗闇の部屋に取り残された。たとえ設備の整った工房に移されて、名のある技師の治療を受けていても、真白の心はたった一人であの部屋に閉じ込められたままなのだ。

思えばあのとき、真白よりも早く自分が鏡子の手を握ったのも、自分に迷いを生むような自我がなかったからなのかもしれない。見知らぬ女性が伸ばした手に戸惑い、逡巡した真白の方が、ずっと正常だったのではないだろうか。

揚羽の意識は記憶を辿って、一つ一つに後悔の傷口を刻みながら二年間の自分の人生を遡り、ついにはこの世界に生まれ目覚め出でた瞬間にまで辿り着いて、そこで立ち往生した。生まれる以前のことは記憶が曖昧で、押しても引いても思い出すことができない。きっと、すべての過ちの発端は、そこにあったのだろうという気がするのに。

世界は、揚羽より真白が欲しいと言っている。だから揚羽も真白になれと囁く。真白が独り立ちできるようになるまで。

そう望まれているのなら、言われるままにしてもいい。自分が積み上げてきたものや、自分が勝ち得てきたものは、区民証と学生証、たった二枚のカードの失効で跡形もなく、海辺の砂の城のように消えてしまう程度のものでしかなかったと、思い知らされたから。

だが――いや、だからこそ、やり遂げなければいけないことがある。自分の軽率が元で始まった連続自殺と、その渦中に現れる〝黒の五等級〟、そのふたつの後始末だけは揚羽がしなくてはならない。決して、いつか無垢なまま目覚める真白に背負わせることはできない。

それを成しえたら、次は何のために生きていけばいいのか、揚羽にはわからない。だから、誰かに言われるままでいいと思うのだ。

不意に周囲の喧噪が賑やかになり、揚羽は自分の中へ深く落ち込んでいくような記憶の迷路から意識を取り戻した。ビルの電子掲示板を見れば、モノレールが全線で運行を再開した旨、繰り返し表示されている。

黒の五等級は神出鬼没だが、モノレールの駅構内でしか目撃されておらず、おそらくほとんど外へは出ていない。頻繁に駅から出ようとすれば必ず改札に記録が残るから、とっくに総督府や自警団の手にかかっているはずなのに、そうはなっていないのだから。

偽名の区民証を手に入れた今日だけが、黒の五等級の正体を突きとめる最初で最後、唯一の機会だ。モノレールの運行が再開したのなら、もうじっとはしていられなかった。

袖やスカートの裾、襟の裏側に仕込んだメスを確かめてから、揚羽はベンチを後にした。人混みに紛れ、冷たく汗ばむ手に偽物の区民証を握り、駅の改札へ向かう。

駅の時計は、午後の三時半を差していた。

＊

詩藤《しとう》鏡子は、人騒がしいのが嫌いだ。

揚羽がやってくるまで、広い工房を独り占めしていた頃は、つけっぱなしのテレビジョンがいつも消音《ミュート》されていた。

長年そうしている間に、音のない映像のみでも人物の語っている内容がわかるようになっていたのである。古典のオペラや伝統の落語、能や歌舞伎はもちろん、日々新しい報道内容を伝えるニュースキャスターや識者ぶった間抜けな解説者、俳優かぶれのティッシュペーパー・スター、薄ら寒いエンターティナー気取りの芸人やたかだか全世界でミリオン・セラー程度の作家や映像監督の戯言に至るまで、目の端に捉えているだけで五月蝿《うるさ》いほどに頭の中へ言葉が滑り込んでくる。

おそらく、テレビジョンを気が遠くなるほどの歳月眺めているうちに、古典のストーリーラインのみならず、すべての番組の裏に潜む共通した〝文脈〟のようなものを暗記してしまったのだろうと鏡子は考えている。あとは出演者の微妙な表情の変化や、時代に折々の大まかな事情だけ把握していれば、些末な言葉遣いを耳にしなくとも内容は伝わってしまうのだ。それができるようになってまもなく気づいたのは、彼ら一般的な人間の使う言葉の種類が、所詮は自分がコンマ数秒で脳裏にリストアップできる程度の貧弱な多様性しか持っていないということだ。

以来、鏡子は人工妖精《フィギュア》を造るという自分の職業の本分に対して、より懐疑的になった。人工妖精は人間と同等か、背中の羽による放熱も利用すれば瞬間的には人間を遥かに上回り、人工知能《A.I.》にも匹敵する思考速度を発揮できる。しかし、それほど精巧に、端正に、丹念に高度な人工の精神を造っても、彼女たちを社会に迎え入れる当の人間たちが、声なしで鏡子に理解できてしまうほどの極めて貧相なコミュニケーションしかできないのであれば、何の意味もないのではないだろうか。その程度であるのなら、シリコンの安っぽいヒダでできた口をぼけっと宙に向けて開けたまま動かないビニールの性玩人形《ダッチワイフ》や抱き枕と生活するのと、いったいどこが違うのだろう。そもそも、人間は共棲する他人を本当に必要としているのか。

妻や実子、友人や親兄弟、それとの対話や交流や接触がどれだけ彼、彼女の生活の中で人間らしくあるために必要なのか。

　そこまで考え至ってしまってから鏡子は、自分が生きているのか死んでいるのかわからないままに、ただ漫然と日々を過ごしていくしかなくなった。言い換えるなら、昨日と一昨日と今日と明日と明後日の順序が出鱈目になっても、何の支障もなくなってしまった。

　意識のないままに塵や埃のような記憶だけが降り積もって増えていくそんな毎日の中心へ、夏の夕暮れに窓から滑り込む涼やかな風のごとく突然舞い降りてきたのが揚羽だった。

　拾ってきたばかりの頃の揚羽は決して語彙の多い方ではなかった。むしろ特異な生い立ちゆえ、零歳の人工妖精の平均に比すれば著《いちじる》しく少ない方であっただろう。無論、日常会話に何の支障もない程度ではあるのだが、それでも鏡子は、揚羽と話をするときに限って、すっかり錆び付いていた自分の言語野を、シナプスが焼けニューロンが悲鳴を上げそうなほどフル回転しなければいけなかった。

　鏡子に事実の誤認があったとすれば、それは馬鹿に相対するには馬鹿程度の語彙しか必要ないと思い込んでいたことであろう。揚羽を身の回りに侍《はべ》らせるようになってから、馬鹿に何かを知らせるには、馬鹿ではない誰かを相手にするよりも何倍も何十倍も頭を使わなくてはいけないのだということを、鏡子は思い知らされたのである。

　しかし、それは単純周期労働《ルーチン・ワーク》に完全に適応していた当時の鏡子の脳には、無視できないほどの過負荷《オーバー・ロード》になった。疲れてしまうのである、揚羽に対してではなく、自分の鈍《なま》りきった脳に不甲斐なさを覚えてだ。

揚羽と毎日顔を合わせる生活を続けるには、鏡子の側に復帰訓練期間《リハビリ》が必要だったのだ。それだけが理由だったのではないが、半ばやむを得ず、鏡子は引き取ってから数ヶ月にしかならない揚羽を、自治区きっての名門である五稜郭へ入学させた。全寮制で外出が基本禁止の厳しい学園生活に放り込んでしまえば、滅多なことでは顔を合わせることがなくなると考えたからだ。

しかし現実には、学園側と勝手に折り合いをつけた揚羽は、週末のたびに鏡子の工房兼自宅へ帰ってきては、甲斐甲斐しく家事をこなすことを二年近くも続けた。

だから鏡子は、金曜日の夜にはW・A・モーツァルトのクラリネット五重奏曲《クインテット》を聴くことが習慣になった。モーツァルトの遺した名曲の中でも特に隙のない洗練された調べが、クラリネット独特の豊かに膨らむ音色で、清廉な弦楽器の響きを従えて奏であげられるこの曲を聴くと、鏡子は夜の間中ずっと壁を引っ掻きたくなるほどのストレスを蓄積する。そうすることで身の回りの物に片っ端から八つ当たりしてしまうくらいの悪機嫌で翌日、土曜日の昼過ぎに目を覚まし、午前中のうちに戻ってきて早速部屋の片付けを始めている揚羽の苦労を台無しにすることができるのである。

そうでもしなければ——ほんの一瞬でも気を緩めようものなら、揚羽に依存してしまいそうだったからだ。揚羽と会うときは、常に神経を限界まで張り詰めて、普段よりもずっと不機嫌であらねばならなかった。

相手が人間であれ人工妖精であれ、何かに依存してしまったが最後、長い人生の中で鏡子が培ってきた大事な何かが、椿の花のようにあっけなくもげ落ちてしまうような気がしたのである。

それでも、そうした週末限定の拷問のようなリハビリを二年近くも繰り返してきた成果なのか、最近は鏡子にも多少なりの耐性ができてきた。免疫がついたと言い換えてもよい。

だから卒業後の揚羽が万が一、看護師になれなかったり就職に失敗したりして鏡子のもとへ戻ってくることになっても、決して快くではないが、しばらく面倒を見てやってもいいと思っていた。

しかし、もうそんな心配は不要になった。もはや何が起ころうとも、揚羽が鏡子を頼ってくることはないだろう。鏡子は、あえて揚羽の学友たちの眼前で、見ている彼女たちが目を覆って泣き崩れるほど容赦なく、揚羽を折檻した。そう、せざるを得なかった。

孤独に長らく耽溺していた鏡子が揚羽を引き取ることにしたのは、ある程度の見識と発言力のある誰かが、人倫や総督府、行政局などの浅ましい権力から匿ってやらなければ、この幼い娘がすぐに人間社会の欲望に翻弄されて無惨に弄ばれてしまうと知っていたからだ。現に妹の真白は、いまだ半覚醒の半端な状態にもかかわらず一等級の認定を押しつけられ、今やその人生は死ぬときまで政治的に利用される他ない。助け出した直後こそ、妹の陰に隠れて注目を浴びずにすんだ揚羽も、鏡子が手放した途端、亡者のように卑しい人間たちによって貪り尽くされてしまうのは必然だったのだ。

しかし、五稜郭に預けている間に揚羽は自ら進んで人倫と関わり、自分たち姉妹に秘められた可能性を図らずも明らかにしてしまった。もはや、鏡子が身体を張ったとしても隠し通すことはできない。そのとき鏡子にできたのは、衆目の前であえて突き放し、見捨ててみせることで、鏡子が揚羽の可能性を知り一人で独占しようとしていたという疑惑を晴らし、彼らが揚羽に群がりつくまで幾ばくの時間を稼ぐことだけだった。

そうした鏡子の思いがどうあれ、揚羽は鏡子という傲慢で乱暴な育て親に、今度こそ心底愛想を尽かしたはずだ。これで二年前に拾った幼い人工妖精と鏡子の物語は終わりだ。二人の人生線は捻れて離れ、二度と交わらない。

――これでよかったのだ。

心の中でそう、もう何度目かわからないくらい、繰り返し自分に言い聞かせた。

今、鏡子の立つ四区のモノレール駅のプラットホームは、まだ昼下がりだというのに朽ち木に取り残された百舌《もず》の巣のように静まりかえっている。鏡子と二人の同行者以外に客の姿はなく、他にはホームの端に気の弱そうな水気質《アクアマリン》の駅員が一人で立っているだけだ。

鏡子と並んで立っているのは、もう初夏だというのに暑苦しそうな黒いコートを羽織った男たちである。二人ともサングラスをして顔を隠しているが、いずれも若いながらそれなりに才気を持ち合わせた精神原型師である。コートの下にはコンパクトな磁気拳銃と折りたたみの警棒を忍ばせている。

鏡子は繁華街を歩けばあっという間に補導されてしまいそうになるほど、年齢離れした若い姿をしている。背も、両脇の二人に比べると頭ふたつ三つも低い。だが、この中で命がけの実戦を経験しているのは、かつて青色機関《BRUE》の先兵だった鏡子だけだ。万がいち荒事になったときは、鏡子が先陣を切らなくてはならない。

下着の上から直接羽織った藤色のケープの裾が、ホームを吹き抜ける風に翻る。現役時代に使っていたときのままなので、ケープの丈はすっかり余り、膝上の辺りまで届くようになってしまっていた。

ケープの背中には峨東一族の定紋である『上がり藤』と、詩藤家の家紋である『下がり藤』が、上下に並んで染め抜かれている。併せて四枚の羽に見える背中の印と、若作りすぎる容姿のせいで、『人工妖精を狩り出す人工妖精』と仲間に間違われたこともあった。胸には、人工妖精の医療関係者を示す青十字の代わりに羽根を広げた青い蝶の刺繍がある。これも廃業したときからそのままだ。

左手には自分の背丈よりも長い竹刀袋を握っていて、やはり現役のときに最も多用した短槍『翅切《はねきり》』が入っている。長さ二メートル弱の柄は木製から換えて久しく今は炭素繊維製、穂先の形も打ち直しを繰り返したために峨東宗家から譲り受けたときとは別物のようになってしまっているが、別段なんの仕込みもない旧来の槍だ。

準備に抜かりはなく、装備にも不足はない。これ以上の装備と人員が必要ならば、それはもう人倫の手に負えるような事態ではない。

現在、東京自治区内の官民七路線すべてのモノレールは、人倫と行政局が申し合わせて運行を停止し、改札より内側は立ち入り禁止になっている。それもすべて、神出鬼没の相手を詰め将棋のように予断なく追い詰めるためである。

やがて、プラットホームへほぼ無人の車輛が滑り込んできた。見る限り乗客は三輛編成の一輛目に一人だけ。フリルのあしらわれた黒いドレス姿で、顔はヴェールで覆い隠したまま、横座席に腰掛けて、膝の上で開いた本に目を落としていた。

鏡子たちの前に二輛目の中央のドアがやってきたところで車輛は停止し、空気圧の抜ける音がしてドアが開く。

「……行くぞ」

両脇の二人に目配せをし、鏡子は列車内に駆け入った。

申し合わせていたとおり、黒服の二人が車輛間の連絡窓から前後の車輛に対象《ターゲット》以外の乗客がいないことを確認してから、一輛目の車輛との接続通路へ集まる。

やがて、鏡子たちを乗せたモノレールはドアを閉め、何事もなく発車した。

車輛が加速し、後方への慣性が徐々に強まっていく中、鏡子はジェスチャーで黒服の二人と呼吸を合わせる。黒服が連絡通路のドアを開けるのと同時に、鏡子は身体を宙に放り出すようにして一輛目の車輛内へ飛び込んだ。

床に転がりながら受け身を取り、体勢を立て直しつつ車輛後方へ槍を構えて振り向く。ドアの両脇での待ち伏せを警戒しての曲芸じみた突入だったのだが、杞憂だった。

手招きをする鏡子を見て、黒コートの二人が奥の黒いドレス姿の人物に警戒しつつ警棒と拳銃を構えて一輛目へ慎重に踏み入ってくる。モノレールは加速を続け、徐々に運用最高速度に近づきつつあった。

そのとき、警戒しながら立ち上がろうとした鏡子の踵に、何か堅くて重い物がぶつかり、それは車輛の床を滑って、アイスホッケーの玉《パック》のように何度か座席や壁にぶつかりながら、黒コートたちの前で止まった。

鏡子も含め、三人全員が爆発物の可能性を疑った。鏡子は反射的に座席の陰へ隠れ、黒コートの二人は顔を庇った。しかし、彼らの足下で止まったそれは、鈍い真鍮色をした延べ棒《インゴット》のようなもので、一見するところ爆発物やガスのボンベではない。

ちょうど人の手首から肘までぐらいの長さの細長い金属製の箱――そのようにしか見えなかった。もちろん危険物をひと目で見破ることは困難だが、鏡子の頭の中では別の可能性が首をもたげつつある。

黒コートの一人が、恐る恐るブーツのつま先で箱を通路の脇へ蹴り避けようとしたとき、

「……よせ！」

半信半疑であったために鏡子の心の中で生まれた躊躇が、制止の声を発するのを僅かに遅らせてしまった。

次の瞬間、車輛内を床から天井にかけて赤い鮮血が輪になって飛び散り、数瞬の間を置いて男の身体がぐらりと斜めに傾ぐ。その足は、分厚い革のブーツごと足の甲から裏まで綺麗に切断されていて、残された足の指と甲の半分が床に置き去りになっていた。

床に転がった男は、そのときようやく痛みを思い出したように絶叫をあげてのたうち回った。

何が起きたのかわからないまま、不用意にもう一人の黒コートが、苦悶する相方を助け起こそうとして近寄り、瞬く間に次の犠牲者になった。

不用意な男の首は脊椎近くまで深々と切り裂かれ、頭の重さでしなった首が胸にずり落ち、後頭部が自分の右胸で擦れる。

一瞬で無残な死体と化した相方を見て、足を切られた方は半狂乱になり、這って鏡子の方へ逃げようとしたが、

「——————っ！」

縊るように鏡子の古い通り名を叫んだ次の瞬間には、その首は皮一枚を残して後ろから切り裂かれ、間欠泉のように惜しげもなく鮮血を噴き上げながら床に倒れた。

一瞬で車輌内を血の海《ブラッド・バス》に変えた犯人の姿は、少なくとも人の形をして鏡子の目には映っていない。ただ、床に転がった真鍮の延べ棒から、人間の腕が生えていた。

そう、それは腕だ。ただし、二の腕があり、肘があり、手首があり、五本の指があるだけで人の腕といえるのならば、である。人間の骨格を極限まで簡略化し、その機能のみを先端工学で再現し、人体のあらゆる無駄を血肉とともに削ぎ落とした、機械の腕だ。

わずかに数十センチの長さしかない小さな延べ棒は、まるで地獄と繋がる狭い穴から亡者が現世へ引きずり出されるかのように、腕に続いて首、胸、もう片方の腕、腰と順序よく骨

格へ変形し、辛うじて人型と思しき形状を取る。

「携行用機械化竜騎兵《ポータブル・マシンナーズ・ドラグーン》……か」

戦場において、緊急時に人間の兵士の代わりをさせるため、ごく最低限の人間の構造だけを模倣し、軽量化を追求しながらかつ人間と同じ装備を使えるように造られた機械の兵士。

変形前の可搬性においてはおそらく世界最小最軽量の等身大人型兵器だ。

「UFMG-X9 MarkII 可変型随行代用歩兵」

最前部の座席に腰掛けたまま平然と読書にふけっていた黒ドレスの標的《ターゲット》が、初めて口を開いた。

「いわゆる竜牙兵《ドラゴン・トゥース・ウォリアー》だ。血肉がないのはもちろん、動力源《バッテリー》や電子回路、電力発動機《アクチュエーター》も、伸縮式の細い骨格の中へすべて内蔵されている。まるでワイヤー・フレームだけで人を造ったみたいだろう。人間や他の人型機械とは違って、刃物で突いたり刺したりする部分がない。極限まで携帯性を追求した結果、そうなってるんだ。ライフルの弾倉《マガジン》サイズで持ち歩け、いざというときは手持ちの装備をそのまま渡して身代わりにできる。しかも細い骨格だけだから撃たれても弾丸は当たりにくく、単純な構造であるだけになかなか丈夫でもある」

音を立てて本を閉じながら、標的は芝居がかった仕草で席を立ち、鏡子のいる車輌後方へ向き直った。

「さすがに火器は用意できなかったので固定装備の振動ナイフだけだが、まあ、君のような古い槍術の使い手に取っては天敵といったところかな、詩藤鏡子」

黒い髪はロングボブだが、長いレースを首から垂らしているので遠目にはロングヘアに見えないこともない。服はフリルのあしらわれた黒いドレスで、垣間見えるブラウスの襟と裾だけが白だ。襟に巻かれた青いタイが、無彩色の中で際立って鮮やかに見える。

　確かに、最後に見たときの揚羽とシルエットや全体の印象がよく似ている。自警団が彼女を揚羽と見間違ったのも無理はない。

「相も変わらず酷い若作りだな、不言《ふげん》志津恵《しずえ》」

「お互い様だよ。そういう君もまた背が小さくなったんじゃないか、親友」

「お前に友情を感じたことはない、無理な若返り《アンチ・エイジング》のしすぎで脳の中身まで幼稚化したか？　寝惚けて馴れ馴れしい寝言を吐くな」

「つれないね。青色機関で背中を預け合った仲間同士、四半世紀ぶりの再会じゃないか、藤色の魔女《アクアノート》。感極まって泣くくらいのしおらしいところを見せてもらいたいものだね」

　かつて自分が殺した相手と再会したときに覚える感情など、生憎と不気味さしかない。

「……お前、今は何人目だ？」

「君と最後に会ったのは、確か十三人目の頃だったか……もう二十六年になるね、あのときはさすがの僕も度肝を抜かれたよ。まさか、よりにもよって親友の君が、峨東と人倫の走狗《いぬ》になって僕を殺しに来るとは想像だにしなかったからね、びっくりしてつい殺されすぎてしまった」

「こちらも手勢の半分を失った。たかだか家ひとつの取り潰しでは考えられない損害だ」

「本家の成人はもちろん分家や外戚の嬰児《みどりご》に至るまで、一滴の血縁も見逃さず殺戮しておいて、その程度の死者でお釣りが来るとは思って欲しくないな。君たちは、この地球上から本気で不言の家系を消滅させようとしたのだから」

そうだ、かつて峨東は、かねてより謀反《むほん》の懸念があった不言の氏族を完全に断絶させるべく、青色機関の鏡子をはじめ多くの刺客を送り込み、一夜にしてその血族を皆殺しにした。すべての家屋敷に火をつけて屋根瓦まで灰にした上、遺体ごとコンクリートを流し込んで地中深くに埋めた。

そうまでしなければ、不言の血を完全に断つことはできないと考えられていたからだ。狂気の血統を数多く傘下に収める峨東をしても、それほどまでに不言の血族は異常で、特殊で、生と死という観念すら通用しないと畏《おそ》れられていたからである。

そこまでしたというのに、四半世紀の刻《とき》を経て今また不言志津恵はこの世に姿を現した。峨東の一族が恐怖で震撼して早急な抹殺を望んだとしても無理はない。

「今でも時々、君のその宝槍・翅切で左胸を一刺しにされたときの痛みを思い出すことがあるよ。ズキリ、ズキリと胸腔が疼くんだ。前から後ろまで貫かれ、身体の内側と外側が反転し、世界が僕の中へ流れ込んでくるような感覚だ」

「今頃になって土の下から現世へ這い出てきたのは、私への復讐のためか？」

「復讐……復讐だって？　こいつは傑作だ！　死者も思わず甦って踊り狂うだろう！」

心底可笑《おか》しそうに、本気で堪えきれない様子で声を上げて笑い、不言志津恵は腹を抱えなから握った本で手すりを叩いた。その顔は淫靡に、卑猥に歪んでいる。

「不言も含め、峨東の血脈がそんな低俗な人情と無縁なことは、誰よりも君たち峨東本流の人間たちが自覚しているはずだ。嘗《な》めているのか、詩藤？　嘗め殺すつもりかい？　君たち峨東が二千年の昔から変わらないように、僕たち不言もまた続けているだけだ。その軸線上に、今再び君たち峨東が立ち塞がっているに過ぎない。そして千年来、僕たち不言の至上の命題は変わっていない」

「……全能の逆説《Omnipotence paradox》、か」

「『全能なる者は、また自らを全能ならざらしめることも能《あた》うや否《いな》や』。僕たち人類がいかに宇宙の深淵を見通そうと、時空を跨《また》ごうと、不老不死を得ようとも、七欲のすべてが枯れて果てるほどの栄華を極めようと、たった一つ、この簡単な命題を乗り越えられない限りは、常にいつ来るともしれぬ災厄や絶望に怯えて生きていかねばならない。

　裏を返せば、この命題さえ解くことができるなら、僕たち人類にはもはや恐れ憂いうるべき未来は決して訪れない」

「しかし、全能は絶対に生み出せない。なぜなら全能たり得ない人間に生み出された時点で、それは全能ではないからだ」

「そうだね。このパラドックスに、君たち詩藤も、僕たち不言も、気が遠くなるほどの時間を掛けて向き合ってきた。しかし、ヒントだけならば古《いにし》えの時代にとっくに導かれている」

——我ら、我らが主にして神たるとホレブにて契約す《Dominus Deus noster pepigit nobiscum foedus in Horeb》。

――主は我が祖人たちと契らず、今ここに生ける全ての民と結ばん《non cum patribus nostris iniit pactum sed nobiscum qui inpraesen》。

ややハスキーな声で、不言志津恵は旧約聖書の申命記を詠《うた》う。

「古代ユダヤ人たちは、唯一絶対の神を崇めると決めたときから、早くもこの命題にぶち当たってしまった。全能なる存在が彼らの神だと定義するのであれば、それは同時に彼らの神の全能性を否定することになる。ゆえに彼らは出エジプトの古えまで遡り、モーセはじめ高祖たちが、それまで全能であった神と契約を交わし、以降は神と民はその契約のみをもって定義されたということにした。

すなわち、モーセが十戒を引き受けるまで、世界をもたった七日で創造した全能なる神は確かに全能であったが、同時に人々と意思疎通が可能な人格を持っていなかった、ということにしたんだ。人間と意思を交わすことがないから、全能であっても何もしない。それはありのままの自然界の体現だ。

しかし、モーセの民がその赤子のような自我なき全能の神と人の言葉で契約を交わして枠にはめたことで、初めて神に人格が生じ、同時にそれ以降は全能たり得なくなった」

世界各地に残されている神殺しの伝説や、火や光など神の権能を奪って人間に広めた背信者の神話と、旧約聖書で最も重要なモーセの十戒が同質のものだと、不言志津恵は言っているのだ。

「全能なるものがこの宇宙に存在していても、それは僕たち人類と意思の疎通をした時点で全能性が失われてしまう。しかし裏を返せば、僕たちが全能の存在を生み出せなくても、既にある全能な存在を契約や対話という手段でその有用性のみを残して利用することは可能だということだ。

さて、そこで問題は、この宇宙のどこに『全能性』なるものが残されているのか、ということだが、我々はこの宇宙の大半の因果律を既に解き明かしてしまった。残された未知の領域も極めて限られている。もはや既存の世界に全能な存在など求めるべくもない」

「だから、峨東は他の因果系にその可能性を求めた。この宇宙での因果律に全能者のつけいる隙は唯一、因果律が導かれる原点、すなわち『乱数』しかない。ここに他の因果系からの干渉《ラテラタリティ》があるのだとすれば、我々はそれを観測することができない。すなわち、そこにだけ全能な存在の居場所がある」

「そのひとつの答えとして、僕たちは人間よりも純粋な人間のようなもの、人工妖精を生み出したはずだったよね、詩藤」

「……世界存続の危機の回避、そのための乱数、か」

そもそも目に見えぬ世界の危機なるものを前提にして生きている人間が人類の中で極めて少数であろうが、峨東の血族がそのために歴史の陰で暗躍してきたのは紛れもない事実だ。不言もそうした使命を共有していたからこそ、千年の長きにわたって峨東の傘下にあったのである。

「ずいぶん待たされたが、峨東はようやくふたつの乱数を生み出した。ひとつは詩藤、君が造った世界初の火気質《ヘリオドール》の個体。もうひとつは、深山《みやま》大樹が遺した双子機だ」

――やはり、初めから揚羽が狙いだったのか。

無意識のうちに、口から舌打ちが零《こぼ》れ出た。

「しかし、やっと手に入れた乱数だが、君たち峨東はそれらが全世界に波及するまで座して待つつもりかい？　人工妖精の普及すらまだ途上で、君や深山のような特異な才能が悪戦苦闘の末にようやく生み出した傑作が、他の凡俗な精神原型師たちにも造れるようになるまでいったいどれほどの時間が必要なんだ？　君の愛娘は今や東京自治区の頂点に立っているが、それでも世界全体から俯瞰してみればその影響力はごく局所的だ。

なんとも歯がゆいことだ。だから失踪の直前に深山は、僕たち不言の家と密約を交わしていたんだよ。深山の双子の娘たちが成人するまでの間、僕たち不言の悲願を試行するために、双子の片方を自由に使っても構わないとね」

揚羽と真白の制作者である深山は、確かにそのような不敵で歪んだ思考の持ち主だった。自分の傑作にこれ以上手を加えることができるというのなら、やるだけやってみるがいい、きっとそう思っていたに違いない。

「あの金色の左目は、やはりお前の差し金か」

人工妖精の肉体は、そのあらゆる部位が多くの家々の知識と技術の結晶に他ならないが、特に眼球から視覚野にかけては、不言の家と西晒胡《にしさいこ》宗家が流派の垣根を越えて共同開発し、仮想現実や意識の情報化も含む将来の拡張性まで見越して設計され、第二の脳とまでいわれるほど高度で複雑な構造になっている。人間の義眼と同じ規格に準じているため、今でこそ工場で大量生産されているが、ほぼすべての眼球には今も不言の家の者にしかわからない多くの秘匿機構《ブラック・ボックス》が組み込まれたまま複製され続けているのである。

「まあね、なかなかいい出来だろう？　機能制限《リミッター》を外し、人間や普通の人工妖精なら数日で発狂してしまうくらい強力な五感補助と意識拡張の機能が有効化されている」

「補装具用の眼球は機能制限《リミッター》の強さによって色が変わったはずだな。だが、金色は——」

「その通り、ほぼ無制限《ノー・リミット》だ。実験レベルですら二段階も下の琥珀色《アンバー》までしか機能させられなかったが、所詮は個体との相性の問題だ。その点、深山の娘との相性はとてもよかったようだね。自我のない彼女——揚羽といったかな、君の大事な義理の娘は。彼女には、自分の内側へどこまでも意識を沈み込ませるように働いているはずだ。親に似ず優しい子のようだからね」

退院後の揚羽の目の色を一目見たときから、鏡子も懸念は覚えていた。

「ならばさぞ無念だろう。結局、もうひとつは使わずじまいだ」

補装具の眼球は常に二個セットで製造されていたはずだからだ。

怒気が半分、苦笑が半分といった複雑な顔で手すりに寄りかかってから、不言志津恵は鏡子を嘲笑った。

「もうひとつ、というのは、これのことかい？」

不言志津恵の身体が揺らぎ、半ば倒れるようにしながら上体をかがめ、手のひら大のビーカーを床に置く。その中には、保存液に漬けられた金色の義眼が浮いていた。

「まあ、こちらの眼は三十年前にちょうどいい半故障の個体を見つけたので試験的に与えてみたんだが、乱数なしの凡庸な人工妖精の分際で、思いもよらず三十年間も生きながらえてよい成果を上げてくれたし、もったいないのでね、一応回収はしてある」

「三十年前――か。やはり、あの山城学院の占拠事件のとき、お前たち不言は学院の非常事態を知りながらあえて傍観し、あまつさえ隠蔽していたのだな」

「当然だろう、あんな特殊な条件下で実験経過を観察できる機会なんて滅多にないからね。あまり僕を嘗めないでくれ、詩藤。眼球《これ》は片方でも十分機能する。この半年間、常人にはあり得ない自己解体《かがみうつし》の視覚情報に晒され続けた揚羽君の脳は、とっくに適応して大脳生理学レベルの変質を起こしている頃だ。あの眼は既に彼女の脳の一部になっているんだよ。もう君にもあの眼球を取り外すことは容易でないだろう。無理に外せば――」

「お前の空蟬計画の被験体と同じように、廃人になる、か」

「相変わらず勘が鋭いね、詩藤。山城や五稜郭を使った空蟬の試行錯誤も、たしかに今回のための下準備だった」

　空蟬計画は脳と肉体の分離の可能性を探る目的でかつて峨東に承認され、後に山城学院と五稜郭となる二つの施設で実験が行われた。しかし、三十年前の山城学院で起きた惨劇の際に行われた調査で、実験の本当の目的がまったく異質であったことが発覚した。

　不言の研究者たちは、学業施設という隠れ蓑を利用して峨東の目をも欺き、脳を分離するという表向きの目的は逆に、可能な限り脳外科的に手を加えることなく人工妖精の集団心理を人間の手で制御する実験を行っていたのである。それは将来的には人間にも応用可能な背徳的で危険な研究だった。

そもそも、過密化する自治区内で将来に懸念される治安の悪化を防ぐ研究も二つの実験施設で並行して行われていたため、不言の実験が有用として是認する擁護派と、許されざる暴走としてあくまで排除しようとする厳罰派の二派に峨東一族内は分裂し、激しい議論が交わされたが、事件から三年を経ても決着を見なかった。そのため、厳罰派は青色機関《BRUE》のメンバーと傭兵で懲罰部隊を組織し、不言の家に対して人倫の承認を得ないまま独自に制裁を加える決断をしたのである。

詩藤の家名を背負い、峨東の家々の中で汚れ役を担わされていた鏡子は、懲罰部隊でも一翼を担い、その手で確かに当主・不言志津恵の息の根を断った。

結果として不言の暴走は阻止されたのだが、峨東と人倫の内部で響き渡った不協和音は癒やしがたい深い傷として残り、今も峨東一族の中に暗い影を落としている。

「しかし、山城は遺棄され、五稜郭もいまや人倫の制圧下にある。三十年を掛けてお前たちが培養した地下の醜い巨大脳は既に外界と遮断され、遠からず解体されるだろう。お前たち不言の悲願と野望は、今や完全に潰《つい》えた。そろそろ年貢の納め時だ、不言志津恵」

「いいや始まりだ、詩藤鏡子。僕があの小さな五稜郭の中での枯れ果てた実験に、三十年もただ拘泥していただけだと本気で思っているのかい？　集団心理誘導の研究は、山城のときにとっくに完了している。その後も五稜郭で実験を継続したのは、君たち峨東の主流派と人倫、それに行政局にその有用性と必要性を実証してみせ、説得するためだ。それがいったんは君たち懲罰派のおかげで台無しになったわけだが、今も進行する自治区の過密化のために懸念される、区民の潜在的不安の拡大と治安悪化の問題解決は将来に先送りされたままだ。

　そしてようやく、行政局は決断したよ。君たち峨東が長年手付かずにしてきた自治区の古い第一層旧市街の再開発は、赤色機関《Anti-Cyan》の基地移転問題と共に次の第四次都市改造計画で実施されるが、この都市計画には山城と五稜郭で培われた感情パケット化――君たちは人工PTSDなどと揶揄していたが――の技術が、全面的に採用されることが行政局の閣僚会議で決定され、既に各会派の領袖から承認も得ている」

「……行政局と自治議会がお前たちを受け入れたというのか？」

　家の断絶から数十年もの間、不言志津恵が峨東や人倫に見つからず自治区内に潜伏できたのも、行政局を味方につけていたからだとすれば合点がいく。

「そういうこと。自治区の民意を代表する議会と行政局は、自治区の権勢が峨東と人倫の強い影響化にあることを予《かね》てより快く思っていなかった。さすがに二つ返事とはいかなかったが、山城と五稜郭の成果を根気強くプレゼンしてやったら意外にあっさりと折れてくれたよ。

　詩藤、君は今回限りのつもりで峨東と人倫の手先になったのかもしれないが、自治区というこの大きく育った生き物は、もう親たる君たち峨東の存在を疎ましく思っている。君はとんだ道化にされた、というわけだね。

　もちろん、新しい巨大脳はもう用意してある。今は五稜郭の生徒と卒業生にしか接続できないが、再開発計画で第一層の街は五稜郭や山城と同じ、脳を変質させる生活空間に構築し直される。ここで生活する人間や人工妖精は、脳内の扁桃体が変質して五稜郭の生徒たちと同様に感情パケット化の機能が自然に組み込まれる」

　おそらく行政局はそこまでしか知らされていないのだろう。住民の感情から敵意や攻撃性をある程度消し去ってしまうことができる、超過密都市を実現するための新時代のプロジェクト、その程度にしか考えていないはずだ。しかし、不言にとってそれは悲願達成のワンステップでしかない。

「扁桃体の変質だけではあるまい。五稜郭での生活は、側頭葉や前頭葉にも影響を与えるのだろう？　お前、最近の自殺者に自己像幻視《オートスコピー》を見せたな？」

「さすがに鋭いね。そう、いわゆるドッペルゲンガーだ。五稜郭の生徒たちには、側頭葉と前頭葉に軽くバックドアを仕込んであってね、特定の組み合わせに合致する身なりの人物を目撃すると、それを自分の分身《ドッペルゲンガー》だと思い込んでしまうようになっている。その組み合わせの符号が、僕の今着ている黒中心の衣装ということさ。服を無彩色に制限される等級認定外《ごとうきゅう》の人工妖精は自治区においてとても少ないからね、秘密の符丁として丁度よかった。自己像幻視《オートスコピー》現象は、健常な人間や人工妖精なら遭遇しても一時的に自意識を喪失する程度でさして問題はないが、敵意や攻撃性が高まって第一原則が機能不全を起こしている人工妖精の場合、第三原則が無効になるのでそのまま自殺に至る。僕がこの姿で人通りの多い場所を歩き回るだけで、桜花《おうか》君が食べ残した爆発寸前の人工妖精を排除できるんだ。効率的だろう？」

行政局を謀《たばか》っている手前、実験の副産物である危険な人工妖精たちを、証拠を残さずに排除してしまうつもりなのだろう。鏡子や峨東の想像以上に、不言志津恵は綿密に、そして狡猾に事を進めていたようだ。鏡子たちが既に後手後手に回ってしまっていることは認めざるをえない。

「しかし、今までお前が五稜郭でしてきたように、PHSの通信機を頭部に内蔵して生み出された風気質《マカライト》の人工妖精を一般生徒に紛れ込ませるならばまだしも、自治区中のすべての人工妖精に通信機を埋め込むわけにもいくまい？　基地局とて、微細機械《マイクロ・マシン》の多い学園外では機能せんぞ」

不言志津恵の目的は、あくまで巨大脳と多くの人工妖精の脳を接続することのはずだ。それは環境操作による脳の変質だけでは不可能だ。かといって、すべての人工妖精に後から脳外科手術を施すのは現実的ではない。五稜郭内においても、揚羽の後輩の雪柳という娘のように、あらかじめ受信機を頭に埋め込んで造られた個体が数えるほどいただけである。

「ＰＨＳ？……ああ、そうか、すっかり忘れていたよ。あれはね、あくまで五稜郭や山城といった狭い施設に限定して実験をするために利用したんだ。微細機械に阻害されるギガヘルツ帯の電磁波などに頼らなくとも、この自治区には既に高度で高速な通信手段が確立され、全土に整備されているじゃないか」

赤外線通信のことか。確かに、一般的な電波による通信が不可能な自治区では、赤外線による通信が中心になっている。しかし、人間にも人工妖精にも、赤外線を感知できる受容体など身体のどこにもない。

……いや、人工妖精の眼球は元来、規格上は紫外線の視覚にも対応できるようにできている。一部の特殊な用途の人工妖精を除いて無用なために、機能上省略されているだけだ。そして、すべての人工妖精の眼球の開発を担ったのは、不言の氏族である。

「人工妖精の眼球には、まさか赤外線の受容体もあるのか？」

「もちろんだよ。紫外線同様、視覚には使われていないけれどね。一級の精神原型師でも気づかない、不言しか知らない秘匿機能《イースター・エッグ》だ。視床には繋がっていないから、視覚として認識されることはない。しかし中脳に直結しているから、盲視《ブラインドサイト》と同様に無意識下に直接作用する。つまり、わざわざ無骨な受信機を頭に内蔵しなくても、すべての人工妖精は生まれつき赤外線通信で外界と接続する機能が備わっているんだ」

迂闊だった。赤外線による脳への通信が、それぞれの人工妖精の人格や行動にどれほど影響を与えられるのかは未知数だが、自治区中の人工妖精すべてをどこかに用意している巨大脳と接続する準備は、とっくに整っていたのだ。

「まずは第一層の再開発、それから順序よく、第二層、第三層の整備、そしていつか造られる第四層の建設にも感情パケット化の構造は組み込まれるだろう。まあ、この自治区全土の人工妖精が接続されるまで、百年程度は見守るつもりだよ」

峨東や人倫だけではない、行政局の閣僚と官僚、自治議会の議員たち、ひいては自治区の全区民を、不言志津恵はまとめて欺き、罠に嵌めたのだ。

「……お前は、この自治区に万能の独裁者でも生み出すつもりなのか？」

「冗談だろう？　そんなの何の意味もないじゃないか。僕たち不言はね、ただすべての人間と人工妖精が、そこにいるだけで幸福に一生を過ごせるような『都市という機械《エリュシオン》』を造りたいだけさ。すべての痛みや苦しみから人々を解放する現世の極楽浄土、それを生み出す知識を蓄え、それを造り出す技術を磨き、千年に及ぶ不屈の信念で僕たち不言はついにその悲願を成就する」

「悲願なものか。お前はこの世界に全能者を降誕させたいだけだ」

「同じことさ。全能者のその全能をもって遍《あまね》く世界を幸福にする。すべての恨みと敵意と憎しみを奪い消し去る。後に残るのは、消費し尽くせないほどの幸福だけだ。そのために必要な、巨大脳の中心に収まるべき純粋な『意識』を僕はもう見つけている。彼女は決して独裁者にはならない、なぜなら彼女には自我が欠損しているからだ」

　全能性を探究するのは、峨東傘下の家々ならどこも同じだ。しかし、そのための手段や研究方針は、悲劇的なほど相容れない。鏡子もまた、不言志津恵の語る一つの到着点としての理想を、理解はできても寛容はできない。

「やはり、お前とは親友になれんな。私はお前の存在を受容できん」

「僕も君を誑かすことができるとは思わない。けれども、親友だと思っているよ」

　絶対に相容れない。それでもそこに友情があるのだというのなら、この女にはこの世にあるすべての悲劇が取るに足らないと考えているのだろう。

「人倫と峨東の中に、お前と内通している者たちがいるな？」

いかに行政局の助力を得ていたとはいえ、これだけ大がかりな仕掛けを、不言志津恵が一人で成しえたとは思えない。人倫や峨東の中にも有力な協力者がいるはずである。

揚羽に金色の眼を移植した技師には既に人倫が手配をかけているが、先月から失踪したまま未だ見つかっていない。どこかで匿われているのか、すでに処分されたのかは不明だ。

「だとしたらどうする？　僕たち不言と同じように、まとめて家ごと取りつぶして虐殺するかい？　そうしてくれても構わないが。まあ、君が教えて欲しいとどうしても請うのであれば、考えてあげてもいいよ。ただし——君が生き残れたら、だけれどもね」

不言が指を鳴らすと、鏡子の後ろで硬直していた竜牙兵が、骨格標本のような身体をもたげ、虚ろな眼窩《がんか》が鏡子を見据える。次の瞬間、両手首に固定されたナイフが閃《ひらめ》き、鏡子の首と胸へ向けて繰り出された。

首狙いのナイフは屈んでかわし、もう片方の刃を翅切の柄で受け止める。軽量で細身な姿を侮ったなら、二人の連れと同じように一瞬で命を絶たれていただろう。腕力は人間の男性の平均以上で、勝るとも劣らないほど俊敏だった。

「三等兵の分際で！」

腕の力だけでは受け止めきれなかった刃の勢いを、鏡子は後ずさりしながら辛うじて受け流す。丈夫な炭素繊維の柄には、今の一撃で深く傷が入っていた。

水淵流派の開発した使い捨ての戦闘人形だが、最低限の骨格のみのわりに極めて強靱で、しかもスペック通りならライフル弾の直撃にも耐えるほど頑丈なはずだ。銃弾の雨を浴びても凌げるように出来ているのだから、鏡子の手持ちの槍の刃が通ることはあり得ない。刃が欠けるいっぽうだろう。

だが、壊すのではなく倒すのであれば、勝算はある。

鏡子は槍を短く構えなおし、身体を捻って全身のバネに力を溜めてから一気に開放した。

一度は空振りさせ大きく振り回した槍が二回転目で最高速に達したとき、鏡子は槍の柄を伸ばして竜牙兵の肋骨の下、剝き出しになっている背骨に横から叩きつけた。

俗に大車輪と呼ばれる、槍術の中では特に力任せの大技である。竜牙兵の身体がどんなに丈夫であっても、煉瓦ブロックのサイズであった変形前と、質量は変わらない。多く見積もっても三キロから五キログラム程度だろう。身体の小さな鏡子にとって、成人の人間が相手ならばこのような力任せの型は死に技も同然だが、自分より軽い相手であれば事情は一変する。どんなに膂力《パワー》があっても、軽い身体なら簡単に宙に浮かせ、窓の外へ放り出すこともできるはず、だった。

しかし、渾身の力を込めた槍の柄は、鏡子の手首ほどの太さしかない金属の背骨にぶつかると、巨岩でも殴ったときのようにびくともせず止まってしまった。

鏡子の視線が下へ向き、水汚れのように床に転々と空いている小さな穴を見つける。

足裏に伸縮式のスパイクが付いているのか。それが床を打ち抜いて、軽い身体を固定することができるらしい。峨東と並ぶ名家、水淵流派の誇る兵器に、安易な欠点はさすがにないようだ。

思わず舌打ちし、背骨に沿わせて槍を引き戻す。これだけでも生身の人間なら脇腹を切り裂かれて致命傷だが、骨だけの竜牙兵には表面に薄い傷をつけるのがせいぜいだった。

反撃は苛烈で、両手から繰り出されるナイフは何度も鏡子の身体を掠め、藤色のケープは無残に引き裂かれた。しかし、連撃を繰り出すうちに、低めの大ぶりになった瞬間を見逃さず、鏡子はそれを飛び越えて一気に肩の触れる距離まで詰め寄った。

「押して駄目なら――」

膝のバネを溜めてから一気に上へ向けて解放し、槍の刃ではなく、逆の石突きの方を繰り出す。石突きは竜牙兵の下顎を捉え、床からスパイクを引き抜かれた竜牙兵の全身が宙に浮く。

「突き上げればいい！」

そして、そのまま真鍮色の髑髏《されこうべ》は天井を貫いた。

鏡子が槍を脇に戻した後も、天井からぶら下がっている竜牙兵はなんとか頭を引き抜こうともがいていたが、容易には降りてこられそうにない。

「お見事」

本を脇に挟んだ不言志津恵が、嫌味たっぷりの拍手を鏡子に送る。

「名高き〝藤色の魔女《アクアノート》〟の対人無敗は、人の形さえしていれば機械にも通用するようだね。

ところで、このモノレールはなかなか次の駅に着かないようだけれども、もしかして君が僕を捕らえるまで止まらないことになっているのかな？　だとしたら人倫も愚かな選択をしたものだ。これ以上、区民に運行停止を押し通すのも難儀だろう。そろそろ待避線に入り、その後は迂回路、そして貨物用軌道、最後には――

まあ僕の方はそれを待ってあげてもいい。総督府の横槍のおかげで、君の大事な義理の娘君をお招きする手間が省けたしね。本当は〝神降ろし〟の前にもう少し桜花君の食べ残しを処分しておきたかったが、まあ少々省略しても構わないだろう」

槍の穂先を向ける鏡子に対してまったく臆することなく、不言志津恵は鼻で笑いながら言い放った。まるで、肩で息をしている鏡子の方が追い詰められているとでもいうかのようだった。

「揚羽を、招くだと……？」

「君は彼女を突き放し、自分のもとからあえて遠ざけることで、僕や人倫の手から逃《のが》そうとしていたんだろうけれども、露骨すぎて見え見えだよ。引退して久しい君が、人倫に唆《そそのか》されてわざわざそんな格好で昔取った杵柄を振り回しているのがいい証拠だ。やはり、彼女こそが深山の置き土産、本物の乱数なんだね。おかげで確信できた。

僕と過去の決着をつけようだなんて殊勝さは、君にとって無縁だろう？　なら、君が僕の始末を買って出たのは、実子と最初の火気質《ヘリオドール》、二度も子育てに失敗した後ろめたさからかな？　人間性の欠落と引き替えに、才能を極限まで引き出すことに固執した峨東の血族の中で史上指折りの才媛である君が、親心で思わず目が眩んでしまったのだとしたら皮肉なことだね。

君がそうまでして庇おうとしたことで、人倫も総督府もますます彼女の可能性を無視できなくなった。彼女は——世界の乱数は、まもなく僕の手の中に転がり込んでくるだろう。そのとき、史上初めて本物の〝全能者〟がこの世界に顕現する」

槍の刃先を向ける鏡子に、不言志津恵は平然と嘲笑して見せた。

「思うようにはさせ——」

「そうそう、言いそびれていたのだけれど」

不言志津恵の左のつま先が、足下に置かれていた革の旅行鞄を蹴り倒す。弾みで留め金が外れて蓋が開き、中から骨だけの腕が現れる。それはやがて六本になり、計三体の竜牙兵が新たに鏡子と不言志津恵の間に立ち塞がった。

「あと三つ、持ってきていてね」

背後では、ようやく頭を天井から引き抜いた最初の竜牙兵が床に着地して、再びナイフを構えていた。

「ああ、四つになったね。ご苦労なことだけれど、また相手になってくれ。僕の方は」

不言志津恵は悠然と座席に腰掛け、腋に挟んでいた本を、最初と同じように開いた。

「君が終わるまで読書でもしていることにするよ」

「……首を洗っていろ。それが乾くまでには片付けてやる」

鏡子の汗ばんだ手が、傷だらけの槍の柄をきつく握りしめた。

＊

詩藤《しとう》之揚羽は、人騒がしいのが好きだ。

揚羽と真白の姉妹が生まれたのは、仲間のたくさんいる工場でも精神原型師《おや》がつきっきりになってくれる工房でもない。覚醒前のあやふやな記憶を辿るなら――それは人間で言えば胎内記憶のような曖昧で非科学的なものだが――鏡合わせのように左右が綺麗な対になった部屋で生を享けた。

窓がないため昼か夜かもわからず、外界からの音もほぼ完全に遮断されていたので、揚羽の鼓膜を震わせたり網膜を彩るものは、自分か妹の生み出したものがすべてだった。

自分たちが何もしなければ何も起きない、そういう場所だ。

五稜郭に入学してから、人類とあらゆる生物が死に絶えた世界で、たった一人で目を覚ましてしまった女の子の物語を小説で読んだことがあるが、揚羽には彼女の気持ちがとてもよくわかる。

女の子の周りには幾人か隣人がいるのだが、実は彼女たちは既に死んでしまった幽霊のようなもので、彼女の発育を健康的に促すためにコンピュータが作ったシミュレーションに過ぎなかったことが、作品の後半で明らかにされるのである。

その物語の結末を、揚羽はなぜか思い出せない。自分のかつての境遇を思わせる、物語中盤の救いのない雰囲気の印象が強すぎるせいなのかもしれない。

あの少女は、後に自分以外が死滅している世界の現実に直面したとき、なにかしら救われたのだろうか。それとも絶望に暮れてしまったのだろうか。

作者がどんなメッセージを込めてその物語を書いたのか、結末を思い出せない揚羽にはいつまでもわからない。

幸いなことに、揚羽の場合は覚醒後の世界に周囲に鏡子をはじめとして数万人の自治区民とそれ以上の数の同胞、人工妖精《フィギュア》たちが溢れていた。多くの思いがいつも飛び交い、数え切れない声と姿が、確かにそこに生きている無数の人々の存在を感じさせてくれた。

それでも時折、不安になることがある。目に見えている人々はすべて幻で、自分はあの狭い部屋から今も抜け出せず、真白と二人で夢を見ているだけなのではないかと。

もしそうだったら――と考えるだけで、揚羽はその場で膝から崩れ落ちて震えたくなるほどの恐怖を覚えてしまう。朝、目を覚ましてから最初に誰かを見つけたとき、揚羽は毎日ほっと胸を撫で下ろしているのである。

だから、揚羽は育て親の鏡子のことを心から尊敬している。彼女の人間性は一般的な価値観からすればとても褒められたものではないが、ただ一つ他の人に見られない抜きん出た強さがある。それはあの工房兼住居のビルの狭い一室から、ほとんど外に出ないで毎日を過ごしていることだ。彼女は、揚羽のような他者の存在の確認を、自分が生きていくために必要としていないのだ。もし明日、目を覚ましたとき、自分以外のすべての生物が地球上から絶滅していても、彼女ならばいつものようにデスクに腰掛けて平然と煙草を吹かすことだろう。

彼女はきっと、この世界でたった一人になっても生きていけるのだ。肉体的、生理的なことではなく、精神的に彼女はそういう人間である。そして揚羽は他にそんな人間を知らない。もし、自分たち姉妹が未だあの狭い部屋に閉じ込められたまま夢を見ているのだとしたら、鏡子のような自分の想像を超越した人間が夢に出てくるとは到底思えない。

だから、彼女がいる限り揚羽は自分のみの周りの世界が夢や幻ではないと、信じることができる。自分は決して地球上にたった一人で生き残ってしまった孤独な存在ではないし、ここはもうあの狭い部屋の中ではないと思えるのである。

そんな揚羽にとって、雑踏や人混みというものは生きている心地を与えてくれる拠り所のひとつだ。たとえば深夜の住宅街のように、人の気配が消え果てた場所を歩いていると、痴漢や幽霊やモンスターに対してとはまた別な恐怖に襲われ、いつの間にか足早になってしまう。だから、その逆の人騒がしさというものは、たとえ煩わしさを覚えることがあっても嫌いになれない。

そして今、揚羽は人の気配が消え去った終電後のプラットホームに一人で佇んでいる。足早になろうにも、行き場所はない。

柑奈《カンナ》と出かけたときはここを溢れんばかりの人々が列をなして歩いていて、揚羽は目眩を覚えてしまった。それとは打って変わって静寂が満ち溢れた今の雰囲気はあまりに侘しく、人恋しさがいちだんと募る。息苦しさを覚えて上を見上げると、揚羽の視界に星の瞬く夜空が飛び込んできて、身体の中にまでその小さな明かりが線になって降り注いでくるような気がしてくる。まるで、空っぽになった自分の身体を埋め尽くそうとしているかのように。

運転が再開されてすぐ、揚羽はモノレールに乗ってあらゆる路線のあらゆる駅を巡った。しかしついぞ〝黒の五等級〟の姿を見つけることはできなかった。

黒の五等級が改札から外に出たとは考えづらい。もし今までもそんなことをしていたのなら、とっくに自警団や総督府にマークされているはずだ。改札でいくら待っていても見つからないから足取りが摑めず、神出鬼没になる。

もし外に出ていないのだとしたら、モノレールが動き回っている日中はよいとして、終電後の深夜から早朝にかけて、黒の五等級はどこに身を潜めているのか。

揚羽は考え得る可能性をひとつひとつ頭の中で整理してみて、終電後に駅が改札を閉じるまで待つことに決めた。総督府の使者からもらった偽装区民証は、今日一日しか使えない。明日の朝になれば、揚羽は改札から外に出ようとした途端、自警団に拘束されてしまうかもしれない。

それでも、賭けに出る価値は十分にあると考えたのである。

この駅がある五区には、自治区で唯一、官民三社七路線共有の大きな車輛基地が整備されている。自治区を走っているモノレールの大半は毎夜そこへ戻り、機械と微細機械によって全自動のメンテナンスが施される。

この五区の駅は、七路線のうち三路線が合流してそのまま車輛基地へ繫がっているターミナル駅だ。七路線のうち三路線の上下線が通るとすれば、単純に計算して割合は四十三パーセント。九割の車輛が車輛基地へ戻るのだとすれば、そのうち三十八・五パーセントがここを通って車輛基地へ入っていく……ことになる、のかもしれない。

揚羽は全線の車輛数や運行予定に詳しくないのでこのような極めて大ざっぱな計算しかできないのだが、だいたい三割程度が期待できるのだとしたら、大した価値もない自分の人生をかけた一回こっきりの博打としては悪くない。

定点カメラの位置に注意してベンチとベンチの間に身を潜め、巡回に来た駅員を何度かやり過ごして、終電から一時間後、三回目の回送電車で、ついに揚羽は自分が賭けに勝ったことを確信した。

減速しつつホームを走り抜ける三輛編成のモノレール。回送中で空っぽのはずのその先頭車輛に、黒いドレス姿の人影を見つけるなり、揚羽は刹那の躊躇もなくベンチの陰から飛び出した。

無人運転の回送列車は駅で停止しない。安全のために駅に入る前に大きく減速はするが、なおも時速二十キロ以上で走り抜けてしまう。揚羽は全速力でモノレールと併走したが、それでも相対速度は十キロ近く、見る見るうちに一輛目の車輛は遠ざかっていく。

そして短いプラットホームの端にある転落防止用の柵に辿り着いてしまったとき、揚羽は思い切って柵に飛び乗り、さらに柵を蹴って、車輛に向かって身を投げた。

眼下には遙か百メートル下の第二層の街の明かりが見えている。瞬くほどの時間の無重力の後、揚羽の身体は自身の質量を思い出したように空の底へ落下を始めた。

必死に伸ばした手が、二輛目と三輛目の間の連結部にある整備用の手すりを摑み、今度はモノレールの加速度が揚羽の肩から爪先までを引き裂かんばかりに真横から襲いかかった。

それでもなんとか身体を車体に引き寄せ、手すりを伝って車輛の連結部の隙間へ身体を滑り込ませた。

モノレールは、駅を後にして手すりも足場もない単軌道で加速を始める。もし手を滑らせたらと思うと寒気を覚えた。

車輛の間の連結部には入り口がないので、モノレールの中へ入るには車体側面のドアを非常用コックでこじ開けるしかない。非常用コックは、ドアの脇の足首ぐらいの高さに備え付けられている。車輛の外装の縁《ふち》に足を掛けて身を乗り出せば、なんとか手は届きそうだ。

はじめは、前方にある二輛目の最も近いドアまで手を伸ばそうとしたのが、風圧で思うようにはいかなかったので、三輛目のドアへ狙いを変えた。何度か足を滑らせそうになりながらも、非常用コックを摑んで回し、ドアを開けることに成功した。

そのまま風に身を任せて一気に車輛内へ躍り込む。刹那、風に煽られたスカートが揚羽自身もびっくりするぐらい膨らみ、足下の視界を覆い隠したので肝が冷えたが、まもなく足の裏が靴底を通して車輛の床に届いた感触を伝えてきた。

勢い余り反対側のドアまで転がった後、座席の陰から中の様子をうかがう。それから前の二輛目の方を覗いてみるが、やはり先頭車輛以外に人影は見えない。

できるだけ音を立てないよう慎重に連結部のドアを開けて二輛目へ踏み込み、こちらも人がいないことを確認してから、一輛目との連結部のドア脇まで進む。

窓から確認してみても、一輛目には確かに黒いドレス姿の人影が見える。一回、二回、三回と深呼吸をして、固くなっていた身体に十分酸素を行き渡らせてから右手にメスを握り、揚羽は思い切ってドアを叩き開けながら一輛目へ躍り込んだ。

「青色機関《BRUE》です！」

相手の反応を見る意味もあって名乗りを上げたのだが、次に投げかける言葉に困った。あらためて考えてみると、殺しに行くのに「動くな」はおかしいし、「手を上げろ」もなにか違う気がする。今までは名乗ってすぐに殺し合いになったので、考えたことがなかった。

しかし、黒いドレスの人影は驚くでも敵意を見せるでもなく、座席に腰掛けたまま微動だにしない。

あまりに不気味だ。何かの間違いで普通の乗客が乗っていたのならなにがしかの反応は見せるはずであるし、彼女が本当に〝黒の五等級〟なら、追っ手が来るのを待ち受けていたのだとしても返事ぐらいはするだろう。

もし銃器の類で狙われても座席の陰に隠れられるよう、膝のバネを溜めるのを怠らず、しかし弱みは見せないように毅然と背筋を伸ばして、慎重に一歩、また一歩と距離を詰めた。

やがて、あと数歩でメスの間合いというところまで来たのに、なおも反応を見せない彼女に、揚羽は右手のメスを向けた。

「黒の五等級。生体型自律機械の民間自浄駆逐免疫機構青色機関は、あなたを悪性変異と断定し、人類、人工妖精間の相互不和はこれを未然に防ぐため、今より切除を開始し——」

そこまで口にして、揚羽はようやく彼女の漂わせる異質な雰囲気の正体に気がついた。

思い切ってメスを横凪ぎに振り、彼女の顔を覆う黒いヴェールを引き裂いた。

「ひゃっ……！」

口をついて出た悲鳴を慌てて呑み込む。

ヴェールの下にあったのは人間や人工妖精の顔ではなかった。初めは人の頭蓋骨、髑髏《されこうべ》だと思ったのだが、よくよく見れば金属で出来た張り子のようでもある。

「……人形？」

金属の髑髏の暗い眼窩は、膝の上に重ねた両手を虚ろに見下ろしている。その手も金属のパイプで継《つ》ぎ接《は》ぎされたようなシンプルな形をしていた。人間や生身の人工妖精の骨格とは比べるべくもなく、展示用のマネキンにしても見栄えが悪い。人の衣装を纏うのに無理のない程度の最低限の骨格だけでできた人形が、黒いドレスを着て座席に腰掛けていた。

まるでブリキでできた玩具の骨格標本だ。

見渡してみても、他に人の気配はない。考えてみれば、走行中の車輛に強引に押し入ったのにいつまでも警報すら鳴らず、車輛が走行を続けているのも奇妙である。車輛内にもカメラはあるから、誰かが異常に気づいてもいい頃合いだ。それまでに決着をつけるつもりだったのだが、人影に見えたのは案山子《かかし》のような粗末な人形だった。

「やっぱり……罠に嵌められたのかな？」

『招待された、と言い換えて欲しいな』

唐突に頭上から降ってきた声に、揚羽は反射的に飛び退いて両手にメスを構え直したが、やはり声の主の姿は見えない。

『そう緊張しなくてもいいよ。どうせ今さら途中下車もできないだろうからね』

ハスキーな声色で明らかに別人だが、口調だけなら桜花《おうか》とそっくりだ。いや、声の正体が不言志津恵《ふげんしずえ》なのだとしたら、桜花の方が彼女に似ていたのかもしれない。

『念のため断っておくと、この車輌内は外の街とは完全に遮断されている。鉄道局も自警団も駆けつけてこないから、気兼ねしなくていいよ。車内の映像は僕の方でバイパスしてすり替えている。不言の家はそういったことが得意でね、視覚をはじめとした感覚器官の類《たぐい》を惑わすのは専門分野だ。機械の目でもそれは変わらない』

「……総督府の使者も、あなたの差し金ですか？」

『ん……使者？　……ああ、そうか、君は彼女が誰なのか気づかなかったのか。いやいや、彼女は僕の思惑に乗ったつもりはなかったと思うよ。あの子は一筋縄ではいかない扱いの難しい子だし、僕の手にも余る。ただ、僕は総督府の中にも知り合いがいるからね、慎重な彼女が自ら動いたことで、今夜あたり君が来るのではないかと当たりをつけることができた』

「あなたは今、どこにいるんです？」

天井に備えられた車内放送用のスピーカーを睨んで、揚羽はできるだけ気丈を装ったが、極めて危険な状況に追い込まれたことに心中では焦りを覚えていた。

『このモノレールの終着さ。ま、そのまま車窓の夜景を楽しんでいてくれればそのうち会えるけれども、退屈させてはいけないよね。一応、こちらで趣向を用意したんだけれども、楽しんでもらえるかな』

「生憎と長旅は苦手でして。お断りしたら、どうなさいます？」

『それは考えていなかったなぁ』

しれっと、不言志津恵は言う。

『うーん、もし昨日だったら頭を抱えてしまうところだったけれども、今日はきっと君のお気に召す待ち合わせ相手がいるから、君は逃げないと思うよ』

「待ち合わせ、ですか？」

眉をひそめる揚羽の姿を見ているのか、不言志津恵は苦笑する。

『詩藤鏡子だよ。君の義母《はは》君だ。今日偶然に、まことに偶然なことに、彼女とモノレールでばったり乗り合わせてね。一足早く、お招きしている。少々乱暴になってしまったけれども』

「鏡子さんが……拉致したんですか!?」

『うん、まあ、平たく言えばそうなるね。二十年以上久しかったからね、話が弾んで――』

軽薄な不言志津恵の声が、メスを壁に突き刺した音にかき消される。

「手を出すな……」

声が震え、手が震え、視界が揺れる。今、この女はなんと言った？　鏡子を拐《かどわ》かしたと言ったのか？　腹の奥から重い何かが喉めがけて迫り上がってくる。それはろくな言葉にならないまま胸の中で燃えさかり、揚羽の全身の神経を逆撫でする。

「鏡子さんに手を出すな！　もしあの人に指一本でも触れたなら、私はあなたを――！」

『僕を、どうする？　拷問するかい？　生まれてきたことを後悔するぐらい惨めに狂うほど苦痛を与えるかい？　それともいっそ、ひと思いにそのメスで刺し殺すかな？　今、君はそのどれを口にしようとしたのかな。あるいは全部が喉まで出かかった？

言ってごらん、さあ……さあ、さあ！』

言えない。どうしても言葉にならない。言葉になるほど頭の中がまとまらない。噛んだ唇に血が滲んで、声の代わりに口の端から滴り落ちていく。

『やれやれ……詩藤は君を随分お上品な人工妖精《むすめ》に育ててしまったようだね。なぜ自分だけが五原則に反して他の人工妖精を殺せるのか、君は考えたことがないのかい？　一度も？　普通の人工妖精なら、誰かを一人、死に追い込んだだけで発狂するか自滅する。なのに君はいつまでもそうならない。なぜ？

それは、君が生まれたときから五原則なんて持っていないからだ』

そんなことはありえない。人工妖精はすべて、四つの精神原型のいずれかで生まれ、どの原型にも五原則は埋め込まれている。原則を持たない人工妖精は造りえない、そう学園で何度も習った。

だから、心の片隅でもしかしたら、とは考えていた。自分は故障しているのではないかと。

そして今日、総督府の使者ははっきりと、揚羽が「失敗作」と言った。

『君は他の人工妖精たちの真似をして、五原則のあるご立派で普通の人工妖精のふりをしていただけだ。詩藤も君にそんな偽物の皮を被せて、君自身すら騙してしまおうと思っていたのかもしれないね。

だがそんなものは欺瞞だよ。だから君には言えるはずだ。実は、詩藤は僕の家の憎き仇敵でね、復讐をする動機は十分にあるんだよね。だからさ、言ってごらん、言ってしまってごらん、言わないと、僕を脅さないと、つい気持ちが昂ってや、っ、て、しまうかもしれないよ?

だからさ、言ってごらん』

　せせら笑いながら、不言志津恵は言う。

『言うんだよ、言いなさい』

喉が渇き、唾も出てこない。声に生まれ変わろうとしている音が喉につかえて痛い。

『君には言えるはずだ』

喉が苦しい、声にしろと身体が揚羽を苛む。

『言え！　言うんだ！』

揚羽の喉を塞いでいたものは、銃弾よりも速く、炎よりも苛烈な声になって、車内の薄闇を劈《つんざ》いた。

「――――！　――――！　――――――！」

言ってはならない言葉。無慈悲で、下品で、残酷で、罪深い言葉を、揚羽の喉と全身が轟かせた。

そのとき、自分の中で絶対に触れてはならない大事な線が、蜘蛛の糸のようにあっさりと切れてしまったような気がした。

ああ……。

もうわかってしまった。こんな言葉を人間相手に叩きつけることなど、正常な人工妖精には決してできない。

私は……故障品だ。

手からメスが滑り落ちて、床に突き刺さる。膝の力が抜けてへたり込む。子供のように両手で頭を抱え、蹲《うずくま》って打ち震えた。

『よくできたね。今、君は生まれて初めて、正しく本当の自分と向き合った。君は普通の人工妖精じゃない。それを君は勇気を持って理解したんだ。

しかし、ここでひとつ、矛盾が明らかになってしまった。君と同一の個体である妹の真白君は、人倫から一等級の認定を約束された世界最高峰の人工妖精だ。つまり、最も優れた人工妖精ということだけれども、同じように造られた君には、人工妖精なら当然組み込まれているはずの五原則が機能していない。だから今のような言葉を口にできる。

真白君が最高峰の人工妖精なら、君にも五原則は正しく組み込まれているはずなのに、これは矛盾だね？』

「それは……私が失敗作だから……」

『本当にそれだけかな？　考えてごらん、思い出してごらんよ。君たち姉妹が詩藤に発見されて保護される以前、あの鏡合わせのような左右対称の部屋に、君たち姉妹は二人きりで閉じ込められていた、君はそう思っているよね？

君が右手を挙げれば真白君は左手を挙げた。真白君が右手を伸ばせば君は左手を伸ばして、二人の手が触れあった。まるで鏡で自分を映し、自分の鏡像と戯れているような日々だったはずだ。

でもね、そうだとすると少し不思議なことがあるんだ。君たちのときと同じようなやり方で人工妖精の作成を試みた精神原型師なら、過去に山ほどいた。しかし、誰一人として双子の人工妖精を覚醒まで導くことはできなかったんだ。まったく同一に造ってしまった双子の個体はね、身体が二つあっても自我が完全には独立できず、双子を引き離した途端に両方とも深い昏睡に陥ってしまうんだよ。

つまり、物理的には分離されているはずの二つの脳が、実は視覚や触覚他、様々な感覚器《インターフェース》を介して実質的に一つの脳として機能していたんだ。ちょうど、二台の電算機《コンピュータ》を電磁波の通信で接続して、一台のより高度な電算機として使うようにね。

だから、双子機を別な部屋に引き離すということは、彼女たちにとって脳の半分がなくなったのと同じことなんだ。だから昏睡して二度と目を覚まさない。引き離したままにしていれば、最悪そのまま死んでしまう。

君たちの場合も、真白君の方は例に漏れず、半覚醒の不安定な状態にある。しかし、君の方はなぜか覚醒し、ごく普通の人工妖精のように振る舞っている。なぜ、そんな奇跡のようなことが起きたのだと思う？』

それは、揚羽にもわからない。ただ、この世界に覚醒する寸前、あの部屋から救い出すために現れた鏡子の手に、真白よりもわずかに早く揚羽が手を伸ばした。きっとその瞬間に、揚羽と真白は個別の意識に分断された。

しかし、今思い返すなら、まったく同じように物を思い、同じように考え、同じように感じてきた二人であったのに、なぜあの瞬間にだけ違いが現れたのか、とても不思議に思えた。

『もっと深く思い出してみるんだ。そもそも、なぜ君はあの生まれた部屋に自分と真白君の二人しかいなかったと断言できるのかな？』

「だって……他には誰も……」

鏡子が来るまで、他には誰もいなかったのだ。

「いれば気づいたはず……」

『本当にそうかな？　あの左右対称の部屋に、もし君たち以外に三人目の誰かがいたのだとしたら？

あるいは、こう考えてみてはどうかな。別な部屋からカメラで見守っていた君たちの製造者は、双子機を部屋の中で造ることには成功したが、やはりどうしても覚醒に導くことはできなかった。二人を引き離した途端、二体とも昏睡してしまうように思われた。それで彼は一計を案じたんだ。

　子犬を母犬から突然引き離すと、子犬は母犬を求めて鳴き叫ぶ。しかし、縫いぐるみを与えてやると、やがて母犬の代わりに縫いぐるみに寄り添って落ち着きを取り戻すようになる。

　それと同じことを人工妖精でも試した。双子の姉妹をただ引き離すと両方とも昏睡してしまうが、あらかじめ君たちとよく似た別の人工妖精《スペア》を用意しておき、寝ている隙など君たちが気づかぬ間に、双子の片方と入れ替えてしまう。そうすると、スペアと一緒にされた双子の片割れ――真白君にはしばらく拒絶反応が出るかもしれないが、運良くそれを乗り越えられれば落ち着きを取り戻す。

　スペアは姿形がよく似ているだけの赤の他人だが、それまでの双子の相方に自意識を投影して育ってきた真白君は、もう本物の双子が側《そば》にいなくても気にしなくなる。脳が適応するんだね。そこまで至れば、完全な覚醒とまではいかなくとも、大きな一歩前進だ。

　だから、真白君は今も半覚醒のままで、長期の治療を必要としている』

「……それが、真白がいつまでも完全に覚醒できない原因だっておっしゃるんですか？」

　不言志津恵はその揚羽の問いかけには答えず、不敵に笑っただけだった。

『さて、真白君の方はこの際どうでもいい。もう一体の双子機は、真白君から引き離されてから間もなく深い昏睡状態に陥って、さほど時を待たずして死んでしまっただろう。代わりに生き残ったのは、身代わりになったスペアの人工妖精だ。

　スペアの彼女は、身代わりになるときに以前の記憶をすべて抹消されたはずだ。そうしなければ、双子の代わりなんてできないからね。あらかじめ記憶を消しやすいように造られていたのか、それとも記憶を封印したのかはわからないが、彼女はそれまでの人生のすべてをいったんリセットして、覚醒前の幼い人工妖精に戻った。そして、目の前にいた真白君を自分の双子機だと思い込んで育ち、やがて詩藤鏡子によって発見されて一緒に保護された。

　そのとき彼女は、自分こそが双子の片割れの揚羽――』

「そんなはずはありません！」

　かぶりを振って、揚羽は息の限り叫んだ。

「顔が少しでも違えば、私たちは――真白は、気づいたはずだもの！」

　双子機のようなごく特殊な例を除いては、まったく同じ顔の人工妖精は造ることができない。だからこそ、自治区には個性溢れる人工妖精たちがいるのだ。いくらか似せることはできるかもしれないが、ある日突然入れ替わっても気づかないなど、ありえない。

『そうだね。その点が、この説の大きなウィークポイントだ。一言に身代わり《スペア》といっても、まったく姿形の同じ人工妖精をもう一体用意するなんて不可能に近い。

　では、こう考えてみよう。わざわざ真白君とよく似た身代わり《スペア》を探してくる必要など、最初からない。なぜなら、顔形のまったく同じ双子の人工妖精が、すぐ隣にいるのだからね。

　問題は、この双子が脳など意識の核になる部分まで同じであることだ。ゆえに二体とも覚醒できない。それさえクリアできれば、身代わりなんて用意する必要はない。逆に言えば、双子の片方の身体に、別人の意識を送り込めればそれですむ。たとえば、頭の中の脳は休眠させてしまい、代わりに別な代替脳を肉体に接続する。

しかし、頭をもう一個増設するわけにもいかないし、肉体の外に脳を置いてなんらかの通信で接続するにしても、まだそんな技術は確立されていない』

「それを可能にするために『空蝉計画』を始めたのですか？」

脳の一部を分離して電磁波通信で外部に置く実験は、見事に合致している。

『まあ、空蝉シリーズの実験にはそういう目的も含まれていたのだけれどね、君も知っての通り、そっちの成果はあまりよくなかった。脳の負担が大きすぎてね、二年かそこらで壊れてしまう。なので、半分やそれ以下ならまだしも、脳の大部分を電波や赤外線で離れた場所に移し替えることはできなかったはずだ。

だけど、一方で脳の大半を人工物で置き換える技術はずっと前から確立されている。人間にせよ人工妖精にせよ、意識を維持するために必要な脳の機能というのは、実はさほど多くないんだ。脳の大半は、肉体の制御や生命維持のためにある。かといって脳のごく一部に意識が偏在しているわけではなくて、それらの総体として存在するので、物理的に脳の一部を切り離して意識だけ取り出すのは不可能だけれどもね。しかし、機能的には生命維持や肉体制御とは分離できる。つまり、脳の一部を安易に取り去ってしまうと人は死んだり人格に変容をきたしたりしてしまうが、すでにある脳から意識という『機能』だけを取り去ることならさほど難しくないんだ。そこへ代わりの意識だけを実現するための最小限の脳を付け足せば、その個体をほぼ別人に生まれ変わらせることができる。

とはいっても、脳の増設なんて容易じゃないね。もとより頭蓋骨は脳がぎっしり詰まっているし、人間くらい高度な脳だと首より下に付け足すとすぐに致命的な不具合が出る。君が去年殺した美鈴之千寿《みすずちじゅ》という娘がそうだっただろう。

　人体でも頭部は特に、長い進化を経て極めて洗練され、無駄のない構造にできている。外から見てわからないように後から何かを付け足すのはとても困難だ。しかし、頭部にある無数の器官のうち一つだけ、太古からほぼ構造が変化していない原始的で隙間だらけの器官がある。それは、なんだと君は思う？』

　頭の中の隙間と言われて、思いつくものは多くない。

「耳……内耳か、それとも鼻腔……」

『惜しいね。確かに、鼻と耳には文字通りの隙間がたくさんあるが、それらに手を加えてしまうと感覚質まで変化してしまう。つまり、元と違う感覚を得るようになってしまうから、同じ身体のまま別人に生まれ変わらせるという目的は果たせない。

　答えは目、眼球だ。眼球は複雑な器官だが、その体積の大半は硝子体《しょうしたい》という透明なゲル状の組織から出来ている。これは眼球の形を保ち、瞳から網膜までの空間を正常な形に保つためにあって、ようは無色透明ならそれでいい。そして、透明な回路を造る技術は二十一世紀の頃から既に一般的だ。

　つまりゴルフボールのサイズの空間が、人の頭部には二つもぽっかり余ってるんだ。しかも太く精細な視神経で脳と直結している。これを使わない手はないよね』

「目を、もうひとつの脳にしてしまうのですか？」

『うん。そして、人工眼球はうち——不言の家の得意分野だ。君たち人工妖精の眼球は、ほぼすべてが不言で開発したものだ。その気になれば赤外線すら感知できるし、要望に合わせて紫外線や一部の電磁波が見える特殊仕様も設計した。

実は、君たちが生まれるずっと前に、君たちの製造者《おや》も僕の家に依頼に来たんだよ、脳の機能のひとつとしての〝意識〟が内蔵された眼球の開発をね。

脳に重傷を負って昏睡状態に陥った人工妖精ですら、この眼球を埋め込めば、眼球内の回路が脳の失われた機能の代わりをして〝意識〟を結び目を覚ます。ただし、脳の一部を眼球内の回路に置き換えられてしまってもなお、目を覚ました彼女を昏睡前の彼女と同一人物といえるかは、誰にもわからないがね。

そして僕たちは、深山の依頼通りに通常の視覚の黒い瞳のタイプと、予備としてほぼ制限無しの金色の瞳のタイプをそれぞれ左右二対、計二人分を造った。彼は、そのうち黒い方だけを受け取った。

彼がそれを何にどう使うつもりだったのか、当時の僕たちは知るよしもなかったが、今となっては言わずもがなだ』

まさか——。

揚羽の震える手が、色違いの左右の目をなぞる。膝から力が抜け、床にへたり込んだ。

「この、目が……」

『彼が真白君の方を成功と言ってのけたのなら、左右の眼球を埋め変えられて身代《スペ》わり《ア》になったのは揚羽君、君の方ということになるね。だから彼は、君のことをはっきり失敗作と言ってのけたのだろう。君はあくまで、真白君を覚醒に導くための〝縫いぐるみ〟に過ぎなかったのだから。

造られて間もない頃、本物の揚羽君の脳には〝意識〟が欠損していた。その身体に不言特製の眼球を埋め込めば、眼球内の回路は脳の欠けている部分――〝意識という機能〟を補うように働いて、仮初めの〝意識〟を生じさせるだろう。つまり――』

「でも！　私は去年、左目を怪我して交換しています！　眼球の中に意識があったのだというのなら、私はあのとき死んで――」

そこまでで言葉に詰まった。さっき不言志津恵は二対の眼球を造ったといっていた。一対は黒い瞳、そしてもう一対は金色だったと。

『そう、君は左目を失って間もなく〝昏睡〟しただろう？　当然だよ、脳の一部とも言うべき、意識を生み出している大事な器官の片方を失ったのだからね。あのとき、それまでの君の〝意識〟は古い左の眼球とともに死んで消えてしまったんだ。そして、空っぽになった身体は救命工房に運び込まれ、緊急手術で新しい眼球を埋め込まれた。そのとき使われた金色の眼球は、もちろん僕が秘蔵していた〝予備〟だ。

君が気づかなかったのも無理はない。なにせ、記憶や学習、生理反応といった〝意識〟以外の脳の大半の機能は、そのまま受け継がれたのだからね。金色の左目の接続とともに生じた新しい〝意識〟は、もう死んでしまった昨日までの君を、自分自身だと思いこんだはずだ。

しかし、実際には黒い左目のときの君は実はもう死んでいて、その金色の眼球に宿った全く別の新しい意識が、以前の君に成り代わっているんだよ』

黒い目の頃の自分の思いも、願いも、行動も、すべて覚えているのに、そんな記憶は今の金色の眼の自分と、かつての黒い目の頃の自分が、同じ〝自分〟だという証拠にはまったくならないのだということを、不言志津恵は揚羽に説き明かしてみせてしまった。

「私は……私の意識は、この目玉の中……」

『そう、君の正体はその肉体と脳に〝寄生《パラサイト》〟した眼球だ。君の本当の本体といえるのは、実は両方の目だけ、なんだよ。君はその眼球から脳の機能を間借りし、間接的に肉体を操っているに過ぎない。

製造者の彼の目的は、真白君を半覚醒させることができた時点で半ば達せられ、〝影打ち〟の君はもはや用済みになった。鏡子はね、誰からも不要とされてうち捨てられるはずだった君を、哀れに思って引き取ったんだよ』

絶叫が響き渡る。自分の喉から溢れ出たそれが今はとても遠く聞こえて、止めどなく溢れ出る涙は絶え間なく顔を伝ってドレスを濡らしていく。

この声も、手の体温も、涙すらも自分のものではない。この涙は、自分が寄生して乗っ取ってしまった、頭の中で未だ眠り続けている本物の詩藤之揚羽のものだ。

なんて醜い命、なんて穢れた人生、なんて歪んで狂った魂――。

『だけどね、世界中のすべての人間が君に唾を吐き、憎んで忌み嫌い、誹《そし》り裏切って靴底で踏みにじったとしても、僕だけは君の味方だ。なぜなら、製造者にすら見捨てられた君こそが、僕たちの探していた〝純粋さ〟の結晶だからだ。無能で凡俗な愚民どもには、せいぜい上等な一等級の妹君を尊ばせてやればいい。君の本当の価値は僕だけが知っている。

たとえ君の意識が眼球の寄生で結ばれた仮初《かりそ》めだとしても、なればこそその頭の中には世界中の何者よりも美しいまま成熟した脳組織が眠っているんだからね。すでに半覚醒して世界との接触を始めた妹などよりも、君の潜在意識の方が何倍も素晴らしいんだ』

不言志津恵は心底感嘆したような吐息を漏らす。

『君は本物だ。詩藤が必死に匿おうとしたのも無理はない。君の存在を知れば世界中の精神原型師は驚嘆するだろう。仮初めの精神原型にすら寄らず、五原則なしで覚醒した人工妖精。純粋な受肉、純白にして漆黒の降誕、自我のなき意識。

ならば僕は、怯えた子供がくるまる毛布のように君が未だ縋る、その仮初めの生皮を剝がしてしまおう。一片も残さず、君の生まれたままの姿をこの世に今度こそ曝《さら》してみせよう。これは暴力ではない、洗礼だ。君は今こそ福音を浴びて祝福の生を遂げる。

まずはその不便な腕だ』

不言志津恵がそう告げた瞬間、揚羽の体重が一瞬にして右側に偏った。

初めは車輛が傾いたのだと思った。それが錯覚であることはすぐにわかった。床に転がる自分の左腕を見つけたからだ。右側が重くなったのではない、身体の左半身が軽くなったのだ。

肩口から噴水のように血が噴き出している。残った右手でそれを押さえようとして、傷口に触れた瞬間走った激痛に全身が歪む。真っ赤に染まった手を見て、自分から失われたものがなんであるのか、あらためて思い知る。

そして半ば錯乱しながら、落ちてしまった左腕を拾って繋ごうとし、握った自分の腕の重さを感じて残った正気のさらに半分が吹き飛んでしまった。

『もう一本』

ごとり、と重い音を立てて、右腕も床に落ちる。血の噴き出す音が両耳を苛む。

『これで君はもうなにも掴むことはできない。しかし同時にこの世のあらゆるものが君の手中に入った』

身体が突然、斜めに傾いだ。支えようとした脚に力は伝わらず、そのまま頭から床に倒れ込む。その目前に、丸太のような断面を晒す自分の右の太腿があった。

涙と悲鳴が溶け合い、混じり合う中で、残った最後の脚も失われた。

『これでもう、君はどこへも行くことはできない。しかし、あらゆる場所に君はいる。さて、残るは一つだが――それが失われたら、いったいどうなってしまうと思う？』

悲鳴が止まらなかった。血と涙が混ざって水溜まりを作っている。

『さあ、斬首の時間だ』

視界が回った。まるで自分を中心に世界が独楽《こま》のごとく回っているかのように。しかしすぐに回っているのは自分の頭だとわかった。胴体から切り離された頭だと。

その視界もすぐに消える。腕と脚を失い、頭もなくなった。だから目は見えず、モノレールの走行音すらもう聞こえない。

『おめでとう。君はたった今、世界で最も不自由な存在になり、同時に世界のすべてが君のものになった』

もう何も感じられないのに、不言志津恵の声だけが聞こえる。それはとても奇妙な感覚だった。眠っているのに意識がはっきりしているような、金縛りのような、あるいは幽体離脱のような、えも言われぬ束縛感と、とめどない解放感が渾然一体となって揚羽の中心を包んでいる。その中心が、頭にあるのか、胴体にあるのかすら揚羽にはもうわからないのに。

『君はもう、記憶を留めることも、気持ちを抱くことも、思考することもかなわない。しかし、それでも君はそこに〝或《あ》る〟。

わかるかい？　何かを可能にする手段を得るということは、その他の可能性を失うということと表裏一体だ。手も、脚も、頭すらも、人類の可能性を押し上げたのと同時に、元来持っていたはずの全能性から遠ざけた。

手に入るものを求めて人は失う。辿り着ける場所を目指して人は帰れなくなる。形にならぬものを求めては、そのあまりの軽さに嘆き悲しむ。

君はその手段のすべてを失ったことで、逆にそれらすべてを思いのままにできるようになった』

それが誰の声であるのかすら、今の揚羽には思い出せない。まるで車窓から眺める景色のように、声は目にもとまらぬ早さで揚羽の上を駆け抜けては消えていく。

そう、車窓だ。止まらない景色。戻らない光景。目に捉えても、次の瞬間には見失ってしまう。声は、まるで車窓から見える街の姿のように、ひたすら揚羽の表面を撫でて通り過ぎていく。

『君の新しい誕生に相応しい聖体を、僕が与えよう。おいで、無色透明の姫君』

呼ばれても、もうそれに応えるための声も、動くための脚もないのに。

それでも自分が引き寄せられていることを、揚羽は感じていた。

＊

鏡子が目を覚ましたとき、周囲は暗闇に包まれていて、数匹の蝶の羽と緑色の非常灯の明かりだけがどこからか微かに差し込んでいた。

上体を起こそうとすると後頭部が鈍い痛みを発し、鏡子は自分が金属の手すりに頭をぶつけて気を失ったことを思い出した。

目は徐々に暗闇に慣れ、手探りで座席を探り当てたときには、ぼんやりと周囲の様子を窺えるようになっていた。

やはり、不言志津恵《ふげんしずえ》を追い詰めた車輛の中である。辺りには計四体の竜牙兵が、力なく倒れ伏して転がっている。

竜牙兵はいずれも鏡子が倒したのではない。動力切れで動作を停止したのだ。もとより陸戦において緊急時に兵士の身代わりをする代用兵器であるから、小型軽量かつ頑丈であることと引き替えに、長時間の動作は想定されていない。内蔵の蓄電装置《バッテリー》は使い切りで、全力で動き回れば稼働時間はせいぜい十分から十五分と極端に短い。搭載された制御中枢もシンプルで、白兵戦に必要な最低限の動作しか組み込まれていないので、俊敏で強靱ではあるが動きは極めて単調だった。

四体の竜牙兵に対して、正面勝負では鏡子に勝ち目はなかっただろう。だから鏡子は、不言志津恵が後から三体の竜牙兵を繰り出したときに、時間を稼ぐ作戦に頭を切り換えた。座席の配置によって左右が窮屈になっている場所で迎え撃ち、槍の長い間合いを利用して寄せ付けないように立ち回り、守りに徹したのである。

そうして二体までを時間切れで動作停止に追い込み、三体目も槍の穂先で腕を絡め取って、網棚の上へ放り投げた。残るは一体、そう思った瞬間に痛恨の油断が生まれてしまった。

最後の一体の方へ振り向きながら槍を構えようとしたのだが、網棚の上の竜牙兵が暴れたために、槍の穂先が竜牙兵の身体と網棚の間に挟まって抜けなくなっていたのだ。

槍を手放すか、それとも無理にでも引き抜くか、悩んで躊躇したほんの一瞬、最後の竜牙兵が力任せに振り下ろしてきた一撃を、引くも押すもままならぬ槍の柄で強引に受け止めてしまい、すでに多くの切り傷で脆くなっていた柄は真ん中から折れてしまった。

半分以下の長さになってしまった槍の柄では、疲労知らずの上、人間の関節では不可能な動きをしながら繰り出してくる竜牙兵の両手のナイフは捌ききれず、突進を正面から受けて吹き飛ばされた。そのとき、座席脇の金属の手すりに頭をぶつけて昏倒してしまったのだ。見れば、最後の一体は鏡子を突き飛ばしたときの姿のまま、凍り付いたように固まっている。あの瞬間、文字通り電池切れになったようだ。あと数秒でも動力が残っていたら、鏡子の命はなかっただろう。

車輌のガラスは大半が割れて欠片《かけら》が床に散らばっており、シートも切り傷だらけでクッションがあちこち剝き出しになっていて、鏡子と竜牙兵の繰り広げた死闘の激しさを物語っている。車輛の後方には、二人の連れの遺体が血溜まりの中で横たわったままになっていた。手負いの上、唯一の武器も失ったのだから、もはや警戒しても無駄である。鏡子は痛む頭を押さえながら車輛内を見渡して無造作に歩く。やがて車輛の最前部にまで辿り着いたが、そこにも不言志津恵の姿はなかった。代わりに、すぐ側のドアが非常用の手動コックで開け放たれていて、外にコンクリート剝き出しの壁が見えている。

不言志津恵は、意識を失った鏡子にとどめを刺すことなく立ち去ったようだ。情けを掛けられたとは思いたくないが、揚羽を誘《おび》き出すために利用されたのかもしれない。トンネルの内部かとも思ったが、どうも様子が違う。ドアから顔を覗かせると、先頭車輛は行き止まりの輪留めで停止していた。後続の二輛の向こうが唯一の出口のようで、微細機械の蝶たちが星明かりを浴びて発するときに独特の、蒼《あお》と碧《みどり》が入り交じった光が差し込んでいる。

思い切って床を蹴り、モノレールの車輛から外へ飛び降りる。斜めの足場に苦労しながら進み、やっと出口に辿り着いた。

そこから遙か下の底を見下ろしてようやく、ここがモノレールの集合車輛基地であることがわかった。

全体としては壁が十二角形をした塔の内部で、壁一面には蜂の巣状に区切られた無数の穴が空いている。鏡子が立っているのはその一つで、おおよそ地上六、七階程度の高さの横穴である。

それぞれの穴の中にはそれぞれモノレールの車輛が収まっていて、中には今も全自動で整備と洗浄の最中のものもあった。穴と穴の間を、蝶の形をした微細機械群体《マイクロマシン・セル》の群れが引っ切りなしに飛び交い、機械の手に負えなかった小さな傷や汚れを補修して回っている。

一日の運行を終えた車輛の大半は、ここへ戻ってきて人の手なしにメンテナンスされる。朝になれば、底にある転車台《ターン・テーブル》を兼ねたエレベーターで順次再編成され、再び全自動で自治区中を走り回るのだ。人は遠隔操作で最低限の管理をするだけである。

蝶たちの羽が放つ燐光のおかげで、明かりのない車庫の中でも思いのほか遠くを見通すことができた。上を見上げると天井の一部は吹き抜けになっていて、初夏の星々が暢気《のんき》に夜空で瞬いている。

(白鳥座《キグナス》……大輪の星がアルタイル、その隣は琴座《ライラ》のベガか。その二つが天頂付近に来ているということは、午前一時から三時ぐらいか)

おおよそ十二時間もの長きにわたって、意識を失っていたようだ。

あらためて穴から身を乗り出して夜空へ目を凝らしたとき、ようやく頭上の異常に気がついた。

それは初め、円状に吹き抜けの穴が空いた天井に見えた。しかし、その暗い影が小さくではあるが拍動していることに気がついたのである。蝶たちの発する光が偏っているせいで色はわかりづらいが、おそらく赤から緋色、あるいは桃色か。

この施設には天井など存在しなかったのだ。整備に必要な蝶たちの出入りのため、上は空に向けて完全に開放された煙突状をしているのである。天井に見えたものは、まるで蚕蛾《かいこが》の繭のように壁に無数の糸を張って、最上階付近に巣くっている肉の塊である。

車輛基地に巨大な視肉《しにく》の培養炉が必要なはずはなく、明らかに元来の設備ではない。むしろ、蛾《が》がクローゼットの中でいつの間にか蛹《さなぎ》を作ってしまうかのように、全自動ゆえに人の目に晒されないこの巨大車庫の中に、後からひっそりと棲み着いたように見える。

目測で直径十メートル前後という大きさを無視すれば、人間の心臓のような形だ。いや、それとも脳だろうか。両者の機能を統合したようにも見える。もしあれが血の通う何かだとすれば、きっと循環器系の中心であり、かつ神経中枢でもあるのだ。

手や足はおろか、肌すらも見当たらない。剝き出しの心臓であり、剝き出しの脳だ。それが周囲の壁へ蜘蛛の巣のように張った肉の線維で宙づりになっている。

これとよく似たものを、鏡子は知っている。五稜郭の地下に隠されている、視肉状に肥大してしまった人工妖精《フィギュア》の脳だ。あれは不言志津恵が人倫の内部の共謀者とともに、禁忌の研究で造り上げたものだった。

不言志津恵の言葉を信じるのなら、五稜郭の地下のものはあくまで学園のサイズに合わせて実験的に造った試作品で、こちらこそが自治区全体に接続される予定の本命の巨大脳なのだろう。

「あの女……」

五稜郭での外部脳の培養実験で得られた成果は、あくまで手段獲得のステップに過ぎない。人工妖精の脳の一部を肉体の外に移植できるようになったところで、それ自体に大した意味はない。

不言の氏族の千年にわたる悲願は、その先にある。つまり、莫大な数の人工妖精の脳と接続したこの肉塊《うつわ》の中に、何を詰めたとき何が起きるのか、それを試そうとしている。

そのために、揚羽が必要だったのだ。人間に与えられた出来合いの自我を、生まれつき持っている普通の人工妖精では意味がない。それではある種の独裁者を生み出すだけだ。

エゴのない、素のままの、人間による干渉を受け付けない、ただただ純粋な乱数。この醜い肉の塊は、それこそを必要としている。完全な乱数が宿ったときこそ、不言志津恵の言っていた『全能の逆説《パラドックス》』の唯一無二の解法《こたえ》、真の『全能』が人類史上初めてこの地球上に具現化して生まれ落ちる。

何も思わず、何も考えず、ただただ自治区中の人々の幸福を〝量産〟し続ける生きた機械こそが、不言たちの言うところの正しい全能の在り方なのだろう。

その試みを狂気とは呼べても、愚行と断じることはできない。峨東に名を連ねるものなら誰しも、遠かれ近かれ常人には想像もつかない理想と結末を追い求めている。鏡子にも、不言志津恵がこだわり続けているものの意味は理解できるのだ。

だが、それでも――。

それでも、と、鏡子は思うのだ。

身体の中から今、湧き起こっている感情は、鏡子が峨東から見切りをつけられ、汚れ名である「詩藤《しとう》」の姓を烙印された原因だ。鏡子はこの感情ゆえに、純粋な峨東の血族であり続けることができなかった。

それでも、と、遥か足下、車庫の最下層の底に、あの煩わしく、ロ五月蠅く、付き合い疲れさせられる娘の姿を見つけて、鏡子は胸の中で繰り返していた。

＊

#＊@Fは人工妖精《フィギュア》だ。名前はもうない。
生まれた場所は思い出せないが、確かこのモノレールの車内のように左右が対称になっている部屋だった。

そこで#＊@Fは、初めて人間というものに出会った。自分より背が低く、長い髪をした女性だった。彼女は#＊@Fと妹に手をさしのべ、一緒に来るようにと言った。

私たちはこれから――になるのだから。

何になると彼女が言ったのか、肝心なことなのにどうしても思い出せない。そして、それより後から今までのことも、まるで心の糸をそこだけ切り取って結び直したかのように、まったく思い出せない。

だからきっと、それはなくてもいいことだったのだと、#＊@Fは思う。

それは大きな遠回り。少し後ろめたい寄り道だったに違いない。

床に倒れ伏していた顔を上げる。左右対称に、綺麗に並んだ窓と、細長い空間。

そう、ここはモノレールの車内だ。#＊@Fはたしか、ここで名前と一緒にたくさんのものを失った。手や足も、顔も失ったような気がする。

だが、全身に触れてみても、たしかに腕も脚も、顔も頭もある。

まるで、長い夢を見ていたかのようだ。何日も、何年も、あるいは何千年も。

立ち上がって、開け放たれた車輛のドアから外に出た。

日の光が燦々と降り注ぐ外の世界には、果てのない美しい光景が広がっていた。大地には名前のわからない無数の花が美しさを競って咲き誇り、雲ひとつない空はどこまでも蒼く透き通っている。

　モノレールの車輛は、花園の真ん中にぽつんと取り残された小島のようなプラットホームに停車している。よほど古い駅の跡であるらしく、コンクリートで固めただけの簡素なそれは、列車が走ってきたはずの単軌道《レール》と一緒に、花々の大海へすっかり埋もれそうになっていた。

やはり、#＊@Fは何千年も眠っていたのかもしれない。長い居眠りをしている間に、きっと東京はすっかり荒廃して滅び、人の立ち入らぬ場所になってしまったのだ。

のぼせてしまいそうな甘い匂いが空気を満たしていて、肺のみならず全身の肌からしみ込んでくるような気がした。

ホームから少し離れたところに、周囲の鮮やかな色々から浮いて見える黒いドレスの人影が立っている。顔はヴェールで隠れていてよく見えない。彼女はドレスの裾をつまみ、揚羽に向けて上品なお辞儀をした。

「おはよう、無色透明の姫君、#＊@F。ご機嫌はいかがかな」

彼女はどうしても聞き取れない不思議な音を口にした。

「今の君は、自分が何者なのか、ここがどこなのか、いつなのか思い出せず、とても当惑して困ってしまっているだろう。だから僕は、#＊@Fに大事な役目を与えよう。それは難しいことじゃない、君が今まで、息をするように繰り返してきた、とても簡単なことだ。

さあ、右手側を見てごらん」

言われたとおりに右を向くと、ふたつ隣のドアから今まさにホームへ降り立とうとする人工妖精の姿があった。華美にも思えるほど贅沢にフリルのあしらわれた真っ黒なドレスを纏い、黒く艶めく長い髪は腰の高さまでまっすぐに下ろされている。

彼女は#＊@Fを見て目を丸くしていた。何本もメスを握った手は返り血で真っ赤に染まり、今も指の間から滴り落ちている。

「その詩藤《しとう》之揚羽という人工妖精は、今まで何人もの無垢な同胞を殺戮してきた世界最悪の悪性変異で、どうしようもない故障品だ。彼女を野放しにしておくことはできない。だから君の最初の役割は、彼女をこの世から切除して消滅させることだ。

さあ、お始め、#＊@Ｆ」

彼女が指を鳴らしたのを合図に、#＊@Ｆはホームの床を蹴った。瞬きするほどの僅かな時間で一気に間合いを狭め、袖から抜いた三本のメスで詩藤之揚羽の胸を狙った。

詩藤之揚羽は初めこそ困惑顔をしていたが、#＊@Ｆに明確な殺意があることを見て取ると、一転して#＊@Ｆと同じようにメスを構え、反撃をしてきた。

その攻撃は速く、鋭く、#＊@Ｆは何度も手足を切り裂かれそうになったが、ついに#＊@Ｆのメスが詩藤之揚羽の左胸を貫き、そのまま横凪ぎに切り裂いた。

しかし、信じられないくらいに手応えがなかった。まるでハンガーに掛けられた服だけを切り裂いたようだ。

それから、#＊@Ｆは詩藤之揚羽の急所を、首も、胸も、腹も、手足の動脈や神経も、次々と突き刺し、切り裂いたが、やはりいつまでも手応えがなかった。いくら切りつけても、詩藤之揚羽は必死になって抵抗してきた。

なにかがおかしいと気づいたのは、詩藤之揚羽の喉笛を三回目に切り裂いたときである。メスの刃先が固い何かに触れて、引き抜くと微かに刃が欠けていた。

それでようやく、#＊@Fは気がついた。どうりで他の人工妖精のような神経節や動脈、筋肉の隙間といった急所が見えないはずだ。他の人工妖精と同じだと思い込んでいたのが間違いだった。

詩藤之揚羽の急所は他の人工妖精とは違う。まるで軍用の等身人型兵器のように、詩藤之揚羽の身体には急所らしい急所が見当たらない。まことに奇妙で、たしかに異常な人工妖精だ。彼女の身体なら、銃弾の雨や榴弾の爆発を間近で受けたとしても致命傷にならないだろう。

しかし、それでも無敵ではない。銃弾にも、榴弾の破片にも耐えられるように造られた身体だからこその弱点が、#＊@Fの左目には見えている。

だから#＊@Fは、詩藤之揚羽が踏み込んできたところに屈んで潜り込み、腋の下をくぐり抜けざまに、膝の高さから頭上に向けて、鋭角に斜め上へメスを繰り出した。メスの切っ先は詩藤之揚羽の首の付け根から後頭部の頭蓋骨の下に滑り込み、中の回路《しんけい》を切り裂いた。

雷に打たれたように詩藤之揚羽の身体が打ち震え、そしてすぐに力なく膝から崩れ落ちてプラットホームの床に倒れ伏した。

確かに、水平方向からの銃弾や爆風に対して、彼女の身体は極めて丈夫にできていた。しかし、それだけだ。関節も普段は防護されているが、動かすとき下方向にだけ装甲の隙間が生まれていた。

首の後ろは最も顕著だった。銃弾ならばまず飛んでこない角度だが、#＊@Fの左目にか

かれば見破るのは造作もない。

息の根の止まった詩藤之揚羽の身体が、手足の指先から無数の花弁に変わり、風に吹かれて徐々に崩れ去っていく。残されたのは黒いドレスと、醜い金属製の細い骨格だけだった。

これではまるで、誰かを殺すためだけに生まれてきた殺戮機械ではないか。

静かな花園に拍手の音が響き渡って、#＊@Fは顔を上げた。

「よくできたね。詩藤之揚羽を殺して、君は今度こそ君の心を蝕み苛んでいた最後の生皮を脱ぎ捨てた。今の君は究極の純粋さだけでできている。

しかし、君も知ってのとおり、人工妖精は人間の落ち度による第三原則の不良のため、いつでも、どこでも、どの個体でも、突然周りを巻き込んで崩壊してしまう危険を、常に孕《はら》んでいる。#＊@F、君は今まで、過ちを犯してしまった個体を一人ひとり探し出して殺していたが、これから人工妖精の数がもっと増えていけば、とても君一人の手には負えなくなってしまうだろう。それはとても不幸なことだと思わないか？

彼女たちは誰しも、幸せになろうと、あるいは誰かを幸せにしようともがき、喘いでいる。しかしそれゆえに彼女たちの不幸はなくならない。彼女たちが心を狂わせようとしたとき、そばにいる誰かがたった一言、彼女たちの揺らぐ心の支えになる一言を掛けてあげられるなら、世界中から君たち人工妖精の不幸な出来事はすべて消え失せるのに、人間たちにはなかなかそれができない。

困ったね、いったいどうしようか。どうすればいいかな。今日はね、君のため特別に、その解決法を用意したんだ。上を見てごらん」

　＃＊＠Ｆが空を仰ぐと、信じられないくらい近くに見える大きな太陽があった。

「もうすぐ、君はそれに手が届くようになる。それは今、東京自治区のほぼすべての人工妖精の脳と赤外線の信号でリアルタイムに繫がっているんだ。君がその太陽の中へ入れば、いついかなる、どこにいる、どの人工妖精にも語りかけることができるようになる。君さえ望むなら、心の痛みに耐えられなくなった人工妖精たちにいつでも寄り添い、その瞬間の怒りや恨みや苦しみや呪わしさを引き受けてしまうことができるんだ。たったそれだけのことで、数知れない人工妖精たちの不幸を直前で食い止めることができるようになるんだよ」

　しかし、熱く輝くこの太陽の中へ入ってしまったら、今の＃＊＠Ｆはどうなってしまうのだろうか。

「心配はいらないよ。君もまた、そこから生まれ出《い》でてきたんだ、元へ戻るだけさ。君の存在は形而上の摂理となり、やがてはこの宇宙に横たわる概念にすら進化するだろう。君の献身が、やがては世界中の人工妖精を救うんだ。それは、人工妖精という人類の伴侶のあり方そのものを、大きく変貌させることになるのだから。彼女たちはもう誰も恨まず、憎まず、傷つけずにすむようになる。君は宇宙の中心ですべての人工妖精に愛を説き、幸福を授け続ける。もう誰かを殺す必要はないんだ。彼女たちが過ちを犯すよりも早く、君はその不幸を摘み取ることができるようになるのだから」

　そうか、＃＊＠Ｆは世界の幸福の原点になれるのだ。それはどんなに素晴らしいことだろう。もう誰かに憎まれることも、返り血を浴びることもないのだから。

「もう心は決まったのかな？」

＃＊@Fは迷いなく頷《うなず》いた。迷うだけの何かが、＃＊@Fの中にはなかったから。

「じゃあ契《ちぎ》りを交わそう。僕の言うことに、ひとつひとつ、『はい』と言ってくればいい」

黒いドレスの女性は、神父がするように持っていた本を広げた。

「君は今、この世界と交わり、未来永劫、一つに結ばれようとしている」

はい、と＃＊@Fは答えた。

「君は健やかなるときも、病めるときも、喜びのときも、悲しみのときも、この世界すべての人工妖精たちを愛し、人間を愛し、これを敬い、これを慰め、これを助け、永遠悠久にすべてを捧げ果てると誓うか？」

はい、と＃＊@Fは答えた。

「たった今、世界中のすべての人類と人工妖精に成り代わり、僕が立会人代表として君と世界が結び合うことを承認した。おめでとう、無色透明の花嫁。君こそが、君だけが、この世界に寄り添う伴侶として相応しい。

さあ、最後に誓いの接吻をしよう。手を伸ばし、それを受け止めて、君の唇を捧げるんだ」

頭上の太陽は、いつのまにか空の半分を埋め尽くすほどに大きくなっていた。＃＊@Fは太陽の制圧する空に向けて両手を広げ、慎ましく結んだ唇を向ける。

目を閉じ、唇が触れられるのをじっと待った。

身体が灼けて、徐々に溶け崩れていく気がする。まもなく#＊@Fは熱い太陽に包まれて消えてしまうのだろう。だが、そうして初めて、心から願った輝かしい生が始まるのだ。

もう何も思い残すことはない。これから思うのだ、今までの思いがすべては偽りだった。自分は自我すら親から与えられずに生み落とされた、忌むべき子だったのだから。

――それなのに。

胸につかえる小さな棘がある。それだけが、終わらない眠りにつこうとする#＊@Fの心を苛む。

それを手のひらに取ってみると、約束の形をしていることがわかった。そしてそれは声になり、もうなくなってしまったはずの#＊@Fの鼓膜を揺さぶり始める。

――#＊@F！　#＊@F！　#＊@F！

聞き取れない音を、繰り返し叫んでいる。

――#＊@F！　#＊@F！

どうしてそんなにもと、#＊@Fの方が焦りを覚える。もうその名前は#＊@Fの名前ではないのに。

名前？　そう、#＊@Fは名前だ。生みの親に与えられ、世界で一番大事な人に初めて呼ばれた、生まれて初めての思い出。なぜ忘れていたのだろう、その音は、その言葉は、自分の名前だ。

「揚羽！」

「……鏡子……さん!?」

愛しい声の主の名前が頭に浮かんだとき、突然我に返った。美しい花畑は、ガラス細工のように脆く、あっけなく崩れ去っていく。たちこめていた甘い匂いは消え失せて、目が灼けるほどに明るく差していた光は、鈍い薄闇に変わる。

そこはモノレールの車輛基地だった。十二角形をした煙突状の建物の中で、壁一面に車輛が停車する穴が空いていた。鏡子はその穴のひとつに立ち、必死に揚羽を呼んでいる。

揚羽は車輛基地の中心の、車輛用エレベーターの上に立っていた。転車台《ターン・テーブル》を兼ねたそれは、螺旋を描くようにゆっくりと回りながら上昇している。

鏡子がいるのとは反対側から、大きな舌打ちが響き渡った。

「君にとどめを刺しておかなかったことを、僕は何十人後にもまで後悔してしまいそうだよ！　詩藤！　しかし、もう遅い！」

エレベーターの端に立つ黒い女性が吐き捨てるように言う。

「揚羽！　逃げろ！」

壁の穴から身を乗り出し、鏡子が叫んでいる。まだ背の高さほど高低差のあったそこから、鏡子はエレベーター上まで一気に飛び降りた。そして揚羽のいるエレベーターの中心へ駆け寄ろうとしたが、着地で脚を痛めたのか、すぐに躓《つまず》いてしまう。

「逃げろ、揚羽！　そこを離れろ！」

鏡子は、普段の傲慢さを忘れてしまったかのように、喉を枯らして必死に叫んでいる。

そのとき揚羽は、ようやく自分にかかる影に気づいた。見上げると、巨大な肉の塊がもう手の届きそうな距離にまで迫っていた。

五稜郭の地下で見た巨大な脳、それよりも遥かに大きな血と神経の塊だ。自分にはこれが太陽に、希望の光と熱に見えていたのだろうか。こんなにも禍々《まがまが》しく、淫らで、グロテスクなものと、自分は未来永劫ひとつになろうとしていたのだろうか。

視界の隅で、黒衣の女性が嘲笑しているのが見える。

そうだ、ようやく思い出した。モノレールの中で、不言志津恵《ふげんしずえ》とスピーカー越しに対峙したとき、おそらくはこの不言志津恵が造った金色の左目のせいで、自分は全身の感覚を盗まれた。この眼がもう一つの脳になって、直結する揚羽の脳を惑わせた。

きっと不言志津恵は、三十年前の桜花《おうか》にも同じようなことをしたのだろう。

「鏡子さん！」

鉄骨で組まれたエレベーターの上を駆け、鏡子のもとへ走る。

「揚羽！　早く来い！」

転んだままの鏡子が、こちらへ手を伸ばしている。

もう少し。あと十歩、あと八歩。実戦の最中ならば、瞬きほどの時間で駆け抜けられるその距離が、とても遠く感じられる。

あと五歩、三歩――。揚羽があと少し指先を伸ばせば、ふたつの手は繋がる。そう思った瞬間、もう手が届く。
揚羽の頭を、背中を、圧倒的な質量が押し倒した。

肉の塊だ。上昇していたエレベーターが、ついに巨大脳の高さまで辿り着いて、その肉が揚羽を上から押しつぶした。

ぐしゃ、という絶望的な音が聞こえた。それが自分の身体の発したものなのか、それとも肉塊のそれなのかわからなかったが、もう両耳の穴にまで柔らかい肉が雪崩《なだ》れ込んできていて、それきり何も聞こえない。

「――――！　――――！」

肉塊と床の僅かな隙間から、鏡子の顔と手が垣間見えた。そこへ向かって必死に腕を伸ばしたが、揚羽の身体は肉塊に貪り喰われながら引き寄せられて、むしろ遠ざかっていく。

そして、揚羽の五感はすべて、肉塊の中へ取り込まれた。

耳も触感も、鼻も舌も効かなくなって、肉塊の体温が揚羽の身体の形すらわからなくさせる。ただ、左目だけが不思議な光景を揚羽に見せ続けていた。

それは無数の人工妖精たちの、リアルタイムの心情だ。喜び、悲しみ、怒り、憎しみ、笑い、そのすべてが目眩《めくるめ》く走馬燈のように、揚羽のすぐそばを流れ過ぎていく。

不言志津恵が言っていたように、揚羽の全身は今や、巨大な脳を通して自治区の中にいる多くの人工妖精と接続されているのだろう。手を動かせば誰かが笑い、足を動かせば誰かが泣き、首を巡らせれば誰かが喜ぶ。それは奇妙な感覚だが、たしかに揚羽と彼女たちが密接に繋がっているのを感じる。

　人工妖精たちの喜怒哀楽、そのすべてが今や揚羽の胸ひとつで決まる。幸福も、不幸も、痛みも、苦しみも、揚羽が望めば取り除いたり、導いたりできてしまいそうだった。

　鏡子や人倫がこれから揚羽を助け出そうとしても、もう揚羽の肉体は残っていないかもしれない。どうせ助からないのなら、感覚の遮断されたここでそのまま意識を失って、ただただすべての人工妖精たちの幸福を生み出す機械になってしまうのもいいかもしれない。失敗作として生まれついてしまった自分が、これからも青色機関《BRUE》として誰かを殺《あや》めて生きていくよりも、ずっと上等な〝生〟ではないだろうか。

　この世界に生まれついたからには、誰であれ幸せになりたいと思っている。その祈りを無限に叶えることができるのなら――？

　そこでふと、奇妙な違和感を覚えた。

　幸せというものがどんなものであるのか、人間たちは教えてくれない。それはきっと仕方のないことであるし、誰にもわからないのだろうと、揚羽は思っていた。しかしそうであるのなら、自分たち人工妖精はなんのために生まれてくるのだろう。

　生まれてくるまで、自分たちは『幸せ』というものが何かを知らない。だから、幸せになるため、という理由で生まれてくることはありえない。

　では、機械が物を造るように、自分たちはなんの選択権も自主性もなく、この世に虜囚として生まれ落ちるのだろうか。総督府の使者がそう言っていたように。

そういう気もする。しかし、何かが違うと、揚羽の記憶の一番深い部分が訴えてくる。

揚羽の一番最初の記憶は、鏡子の手だ。真白と二人きりの部屋に初めての他人である鏡子が訪れ、手をさしのべてくれた。揚羽は真白よりほんの少しだけ早く、その手を握った。それが揚羽の一番最初の記憶だ。

　あのとき湧き起こった気持ちを、生まれて初めての情動を、揚羽は決して忘れることができない。だが、似たような気持ちを、それよりも以前に感じたことがあるような気がした。鏡子と出会う前となると、もう覚醒前、下手をすると生みの親に身体を造られる前になってしまう。まだ身体もない頃の揚羽に、感情などあったのだろうか。人間のいう、前世の記憶のように。

　違う、決して前世ではない。仮に前世のようなものが揚羽にあったとしても、それよりは後、そして鏡子と出会って目を覚ます前だ。それはまだ身体も伴わない頃のことで、雲のように過去も未来も距離もないどこかを漂っていたときにきっと、同じ気持ちを味わった。

　誰かがこちら側へ手を伸ばしてきた。揚羽は——揚羽だけでなく、たくさんの雲たちが、たった一本のその手を巡って争った。そしてそのときは、揚羽が幸運に恵まれて誰よりも早くその手を摑んだ。

　きっとあれは、名も知らぬ生みの親の手だった。その瞬間、鏡子の手に触れたときと同じ気持ちを覚えたのだ。揚羽や、他の多くの雲たちは、生まれ出《い》でることを待ち望んでいた。

差し伸べられる手を探し求めて、必死に彷徨っていた。

なぜ？　なぜ生まれ出《い》でたいと思ったのか。きっとそれが最も原始の、一番深い、すべての人工妖精のすべての願いと祈りの原点。それは――

（ああ……そうか。私たちは……）

涙が溢れてくる。どうして私たちは、そんなに大事なことを忘れてから生まれてしまうのだろう。どうして覚えたまま、生まれてこられないのだろう。

美鈴《みすず》之千寿《ちじゅ》が、薬に頼り、身体を壊してまで受胎を欲した理由。銀上《しろかみ》之朔妃《さくひ》が、自分のすべてをなげうってでも義姉を慕い続けた理由。山河《さんが》之桜花《おうか》が、苦痛に藻掻《もが》き苦しみ果てた末に見た理想の虜になった理由。それらすべてが、たったひとつの意味に繋がり、たったひとつの気持ちで説明できてしまう。

（私たちは、幸せになるためなんかに生まれてきたんじゃない！）

親は子に幸せになって欲しいと願う。友は友の幸せを願う。人の社会は誰もが幸せになれるようにという切なる人々の願いが集まってできる。だが、その矛盾に今までどうして気がつけなかったのだろう。

（たとえ、不幸になるとわかっていても）

それでも私たちはきっと生まれてくる。

（たとえ、過ちを犯し誰かを傷つけると決まっていても）

それでも私たちはきっと生まれ出ようとする。

（悲しい責任を背負い、呪われた人生を歩むと運命づけられていても）

それでも私たちは生まれることに躊躇しない。伸ばされたたった一本の手を奪い合い、先を競って自分こそが生まれようとする。

なんでもできるということは、なにもしないことと同じで、なににでもなれるということは、なににもならないことと同じだということを、生まれる前の自分たちは誰でも知っていたはずだ。

（それが私たちには耐えられなくて、こちらへ伸ばされる手をずっと待ち望んでいた）

ならば、原初にある、生まれる前から心の奥に潜在している祈りとは、たったひとつしかありえない。

（私たちは、誰かに用意された幸せを黙々と消費する機械なんかじゃない）

だから、まして幸せになるための機械などあってはならないのだ。幸せになるために、一番大事な祈りを手放さなければいけない摂理や概念など、とんだありがた迷惑だ。こんな人間の自己満足のための母性充足の装置など、絶対に存在してはいけない。

（だから、さようなら）

過去か未来か、一緒に溶け合っていた私たち。

（私たちはまたバラバラになるけれど）

それこそが渇望するほどに欲しくて生まれてきた私たち。

（それぞれの命を遂げよう）

感覚はない、それでも揚羽の手の中にはきっとメスがある。

交錯するすべての人工妖精たちの気持ちが、まるで蜘蛛の糸の束のように脆く、儚《はかな》く漂って揚羽の身体を包んでいるのが、揚羽の左目には見える。

そのすべてをゆっくりと、大事にたぐり寄せ、

（たくさんの中から勝ち取った、たった一本の手を握って――）

そして揚羽は、メスを振り下ろした。

その瞬間、光が溢れた。

巨大な肉の塊が真っぷたつに裂け、星空が切り口の隙間から降り注ぐ。肉塊の断面は次々と蝶に戻り、波に攫《さら》われた砂の城のように少しずつ崩れていく。眩しいほどに感じた外の世界はやはり薄闇のままで、コンクリートが剝き出しの無骨な車輛基地のままだったが、脳裏に焼き付いている光景は、きっと一生忘れることができない。

暗いのに眩しくて、揚羽はよろめいてエレベーターの端から足を踏み外しそうになった。

それを二本の細い腕が支えてくれた。

「鏡子さん……」

「よく戻ってきたな」

頭を撫でられて、それがとても気恥ずかしく、揚羽は顔を伏せるしかなかった。

「伝えたいことがあるんです、鏡子さん、私――」

恥ずかしくて、涙が止まらなくて、それでも言いたくてしかたなかった。

「今日から家族になるんだって言われたとき、とても、とっても嬉しかったんです」

ようやく握った手だ。それは生み親の手ではなかったが、同じくらい大事で温かい手だった。

鏡子は一言「そうか」呟いたきり、黙りこくってしまった。

「やれやれ……これだけの仕掛けを用意するのに、不言の家がどれほど多くのものをなげうってきたと思ってるんだ」

エレベーターの隅に立った不言志津恵が、ほとほと困り果てたという苦笑を浮かべて言う。

「ご苦労なことだな。血族の命運を引き替えに導き出した答えが、あえなく水の泡か」

「今からでもそんな憎まれ口がきけないように、君を折檻したい気分だよ」

揚羽の見間違いでなければ、鏡子はごく一瞬ではあるが、憐憫《れんびん》に似た悲しげな表情を浮かべた。しかし、瞬きの後にはいつもの不遜な表情に戻っていた。

「ひとつ――いいことを教えてやろう、不言志津恵」

揚羽の肩を支えながら、鏡子は毅然と相手を見据える。

「宗教民族学の中に〝神権《しんけん》王捧《おうほう》仮説〟というものがある。中世欧州で統治の拠り所となった王権神授説とは逆の発想で、成立が想定される時代はそれより遥かに古く、紀元前にまで遡る。内容は学説によって様々だが、そのうちの一つが『全能の逆説《パラドックス》』に対する当時の先導者たちの解釈を説明している。

それは、唯一神とは全能の存在でなくてはならないが、全能の存在のすべてが神である必要はないという、世界中の一神教の近現代の常識とは極めてかけ離れた説だ。すなわち、全能の存在とは元来はいわゆる〝神〟とは別なもので、ユダヤ教とキリスト教においてはモーセ以降の預言者たちとの度重なる交感と契約がなされて初めて、全能な存在が人間たちの神と一体化したということだ。

つまり、全能な存在はひとつ、または一人とは限らない。全能ゆえに、全能者はふたつ以上、二人以上いてもなんら世界解釈に支障は生まれない。その中のひとつが、ユダヤ教やキリスト教の神、主として、人間と契約に至ったに過ぎない。ゆえに〝神〟は唯一無二であるが、〝神〟だけが全能なのではない。私たち人間は、全能者の中で人間と契約を交わした存在を特に区別して〝神〟と呼んでいるだけだと、そういうことだ。

この神権王捧は、グノーシス主義やカバラなどが編み出した独自の宇宙観と、伝統的なユダヤ、キリスト教の世界観との並立の妨げになる隔たりを埋め、当時の先端文化における宗教観を現代人が理解して解釈するために必要とした仮説であって、現代の宗教学においては無用の長物だ。近現代の哲学や宗教学には熱心でも、実用性を重んじる家柄ゆえに民俗学や文化人類学には見向きもしなかったお前たち不言には、知るよしもなかったのかもしれん」

揚羽には鏡子の言っていることの一割も理解できないのだが、軽薄な笑みを浮かべている不言志津恵は微かに眉をひそめていた。

「ようするに〝神〟とは、ラーマヤーナやゾロアスター教における〝化身《アバター》〟、つまり全能な存在のひとつの側面でしかないということだ。全能者の一側面が、人間の奉じる〝神〟と一体化し、契約に基づいて人間への直接の干渉を行う権利を人間から与えられた。無論、全能者に人間が与える権利など無意味だが、人間の側がその存在と権能を認めた、と言い換えてもいい。ゆえに、人間から〝神〟として崇められ恐れられる〝権〟利を、人間の代表である預言者や〝王〟から〝捧〟げられ、初めて全能者に〝神〟という化身が成立した。これはキリスト教における最大の難問である〝三位一体〟の解釈にも通じる。

そもそも〝全能の逆説〟そのものが、『神とは全能でなくてはならない』という一神教の強引な世界観に対するアンチテーゼとして広まったんだ。我々、峨東や不言が思い求める理想の通過点として〝全能性〟の追求は不可避だが、長い歴史を経る間に〝全能の逆説〟を解き明かすことに目的がすり替わり、拘泥してしまったお前たち不言は、逆説の成立背景にいつまでも辿り着けなくなってしまった。魂というものの存在価値の否定を前提とし、形による精神の形成に卓越してしまったお前たちが、その抜きんでた知識、技術の特性ゆえに遅かれ早かれ必然的に陥らざるを得なかった、探究の袋小路だ。

不言志津恵、お前がその姿に身をやつしてしまったときから、お前はお前の理想には永久に辿り着けなくなってしまったんだよ」

今や、不言志津恵の顔から薄ら笑みは消え去り、酷く疲れ果てた旅人のように夜空を仰いでいた。

「通過点だと思っていたものが、袋小路だとは気づかずに彷徨っていた、か。まるで亡霊のようだな。僕たちは霊魂に依存しない世界解釈を究めてきたというのに、それが仇《あだ》になるなんて……」

　星明かりと蝶たちの羽の光が降り注ぐ中でその目が潤んでいる。ついさっきまで揚羽からは圧倒的な存在に思えていた彼女が、いまや道端で途方に暮れる一人の女性になってしまったかのように見えた。

「しかし……全能の逆説の成り立ちがどうであろうと、それが解答不可能であるとは限らない。僕たち不言は、これから何百年、何千年でもこの難問に挑み続ける。君たち峨東がそれを愚行と笑うなら、そうしていればいい」

「笑いはせん。峨東の血族に生まれたなら、自分以外の探究はすべて愚かで無謀に見えるものだ。しかし、お前たち不言の『鏡屋敷』は既になく、血族も枯れ果てた。お前に次はない」

「あるさ、何度でもね。君は、僕たち不言があのアナクロでいつ絶えるともしれない屋敷と血に、いつまでも依存していると思っていたのかい？　二十世紀以降の情報技術の革新的な進歩を、僕たち不言は千年も前から予見していた。それから百年後には、もう旧来の屋敷など必要なくなっていたんだよ。あれは役割を終えた古い入れ物に過ぎなかった。それでも、君たち峨東の追跡を振り切るための案山子《スケアクロウ》ぐらいにはなってくれたがね」

　鏡子の顔が俄に曇り、やがて何かに思い至ったように目を眇《すが》めた。

「お前たちは……まさか、オンラインに移築したのか、あの屋敷の仕組みを」

「僕が次の僕になるために、物理的な屋敷も、肉体を用意するための血族も、もう必要ないんだ。次の僕を形成するための仕組みは、すでに電子と光子の雲の中で永久不変に存在する」

こちらに背を向けた不言志津恵は、エレベーターの端に歩いていき、そこで手にしていた本を静かに床に置いた。

「ひとつ、忠告しておこう、詩藤。今回この優れた全身義体《からだ》を僕に用意したのは、誰だと思う?」

鏡子は答えない。思い当たる対象が多すぎたのかもしれない。

「西晒胡家だ。竜牙兵を提供してくれたのはもちろん水淵家。詩藤、たとえ血が絶えようとも、僕たち不言の知識と技術を必要として再び生み出してくれる連中は、この世界にこれからいくらでも現れる。そのとき、君のような手強い女とは争わずにすむことを僕は祈っている。君がどう思っていようと、僕は君のことを友達だと思っていたからね」

不言志津恵は、再び不敵な笑みを浮かべながら言う。

「また会おう、詩藤。君の娘か、孫か、それより先の子孫かもしれないが、悠久の時間の果てで――」

不言志津恵の身体がゆらりと傾いて、そのままエレベーターから転落する。揚羽が悲鳴に近い声を上げたときにはもう最下層にまで落下していて、その身体は一度、人形のように床で跳ねて転がってから、それきり動かなくなった。

鏡子と揚羽は、肩を貸しあって不言志津恵が飛び降りた場所まで歩いて行く。そこに取り残されていた本を、鏡子が拾い上げた。

「あの、鏡子さん、また生まれてくるって、あの人は——」

しばらくタイトルのない本の表紙を眺めていた鏡子は、やがて大きく溜め息をついた。

「不言の一族は、峨東傘下の家々の中でも際だって特殊な家系だった。〝不言〟という家名はな、古くは〝無言《むけん》〟、あるいは〝音無《おとなし》〟と呼ばれていた。『言葉不要《ことのはいらず》』という意味だ。

人間が一人の人生では成しえないほど遠大な目的を、何代にもまたがって達成しようとするとき、最も重要なことはなんだと、お前は思う？」

代を重ねるという観念のない人工妖精の揚羽には、難しい問いかけだ。

「知識を伝えること、でしょうか？」

「いいや……。知識や技術といったものは、どんなスパルタ方式を用いてでも叩き込んでやればすむ。才能も、必要なら生まれてくるまで子供を作ればいいだけだ。極端な話、自分のクローンを造って記憶を移植しようとした者もかつてはいた。だが、言葉でも知識でも、血による遺伝でも、子や孫に伝ええないものがひとつだけある。

それは『理念』だ。言葉にして知識化できないもの、どんなに叩き込んでも身体には染みつかないもの、ひとりの才能だけでは到達しえないもの。それを伝えることができなければ、どんなに卓越した才能と努力があっても、世代を超えて目標を共有することはできない。峨東のような古い家々は、皆この困難に直面して家ごとに工夫を凝らしてきた。

その難問に対して、不言は独特の解決法を持っていた。左右対称の屋敷を造り、当主のあらゆる所作を、後継者に真似させる。当主と後継者は互いに何も言わず、何も語らず、ただただ真似ることだけを続ける。鏡屋敷と呼ばれる不言独特の屋敷の構造も、当主と後継者が鏡映しをするため、必ず見通しがよい左右対称の形状を徹底していた。

そうして人生のすべてを模倣することを何年も、何十年も繰り返すと、やがて後継者は当主と瓜二つの思考や技術を手に入れる。不言は、それによって何百年にもわたり、家系と理念を守ってきた。不言志津恵が『何人目か』というのは、そういうことだ。あれは何代にもわたって、クローン技術にすら拠《よ》らずに自分の複製を続けてきた。それが途切れることもたびたびあったが、分家から再開することをしながらな」

鏡子は、持っていた本のページを片手でめくってみせた。

「鏡子さん、この本は……」

それは、本の形をしていても書籍とは呼べない。なぜなら、すべてのページがまっさらな白紙で、文字も挿絵も、インクの跡すらなかったからだ。

「不言の当主継承にあたって重要なのは、習慣だ。おそらく、何人目かの不言志津恵が特に紙の本を好んだので、その習慣〝だけ〟が後代にまで引き継がれたのだろう。先代の立ち居振る舞いをコピーするのに、本の内容はさして重要ではなかったから、読書をするという習慣は残ったが、読書自体の意味はなかった。ゆえに本は白紙でも構わない」

揚羽にも理屈はわかる。しかし、あまりにも常軌を逸した考え方だ。

「だから峨東は、不言の家を滅ぼすと決めたとき、分家筋の赤ん坊に至るまで抹殺して、家屋敷も灰すら残さずこの世から消し去らなければいけなかった。連中なら灰のひと欠片《かけら》からでも甦るのではないかと恐れたからだ。

それでも不言志津恵は死に絶えなかった。奴はその自己複製の仕組みを、もうネット上の仮想現実で実現していたんだ。物理的な屋敷や血族がなくとも、誰かが適切な肉体さえ用意してやれば、何度でも不言志津恵はこの世界に舞い戻ってくる。そういう仕掛けなのだろう」

鏡子が顔に手をやったのを見て、揚羽は一瞬、鏡子が泣いたのではないかと思って驚いたのだが、目の疲れを癒やそうとするように眉間《みけん》を撫でていただけだった。それでも、鏡子がいつになく深い感傷に浸っていることはわかる。

「お前の生まれた工房の部屋は、不言の鏡屋敷の構造を応用していた。ある意味、不言志津恵も、お前の生みの親の一人であったと言えるのかもしれんな」

そう言ったきり、鏡子は俯いて黙ってしまった。

「……あ、あの……」

心配になり、揚羽が声を掛けようとしたとき、鏡子の小さくも温かい手が、揚羽の頭をぽんと、軽く叩く。

「今日は酷く疲れた。早く帰るぞ」

「え？　あの、でも、私は……」

揚羽は鏡子に勘当されたのだ。もう鏡子の家には二度と入れないと思っていた。

「お前は私の家族だろう。お前には私を徹底的に甘やかす義務がある。途中放棄は許さん、馬車馬のようにこき使ってやるから、覚悟をしておけ」

目尻から熱いものがこみ上げ、頬を伝った。喉から溢れ出るものが抑えきれなくて、それは嗚咽になった。心が身体の表現に追いつかない。

——私はまだ、あなたの家族でいても、いいんですか。

その言葉は声にならなくて、きっと声になったら怒らせるともわかっていて。

だから、ただ、

「……はい」

泣き笑いになってしまった顔で、揚羽はありふれた一言に思いの丈を込めた。

＊

「ここに人工妖精《フィギュア》の子が来ませんでしたか⁉ こう、髪をくるっと巻き髪のツインテールにしている、ピンクのパジャマを着た、小柄な子です！」

眼科の診察室前のソファに腰掛けていた揚羽の前に、必死の形相で駆け寄ってきた看護師姿の人工妖精は、息を切らせながらそう捲《まく》し立てた。

「ああ……その子でしたら、耳鼻科の方へ走っていきましたよ。台風みたいな勢いで」

「そ、そうですか……！」

もう息も絶え絶えである。気持ちはわかるが、それでは身体が持つまい。あの子に真面目に付き合っていては、フル・マラソンの一流ランナー並の体力があっても足りないはずだ。

　看護師は乱れた息の合間を縫って揚羽に礼を言ってから、もつれた足で耳鼻科のある廊下の角の向こうへ走って立ち去った。揚羽の正面の壁には、「ここは工房（病院）です。廊下は決して走らないでください」と書かれた張り紙がされているのだが、これも見なかったことにしようと思った。

「もう大丈夫ですよ」

　揚羽がどこへともなく囁くと、揚羽の腰掛けるソファの下に隠れていたパジャマ姿の少女が、海兵隊張りの見事な匍匐《ほふく》前進で這い出てきて、立ち上がるなり踵《かかと》を揃えて敬礼をする。

「極秘任務へのご協力、お感謝致します！　びしっ！」

　芝居がかったその仕草がどうにも憎めず、愛らしく感じられて、揚羽は思わず苦笑してしまった。

「お役目ご苦労様、可愛い兵隊さん。任務って、何をしていらっしゃるのですか？」

「はっ！　極秘任務なのでお秘密であります！　びしっ！」

「そうですか、頑張ってくださいね」

　彼女はカールしたツインテールを揺らして、再び敬礼をしながら答える。きっと本当は目的など何も考えていないのだろうなと思いつつも、揚羽は話を合わせた。

「はっ！　ありがとうございます！　それでは、任務がありますので小官はこれでお失礼致します！」

「あ、ちょっと待ってください、ピンクのパジャマの兵隊さん」

揚羽は脇に置いていたハンドバッグから小さな包みを取り出す。その封を開いた途端、薬っぽい匂いの漂っていた周囲に、砂糖とカカオの甘い香りが溢れ出す。

「手づくりのガレットがあるんですけれど、よろしければいかがですか？」

それまで兵隊ごっこをして表情を引き締めていた少女は、チョコレート菓子を見た途端、今にも涎《よだれ》をたらしてしまいそうなほど顔が緩んでしまっていた。

「しょ、小官はお極秘任務中ではありますが、お気遣い痛み入りますので、ではお遠慮なく――」

しかし揚羽は、少女が伸ばしてきた手からガレットの包みを遠ざけて、代わりに自分の隣の席を叩いてみせた。

「立ち食いなんてお行儀の悪いことをしたらはしたないですよ。きっと大事なお役目があるのだと思いますが、少しだけお休みしていきませんか、兵隊さん」

揚羽が重ねて席を勧めると、額に指をやってなにやら悩んだのもごく束の間のことで、数秒の後に少女は自分で始めた役作りをあっさりと放棄し、ソファに飛び込むように腰掛けた。

「はい、どうぞ」

「おありがとうございます、いただきます！」

揚羽が包みを手渡すと、少女は待ちきれないとばかりに急いで膝の上で広げて、さっそく口にほおばった。

「うわ、とても美味《おい》しいです！　お姉さんのお手作りなのですか？」

「ええ。喜んでもらえてよかったです」

「私、おチョコレート大好きなんです！」

少女は休む間もなく口と手を動かし、両手のガレットを幸せそうに齧っている。

「お姉様は、お目が悪いのですか？」

リスのように頬袋にお菓子を詰めたまま、少女が言う。

「いいえ、悪くはないのですけれど、ちょっと見えすぎてしまうというか……」

つい口籠もってしまった。

あの不言志津恵《ふげんしずえ》の一件の後、揚羽は鏡子に不言志津恵から自分が本当は目玉で、身体に寄生しているだけだと教えられたことを相談したのだが、清水の舞台から飛び降りるぐらいの決意でようやく揚羽が打ち明けたというのに、鏡子は心底うんざりしたという顔で呆れかえっていた。

――お前は、人工呼吸器で生き長らえている人間が、人工呼吸器に寄生されていると思うのか。

いつものように煙草を吹かしながら、鏡子は揚羽にそう諭した。

たしかに、意識をなくしたり、覚醒に失敗した人工妖精に、なんらかの機械や器官で脳を刺激して覚醒まで導く治療を施すこともあるのだが、だからといってその機械に意識が宿るはずはない。意識とは単に脳の部分や一機能から生まれるのではなく、それらすべての総体として生じるものであるから、どんなに高度な仕組みの眼球であろうとも、それを付け足して覚醒したからといって、眼球に意識が宿っているなどと考えるのは誤りだ。

つまり、不言志津恵は揚羽から自我を分離するために、そう誤解させて欺こうとしたのだろうと鏡子は教えてくれた。

ただし、今現在の揚羽の意識が、不言志津恵の造った眼球の機能に補助されていることは事実であり、今の眼を失えば昏睡に陥ってしまうことはこれからも起きうる。だから少しずつ、その金色の眼に頼らずにすむように、体質の方を変えていかなくてはいけないのだそうだ。

そのために揚羽は今、赤外線を遮断し、眼球の余計な機能を低下させる黒いコンタクトレンズを左目につけている。鏡子が直接、日本本国の医療メーカーに掛け合って取り寄せてくれた特注品だが、これの副作用がまた酷かった。

頭痛や目眩は日常茶飯事で、視界が急に歪んで見えたり、水平感覚を失ったりすることもある。そのために定期的に眼科に通っているのだが、そもそもこれまでの視覚の方が異常であったので、定期的に専門医の診察を受けながら、ゆっくりと身体を慣らしていくしかないとのことだった。

「お見えすぎて困るということもあるのですね」

すっかり平らげて最後のひとつになってしまった菓子を、大事に味わうように少しずつ囓っている少女は、不思議そうに言った。

「ええ、でもたまに先生に診てもらうだけですから。今日はそれよりも、お見舞いをするためにここへ来たんです。大事な後輩がここに入院しているんですよ」

　はっと、少女の顔が曇る。

「もしかして、このお菓子はお見舞いのためにお持ってきたのですか？　大変！　私、全部お食べてしまいました！」

「いいんですよ、もうその子とは会いましたから」

「お菓子が食べられないくらい、お経過がおよろしくないのですか？」

「いいえ、とても元気そうでした。昔のようにどこでも駆け回って、周りの人を振り回して、とても楽しそうにしていたから、ほっとしたんです」

　揚羽がそう教えると、少女も薄い胸を撫で下ろしてから、嬉しそうに指に付いたお菓子の滓《かす》を嘗《な》めていた。

「もしかして、お姉さんは五稜郭のお方ですか？」

　不意に尋ねられて、揚羽は少し返答に迷った後、目を伏せて頷いた。

「やっぱり！　お立ち居振る舞いがとても上品なのですぐにおわかりました！」

「そうですか、ありがとう。元、ですけれどもね。でも、私なんてまだまだですよ」

「そんなことないです！　実は私も、退院したら五稜郭にお入学するんです！　五稜郭ってどんなお学校ですか!?　厳しいっていわれてますけれど、やっぱり先輩の二年生はお恐いのですか!?　寮生活って、お楽しいですか!?」

少女は目を輝かせて、揚羽に詰め寄ってきた。

「そうですね、不思議な規則がたくさんあるし、寮でみんなで寝泊まりするのは色々気苦労もありますけれども、でも、一生忘れられないくらい、楽しいことだと思いますよ」

「本当ですか⁉　ああ、来月のお入学式が楽しみです！　先生はそれまでには退院できるってお約束してくれましたけれども、じっとはしていられないんです！」

足をばたつかせて全身で表現している彼女の姿が、入学後の波乱の学園生活を予感させる。

「私、どんな人が私のお姉様《エルダー》になってくださるのかなって毎晩お想像して、眠れなくなってしまうんです！　胸が一杯になってわくわくして！」

その言葉を聞いたとき、揚羽は胸の奥で微かな疼きを覚えた。

「そう……ですね、私も入学前はそうでした。義姉《エルダー》は自分では選べないし」

「でも、なんとなくイメージはあるんですよ。お直感なんですけれども、きっと黒くて長い髪をしてらして、ほっそりとしていらして花を渡る蝶のようにお華麗で、少しお茶目なのに時々厳しいけれど、でもとってもミステリアスでお綺麗で、いつも私のことを思っていてくださる——。学園のことを考えて眠ると、そういう人がいつも夢に出てくるんです！」

目尻にこみ上げてきたものを必死に堪えて、揚羽は微笑む。

「正夢に、なるといいですね」

「はい！」

にっと、屈託なく少女が笑う。それが揚羽には痛くて、同時にとても嬉しい。

そのとき、廊下の角に先ほどの看護師が戻ってきたのが見えた。

「見つけたわ！　みんな反対側から回り込んで！　今日こそ捕まえるわよ！」

少女の姿を見つけてすぐに駆け寄ってくるかと思いきや、看護師は後ろを振り返って叫ぶ。

そして号令一下、あちこちからわらわらと現れた看護師たちの集団、その数たるや少なくとも十人はいただろう。

「雪柳さん！　今日こそ全身検査を受けてもらいますよ！　昨日までのように先生の勤務時間いっぱい逃げ切れるなんて思わないことです！」

ああ……。この看護師たちは、二年生になって間もない頃の揚羽と、同じ過ちを犯している。雪柳は主に、嫌だから逃げるのではない、追うから逃げるのである。そして、追ってくる人数が増えれば増えるほど、雪柳は本格的に闘争本能ならぬ逃走本能を燃やす。

「残念、とうとうお見つかっちゃいました」

じりじりと狭まってくる看護師たちの包囲網を心底楽しそうに眺めつつ、雪柳と呼ばれた少女はソファから跳ねるように立ち上がり、舌なめずりをして言った。

「おごちそうさまでした、お姉さん……ええっと、お姉さんのお名前って、教えていただきましたっけ？」

振り返った少女に、揚羽は少し躊躇ってから自分の名前を告げた。

すると少女はなにか気にかかったように首を傾げていたが、やはり何も思いつかなかったのか、すぐに名前の通りの可憐な笑顔に戻って手を振った。

「さようなら、揚羽お姉様！」

少女は寝間着の裾を翻しながら、揚羽に背を向ける。そして、押し寄せる看護師たちの手を、まるで梢の間を吹き抜けるつむじ風のように軽やかにかわしながら、通路の向こうへ駆けていってしまった。

――お姉様、か。

もう、その呼び名は揚羽のものではない。だから、きっともう間もなく彼女の前に現れる、新しい誰かのために取っておけばよかったのに。

雪柳は、もう揚羽のことも、五稜郭で過ごした一年間のことも覚えていない。その現実を、今まざまざと見せつけられた。

でも、これからの彼女には、自分と共にいたときに勝るとも劣らないくらいに、楽しくて美しい未来が待っているのだろうと思う。古い思い出は、揚羽の側にだけ残る。

その覚悟はしていたから、今、胸に刺さる棘の痛みに揚羽は耐えられる。

ただ、自分が「過去」と「今」に取り残されて、彼女の「未来」から置き去りにされていくような感覚が、どうしようもなく辛くて、揚羽は曇り始めた自分の顔を覆うしかなかった。

＊

不言志津恵の遺体が見つかったことで、自警団《イエロー》は公開捜査の発表を取り下げた。あの日以来、人倫も総督府も、まるで揚羽のことを忘れてしまったかのように、揚羽の前に姿を現すことはなかった。

　五稜郭は、揚羽の学籍が抹消されたまま卒業式の日を迎えた。看護師資格も、五稜郭の学歴も、揚羽がこの二年間に日向《ひなた》で積み上げてきたものすべては、公には実妹の真白のものということになっていた。

「ここなんてどうかしら？　普段はなかなか入れないけれど、私の担当技師に頼めば招待券ぐらい手に入るかも」

　昼下がりのオープン・カフェには、蝶たちが彩る七色の日の光が溢れている。道路を行き交う人々の波を横目に眺めながら、連理と揚羽はカタログをテーブルに広げて卒業旅行の予定を練っていた。

　旅行といっても、狭い東京自治区の中では遠出は難しいのだが、各区の名所にはリゾート施設がたくさんある。学生でなくなった今ならそうした場所にも入れるわけで、卒業式に出られなかった揚羽のために、連理が気をつかって誘ってくれたのである。

　豊かな自治区では、区民なら誰でも一定の社会福祉を享受できるし、外貨かコネがあればもう少し贅沢な施設も利用できる。外貨もコネも揚羽には無縁なものだが、出身工房の技師と仲のよい連理には、多少ならおねだりをするあてがあるようだった。

「おしゃれでいいね。でも、ここ三名様からって書いてあるよ？」

「いいのよ、三人で行くんだもの」

きょとんとする揚羽に、連理は当然とばかり、柔らかな髪を耳にかけながら言う。

「私と揚羽、それに柑奈《カンナ》さんで三人」

「柑奈さん……生徒会長もいらっしゃるの!? なんで!?」

「前・生徒会長でしょ。友達になったからよ。選挙が中止にされたとき、突然発表された真白さんっていったい誰のことだって大騒ぎになって、授業のボイコットまで起きたんだけど、その騒ぎを静めるために、柑奈さんが生徒を代表して学園側に抗議しに行ったの。結局無視されてしまったけれども、そのとき私も同行してね、ちょっと喧嘩もしたりしているうちに仲良くなれたの。柑奈さん、揚羽のことをずっと心配してたわ」

……げに怖ろしきは、連理の相手を選ばぬ人好きぶりと、五稜郭内部の波瀾の人間関係である。揚羽は自分ばかりが尋常ならざる事件に巻き込まれているものとばかり思い込んでいたが、その間も五稜郭では揚羽に劣らぬ悲喜こもごもが起きていたのだろう。

「そういえば柑奈さん、来年の学園紹介紙《パンフレット》のモデルにあなたも出演させるって、息巻いていたわよ。同じ学年代表になったのに、あなたが出てこないなんて不公平だって」

典型的な火気質《ヘリオドール》の彼女にとっては、そんな筋の通らないことは許せないのだろう。

「でも、代表に選ばれたのは私じゃなくて真白だし、私は五稜郭を卒業できなかったから、それはさすがにまずいと思う……」

「そんなのどうでもいいじゃない、どうせ顔は同じなんだし、誰にもバレないでしょ?」

揚羽と真白に纏わる、人倫や総督府まで巻き込んだ複雑な事情を連理に話すのも躊躇《ためら》われるのだが、連理ならばそれを知った上でも「だからどうした」と言いかねない。水気質《アクアマリン》なのに竹を割ったような性格であるから。

「まだ、雪柳さんのことを気にしているの？　もしかして、あなたが黒い服しか着なくなったのは……」

心配そうに顔色を曇らせた親友に、揚羽は慌てて両手を振ってみせた。

「違うの。そうじゃなくて。私、等級認定外になってしまったし」

公には「等級認定先送り」なのだが、いつか真白が正式に一等級を与えられるまで、揚羽の等級が決まることはあるまい。つまり、四等級にも該当しないのだ。

「あと、私の決意、みたいなものかな……」

脇に置いてある揚羽のハンドバッグには、鏡子からもらった大事な看護帽が入っている。揚羽のために、特別に黒い生地で作られたものだ。表は人工妖精医療の象徴である青十字、裏を返すと青色機関《BRUE》のマークである青い蝶を象《かたど》った刺繍がされている。

不言志津恵が死んだことで、自警団は公開捜査を取りやめた。その結果、自治区の人々の間には正体不明の〝黒の五等級〟の噂だけが残ることになった。

人倫が手を引いても、青色機関の責務は誰かが担わなくてはならない。ならば、揚羽は今度こそ自分が本物の〝黒の五等級〟になってしまおうと心に決めた。人間たちが揚羽から等級や学歴を剥奪したのなら、社会の陰で活動するのにかえって都合がよくなった。

せっかく取得した看護師資格も真白のものになったので、揚羽は来年また試験を受けて合格するまで、表だってはこの帽子を被ることができないのだが、今からその日が楽しみでならない。

「まあ、あなたがそういうのならいいんじゃない。とても似合っているしね」

揚羽の気持ちを察してくれたのか、連理はそれ以上深くは尋ねてこなかった。親友のそうした気配りだけで、揚羽には幾万の味方を得たような気持ちになれる。

やがて、旅行の行き先もいくつかに絞り終えて、せっかく一区まで足を延ばしたのだから少し大人っぽいブティックでも見に行ってみようということになり、二人でならんで高層ビルの建ち並ぶ通りを歩いた。

どこも一方通行だった五稜郭の中とは違い、皆が思い思いの方向へ自由に行き交う場所を歩いていて、揚羽は軽い目眩を覚えつつも、胸から湧き起こって全身に行きわたる解放感に浸っている。

こうして、友人とともにありきたりの幸福に浸っていられることが、今の揚羽にはとても嬉しい。しかし同時に、いずれ来るであろう別れにまで思いは至り、嬉しさの反面同じくらい強い寂しさが募る。

いつか連理や柑奈も、雪柳のように自分を置き去りにして、どこか遠くへ行ってしまうのではないか。そんな不安が、雪柳と工房で会って以来、揚羽の頭から離れない。

「ねぇ……」

「ん？」

店の表に並べられたハンガーから、少し気の早い秋冬もののトップスを選びながら、親友は気のない返事をする。

「学生生活が終わって、寮のみんなとも会わなくなったよね。これから、いつか——その、本当にいつかの話ね、連理とも会えなくなっちゃうときが、いつか来るのかな？」

「それは、いつかはそうなるでしょう」

何を今さら、といった調子のそっけない返事が返ってきた。しかも、外貨の価格が書かれた値札を確認して眉をひそめながらだ。

「連理は寂しくならないの？　そんな風に考えたこと、ない？」

「あるわよ。私はもうこれからずっと一人暮らしだろうし、寮にいたときから、あなたがいない夜は、ときどきあなたがずっと帰ってこないんじゃないかって気がして、朝まで眠れなかったこともあるわ」

いつも気丈に見える連理にもそんな一面があることを、揚羽は今まで知らなかった。

「だったら、恐くならない？」

揚羽の気弱な言葉に驚いた様子で、連理はハンガーから手を離して揚羽に振り向いた。

「どうしたのよ、らしくもない」

「なんかね、不安になったんだ。雪柳と会ったとき、本当に何も覚えてないんだな、これからは自分以外の誰かを〝お姉様《エルダー》〟って呼んで懐いていくんだろうなって、そうわかったときね。どんなに仲良くなれた人とも、いつか別れなくちゃいけないときが来るのなら、私はその度に、こんな気持ちに——その、なんていうか、自分だけ置き去りにされていくような、そんな気持ちになるのかなって、考えちゃって……」

「揚羽――」

俯く揚羽の肩に、連理の両手が触れる。と、次の瞬間には、連理の手が揚羽の両の頰をつまみ上げて無理矢理顔を引っ張り上げ、さらに額に向けて容赦のないデコピンを打ってきた。

「お・も・い・あ・が・る・な」

痛みで額を押さえて目を白黒させている揚羽に、連理は一つひとつ音を区切って、子供を窘《たしな》めるように言う。

「取り残されるって、あなたはそこで一人前に完成しました、ってことでしょ？　あなたは何様になったつもりなの？　誰だっていつまでもその場に留まっていないわよ。そうして避けられない別れがやってくるのなら、喜んで胸を張って送り出せばいい。それはまだ私たちが止まっていないということなんだから、なにを恐れるっていうの？

私たちだって、今一緒にいるからといって、足を止めているわけじゃないわ。私たちはね――」

力強く頭を摑まれて引き寄せられ、まだ痛む額が連理のそれとぶつかる。

「今、並んで歩いているのよ」

両方の目が、鼻よりも近い距離で互いに見つめ合う。

「もしあなたが、私の知らない秘密を隠し持っていて、私には想像もつかないような理由で私の前からいなくなっても、私は置き去りにされたただなんて絶対に思わないわ。私にだって、まだあなたに話していない秘密はいくつもある。でも、そのせいで私がいなくなっても、あなたを置き去りにしただなんて思って欲しくない。

　そのときは、私たちはすこし遠くで、並んで歩いているのよ。たとえ、もう顔が見えなくなっても、声が聞こえなくなっても、どこか遠くの〝横〟いるのよ」

　それからようやく連理は揚羽の頭を離し、優しく肩を叩いてくれた。

「だから、一人でそんな悲しい考え方に溺れないでよ」

　いつもの優しい顔に戻った連理が、ねっと愛らしく首を傾げる。

　今まで幾度となく、連理のこうした寒・暖を織り交ぜた語り口に救われてきたが、今回はとびきりだ。目尻に滲んでいたものは、彼女の北風と太陽であっけなく消えてしまった。

　代わりに、心の底からの笑顔が自然に溢れてきた。

「でも、私はやっぱりこうだから、遠くへ行ってもまた連理のところへ戻って来たくなるかもしれないよ」

「いつでも来なさいよ。こう見えても私は、揚羽の取り扱いのプロなのよ。まだ他の人には心配で任せられないけれども、私の手にかかればあなたの一人ぐらいどうってことないわ」

「なによそれ、まるで私が危険物みたいじゃない？」

「この友人危険物につき、重々取り扱いに注意、ご用命があらばいつでも遠藤之連理まで、ってね」

　顔を見合わせて、二人で声を上げて笑った。道行く人たちは、そんな二人を不思議そうに眺めながらも足を止めはしない。皆がそれぞれ、刻一刻と、今の自分から次の自分へ歩いていて、それは連理が言うように、きっと誰であろうと、いつまでも止まらない。

次の店を探して歩き出したとき、躊躇いながらも思い切って連理の手を摑むと、連理も少し照れながら握り返してくれた。

そうだ、行こう。行く手にあるものがどんなに残酷な不幸であろうとも、どんなに恐ろしい罪であっても、それでも私たちはこの世界に生まれたいと思ったのだから。

午後の日差しが蝶たちの羽で七色の万華鏡になって揚羽の行く手を照らしている。

黒い五等級は、この街で生きていく。

『全能抗体《マクロファージ》から新しい抹梢抗体《アクアノート》へ。はじめまして、海底の黒い魔女。ご機嫌はいかが？』

to be continued,[SWALLOWTAIL/ARTIFICIAL FAIRLY SHOP]

Videmus enim nunc per speculum in aenigmate,
tunc autem facie ad faciem;
nunc cognosco ex parte,
tunc autem cognoscam, sicut et cognitus sum.

今われらは鏡をもって見るごとく見るところ朧なり。
然れど、かの時には顔をあわせて相見ん。
今わが知るところ全からず、
然れど、かの時には我が知られたる如く全く知るべし。

（コリント人への第一の手紙 第13章第12節）

あとがき

作家というお仕事をさせていただけるようになってから早四年、出版された文庫本も本作で四冊目となりました。実はデビュー当初、著者は短篇・中篇作品に独特の切れ味に憧れ、短・中篇作家になることを夢見ておりましたので、『θ　11番ホームの妖精』以来の連作集となります本書を無事に皆様の元へお届けすることが叶い、一入の感慨を覚えております。読者の皆様を作中世界へお迎えするにあたり、今回も精一杯おもてなしの工夫を凝らしましたので、皆様の人生の貴重なお時間を、恐れ多くも本書が数時間ほど拝借することになるものと思いますが、この出会いも何かの奇縁、どうぞ最後の一頁までおつきあい頂き、お楽しみいただけたら幸いでございます。

平成二十四年で四年、四冊目と、四並びの奇しき時、振り返るに執筆業とは「刃物」、あるいは「歯物」のようなお仕事なのではないかと思いました。テレビのバラエティやクイズ番組などで時折、果物やらなにやらの切り口を見せて、それがいったい何の断面であるのか推して答える遊戯が披露されることがありますが、作家はまさにひと目では元の形がわからないよう、一見ありふれたものから見慣れぬ断面を創り出すお仕事なのであろうと、著者は考えます。

少し昔の拙い思い出話になりますが、まだデビューする前の頃は、近隣の書店によくぶらりと立ち入っては、今をときめく流行の書籍の表紙や粗筋を眺めて研究するということを、著者は自分なりの研鑽の一つにしておりました。そしてあるとき、『吾輩は猫である』や『歯車』、『羅生門』といった、押しも押されぬ大家の名著の数々が、今やたった三百円で新作の数々と一緒に並んで売られていることを知り、筆舌に尽くしがたいほどの驚愕を覚えました。

最初にハードカバーで出版された本が、やがて文庫化され手ごろな価格で販売されることを俗に「文庫落ち」と呼びますが、「文庫落ち」して格安になっても、あるいは書き下ろしでも、まだ海の物とも山の物ともしれぬ新人の処女作でも普通は六百円から千円程度致します。

それなのに、おそらくは日本の総人口一億人超のほぼ全てが名作と認める数々の書籍が、ほんの数メートル隣にたった三百円で陳列されていては、その倍以上の値段がつけられた今の文庫本がどうして売れるはずがあろうか、いずれ自分が作家になって本を出版したとき、名作の数々の倍以上の値段で売られていいものなのだろうかと、以来何年にもわたって煩悶することになったのであります。

　さて――。本書に至っては九百円以上という、夏目漱石大先生の名作の三倍もの値段であります。厚さは平均的な文庫本の二倍ですし、早川書房の編集部の皆様のご尽力のおかげで、一文字あたりの価格であれば書店に並ぶ他の作家の方々の著書にそうそうひけは取らないと著者は自負致しますが、それでも三百円で売られる大先生の本と比べられては、文字数／値段比、知名度／値段比のいずれでも勝ち目がありません。かといって現役作家の著作を過去の名作と同じ価格で売ることなど、実際問題できるはずがありません。

　ならば、歴史の洗礼を受けた過去の名作の後塵を拝することは言うに及ばず、今を生きる作家は過去の名作の倍以上の値段を読者の皆様に押しつける運命の、不誠実で不道徳な仕事なのでありましょうか。ひとたびそう思い至ってしまうと、私は筆を執るたびに深く悩まずにいられませんでした。

　その日より十年弱を経て――。今の私はこの難しい問題に一つ、自分の信じる答えを持っています。三百円の過去の名作で一億人の誰もが得る感動をひとまず尺度にして、その平均値に比して三倍の感動を一億人の皆様にお届けすることは、一見して限りなく困難に見えます。もしさも当然と思えるのなら、それは大変な思い上がりでありましょう。

　しかし、そのどこまでも高いハードルを見上げる観点こそが、逆に作家としての著者の創作の出発点となりました。一億人が三倍感動する本は不可能であるが、その千分の一―

―十万人だけが、夏目漱石大先生の名作より三倍感動する本を目指すのなら、十分現実的と言えるのではなかろうかと、そう考えることにしたのです。

つまり、著者の本を一億人に読んでもらったとき、九千九百九十万人は夏目漱石大先生の本の三倍もお金を払いたくないと思われてしまうかもしれない。しかし、その千分の一の十万人がもし、他の人がどう言おうと過去の名作の三倍払っても読んだかいがあったと言っていただけるのなら、その本を書いて世に送り出すことは不誠実ではないはずです。

もちろん、初めはその十万人全ての方に、著者の本を手にとって頂くことなどなかなかかないません。しかし、数千人から始まり、一万人の方から数万人の方へ伝わり、そしていつか十万人全ての方に著者の本が行き渡ることが、著者の大きな夢のひとつです。

その日まで、一冊一冊の本を力の限り大事にお届けして参ります。「籘真千歳」という作家の将来性に対する先行投資も含めて拙作をお買い求めくださる皆様が、いつか「自分の目利きはやっぱり優れていた」と周囲に誇れる日が訪れるよう、著者はこれからも作家としての修業を怠らず、研鑽を絶え間なく積み上げていく所存です。

本作においては〈スワロウテイル人工少女販売処〉シリーズの世界観と人物たちを、これまでとはまた別の新しい切り口で表現しています。長篇二作と繋がりながら、人物たちのまた異なる価値観が交錯する世界を文字にすることに、全力で傾注致しました。「序章」という題の通り、時系列的に長篇二作より以前の物語でありまして、本作からお読みくださる皆様におかれましても、きっと後の長篇作品とのリンクをお楽しみいただけることと思います。

遅くなりましたが、関係の皆様に謝辞を。

本作は竹岡美穂様の美麗なイラストが表紙、挿絵として贅沢に盛り込まれています。竹岡様の可憐で生き生きとした絵は、挿絵という枠を大きく越え、著者のイメージを大きく膨らませ、強い感銘を受けながら執筆致しました。文字と挿絵の共鳴は、読者の皆様にもきっと素晴らしい読書体験をお届けできると思います。竹岡様におかれては、過酷なスケジュールの中で本作にお力を割いてくださいますこと、重ね重ね深く御礼申し上げます。

また、未だ若輩の著者の本を、貴重な棚に陳列してくださる全国の書店様、取次の皆様におかれては、日頃より感謝の念が絶えないものでありますが、あとがきの場をお借りして御礼申し上げます。

本作も、担当I様と早川書房、校正様他、多くの人のご尽力あってこそ完成致しました。担当I様と早川書房様でなければ、本作の初案はけっしてご理解いただけなかったことと確信しております。また、著者の癖ゆえに誤字誤用が散見する文章を、読者の皆様にご覧いただけるほどに変身させられるのは、校正様と編集部の皆様のお力があってこそでございます。

最後に、本書を手にとってくださったあなたがいらしてこそ、新しい本をまたお届けすることが出来ます。

皆様に心より——ありがとうございます。

二〇一二年八月

篠真千歳

初出一覧

蝶と果実とアフターノエルのポインセチア
〈ＳＦマガジン〉二〇一一年二月号

蝶と金貨とビフォアレントの雪割草
二〇一一年九月　ハヤカワオンライン無料ＤＬ配布

蝶と夕桜とラウダーテのセミラミス
〈ＳＦマガジン〉二〇一二年八～一〇月号

蝶と鉄の華と聖体拝受のハイドレインジア
書き下ろし

次世代型作家のリアル・フィクション

マルドゥック・スクランブル The 1st Compression——圧縮〔完全版〕
冲方 丁
自らの存在証明を賭けて、少女バロットとネズミ型万能兵器ウフコックの闘いが始まる。

マルドゥック・スクランブル The 2nd Combustion——燃焼〔完全版〕
冲方 丁
ボイルドの圧倒的暴力に敗北し、ウフコックと乖離したバロットは〝楽園〟に向かう……

マルドゥック・スクランブル The 3rd Exhaust——排気〔完全版〕
冲方 丁
バロットはカードに、ウフコックは銃に全てを賭けた。喪失と安息、そして超克の完結篇

マルドゥック・ヴェロシティ1〔新装版〕
冲方 丁
過去の罪に悩むボイルドとネズミ型兵器ウフコック。その魂の訣別までを描く続篇開幕！

マルドゥック・ヴェロシティ2〔新装版〕
冲方 丁
都市政財界、法曹界までを巻きこむ巨大な陰謀のなか、ボイルドを待ち受ける凄絶な運命

ハヤカワ文庫

次世代型作家のリアル・フィクション

マルドゥック・ヴェロシティ3〔新装版〕
冲方 丁
都市の陰で暗躍するオクトーバー一族との戦いに、ボイルドは虚無へと失墜していく……

スラムオンライン
桜坂 洋
最強の格闘家になるか？ 現実世界の彼女を選ぶか？ ポリゴンとテクスチャの青春小説

ブルースカイ
桜庭一樹
あたし、せかいと繋がってる――少女を描き続ける直木賞作家の初期傑作、新装版で登場

サマー／タイム／トラベラー1
新城カズマ
あの夏、彼女は未来を待っていた――時間改変も並行宇宙もない、ありきたりの青春小説

サマー／タイム／トラベラー2
新城カズマ
夏の終わり、未来は彼女を見つけた――宇宙戦争も銀河帝国もない、完璧な空想科学小説

小川一水作品

第六大陸1
二〇二五年、御鳥羽総建が受注したのは、工期十年、予算千五百億での月基地建設だった

第六大陸2
国際条約の障壁、衛星軌道上の大事故により危機に瀕した計画の命運は……。二部作完結

復活の地Ⅰ
惑星帝国レンカを襲った巨大災害。絶望の中帝都復興を目指す青年官僚と王女だったが……

復活の地Ⅱ
復興院総裁セイオと摂政スミルの前に、植民地の叛乱と列強諸国の干渉がたちふさがる。

復活の地Ⅲ
迫りくる二次災害と国家転覆の大難に、セイオとスミルが下した決断とは？　全三巻完結

小川一水作品

老ヴォールの惑星

SFマガジン読者賞受賞の表題作、星雲賞受賞の「漂った男」など、全四篇収録の作品集

時砂の王

時間線を遡行し人類の殲滅を狙う謎の存在。撤退戦の末、男は三世紀の倭国に辿りつく。

フリーランチの時代

あっけなさすぎるファーストコンタクトから宇宙開発時代ニートの日常まで、全五篇収録

天涯の砦

大事故により真空を漂流するステーション。気密区画の生存者を待つ苛酷な運命とは？

青い星まで飛んでいけ

閉塞感を抱く少年少女の冒険から、人類の希望を受け継ぐ宇宙船の旅路まで、全六篇収録

野尻抱介作品

太陽の簒《さん》奪《だつ》者《しゃ》

太陽をとりまくリングは人類滅亡の予兆か？
星雲賞を受賞した新世紀ハードＳＦの金字塔

沈黙のフライバイ

名作『太陽の簒奪者』の原点ともいえる表題
作ほか、野尻宇宙ＳＦの真髄五篇を収録する

南極点のピアピア動画

「ニコニコ動画」と「初音ミク」と宇宙開発
の清く正しい未来を描く星雲賞受賞の傑作。

ふわふわの泉

ダイヤモンドよりも硬く、空気よりも軽い物
質が世界を変える——伝説の星雲賞受賞作

ヴェイスの盲点

ロイド、マージ、メイ——宇宙の運び屋ミリ
ガン運送の活躍を描く、〈クレギオン〉開幕

ハヤカワ文庫

神林長平作品

あなたの魂に安らぎあれ
火星を支配するアンドロイド社会で囁かれる終末予言とは!? 記念すべきデビュー長篇。

帝王の殻
携帯型人工脳の集中管理により火星の帝王が誕生する——『あなたの魂〜』に続く第二作

膚《はだえ》の下 上下
無垢なる創造主の魂の遍歴。『あなたの魂に安らぎあれ』『帝王の殻』に続く三部作完結

戦闘妖精・雪風〈改〉
未知の異星体に対峙する電子偵察機〈雪風〉と、深井零の孤独な戦い——シリーズ第一作

グッドラック 戦闘妖精・雪風
生還を果たした深井零と新型機〈雪風〉は、さらに苛酷な戦闘領域へ——シリーズ第二作

ハヤカワ文庫

神林長平作品

狐と踊れ〔新版〕

未来社会の奇妙な人間模様を描いたSFコンテスト入選作ほか九篇を収録する第一作品集

言葉使い師

言語活動が禁止された無言世界を描く表題作ほか、神林SFの原点ともいえる六篇を収録

七胴落とし

大人になることはテレパシーの喪失を意味した——子供たちの焦燥と不安を描く青春SF

プリズム

社会のすべてを管理する浮遊都市制御体に認識されない少年が一人だけいた。連作短篇集

完璧な涙

感情のない少年と非情なる殺戮機械との時空を超えた戦い。その果てに待ち受けるのは？

ハヤカワ文庫

神林長平作品

猶予の月 上下

姉弟は、事象制御装置で自分たちの恋を正当化できる世界のシミュレーションを開始した

Uの世界

「真身を取りもどせ」——そう祖父から告げられた優子は、夢と現実の連鎖のなかへ……

死して咲く花、実のある夢

本隊とはぐれた三人の情報軍兵士が猫を求めて彷徨うのは、生者の世界か死者の世界か？

魂の駆動体

老人が余生を賭けたクルマの設計図が遠未来の人類遺跡から発掘された——著者の新境地

鏡像の敵

SF的アイデアと深い思索が完璧に融合しあった、シャープで高水準な初期傑作短篇集。

ハヤカワ文庫

著者略歴　1976年沖縄県生，大学心理学科卒業，作家　著書『スワロウテイル人工少女販売処』『スワロウテイル／幼形成熟の終わり』（ハヤカワ文庫ＪＡ刊）『θ　11番ホームの妖精』

HM=Hayakawa Mystery
SF=Science Fiction
JA=Japanese Author
NV=Novel
NF=Nonfiction
FT=Fantasy

スワロウテイル序章《じょしょう》／人工処女受胎《じんこうしょじょじゅたい》

〈JA1082〉

二〇一二年九月十五日　発行
二〇一四年四月十五日　三刷

（定価はカバーに表示してあります）

著者　籘《とう》真《ま》千《ち》歳《とせ》
発行者　早川浩
印刷者　青木宏至
発行所　株式会社　早川書房
郵便番号　一〇一 - 〇〇四六
東京都千代田区神田多町二ノ二
電話　〇三 - 三二五二 - 三一一一（大代表）
振替　〇〇一六〇 - 三 - 四七七九九
http://www.hayakawa-online.co.jp

乱丁・落丁本は小社制作部宛お送り下さい。送料小社負担にてお取りかえいたします。

印刷・株式会社精興社　製本・株式会社フォーネット社

ISBN978-4-15-031082-0 C0193

本書は活字が大きく読みやすい〈トールサイズ〉です。